有爱的青春陪伴者

**图书在版编目（CIP）数据**

夏日焰火 / 帘十里著 . — 贵阳 : 孔学堂书局，
2023.10

ISBN 978-7-80770-444-7

Ⅰ . ①夏… Ⅱ . ①帘… Ⅲ . ①长篇小说－中国－当代
Ⅳ . ① I247.5

中国国家版本馆 CIP 数据核字（2023）第 147992 号

**夏日焰火**　帘十里　著

XIARI YANHUO

---

责任编辑：黄　艳

责任印制：张　莹

出　　品：贵州日报当代融媒体集团
出版发行：孔学堂书局
地　　址：贵阳市乌当区大坡路 26 号
　　　　　贵阳市花溪区孔学堂中华文化国际研修园 1 号楼
印　　制：长沙鸿发印务实业有限公司
开　　本：880mm×1230mm　1/32
字　　数：351 千字
印　　张：10
版　　次：2023 年 10 月第 1 版
印　　次：2023 年 10 月第 1 次印刷
书　　号：ISBN 978-7-80770-444-7
定　　价：45.80 元

---

**目
录
···**

# 楔　子

周意有一本明黄色的笔记本，带锁的那种。

在一堆笔记本里，她一眼就相中了这本，只因为封面上有一句诗——山月不知心里事，水风空落眼前花。

出自温庭筠的《梦江南》。

买下它的时候，她想，是啊，山月不知道心里事。

这个笔记本有点厚，周意没能把它全部写满。

第一篇日记的时间是 2009 年 9 月，长篇大论了两页，最后一篇是 2011 年 6 月，简短得只有一句话。

日记里头所有的内容都围绕着一个人。

那个人叫段焰。

他是周意的青春，也是周意的余生。

# 第一章
## 平凡的一天，不平凡的他

### 1. 他是谁？

周意第一次遇见段焰，是在一个很平凡的早晨。

那是 2009 年 9 月初，周意高二开学不久。

正仁中学是南城排名第四的高中，里头的学生大多成绩普通，偶尔也会有几个因中考考砸进来的"实力派"，而周意就是那个考砸进来的。

周意从小成绩不错，每每年级排名都能进前十，考试几乎没有考砸过，只有中考的时候，老天第一次没有眷顾她。

得知分数后，一家人沉默很久，母亲周兰没有让周意重读。

周兰说："不知道你怎么回事，平时好好的，怎么到了关键时候不行了？重读一年太浪费时间了，去正仁也好，离家近，远点的学校住校费钱，而且到时候谁去陪读啊？我要是陪读，你弟没人照顾。"

周意久久说不出话，一个人回到房间睡了一天。

其实远不止一天，她消沉了很久，特别是看着身边的同学一个个奔向自己理想的校园后，她越发觉得自己差劲。

直到进入正仁中学后，入学考、月考、期中考，接二连三的考试让她稳坐年级第一的宝座，她才慢慢把心态调整了过来。

但这个暑假周意总觉得自己心不在焉，她的注意力很难集中，夜晚也时常失眠。

正式开学前，周兰带她去附近的卫生所做了个检查，检查报告显示没有任何异常，医生叫她心情放轻松些。

换而言之，就是她给自己的压力太大了。

得知没事后，周兰松了一口气，和医生笑着说起周意从小到大的光辉成绩，以及中考不顺后的奋发图强。

果然医生也如其他聆听者一样，毫不吝啬地夸奖周意。

头一回，周意有些不愿周兰逢人就炫耀她的成绩。

她觉得自己就像是贴在周兰身上的一块金子，她的价值仅仅是装饰周兰。

离开卫生所时，周兰看上去十分愉悦，嘴里还念叨着："今年你要文理分班了，更得抓紧点。我听说你以前初中班里那几个成绩好的同学都选了理科，等开学了你也学理吧。对了，现在先去趟那个大超市，你弟弟吵着要吃红烧猪排，这几天菜市场都没买到，看看超市里有没有冻货可买。"

周意跟在周兰后面走，安静地听着周兰絮叨。

她想说些什么，但又觉得自己说什么都是徒劳。

烈日炎炎，照在身上，似要将她抽筋剥骨。


遇见段焰的那天早上，周意还梦到了这个场景，她在梦里冲着周兰的背影说她不要吃猪排，然后在一阵憋屈中惊醒。

刚醒来后的迷茫，在视线触及墙上的钟表后，顷刻消失，周意心里"咯噔"一下。

她晚起了二十分钟，这意味着她将错过公交车，然后上课迟到。

周意手忙脚乱地套衣服，还抽空拍了下今天忽然失灵的闹钟。

她不知道到底是哪里坏了，但显示屏不亮，一律归为没电。

她下楼时发现家里一团乱，弟弟林淮蔫蔫儿地躺在躺椅上，周兰手忙脚乱地翻找着证件、钱包。

周意和往常一样，想拿个热好的豆沙包吃，却发现微波炉和桌上没有任何早餐。

她换鞋的时候轻声问道："小淮你怎么了？怎么还不去上课？"

林淮有气无力地哼了两声。

"我发烧了，妈妈替我向老师请假了，等会儿她带我去医院。"

周意沉默了一下，摸了摸他额头，问："量了吗？多少度？"

"37.8℃。"

"是不是昨天上体育课后吹风扇着凉了？"

林淮回想了下，有点欠揍地说："同桌说我被电风扇吹的时候看起来很帅，我就吹了一下午。"

"你啊，才八岁就知道要帅了。不过还好，不是特别烧，回来后记得多喝点热水。我先走了，上课要迟到了。"

"姐，你不吃早饭啊？"

周意笑笑摇头，快步走出家门。

身后飘来周兰断断续续的声音："怎么不烧，都快38℃了，小孩子的病最难好了，回头别生出其他病来……"

周意赶在学校打铃前的五分钟到了教室。

教室里闹哄哄的，后排的男生插科打诨玩闹嬉戏，女生们围在一起说着悄悄话。

有同学注意到满头大汗的周意，开玩笑说："班长，你是不是以为今天是周六啊，来得这么晚？"

周意没工夫和他们贫嘴，放下书包快速掏出要交的作业。

桌上也堆了一堆各组收上来的语文作业。

她不仅是班长，还是语文课代表。

可越是心急越办不好事情，周意着急整理，那作业本和试卷却像抹了油一样，老是往下滑。

坐在前头的陈佳琪把正在看的小说偷偷往课桌里一塞，转过身来想和周意说话，却正好看到她手忙脚乱的样子。

陈佳琪一把帮她按住作业本，随口问道："你今天怎么来这么晚？"

"闹钟坏了。"周意轻声道。

"那你赶上公交车了吗？"

"没，坐的黑车，收了我三块钱。"

"那还好。都高二了，要不你在学校附近租房住吧？"

周意清点着作业本，答道："我妈不会同意的。"

陈佳琪耸耸肩，回归正题说："我刚看了本小说，男主角巨帅，晚上借你看？"

"不看了，最近没心思看小说。"

"你怎么了？"

周意催了下第六组的作文本，回过头看向陈佳琪，她顿了一会儿，组织了下措辞道："这段时间我睡不着觉，看了小说就更睡不着了。"

闻言，陈佳琪抻着脖子，仔细地看着周意。

她和周意的位置是门边第一列最后两个，靠窗。

清晨的风吹来，一点点拂去周意额角的汗珠，明媚阳光下，周意的皮肤白如瓷玉，琥珀色的瞳仁晶莹淡柔，一双桃花眼明澈干净，眼尾如画扇般剪开。

陈佳琪一直觉得周意虽然乍看起来不是很惊艳，但是她很耐看，是越看越好看的类型。

而且周意说话总是轻声细语的，和她在一起好像什么事情都不值得烦恼。

不过此刻听周意这么一说，她也发现周意最近看上去确实有些疲惫，好像还有了黑眼圈。

"你失眠了呀？"陈佳琪眨着大眼睛问。

周意点点头，顺手接过飞过来的作业本，看了眼手表说："晚点再和你说吧，我先去交作业。"

她捧起高高一摞作业，从后门绕了出去，临走还不忘叮嘱一句："今天谁值日呀？快把黑板擦了。"


这天一切都很巧，周意无数次回忆起来都觉得像极了陈佳琪爱看的小说剧情。

这栋教学楼一共三层，都是教室，所有教师办公室都在后面的那栋楼。

她之前习惯性地走东边的主楼梯，宽阔敞亮，这次赶着交作业，破天荒地拐去了离语文老师办公室近点的西楼梯。

清晨下过雨，挨着西楼梯的几棵老梧桐树还滴着水，也是这场雨，让昨晚失眠的周意雪上加霜。

走到楼梯口转弯下楼时，周意默记着等会儿第一节英语课老师要出的默写题。

脑海里默背着单词，可就那么一刹那，她的思绪忽然放空。

楼道里站着两个男人，一个是教导主任兼物理老师，不难猜，另外一个应该是某个"不听话"的学生。

因为教导主任正厉声厉色道："都高三了还是这副鬼样子，你以为自己很了不起是吧？让你把头发剪了，不好好剪，还要在上面剃个花纹，让你去排个自行车，要排半个小时。你做什么能做好？嗯？你说说看！"

被训话的男生要比教导主任高一个头，他双手插在裤袋里，劲瘦的手腕上戴着一块质感很好的黑色电子手表，校服松松垮垮地挂在身上。

他没个正形地站着，居高临下地看着教导主任，什么都没回答。

正如教导主任说的那样，他剃了个极短的发型，隐隐约约能见头皮，脑袋右侧剃了一道闪电图案，看上去十分不羁。

这种发型下，他的五官依旧优越，挺鼻薄唇，一双黑眸通亮清澈。

而此刻他看向教导主任的眼睛是带笑的，只不过是锋利的讥讽笑意。

教导主任见他不说话，慢腾腾地把手背在身后，又说："说不出来？也对，你这样的学生耳根子都长茧了，还能听得进什么？又能做好什么？最简单的事情，用点心就能做好的事情都做不好。你只会惹事，带坏学校风气的事你做得最好！"

男生睨着他，还是没有回话。

也许是这天早晨颇有空山新雨后的味道，也许是风吹梧桐的声音太过宁静，也许是他本就让人难以忽略。

周意下意识地多看了一眼，巧的是，他也正好抬起眼皮朝她看来。

对上视线的时候，周意一怔。

她快速别开视线，脚下的步伐也未曾停顿。

上课的预备铃声正好响起，传统悠扬的铃声一下又一下地敲在周意耳旁。

铃声惊扰了栖息在栏杆上的一排斑鸠，纷纷起飞。

飞鸟展翅，露水坠落，一切细微的声音似乎都被放大。

周意听到自己的心跳声有点快，不知道是不是因为走得太急。

路过他们身边时，周意的呼吸短暂地停了一下，她不敢再看他，不自觉地低下头，旁若无人地下楼，快走出教学楼的时候，她听到那个男生开口说话了。

声音磁性润朗。

男生说："刘宣平，说够了吗？"

刘宣平是教导主任的名字。

听到他直呼老师的名字，周意捧着作业的手僵了一下。

果不其然，下一秒传来刘宣平更为愤怒的声音："在学校能和老师这样说话吗？！"

男生很轻地笑了声，语调慢悠悠道："行，那你教教我，该怎么说话？"

"你！"

"哦，我忘了，我可不能和你学，我就说我这股阴阳怪气的劲儿哪儿来的，原来就是跟你学的。"

嚣张狂妄的话听得周意心惊肉跳。

这个人胆子真大啊。

她是第一次见到敢和老师直接叫板的学生，从前班里不听话的学生被老师训话，他们再不爽也都忍了下来。

她几乎可以想象等会儿会爆发怎样的矛盾，随之而来的大概是通报批评、叫家长、升旗台读悔过书。

未免有些得不偿失了。

他们后面再说什么周意听不到了，周意迎面遇到一阵风，吹得她怀中的试卷"哗哗"作响。

周意抱紧试卷和本子，顶着风走了几步，突然鬼使神差地停住，往回望了一眼。

脑海里陡然浮现出那个男生无所顾忌的眼神。

她不由得好奇……

他是谁？


第一节英语课上到一半，周意忽然想起了男生的名字。

她的圆珠笔没墨了，甩了两下还是没有，她从笔袋里拿出替换笔芯，脑海里就这么突然浮现出了一个名字——段焰。

不知道为什么，强烈的第六感告诉她，在楼梯转角遇见的那个男生就是段焰。

似乎每个学校一定会有这样一个男生，他长相出众，是学校的话题焦点，能轻易得到女孩的喜欢，十分具有号召力。

段焰在正仁中学差不多就是这样的存在。

周意之前听班里男生提起过，但她当时没在意，现在细细回想起来，男生们提起段焰的名字时都会有一股追崇的味道。

而女生私下讨论学校长得帅的男生时，也总绕不开这个名字。

但他在刘宣平的口中是个不太好的人。

刘宣平去年教周意高一的物理，当时应该也在带高二的物理。今年高二的升高三，他想专心给高三的学生上课，便没再继续带周意这一届，也没有带高一新生。

这话是周意班主任说的。

高二开学，他们的老师换了好几个。面对这样大的变动，班主任为了让学生和家长不要太担心，很详细地解释了各科的老师没能继续跟班的原因，又介绍了现任老师的能力。

刘宣平不喜玩笑，上课极其严肃，无形中给学生很大的压力，但能百分百压制住学生的原因，也可能是因为他还是教导主任。

他偶尔会聊些闲话，举例他带过的各种差生，如何不开窍，如何不上进，最后他们进入社会后不是在菜市场卖菜，就是在小工厂上班。

接下来他就会提到当时在上高二的段焰。

刘宣平说他不守校规、校服不好好穿、上学总迟到、作业不交、考试考零分，这样的人以后卖菜都算不清到底收几毛钱。

他说的时候底下的学生谁也没吭声，或许根本没在意，大多数人觉得只要不讲课他说什么都行。

每个学校仿佛都有这样一个在老师口中无可救药的学生，所以周意在听的时候并没什么想法。

她大概是那时唯一一个希望刘宣平好好讲课的学生，因为她不想下节物理课一口气听他讲两节课的内容，消化不了，作业量也大。

回忆起来，段焰的传闻好像只有这些，其余的周意也记不清了。

但怎么看，段焰都不像是以后会去卖菜的人。

英语老师在黑板上写着语法，一遍又一遍地重复着，仅靠其一人之力便盖过了隔壁班的语文读书声，最后还不小心劈了声音，惹得底下学生一阵闷笑。

英语老师扶着腰，也笑，然后慢悠悠地喝了口热茶，拿起三角尺敲了敲黑板说："'so+be/have/ 助动词 / 情态动词 + 主语'，表示也这样，也如此。我举个例子，你们都仔细听，等会儿我抽人上来造句。"

周意回过神，目光落在黑板上，又分心了一秒后，她快速拧上笔芯，在笔记本上写下知识点。

但写完后，她的笔尖在英文单词边上停顿了一下。

段 yàn，哪个 yàn？


周意没想到会这么快再看见段焰，并且知晓他的名字。

上午最后一节课的下课铃响起，教室里的学生一个个冲得飞快，整栋教学楼一瞬间沸腾起来。

周意圈了下要做的课后作业后，把书一合也站了起来。

陈佳琪将缠着饭卡的带子转啊转，催周意："快点快点，今天食堂好像有鸡排饭，不知道去食堂吃饭的人会不会变多。"

食堂在教学楼东后侧，面积不大不小，平常去吃饭的学生不算多，会排队但不算特别拥挤，因为食堂的饭菜一般，鸡排饭是今年的新品。

周意和陈佳琪都是对吃食不太挑的人，食堂的饭菜足够满足她们的需求。两个人平常都是慢悠悠地去吃饭，难得今天陈佳琪急了一下。

周意笑了下，说："走吧，人应该不会很多的。"

雨过天晴的中午日头很烈，走出教室时，两个人都不禁眯了下眼。

"真刺眼，不过还是不下雨好，不然体育课就没了。"陈佳琪抬手挡脸，庆幸完后扭头去看周意，一看吓一跳。

阳光下，周意的脸色很不好，唇色苍白。

陈佳琪惊讶又担忧地说："你怎么了？嘴唇好白啊。"

周意后知后觉地摸了下自己的唇。

"很白吗？"她问。

陈佳琪掏出随身携带的小镜子递给周意，说："你自己看。"

周意一照，看到自己的嘴唇不仅白还有点起皮。

但是，她感觉身体似乎没什么异样。

周意把镜子还给陈佳琪，不太在意地说："没事，大概是因为早上没吃饭吧，等会儿吃点东西就好了。"

两个人随着人流下楼。

陈佳琪瞅着周意，说："你怎么回事啊，早饭不吃不饿吗？你早说嘛，我今天带了小面包的。还有啊，你说你失眠，为什么啊？是因为选了理科压力太大？"

她记得放暑假前周意说过想选文科，因为周意觉得自己的成绩虽然不错，但从小到大学数理化时还是觉得有点吃力，如果分科后数理化的难度加大她不知道自己能不能应付。

结果一开学，周意直接选了理科。一开始，陈佳琪想周意这样的学霸，次次拿年级第一，选文选理都一样，后来又想难道周意是因为看她选了理科所以也选的理科？好朋友难分难舍？

当然，陈佳琪也只是胡乱想想，问起周意的时候，周意很直接地说这是她妈妈的意思。

陈佳琪不好说什么，只笑着说："你是学霸欸，理科肯定难不倒你，就算难，还有我给你垫底。"

周意当时也笑，只不过她的眼里似乎浮着很多心事。

眼下，陈佳琪只能把周意的失眠和选理科联系到一起。

周意点点头又摇摇头，等到走出教学楼，周遭没紧挨着的人的时候，周意缓缓说："七月份一直在做题，整个人有点晕，我妈也说了一些让我不太开心的话，我总是有意无意地会想到。后来稍微好了一点，但开学后确实感觉压力也很大。"

陈佳琪微微张了下嘴，一时不知道该说什么。她不太擅长安慰人，特别是牵扯到周意家里的事的时候。

她和周意认识一年多，没有特意聊过彼此的家庭，只有时候说到相关的话题会提一下。她对周意的家庭了解得不算深，但也知道一些。

周意是个内敛话不太多的人，从她说的一些片段中陈佳琪敏锐地察觉到一些事情，比如周意有个小她九岁左右的弟弟，父母都比较疼爱弟弟，而她的爷爷却对她特别好。

半晌，陈佳琪轻轻地问："你妈妈说什么了？"

周意欲言又止，对上陈佳琪圆溜溜的大眼睛时，敏锐地察觉到她眼里满是谨慎的关心。

周意忽地弯了下嘴角，说："说了一些你听了可能会很生气的话。主要是现在压力太大，我以前的同学们现在学习节奏很快，我害怕和他们拉开太大的差距。"

不知怎的，周意不太想和陈佳琪细说周兰的种种，可能是因为这是别人没有办法解决且自己说一次难过一次的事情。

陈佳琪没有再继续问，挽上周意的胳膊，笑盈盈地说："你现在压力就这么大，到了高三你不得烦得变成小秃子啊？还是放轻松点吧，该怎么学就怎么学，要实在是心里没底周末可以找老师补补课？"

补课？

周兰怎么会愿意，那多费钱啊。

但周意还是应了陈佳琪，说："我可能是心理负担太重了，也许再过一段时间适应了高二的生活就好了。"

不知不觉她们已经快走到食堂门口了，周意扯开话题，指了指食堂墙上贴的鸡排饭海报。

"这个好像得去一号窗口排队。"

陈佳琪笑得更开心了，像小鸟一样轻快地拉着周意小跑过去排队。

一号窗口的队伍比其他窗口都要长，平常这个点食堂里只坐了一半人，今天却因为鸡排饭几乎都坐满了。

陈佳琪"啧啧"两声："果然大家都有爱凑热闹的'美德'。"

周意打趣道："你难道没有？"

"我是食堂的老顾客，出新品当然要尝尝啦。欸，你看那个图片，鸡排真有那么大吗？"

"哪会真有这么大，你看边上。"

顺着周意的眼神，陈佳琪看过去，看到别人餐盘里半个手掌大的鸡排，她瞬间没好心情了。

这可是她期待了一上午的鸡排啊！

但队都排上了，陈佳琪不甘心就这么放弃。

终于轮到她们的时候，陈佳琪凑在窗口对里头的师傅说："叔儿，我想要块大点的。"

师傅笑道："那我只好给你多蘸点面粉炸了。"

陈佳琪"哎呀"两声，和一旁的周意笑得停不下来。

紧接着，她们后头传来几个男生克制的笑声，起起伏伏，带着十七八岁少年独有的爽朗。

周意和陈佳琪下意识地回头看，然后周意就看到了排在她们后面的段焰。

段焰是排在周意后面的第三个男生，很明显，他和前面两个男生是一起的，也是他们中间最高的。

他大概也觉得陈佳琪和师傅的对话很搞笑，扬着嘴角在笑。

他的两个同学见到她们回头，大大咧咧地调侃道："师傅，也给我们炸大点，面不面粉不重要，重要的是排面！"

"是吧，'老公'？"

周意刚想收回视线转过身去，没想到就听到了这么一句。

是段焰身边那个笑容灿烂的男生对他说的。

刚说完，另外一个胖胖的男生也赶紧凑上来，故作娇滴滴地说："'老公'，快给人家付大鸡排的钱。"

这一幕惹来了不少目光。

不过段焰好像对别人的目光无所谓，纯粹只是不想再听到这样矫揉造作的腔调，他慢慢敛了笑，嫌弃地皱起眉，说："别恶心我啊。"

"你咋这么善变呢，刚刚不还听得直乐呵。"

"刚刚是刚刚，吃饭的时候不想听见关于刘宣平的任何事情，懂了吗？"

"看来你早上被训得不轻啊。"

段焰哼笑一声："这是埋汰谁呢。"

他笑的时候眼尾上扬，明眸生出些许热感，满是少年意气和混不吝的痞气。

周意一时看愣了，直到师傅喊道："下一个同学，下一个！"

陈佳琪拉了下她的衣服，她匆匆忙忙地把饭卡递过去刷。

师傅说："鸡排没有了，要等一会儿，还在炸。来，后面四个同学也过来，先一起刷了。"

陈佳琪捧着鸡排饭对周意说："那我先去找位置等你。"

周意点头，侧身让后面几个人。

食堂的刷卡机器装在里头，每次刷卡都要把饭卡递给师傅，由师傅帮忙刷。

等到段焰递卡的时候，周意看了过去，但没看清。等师傅刷完伸出手把卡放在台面上的时候她终于看清了。

那张白色长方形的饭卡上印着他高一入校时拍的照片，照片有些磨损泛黄，但依稀能看得出他高一时头发要比现在长许多，长相和现在差不多，只不过那会儿更稚气些。

照片旁边两个大大的"段焰"两字十分清晰。

段、焰。

原来他就是段焰，原来是这个"焰"。

周意又想起刘宣平对他的评价，可能是食堂太闷热令她头脑不清，她竟然觉得那又怎样，成绩差抑或是不守学校规矩又怎样，他真的就是个无可救药的人了吗？一个人的一生难道只有学习吗？

这种想法冒上来没一会儿就被周意自己压了下去。

她发现她在为他离经叛道的十八岁开脱。

思忖之余，一双骨节分明又干净有力的手闯入周意的视线，手背上有几道青筋微凸起，手腕上那块黑色的电子手表镜面反了一秒的光。

等她反应过来时，他已经接过饭卡站在了她身边，只不过身体是背对着她的。

他面向自己的朋友，那两个男生还在说关于"老公"的话题，他漫不经心地听着，百般无聊地用手指转着饭卡，也懒得插话。

周意用余光比了下他的身高，因为他站在她身边实在太有压迫性。

他应该有一米八吧，可能还稍微高一些。

这样的身高，这样的长相，确实很难不让校园里的人时时提起。

周意这样想着，条件反射性地看了一圈四周，一些女生果然时不时看向这边。

周意慢慢地敛了视线，垂下眼睑，摩挲了会儿手中的饭卡。

在等饭的一两分钟里，周意站在边上默默听完了他们的对话，终于弄明白了为什么那两个男生会喊他"老公"。

起因就是今天上午刘宣平给他们班上课的时候，他老婆突然给他打电话，他按通话键的时候不小心也按到了扩音键。

于是，刘宣平老婆那句娇滴滴的"老公"被全班同学听到了。

但刘宣平教书几十年，这都是小场面，他面不改色地走出教室接电话，再面不改色地回来上课，虽然脸色肃穆得像要吃人。

谁也不想触霉头，于是都憋着不笑。直到下课，刘宣平一走，大家互相喊"老公"，喊着喊着成了比赛，比谁喊得更娇媚。

他们都想不到，这么不解风情的一个人，他的老婆居然那么小女人，夫妻之间是这种相处模式。

周意也有些意外，也想象不出私下的刘宣平是怎样和他的妻子相处的，可能铁汉柔情，再严肃冷漠的人也有绕指柔的时候。

她不禁想，那段焰呢？像他这样的人私下会是怎样的？

.

这一天的巧合太多，周意端着饭去找陈佳琪，坐下的时候发现段焰一行人坐在了她们旁边的座位上。

食堂的桌子是蓝白色的固定桌椅，一桌只能坐四人。

段焰一个人坐一边，顾长的腿无处安放，便把左腿伸在了侧边。

周意咬了口鸡排，她也不知道自己在想什么，只觉得脑子变空白了。

陈佳琪问了好几遍鸡排好不好吃，她也置若罔闻，良久，才糊里糊涂地"嗯"了声。

陈佳琪叹口气，以为周意还在烦那些事。

陈佳琪戳了两下饭，想了想还是说："我觉得不太好吃，你老实说你刚刚是不是在敷衍我？"

闻言，周意嚼了几下，艰难地咽下去后说："太柴了是不是？"

"对啊，一点都不嫩。"

"那没办法了，点都点了，好歹是肉，一整块的肉。"

"真是糟糕的一天，希望下午体育课不要跑步，不然真的太衰了。"

周意："你早上不是还看了一本不错的小说吗？"

说起这个，陈佳琪又活了，她兴致勃勃道："别说了，我宣布，这个男主角是我今年的最爱。你是不知道，他被父母抛弃，又被亲兄弟背叛，坐了五年牢后卷土重来……女主角在路上捡到他，后来他爱上女主角后，就小心翼翼地为她做这做那，太让人心疼了。"

话音刚落，隔壁桌发出一声爆笑，那个胖男生捂住嘴不让自己的饭喷出来，咽了好一会儿后，笑抽似的说："阿焰，我终于知道我今天看你的感觉是什么了！"

由于他的声音太大，陈佳琪说话被打断。她好奇地扭头看去，见到又是他们几个的时候，她有点烦。

胖男生指着段焰说："你剃了这个头，我早上见到你总有种说不出的熟悉感，现在我知道了，你真的特别像我昨天看的法制频道里那位戴手铐的兄弟。"

笑容灿烂的男生说："还真别说，是挺像的。阿焰，你牢饭吃了几年啊？"

周意的余光里，段焰还在吃饭，他吃饭挺慢条斯理的，但不秀气，是那种果断安静的风格。

他吃完最后一口饭，把筷子一放，往后一靠，擦完嘴后双手又插回了裤袋里，就这么盯着那两个男生。

周意以为他生气了，谁知道他配合地挑挑眉，慢悠悠地说："你觉得我像吃了几年牢饭？"

两个男生又是一阵爆笑。

周意没发觉她自己的嘴角也扬了一下。

胖男生说："你也真是的，干什么想不开要去你外婆介绍的理发店剪头发啊，那个年代的人懂什么叫时髦吗？"

笑容阳光的男生说："懂啊，怎么不懂。你看阿焰头上那道'闪电'，这还不够时髦？"

"哈哈哈哈哈哈哈哈！"

"哈哈哈哈哈哈哈哈！"

段焰不笑的时候眼神冷而锋利，可只要稍微弯一弯嘴角，眼里的炽热就仿佛藏不住似的。

他伸了伸腿，在底下踹了胖男生一脚："还吃不吃？不吃我上去了。"

胖男生压下自己狂放的笑，扯开话题道："你怎么就吃这几口啊？"

"太难吃了。"

他说话的声音磁性磨耳，又带着少年的轻傲。

陈佳琪好奇地看着周意，小声问："你在笑什么啊？他们说的话也不好笑吧……"

像是被戳破了什么，周意的耳朵一点点变红，她又欲盖弥彰地捋了下耳边的碎发。

她压下自己的不自然，对陈佳琪说了第一个谎言。

周意很轻地说："什么他们？我在笑你说的故事啊，你之前不是喜欢一出场就有钱有势的类型吗？现在怎么换口味了？"

"人是会变的嘛，我现在不喜欢那种类型了，我又得不到。"

周意从她略带埋怨的语气里感受到一种不同寻常的味道。

周意："那你想得到谁？"

陈佳琪往嘴里塞了一口大白菜："啊？什么？我不是这个意思，我就是觉得那种类型太假了，还是稍微接地气一点的角色好。你暑假没看到什么好看的吗？"

"暑假在做题，没怎么看。学校旁边那家借书的小店不是倒了吗，也没地方可以借小说看了。"

"要不你买部手机，在网上看？我发现很多书实体店里都借不到，网上看更方便一点。"陈佳琪说。

周意摇头："不买，你又不是不知道我的难处。"

上了高中后，班级里大多同学都有手机，因为有的住校，也有住得远，家长给买手机都是为了方便联系。

也有没手机的，譬如周意，再譬如一些家境很一般的同学。

2009 年智能手机还没流行，电视上一直放着步步高的广告，满街的直板机和翻盖机。

陈佳琪用的就是一款粉白色的直板机，可以登 QQ、听歌、玩一玩自带的小游戏。

她也很少在手机上看小说，因为 2G 网络加载得实在太慢，也很费流量和钱。

这时候的人还没怎么沉迷手机，比起网络阅读，大家更喜欢看纸质书籍。

周意和陈佳琪经常会去学校附近的那家私人小书店借书看。

现在小书店关门了也好，周意觉得从今年开始或许没多少闲余时间看小说了。

至于手机，她也不太想要。

她不想因为手机、补课、租房这种事情听周兰唠叨，也不想再听到那些让她觉得自己根本不重要的话。

陈佳琪一边捧着紫菜汤，一边眨着大眼睛说："那以后毕业了你一定要买哦，不然我都联系不到你。"

周意家里有座机，只可惜那个电话放在周意父母房间里，陈佳琪给周意打电话的次数一双手都数得过来，而且每次都特别简短。

周意笑得很柔软，说："一定。"

话落的时候，段焰他们正好起身，他从周意身边路过，掀起一阵很细微的风。

他的两个朋友你一言我一语地说："下次不来食堂了，还以为出了新花样味道会不错，怎么还是那个老样子。"

周意也正好吃完，她放下筷子，抬头看向陈佳琪后面。

周意面朝的那面墙挨着学校的边界，七八扇窗户都开着，种在围墙和食堂墙之间的夹竹桃苍翠欲滴，悬在上面的花骨朵随着拂过的风微微晃动。

玻璃窗上倒映着段焰越走越远的身影，白蓝色的校服和黛绿交错的枝叶融在一起，有那么一瞬间定格成了一幅画。

少年、夏天和风吹过的感觉。

周意和陈佳琪走出食堂时不偏不倚十二点整。今天是周一，学校广播准时响起，主持人先切了一首歌作为开场。

是莫文蔚版的《初恋》。

被雨洗过的校园明亮蓬勃，参差不齐的梧桐树遮去一小半的阳光，学生三三两两地走在一起，偶尔不知道从哪边传来几道女生嬉戏打闹的尖叫声或者是哪个男生特意发出的顽劣怪声。

周意和陈佳琪顺路去了趟小卖部，准备买瓶水。

小卖部里面满是人，两个人买完水费劲地挤了出来。

站在小卖部门口，周意拧开水，仰头喝水的时候看到教学楼东楼梯三楼外侧转角有一个一晃而过的身影。

是段焰。

沁凉的水灌入喉咙，抚平了夏季的燥热。

莫文蔚正好唱道：

> 默默望着是
> 默默望着那目光似电
> 那刹那接触已令我倒颠
> 分分钟都盼望跟他见面
> 默默地伫候亦从来没怨
> 分分钟都渴望与他相见
> 在路上碰着亦乐上几天
> 轻快的感觉飘上面
> 可爱的一个初恋

这天下午的体育课没能如陈佳琪的愿，前一节课上完大家欢欢喜喜地准备下楼，却突然下起了太阳雨。

早早去了操场的学生抱头蹿回教室，陈佳琪哀呼一声："英语老师可别来抢体育课，我中午做的作业肯定都是叉，我不想面对啊！老天爷，让我明天再面对吧！"

周意双手搭在不锈钢栏杆上，看了会儿雨后，她伸手去接的，但隔得太远，指尖只碰到了几滴，她搓了搓手，水珠化开，抹去了握了一下午笔的僵硬感。

她呼吸了几口新鲜空气，安慰陈佳琪道："应该不会有老师突然抢课。"

果不其然，后来这节课变成了体育老师看着他们上自习。

有人在赶晚上的作业，有人在偷偷玩手机，有人在和体育老师谈天说地。

周意沉浸在物理世界之余听到体育老师笑说："你们想打篮球赛啊？可以呀，也就是组织学校内各班级之间比一下而已。这个你们要和班主任去说，班主任同意了，就可以抽出体育课的时间给你们打比赛。"

虽是没什么含金量，也不正规的比赛，但也惹得少年们瞬间热血沸腾。

然后，她又听到体育老师说："去年就办过，就现在的高三，可精彩了。你们那时候有看吗？没看啊……那有点可惜。最后是那个高三一班赢了，他们班的段焰知道吧？篮球打得不错，当时最后十秒，他一个三分球投进，比分直接反超。他们班的女生叫得那叫一个响！我告诉你们，男孩子要是没什么特别的长处，篮球打得好也是很受欢迎的。"

班里的男生一阵轰笑，有人说："老师您别瞎说了，我和段焰打过球，认识他，他都长那样了，还能叫没什么长处？"

体育老师摆摆手："我说的不是他，是你们。"

旁边的几个女生憋不住了，"扑哧"一声笑了出来。

周意写完最后一道物理选择题，回头看了一眼刚才说认识段焰的男生。

他正眉飞色舞地讲着篮球。

他叫萧宇，成绩一般般，性格挺开朗的，偶尔会捉弄下班里的女生，也捉弄过周意，不过都是些适度的玩笑。

好像以前是听萧宇提起过段焰。

可隔了一个年级，他们是怎么认识的？又怎么会有机会一起打篮球？难道高一的时候他们班的体育课和段焰他们班的是同一课时吗？

周意想不起一点高一体育课时重合的班级和人，只记得那时候学了很久的广播体操，只要不跑步不做什么训练，她们一群女孩子就会坐在角落里聊天，因为对球类运动不怎么感兴趣，所以她们基本不会去篮球场。

去年那场篮球赛很精彩吗？

周意看向窗外。从她这个位置望过去，虽然被走廊栏杆遮挡了些许视野，但能看到一半的操场和整个篮球场。

篮球场挨着学校的围墙，围墙栏杆上缠满了爬山虎，叶片在雨里没有规律地抖动，围墙边还躺了两个矿泉水瓶子。

周意盯着两个一样的瓶子看了一会儿，然后目光转向篮球场两侧屹立的篮筐。

后来周意也记不清自己还想了些什么，就这么看着被大雨冲刷的操场，思绪飘了很远很远。


下午六点十分准时放学，周意和陈佳琪收拾完东西一起下楼。

九月初的天黑得很慢，天际的云层起伏，淡橘色的光从缝隙里透出，小麻雀轻轻停在树枝上，裹在叶间的水珠悄然滑落。

周意松了一口气，想着艰难的周一终于结束了。

她陪陈佳琪去推自行车，两个人有一搭没一搭地说着今晚的安排。

其实能有什么安排，每天内容都是高度重复的，只不过极少时候才有一些琐事成为这平常日子里的意外。

他们班的自行车区域被安排在小卖部东侧的墙边，不远，从新教学楼出来走几步就到。

陈佳琪家在学校附近，属于夹在乡下和市区的那块区域，骑车只要二十多分钟。她很羡慕周意能坐公交车上学，因为冬天骑车真的很冻手。

陈佳琪突然又想到明天要面对惨不忍睹的英语作业，她嘀咕道："体育课是没被抢，但明天的英语课怎么办？我不会被老师单独拎出来批评吧？"

周意说："万一没错那么多呢？"

"但愿如此吧。"

这是一个很奇怪的现象，男生之间作业随便抄，可女生之间抄作业总会觉得不好意思。陈佳琪不会问周意借作业抄，只会偶尔问她几道题如何做。

周意也不会主动给她作业抄。

她们在心底隐隐都明白，学习这件事情只能靠自己。

走到学校必经的林荫道入口，入口边有个垃圾桶，周意把擦自行车坐垫的纸巾扔了进去。

她看似不经意地抬头瞥了一眼教学楼的三楼，那一层没有一丁点的动静。

学校每个年级有七八个班，这栋新教学楼共三层。从第三层数起，高三一班到五班都在第三层，二层是高三六班和七班以及高二一班到五班，一层是高二六班至八班和高一一班到四班。

高一剩余的班级都在后面那栋老教学楼里。

周意放学的时候就发现了，他们隔壁两个高三班级的老师即使到放学的点了也没有要放人的意思。

有的老师见走廊里已经放学的学生说话大声或者吵吵闹闹，会很果断地关上门，脾气差点的老师会直接在门口赶人。

段焰那一层果然也是如此。

也许这就是高三吧。

出了校门，周意和陈佳琪告别，她们的家住在不同的方向，周意一个人走去公交车站。

她回去的车程是四十分钟，高一的时候她抓紧每一分每一秒，在公交车上背着单词、古诗，算着抄在小纸条上的数学题，利用一切空闲时间。

但现在她什么都不想做，只想放空思绪，磋磨时间般地等着到达目的地。

回到家时，周兰正好将鸡汤炖好，她看也没看周意一眼，拿过抹布把砂锅端上了桌。

林淮趴在桌上百般无聊地转着筷子，见到周意，他眼睛一亮，很开心地喊了声"姐"。

周意放下书包，走过去摸了摸林淮的额头。

她问道："你怎么样，好些了吗？"

"还行吧，刚刚量了一次，正常的。"

周兰睨了眼林淮，说："小孩子家家懂什么，发烧会反复的，你今天不吃药明天不挂水温度立马会上来。你小时候有次发烧烧了一个星期，要不是我们小心照顾着你，差点就变成肺炎了。别玩了，筷子有什么好玩的，喝汤。妈妈给你拿个碗去。"

周兰转身时突然想起衣服忘了收，对着周意说："小意，你去拿个碗和勺子来，给弟弟盛汤，鸡腿要是撕不下来就拿刀切。"

说完，周兰的手往饭兜上蹭了一下，自言自语道："下午不知道怎么又下了一阵雨，衣服都没人收，不知道你爷爷在家干什么，还要再洗一遍，麻烦。"

周意没多说什么，轻轻"嗯"了声后去厨房拿碗。

林淮坐在桌边摇头晃脑地等吃，周意先盛了碗汤给他，见他因为吃鸡就这么开心，她莫名也笑了一下。

小孩子真容易满足啊。

她问："晃得这么开心，挂水打针不疼？"

林淮扬了下眉毛："小孩子才怕疼呢，我都二年级了，不怕这些。姐姐，我要吃这边这个鸡腿。"

"这个？"

"对！"

周意捏住鸡腿的根部撕，撕了好一会儿，指腹都烫红了还是没撕下来，她摸了摸耳朵说："我拿刀给你切。"

林淮点头，在等的时候自己还试了一下，发现又烫又难扯。

周意切了好半天终于把鸡腿切了下来，她将鸡腿放进林淮碗里后坐下来吃饭，夹了汤里的一些青菜配饭吃。

林淮美滋滋地咬了一口鸡腿，嚼着嚼着，他的眼神暗了下来。

他说："姐，你也吃啊，我们一人一个鸡腿正好。"

周意一愣，盯着林淮看了好一会儿。她温柔地摇摇头说："你吃吧。你不是最喜欢吃鸡腿了吗？另外一个你今天吃不完可以明天吃。"

家里炖鸡汤的次数并不多，在周意的记忆里，自从有了林淮后，她就再也没吃过鸡腿了，即使一只鸡有两条腿。

林淮也从来没让过她，这是第一次。

林淮低头捧着碗喝汤，小声又含混不清地说："你上次都晕倒了……"

"什么？"周意没听清。

他撇撇嘴："没什么，让你吃就吃嘛，让来让去搞得家里像破产了一样。"

周意笑着说："我们小淮长大了啊，还知道把好吃的让给姐姐了。"

林淮心中有点得意，但没表现出来，拽拽地说："你老了嘛，老师说要关爱老人。"

周意没戳破他的小心思，很配合地点了下头，说："那……谢谢你的关爱。"

"不客气，男人照顾女人是应该的。"

周意失笑。

晚上，周意洗完澡准备做题，顺带打开了收音机。

这是一台老式收音机，挺大一个，但功能还算齐全。

她常收听的电台正好开始八点黄金档节目，主持人满是活力的语调让这个夜晚变得不再沉寂。

周意翻了翻要做的作业，多亏了那节体育课她提前把今天的物理作业做完了。

如果不出意外，她今晚可以在八点半做完抄写翻译，十点之前做完英语和数学的练习册。

今天或许可以早点睡。

渐渐地，主持人的声音成了背景音，一首接一首不同节奏的歌曲也成了背景音。

立式电扇嗡嗡吹着，周意的睡裙角轻轻晃动。

夜深了，外头起了些风，从窗口涌进来，擅自将摊在书桌上的诗集翻了页。

周意伸手去压，手指正好按在一句诗边上。

——宗之潇洒美少年，举觞白眼望青天，皎如玉树临风前。

她看着这句诗出了神，脑海里不禁浮现出段焰的身影。

也不禁想，这是今天第几次想起他？

## 2. 梦见

这一晚，周意还是没睡好。

她最近频繁地做梦，梦里的场景变幻莫测，而且时时刻刻都像有一双无形的手在掐她，让她窒息。

第二天早上醒来，她顺着朦朦胧胧的光线朝闹钟看去，发现只有五点多。

又是高度重复的一天。

她再闭上眼已经睡不着了，大脑自动回忆着昨晚做的梦。混沌间一双漆黑的眼睛一闪而过，她身体一僵，如同过了道电流。

半晌，周意缓缓睁开眼睛。

她盯着天花板看了一会儿，又翻了个身，脑袋枕在手臂上，虚虚地看着不远处的柜子。

段焰……

似乎昨晚有梦到他。

是什么梦？

又怎么会……梦到他呢？

周意想不起来，另外一只手有一搭没一搭地抠着枕巾上凸起的花纹。

快把枕巾抠出洞的时候，周意决定今天早点去学校。

洗漱时，她发现头发长长了许多，发尾分叉的也有很多。

她想着这个周末要不要去理发店把头发剪一下，在镜子前自己比了比要剪的长度。

剪多了不舍得，剪少了洗头很麻烦，而且夏天就要结束了，秋冬洗完头湿漉漉的头发贴着后脖颈的滋味真难受。

扎完头发，周意走出卫生间，轻轻带上门。

他们家住小镇边上，一栋普普通通的二层小楼房，二楼格局设计得不是很好，卫生间没装在公共区域，装在了周兰的卧室里。

这个时间点太早，周意如果被吵醒，她大概率要被周兰说几句。

周意几乎可以想象到周兰的语气。

其实不过是一件很小的事情，或许连生活中的插曲都算不上，但周意知道，这种微不足道的细节现在会影响她。

也不知道从什么时候开始，她竟然变得如此敏感胆小，身上的每一个细胞都抗拒着接受不被重视的信息。

周意下楼后自己热了一个包子当早饭，坐在桌边安静地吃着，外头院子里传来几声鸟叫，静谧的早晨令人心绪逐渐平和。

她快吃完的时候，门外响起由远及近缓慢拖沓的脚步声，是爷爷的脚步声。

周意下意识地转头看去，老爷子正好走到门口。

他没进来，站在门口笑眯眯地说："小意，昨天爷爷早上去地里了，忘记给你了，来。"

老爷子的手有点抖，他缓慢地从衣服夹层里掏出个塑料袋，塑料袋里装着红红绿绿被叠得皱巴巴的钞票，老爷子抽了一百块给周意递过来。

他说："快拿着。"

周意握着包子的手紧了一下，她扬起一个笑容说："不用啦，爷爷，妈妈每个星期有给我的。"

"欸，你妈给你的是用来吃饭的，爷爷给你的是用来潇洒的。"

"上个星期的我还没用完，等我用完了再问爷爷要吧。"

老爷子嘟囔道："你这孩子……"说着，他低头左右看了一下，蹲下去把钱放在了地上，拿块石头压住。

起身后，他还是那副笑眯眯的样子："长大了用钱的地方多了，我看老钱的孙女每天都戴不同的头花，手上挂了五六串珠子，怪好看的。你不喜欢那些就不买，礼拜天多出去走走，和男孩子啊，女孩子啊，都可以的……"

"爷爷……"

周意叫得很轻，有点像撒娇。

老爷子乐津津道："爷爷不说了，爷爷不说了，好好吃饭。我先去地里了，地里的玉米都快被鸟吃完喽。"

老爷子扛起锄头，慢腾腾地走了。

周意盯着那张被石头压住的百元大钞，喉咙微微发涩。

在上高一前，周意对爷爷的付出一直处于一种习以为常的状态中。

那时的她心思也很简单，不像现在想得这么多，每天上下学、做做作业、看看电视，自娱自乐的，很舒适。

周兰说照顾着点弟弟、看好弟弟、陪弟弟玩会儿，她都觉得是理所应当的事情，况且弟弟林淮不是那种顽劣的孩子，相处起来不难。

爷爷对她和林淮也一视同仁，什么东西都会买双份。

爷爷虽然不古板，但可能因为周兰或者其他因素，他一个人住在小平屋里很少会踏进他们家的门槛，也不是那种很主动和孙子孙女玩闹的性格。

就和多数家庭一样，周意从小更依赖父母，有时候会和爷爷奶奶那辈的人亲近亲近。

她习惯了这样的相处模式，直到初三考试失利，在一家人的沉默中，爷爷第一次插手他们的事情。

他说："让小意再读一年吧，我来出学费。"

被周兰拒绝了。

后来去了正仁，爷爷偷偷塞钱给她，说："好好学去哪儿都一样，听说高中要多看书，这钱你拿着去买书。"

上了高二，开学的第一天，爷爷又偷偷塞钱给她，说："学了一年，太辛苦了，别太拼命。学习费脑子，这钱拿着去好好吃的。"

她要的从来不是偏爱，只是想要像爷爷一样偶尔设身处地的关心。


带着微妙的复杂心情，周意坐上了五点四十五分的公交车，到站时六点半不到，天光透亮，晨曦有着舒适的温度。

街道上行人很少，只有飘着炊烟的早餐铺子前围满了人。

她朝着学校的方向走，边上一条极窄的巷子里突然爆出一群男生的笑声。

"那个人的盖伦真是神了，我被单杀了四次，整整四次，阿塔玛这件装备这么牛吗？"

"你一个暑假不玩真是落后了，我和你说，现在盖伦是上路一哥，被单杀四次也正常，况且你水平不就那样吗？"

"哈哈哈哈哈！"

"去你的，有本事下次单挑啊！"

"行啊。"

这种放肆又张扬的声音在空旷的早晨格外清晰。

周意快走到那条巷子口的时候，那群说话的男生正好走了出来，勾肩搭背，身上带着不好闻的味道。

熟悉的正仁校服撞入她的眼睛，再加上男生们挺拔的身姿，她眼睛一亮，但又很快平静下来。

因为这里面没有段焰，好像是和她同年级的男生，是几班的来着？

周意没继续往下想，越过巷子口时她往里面瞥了一眼。

巷子两边的墙上都是斑驳的裂纹，粗糙的水泥路尽头是一家网吧，三级台阶的边上长着几株野草，旁边立着一个蓝底白字的招牌，写着"亮亮网吧"。

后来他们停在了转角卖饭团的小摊前，周意从他们旁边路过，很快进了校园。

也许是因为这个点人太少，周意一下子吸引了他们的注意力。

有个男生说："那个是不是一班的周意？"

"好像是吧。"

"听说她贼牛，全市前两百名？"

"好像是吧。"

"去年她在升旗台上演讲的时候看着很一般啊，怎么现在变好看了。"

"啧，你记这么清楚干吗？"

拿上热乎乎的饭团，男生啃了一口，又说："今晚段焰是不是不在啊？"

"对啊，他一般都周末在。"

"那开不了卡了，等这个周末，他在了我们再来打啊，我一定把你打得落花流水！"

"就你？小样儿。"


周意到教室时，教室内空无一人，她把一些准备工作做完后背了会儿英语课文，等会儿要挨个背给老师听。

十来分钟后，学校里陆陆续续有了各种说话声，宽大的林荫道上都是学生。

周意被打断了思路，朝窗外看去。

男男女女都穿着一样的蓝白色校服，有人一边走一边吃早饭，有人一边走一边背着书，有人推着自行车狂奔。

人群中没有那个格外出挑的身影。

陈佳琪叼着豆浆风风火火地冲进来，拉回了周意的视线。

她问："你怎么了？"

陈佳琪满头是汗，委屈巴巴地说："我昨天忘记把物理作业带回去了，我昨晚一直想着这个事情，一晚上都没睡好。不说了，我要赶作业了。"

周意翻了下课表，说："别着急，今天物理课在下午，让课代表晚两节课去交就好了。"

陈佳琪背对着她比了个"OK"的手势。

周意手指点在课表上，看着要连上两节数学课心情变得不太好。

从小到大，大家每次拿到课表都会不约而同地率先看体育课在哪天，有体育课的日子心里莫名会开心一些，而其中最怕的就是把两节一样的课排在一起。这意味着两节课中间可能没有休息时间，到了后期会变成每周一次的考试。

周意又背了会儿书后去交作业，今天她一点都不急，但她的心跳却比昨天要快，在东西楼梯选择的时候，她犹豫了一下，最后选择了西边的楼梯。

她想起昨天刘宣平和他的对话，不难猜测，应该是他停好自行车上来正好遇到去班级视察完的刘宣平，不然也不会站在二楼的楼梯角谈话。

周意路过一个个班级，快走到楼梯口的时候放慢了脚步，她慢慢把目光朝底下移去，与此同时手心竟然出了汗。

可就这一刹那，她的心又重重落了下去。

那边没有人。

其实……也在意料之中，不是吗？她这么问自己。

哪有这么多巧合。


这样的期待和失落在这一天有太多。

上午上完课后，周意和陈佳琪像往常一样去食堂吃饭。

周意在排队的时候频频回头，视线掠过食堂的学生一次又一次，但都没看见他。

陈佳琪察觉到她的心不在焉和异样，问道："你看什么啊，在找人吗？"

周意心一紧，被陈佳琪看得瞬间脸红。

她敛了慌张后，对陈佳琪撒了第二个谎。

"我今天来的时候看到一个女生头发很好看，特别直亮，我想找找，指给你看。"她说。

"你也想做头发？"

说到这个，周意自然了点："早上照镜子时发现头发挺长了，想剪。"

陈佳琪摸了下她的头发："我觉得你长头发或者短头发都好看，不过你说直亮，应该是那个女生拉了头发吧。有点小贵的，你要做吗？"

周意摇头："只是觉得别人那样很好看而已。"

陈佳琪开始说起她毕业后想做的发型，周意听着，在端着饭去找位置的时候，没忍住，又环顾了食堂一圈，还是没看见那个人。

也是，食堂的新菜不好吃，他今天怎么会再来。

那他平常是在哪里吃午饭？校外餐馆或者他的家离这边很近，回家吃吗？

后来她吃完饭又去了小卖部，偌大的校园人来人往，但没有他的身影。

从小卖部走到教学楼楼梯入口，再从一楼走到二楼，从二楼走廊走回教室，周意刻意放慢了步伐，她在给自己尽可能多一点的时间。

但视野之内，依旧一无所获。

进了教室后，周意站在座位里整理桌子，有意无意地往窗外看。

时间一分一秒地过去，把书本叠一起放在桌上整理了一番后，周意收回视线坐了下来。

九月初的中午，阳光热烈，风若有似无，拂到脸上时闷热得竟让人无法呼吸。

下午的几节课过得又快又慢，一声"放学"，大家收起了哈欠连连的模样，一秒换脸，收拾书包的样子那叫一个精神抖擞。

今天轮到周意打扫卫生，两个男生包揽了倒垃圾的活，女生们快速地扫地。

陈佳琪发现今天周意的动作很慢。

以往为了赶公交车，周意扫地时也是那种挺急的状态。

陈佳琪想起刚刚老师说的月底小检测，想着周意是不是在为此烦心。毕竟是文理分班后的第一次考试，周意本来又为选了理科而焦虑着。

陈佳琪说："你不会又要睡不着了吧？"

在神游的周意茫然地"嗯"了声。

"月底小考啊，刚刚老师说的时候我都听到你深呼吸了。"

"那个啊……刚开学的试题应该不会很难，但是以后每个月都有考试，会越来越难。"

"是啊，高一的时候都没这些的。唉，我还以为高二会轻松一些呢，哪知道高二的考试就这么多了，到了高三难道真的会像以前老师说的那样，发了疯似的学习？"

"可能吧。好了，走吧。"

走出教室，陪陈佳琪推完自行车，走到林荫道的垃圾桶位置，周意像昨天下午一样，扭头看了一眼三楼。

有的教室灯亮着，有的已经暗了。

她没上过三楼，不知道哪个教室是高三一班，所以此刻也不知道他的班级有没有放学。

路过篮球场，有几个学生在打篮球，他太好认了，瞥一眼就知道他不在里面。

周意和陈佳琪分开后，去校外的便利店买闹钟的电池，里面有两个女生在挑饮料。

长发女生说："还好一周只有周一最后一节课是刘宣平的，二班是真的惨，周一到周三不是下午最后一节课是他的就是中午最后一节课是他的。他总喜欢拖课，有什么好拖的，下课铃一打谁还听得进去。"

另外一个短发女生说："我觉得偶尔拖课也能理解，像他那样的确很烦，节节都拖。不过……你不觉得段焰很牛吗？每次上刘宣平的课都在睡觉。"

是和段焰一个班的女生，原来他们班已经放学了。

周意本来想要两节五号电池的话已经到了嗓子眼，收银员也在等她开口说要购买什么东西。

四目相对，周意不太自然地改口道："请问这边有笔卖吗？"

收银员指指最靠里的货架。

周意蹲在那儿挑水笔的时候，又听到长发女生说："你还好，今年才分到他的班级，我可是从高一开始就被他拖课。段焰的话……你以前不和他在一个班，你不知道，他高一的时候一到刘宣平的课就会出去打篮球，瞧都不瞧刘宣平一眼，拽得不行，现在能安安分分坐在教室里我觉得他已经很给刘宣平面子了。"

"啊？这么嚣张吗？怪不得刘宣平总找他碴儿。"

"是啊，谁知道他们。"

"听说他家里家境很一般啊，还不认真学习……"

长发女生笑了声："我看不是吧，他那块手表好像要十几万。"

"不会吧……我以为几十块的表。他这么有钱？"

"不了解，我和他也不熟。不过，你怎么……突然关心起他了，是不是……嗯？"

两个女生已经挑好饮料去结账了。

周意随手拿了一支黑色水笔也走了过去。

她看见短发女生低下头，边付钱边娇笑着说："你别乱说。"

长发女生说："但是你还真别说，一个暑假没见，他好像更帅了点哦，我感觉班里其他男生也变了点。有种……怎么说……嗯……变男人了。"

付完钱，两个女生说笑着走出了便利店。

周意回头多看了一眼短发女生。

短发女生留着这两年很流行的波波头，手上戴着一条红绳，校服裤脚挽起，露出的脚踝纤细骨感。

她否认的样子是多么熟悉。

周意心事重重地走在路上。

快走到那条网吧的巷子口时身后传来自行车的铃声，她两耳不闻。

直到刹车"刺啦"一声在耳边响起。

她一抬头就对上萧宇明亮的眼睛。

他笑着说："真稀奇，你今天怎么走那么慢啊？"

"今天我值日，又去买了点东西。"

"哦……我刚打完篮球，就十来分钟，真不过瘾。"

"篮球？"

"对啊。"

周意想到刚刚出校门时扫过的篮球场，他不在，放学也比她早，不可能在和萧宇打篮球的。

萧宇没等她接话，问道："怎么了？你难道想学打篮球吗？"

周意笑了下："没有。"

萧宇挠了下眉毛："那……我先走了？"

"嗯。"

"明天见啊。"

萧宇话落的瞬间，巷子里突然传出一声——

"段焰！"

周意条件反射性地朝那个方向看去。

萧宇重复道："周意，明天见啊。"

周意发现自己的喉咙干涩到发不出一点声音，她敷衍地点点头，心思已全然不在这儿。

得到回应的萧宇踩上脚踏板，似风一样走了。

周意一步一步地朝巷子口走去，周遭的车流声、说话声，她好像都听不到了，连自己的呼吸都小心翼翼，生怕错过了什么重要信息。

走到巷子口，周意停了下来，然后蹲下身，解开了自己的鞋带。

她把头埋得很低，心里莫名羞耻，生怕别人看到她这个多余的举动。

叫段焰名字的是个男声，听声音似乎是个中年男人。

周意听到他说："哪能算了啊，手机是在我这儿丢的，我赔给你。走，我和你去手机店买。"

段焰慵懒的声音传来。他说："今天不行，我外婆生日，我现在要去取个蛋糕。亮叔，要不您看着给我买吧，和我以前用的差不多就行。"

叫亮叔的男人说："也行，反正我看你平常就打打电话。"

"谢了。"

"哎，怪我，没装个摄像头。我去找朋友问问，看看这个周末能不能装上摄像头。"

段焰轻笑了一声："好，我走了。"

他们的对话结束得太突然，周意手忙脚乱地系鞋带，她的手微微颤抖着，拉鞋带的时候又拉过了头，不得不重新解开系。

那脚步声越来越近，周意咬了下嘴唇，整个脸烧了起来，红晕从她脖颈爬上脸颊，仿佛能滴血。

周意顾不上了，胡乱系了一下，站起来想逃。

就在这一刹那，段焰正好从巷子里出来，朝她的方向拐弯。

两个人就这么毫无预兆地打了个照面，仅一秒，两个人反应很快，都往后退了一步。

周意猝不及防地撞上他的眼睛，如沉在深水潭里的黑宝石似的一双眼睛，看不穿却清透发亮。

她整个人瞬间僵硬，各个关节像生锈了一般，动弹不得，夕阳的余晖照在她背上似要将她灼烧。

她正手足无措的时候，听到段焰说："不好意思。"

淡淡的，不带什么情绪的，说完，他越过她往前走。

周意像提线木偶一样，也往前走了两步，然后停了下来。

她的大脑一片空白，心快要跳出嗓子眼，双腿也后知后觉地酥麻起来。

好一会儿，她稍稍平静了点后，转身望去。

夕阳艳丽，晚霞绵延，他迎着光走，微风拂面，灌进他的 T 恤和长裤，鼓起又贴紧，勾勒出他劲瘦的腰和修长的腿。

周意一直看着，直到他消失在视野中。

风吹几千里，金茫茫的阳光将她的影子拉得很长。

她看了眼手表。

十八点三十一分。

二零零九年九月八日，十八点三十一分，在无意识的期盼和见到他后巨大的喜悦中，周意确定了一个秘密。

周意第一次觉得回家的四十分钟是那么短暂。

她坐在公交车倒数第二排靠窗的位置，那些她熟悉的景色变得异常模糊，透过玻璃窗望去，朦朦胧胧中似乎所见之物都倒映着那双墨黑的眼睛。

和他撞在一起的那个瞬间，反复地涌上她的脑海。

夜幕渐深时，公交车里亮起了灯，周意看到自己绯红的脸颊。

到站时，还是天天见面的售票员提醒了她，售票员见她不下车，多喊了几遍"七湖站到了"，又对周意说："小姑娘，你是在这站下的吧？"

周意如梦初醒，攥着一手的汗仓促下车。

沁凉的晚风扑来，吹散了些许燥热，但下一秒她又想起了段焰。

不仅仅是他这个人，还有很多对他的好奇。

他从前一上刘宣平的课就出去打篮球，他们之间是有什么矛盾吗？

那位亮叔应该是网吧的老板吧，听他们说话的语气，段焰应该是那儿的常客，他在网吧丢了手机，他用的……是什么款式的手机？

今天是他外婆的生日，他订的蛋糕又是哪家的？往那个方向走的话好像只有一家新开的私人蛋糕店，是那家吗？

还有他手腕上的那块黑色电子手表，真的要十几万吗？

十几万对周意来说是个天文数字，她下意识地在心底否认了这个可能。

关于他的一切不停地在周意脑海里打转。

圆月当空，路灯安静地伫立着，周意伸手接住温柔澄黄的灯光，嘴角忍不住弯出了一个好看的弧度。


林淮觉得今晚的周意有点不对劲，因为周意在洗澡的时候居然唱起了歌，没有歌词，只有很简单的旋律。

他不爱听歌，不知道那是什么歌，满脑子里只有一个问题：姐姐最近有唱歌比赛？

可他姐唱歌五音不全啊。

周意走出洗手间，开门发现，林淮正皱眉等在门口。

"小淮？你吓我一跳，是要上厕所吗？我洗好了，你进去吧。"

"我不是来上厕所的。姐，你心情很好吗？"

"嗯？"

"你洗澡的时候居然在唱歌。"

周意耳根一热，"嗯"了声，扯开话题道："你是在门口等我吗？"

林淮想起正事，说："我今天下午去学校，桌上堆了很多作业，我昨天没上课都不知道怎么做，妈妈让我问你。你等会儿做完了自己的作业能教教我吗？"

"可以啊。你现在把你的作业拿来，我看看。"

林淮"嗯"了声，飞速跑回自己房间把整个书包都拎了过来。

这个年纪的男孩子的书包里什么东西都有。

周意站在边上擦头发，看着林淮从书包里掏出了一把树枝、被撕了半本的作文本、两只软噗噗的毛毛虫玩具、零碎的纸团，还有一包吃完了只剩辣油的辣条包装袋……

辣油流了林淮一手，他丝毫不惊慌，随手撕了一页作文纸用来擦手。

周意凝噎了会儿，问道："你平常书包里就装这些吗？"

"啊？你说这个啊？我今天下午刚买的，吃完了，没地方扔就扔书包里了。"

"教室里没垃圾桶吗？"

"以前有现在没了，老师说要做卫生角，垃圾要自己放好带出去扔。"

周意了解了，她以前的老师也做过类似的规定，其实不过是老师觉得教室里的零食味道刺鼻。

林淮又说："你不要这么惊讶，显得你很土，我们班同学都这样的。喏，我有两页数学练习册要做，有五道英语填空题不会做，其他的我自己都能做。"

周意把毛巾放在一侧，拿了个塑料发夹把头发挽了起来。

她翻了翻，心里感慨现在的孩子怎么作业越来越多，摸着他们更新换代的课本又觉得很陌生。

去年林淮刚上一年级，而进入高中后她埋头苦读，对林淮的学习情况没有过多关心，只知道他几次考试成绩，中等偏下。

过年时，别人问起林淮的成绩，周兰说："正是贪玩的年纪，男孩子只要用心，学得比女孩子快多了，不急。"

父亲林厚中也说："还早，才一年级，慢慢来。"

父母都这样说，她又能说什么。

不过现在看来，有的东西确实会随着年龄的增长，变得有些不一样。

以前林淮回家做作业都是敷衍几下，满脑子只有玩，哪会来问题。

周意拉了张椅子坐下，随手拿过桌上的笔打算给林淮讲题，拔开笔盖要下笔的时候她忽然发现这是放学后在便利店新买的那支水笔。

犹豫了一下，周意盖上笔盖放了回去，重新从笔袋里拿了支笔。

周意讲题的时候语气轻柔，但带着一种淡淡的压迫感，林淮头一回觉得面对姐姐时这么煎熬。

讲完了，周意问他："听懂了吗？"

林淮似懂非懂地点头。

周意拿笔点点题："那你做，做完了拿给我看。"

"啊？还要给你看啊？"

他本意是让周意给他讲讲，他随便做做，不然一个字都憋不出来，明天怎么应付老师。

这下好了，自己给自己找事儿。

周意看出了林淮想要应付的心思，她沉默了会儿说："你不想给我看也行，你自己考虑。"

林淮挠了下后脑勺，弱弱地说："那我写完再来找你……但等会儿要是弄太晚怎么办，你会不会又睡不着？"

"你先做，我能给你看一点是一点。做完就拿来给我看，你也不能太晚睡。药吃了吗？"

"吃了。"

周意拍拍他的脑袋："快去吧。"

林淮走后，周意开了所有窗户通风，辣条味太大了。

她站在窗台前发了会儿呆。

回到书桌前，她的目光被那支笔吸引了过去，她拿起笔，大拇指一下又一下地摩挲着那一圈黑色橡胶。

这支笔，和他无关，又好像和他有关。


很难得，晚上周意辅导完林淮后上床睡觉，没有翻来覆去难以入睡，她只想了一个人，然后便进入了梦乡。

次日醒来，她也没有想赖床，精神莫名亢奋。

周意在洗漱照镜子的时候忽然意识到，她从来没有这么期盼过去学校，这高度重复的日子也开始变得不一样了。

周意对着镜子轻轻笑了一下。

好心情显而易见。

早上，陈佳琪想趁着早自习之前，和周意互背下古诗。

她拿着课本转过去，习惯性地趴在周意课桌上，眼睛盯着课本，嘴里念念叨叨了会儿古诗。正当她准备合上书背给周意听的时候，看见周意对着一支笔不知道在想什么，嘴角还漾着淡淡的微笑。

陈佳琪伸手在周意眼前晃了晃："你发什么呆啊？这支笔是金子做的吗？怎么看着它一个劲地傻笑？"

陈佳琪的声音不小，边上同学听见了好奇地瞥了过来。

周意回神，余光虚觑了一下周围，低声和陈佳琪说："没什么，只是刚刚正好想到我弟弟的书包，挺好笑的。"

"你弟？他的书包？"

周意觉得自己现在撒谎的功力已经炉火纯青，她面不改色地和陈佳琪说了昨晚林淮书包里倒出的东西。

陈佳琪听完竖了个大拇指："半包辣条油就很牛。难为你了，还要给你弟弟辅导作业。欸，不过你今天气色不错，虽然……黑眼圈还是有点，但和周一那天比起来，你现在眼睛在发光欸！"

周意有些好笑地说："我是猫头鹰吗？眼睛还会发光。"

陈佳琪："形容，你懂不懂。你也知道，我作文水平不高，反正就是这么个意思。"

"佳琪。"

周意忽地叫她。

陈佳琪："嗯？"

"我们中午……要不要换个地方吃饭？"

"你想去哪儿吃啊？"

周意抵着书页的食指动了动，页角被折了一下，她试探性地问："校外不是有一些很平价的小餐馆吗？还有汉堡店，我都可以。"

"我也都可以啊。不过你怎么突然想出去吃了，是食堂的鸡排让你绝望了吗？"

"算是吧。那我们中午就去外面吃了？"

陈佳琪点头："好啊，我正好去买几支笔。哎呀，先不聊这个了，等会儿上完语文课再说。你赶快听我背诗，我昨晚没背，刚在路上背的，心里没底。"

"你背吧，我听着。"

"你都背好了？"

"嗯，刚刚自己默写过一遍了。"

周意指了指边上一张草稿纸。

"不愧是语文课代表。"说完，陈佳琪合上书，双手捂住耳朵，眼睛向上看，语速极快地背了起来。

周意很认真地听着。

陈佳琪背完的那一秒，周意突然想起来一件事。

黑眼圈……

那天嘴唇还又干又白……

她是不是给他留了个不好的印象？

但他应该没记住她吧？

希望他没有记住。

可真的一丁点都记不住的话，似乎又有点不甘心。


上午班主任宣布了一件事，让全班男生集体沸腾。

是周一班里男生和体育老师提起的关于开展篮球赛的事情，那天上完体育课后，体育委员兴冲冲地带着几个男生冲进了班主任的办公室，满腔热血地说着篮球赛的计划。

周意他们班主任是教数学的，是个年纪比较轻的男人，时而严肃时而幽默。听完男生们的想法后，他笑得很大声，拍拍比他个子还高的体育委员说："行，这个好商量。这样吧，看你们月考，考得好立马就给你们安排。"

男生们一瞬间蔫儿了，班主任又说："行行行，我等会儿去和各个班级的班主任商量一下。但是你们几个……能不能用好好上课来回报我？"

男生们拍胸脯保证，开始称兄道弟："老班，咱俩谁跟谁，一定给你面子！"

"少和我套近乎，你看你们几个最近的作业都做成什么样！"

"刚开学，没状态，但我们马上就有状态了，是不是，兄弟们？"

班主任被气笑，拍了几下他们的脑瓜子。

回到教室后，体育委员和几个男生还绘声绘色地形容了下在办公室里和班主任对话的场景。

那天下午，映着夕阳，教室里一团哄笑，打消了黄昏的困意。

上午那会儿，刚出完操，大家的状态还有点散漫。

班主任胳肢窝里夹着书走了进来，扫了一圈底下，开玩笑说："一个个怎么回事，做个早操跟要了命似的，平常体育课不好好锻炼是吧？看看你们，高一刚进来的时候动作一是一，二是二，现在跟得了软骨病一样。"

底下有男生拿着本子扇风，接话道："老班，好好珍惜现在的我们，明年我们就直接瘫痪了。"

班主任笑："好的不学就学坏的，他们高三有些同学都不出操，这可不行啊，等明年你们谁这样我削谁。来来来，都打起精神，集中注意力，我要开始讲课了。"

"高三"这两个字拉回了周意的思绪。

段焰应该就是那不出操里的一个吧，因为她没在高三的队伍里找到他的身影。

每次做转体动作时，周意都会扫视一圈，她看见了那天和他一起吃饭的胖男生与笑容阳光的男生，顺着那个队伍，从尾巴找到头，都没看到段焰的身影。她以为他没来学校或者被叫去谈话了。

现在听班主任这么一说，应该是逃了课间操的可能性更大一些。

这样的话，刘宣平会不会又说他？他在教室里干什么，睡觉吗？

他昨晚……陪他外婆过生日开心吗？

周意慢腾腾地翻开数学书，手掌顺着书页来回压滑了好几下，每一下都在暗示自己现在应该敛起心思。

班主任在黑板上写下了三个大字：篮球赛。

大家先是一蒙，然后男生们兴奋得鬼哭狼嚎起来，而女生们则小声地讨论着。

班主任双手撑在讲台上，说："黑板上这个东西，月底考试后开始。"

短暂的安静过后又是一阵欢呼声。

班主任："考试成绩前三的班级，能获得额外的一场加时赛。"

大家又是一静。

班主任："这次比赛如果我们班前三，我自己掏钱带大家去看电影，外加一顿肯德基。"

"老班，牛！"

"你就是我这辈子最爱的男人！"

"大家冲啊，谁现在开始不读书我就弄谁！"

有女生怼道："就光会用嘴巴说，自己快把高一落下的集合弄清楚吧。"

有男生把书一拍："等着，看小爷这次考试怎么超越你。"

"哈哈哈哈！"

陈佳琪也没忍住，用书挡住脸偷偷转过身朝周意挤眉弄眼："班主任为了个月考疯了吗？还是他中彩票了？"

周意撑着下巴，笑着摇摇头。

她不知道班主任到底怎么想的，但是在男生们疯狂呐喊的那一刻，她看到班主任是发自内心地开心，透过他的眼神仿佛能看到他的十七岁。

那段焰呢？他去年听到要打篮球赛的时候也是这么少年意气吗？

上午放学的铃声一响，大家一如往常地冲出教室，只不过路上都是男生们讨论篮球赛的声音，和隔壁班的遇到还会谈论几句，大家谁也不服输，一口一个到时候你们班等着。

其实不止他们班在听到班主任宣布篮球赛消息的时候欢呼，在他们上其他课时就听到别的班级此起彼伏的惊喜声。

少年们对篮球真是有种莫名的热忱。

陈佳琪很不理解，在去校外吃饭的路上没好气地说："不就一个比赛嘛，我耳朵都要长老茧了。还好我们是单排的座位，如果萧宇或者那些男生谁做我同桌，真的很烦欸，叽叽喳喳说个不停，比我婶婶还能说。"

周意笑她："今天火气怎么那么大？"

陈佳琪挠了下耳朵："不知道，大概是因为那个来了？"

"有可能。"

突然，陈佳琪后肩被撞了一下，她整个人往周意怀里扑了过去，周意反应很快地扶住她。

撞到人的萧宇连忙道歉，陈佳琪板着脸，气呼呼的样子像一只炸毛的猫。

萧宇眨了下眼，说："不好意思，不好意思。你这眼神怎么像要吃了我一样？我真不是有意的，等会儿给你们买炒冰沙赔罪？"

陈佳琪脸更冷了，说："不要，我们不吃。"

萧宇和另外一个男同学并排走着，遇到她们后，变成四个人并排走，萧宇微微往前弯腰，视线在周意和陈佳琪之间流连。

最后，他笑眯眯地说："那买奶茶？"

陈佳琪无语道："你很奇怪啊，干吗非要请我们吃东西，你暗恋我啊？"

萧宇僵了一下，随后"扑哧"一声笑出来，摆手道："哪敢啊。算了，不吃就算了，我们先走了。"

他搂上自己的好哥们儿继续说着篮球的话题往前走。

没走两步，他又回头，像是想起什么很惊讶地说："欸，你们今天怎么去外面吃啊？"

周意微微张了下嘴，回答道："吃了一年的食堂有点腻了，想去校外看看。"

"行，推荐你们吃那个韩式炒饭，性价比贼高。"

周意"嗯"了声，胳膊肘捅了捅陈佳琪，轻声道："你吃不吃炒饭？"

"吃吧……"

"你怎么还是那么不开心啊？"

陈佳琪看了眼周意，深叹一口气："好吧，其实我觉得是因为我来了那个，再加上语文课默写有一句诗忘记了，心里就格外烦躁。我本来不想和你说的，想默默承受，但我果然还是不够成熟。"

周意回想了下过去一年陈佳琪的学习状态。

陈佳琪理科好一些，文科大多是死记硬背的东西，她总是忘记那个忘记这个，导致英语和语文经常出错。

周意试探性地问："早上你背得挺好的，今年高二了，基础再打不好明年高三学习起来会比较吃力，要不要和我一起好好学习啊？"

陈佳琪觉得一整句诗想不起来是默写中的顶级耻辱，她愤愤点头，发誓说："我等会儿就多买点笔和本子，我这个月一定要好好学，不然到时候我给班级拖了后腿，那群男的一定会在背地里骂我。"

虽然不是这个逻辑，但有这个心就是进步。

周意鼓励着陈佳琪，在不经意间寻了会儿段焰，林荫道上人潮拥挤，依旧没有他。

今天已经过了一半。

这种危机感像极了她给自己定了一小时写卷子，但是已经过去了半个小时，她还卡在第一道题的感觉。


## 3. 日记本

校外的小吃琳琅满目，每一个小吃推车前都围了一堆学生。

高一刚开学的时候周意曾和陈佳琪来校外吃过个把星期，那时都没这些小摊贩，只有边上几家私人小饭馆。

也怪不得班里女生总说什么饭团鸡柳，她还以为是小饭馆里兼做小食了。

给自己打完气的陈佳琪此刻元气满满，她在一堆吃的中挑挑拣拣，选择了个头最大价格最便宜的饭团。

周意吃什么都行，跟着要了一个咸蛋黄肉松饭团。

买完吃的，两个人绕道去一家开在角落里的文具店，这里的文具款式新价格实惠，还有各种小饰品，是这片儿女孩子最喜欢的地方。

挑了半天，周意拿了三支小巧精致的圆珠笔打算结账，沉浸在格式笔记本里的陈佳琪一把拉住她。

陈佳琪说："买不买这个啊？好好看啊。"

周意凑过去一看，硬壳装的笔记本封面上印着各种摩天轮和糖果屋图案，是这两年特别流行的图案。

周意摇头时目光随之被边上一系列纯色的笔记本吸引，最上面一本是明亮的黄色，黑色小楷字体印着一句诗——山月不知心里事，水风空落眼前花。

心底像有某个地方措不及防被敲中。

她隔着橱窗玻璃指指这本，对老板娘说："阿姨，麻烦帮我拿下这本，我想买。"

后来周意才知道，他最喜欢的颜色正好是黄色。

而山月不知心里事，却有心里事。

周意和这个年纪的大多数女孩一样，对颜值高的文具难以抗拒，再加上以前养成的学习习惯，每个学期开学她都会准备几个新的笔记本用作各科目的记录本。

关于写日记，上次写日记都是上小学的时候了。

她从来没想过她的满腹心事会有一天需要用纸笔抒发。

买完笔记本，陈佳琪咬着饭团随口一问："你要用来记什么啊？"

周意望着网吧的方向，轻轻说："记一些喜欢的句子吧。"

"那不就是语文摘抄？"

"嗯，差不多。"

"原来你有这个爱好呀，怪不得作文写那么好。我想写小说，我觉得这个糖果屋的一男一女封面很像小说封面，我打算写个小说。"

周意愣了一下，说："刚刚你不是说要好好学习吗？"

陈佳琪："可我该有的笔记本都有了，这个本子不写点什么很可惜啊，正好我最近灵感爆棚。"

"那你想写什么故事？"

陈佳琪看着蓝天白云思考了一下，说："写个我的梦中情人，对我千般万般好的故事。"

周意："那你写好了给我看看。"

"你放心，我肯定让你做我第一个读者。你要不要和我一起写啊？"

周意咀嚼的动作放慢，她说："我哪有时间啊……"

陈佳琪也清楚，高二的时间紧张着呢，但她就是想去做自己想做的事情。

因为忘记了一整句古诗想好好学习是真的，想去写一个故事也是真的，现实和梦想并不冲突。

但周意和她不一样，周意好像一步都不能错。

想着想着，陈佳琪忽然问周意："你以后想做什么啊？"

周意开玩笑说："消防员、科学家、老师、警察……"

陈佳琪撞她的胳膊："别闹，认真的。"

微风和煦，阳光一缕缕落下，周意觉得有点刺眼，她眯了眯眼，声音散在满是青春气息的嘈杂声中。

她说："想做自己擅长的、自己喜欢的工作，自己喜欢的就好。"

还有……以后要和自己喜欢的人在一起。

所以周意午自习时在这本笔记本上写的第一句话就是：十七岁的周意的日记，十七岁的周意希望二十七岁的她能如愿以偿。

再往下写，刚落笔"段焰"二字，她的心里就涌上一阵失落。

她中午没在学校看见他，课间，她几乎不在外走动，就算走动能碰见他的概率也很低了，而放学那个时间段人流量很大，没有人会愿意在学校多逗留，想来他也不例外。

气温一点点升高，她的心事像在阳光下意外烧起来的树叶，焦灼难耐，最后只剩一堆灰烬。

但周意还是在笔记本崭新的第一页完整地写完了周一那天所有的一切。

写到末尾，她问自己他身上到底有什么优点让自己觉得他如此耀眼，让人挪不开眼睛呢？

这个问题在下午的第二节课忽然有了答案。

周三下午第二节是周意班级的心理课，也是除体育课外唯一能放松休息的课，就算不听课在底下做作业，温柔的心理老师也不会说什么。

周意整个课间没有休息，一直在算数学老师布置下来的题目，心理老师讲她的课，周意在下面继续算她的题。

让她抬起头的是窗外操场上的一阵欢呼声，听到声音的时候，她心里的一根弦猛地被拨弄了一下，几乎是条件反射地朝外看去。

果不其然，她在跳跃跑动的众多身影中看见了段焰。

他们似乎刚结束一个回合，篮球从篮筐里滚落，弹跳几下后滚到了一旁，有个男生小跑着去追。

而段焰站在三分线外，右手捂着后脖颈转了转脖子，等人把球捡回来后他很快又投入到战场中。

周意不太懂篮球，但隔着这样一段距离，她能看到段焰的神情专注认真，他的防守夺球都很迅速果断，在别的男生还没反应过来的时候篮球在空中划出一道抛物线，完美地落入篮筐中，是个三分球。

又是一阵欢呼声，有的来自他的队友，有的来自站在边上看球的男生。

这个学期，他们没有一起上体育课。

徐徐的风吹来，操场上的火热气息顺着风而来。

周意撑起下巴，眼神变得专注，她觉得自己仿佛成了篮球场边上的一个看客，成了拂过他耳旁的一缕微风，成了他视线所到之处的尘埃。

周意的目光一直随着他动，透过每一个篮球动作仿若能看到他那双被墨水洗过的眸里的东西，锋利猖狂，目标清晰，像一头蛰伏已久的猎豹。

也仿佛能看到体育老师口中去年那场很精彩的篮球赛。

平常投进一个三分球就足够少年们热血撒一地，更别提在赛点这种关键时刻了。

下课铃响起，把周意从那个热火朝天的篮球场叫了回来。

她回头看了眼老师。

心理老师收拾好课本，喊了声："下课。"

周意说："起立。"

大家纷纷站起来，拖着长音喊："老师再见。"

喊完，周意转头朝窗外看去，篮球场上还没散场。好像每个班级都这样，男生打篮球时喜欢快临近上课才回教室。

陈佳琪等老师一走就兴奋地转过来，把中午新买的笔记本拍周意桌上。

"周意，你快看，我刚刚想了一节课的男主角，我还画了一下！你快看！"

周意不得不看向陈佳琪，心不在焉地翻了翻她的笔记本。

翻完，周意哭笑不得地说："你一节课就做了这些啊？"

"对啊，但我很开心，作业什么的留着晚上痛苦去吧！你数学题都做完了啊！难吗？"

周意点点头又摇摇头，扯开话题道："你这个男主角……名字叫南宫狂？"

陈佳琪挑眉，说："怎么样？是不是从名字就能感受到他的狂？"

"扑哧——哈哈哈。"在边上听了一嘴的男同学们难以控制地狂笑起来，其中一个和陈佳琪开玩笑说，"你以后成名了能不能以我为原型写一个小说啊？陈作家。"

陈佳琪翻了个白眼，说："可以啊，你就叫冷残废，你就叫安心走，还有你，你笑得最开心，那你就叫贾开心。"

周意没忍住也弯了嘴角。

陈佳琪和那几个男生吵了起来，你一言我一语。

周意又朝窗外看了一眼，不知道什么时候操场上的人已经散了。

她仔仔细细环顾了一圈操场，三三两两的学生中没有他。

周意不知道他到底是几时结束的，如果他走得快，这会儿指不定已经上三楼了，如果他顺道去买水，可能这会儿正要上楼梯。

他平常习惯走东楼梯还是西楼梯？

"班长，你们班谁是班长？告诉她，语文老师叫她过去一下。"

突然，教室门口来了个隔壁班的同学，站在那儿张望，和离门口最近的人说了几句话后就走了。

周意没看见，直到坐前排的同学大声喊了声她的名字。

周意指指自己，用口型问："我？"

同学点点头。

周意想不出这会儿能有什么事情，她把放在桌上的笔记本塞进课桌后快步往语文老师办公室走去。在选择路径的时候，周意思量了一下，走了东楼梯。

如果她设想得没错，比起走西楼梯，走东楼梯遇见他的可能性更大些，有百分之二十五的概率遇见他。

下楼迎面正好遇上几个打完篮球的男生，掀着T恤散热，有一搭没一搭地闲聊。

周意余光瞥了眼，心霎地一紧，呼吸都停滞了几秒，脑子瞬间一片空白。

余光里，走在最后面的段焰神情闲散，身上汗涔涔的，边上楼边仰头喝水，水灌进喉咙，喉结上下滚动，下颚线格外分明。

路过他身边的一刹那，周意把头底下，刻意避开和他对视，能明目张胆地看的只有他那双白色的运动鞋和一截校服裤管。

"阿焰，你刚才那个三分球有点东西啊。"前头一个男生说，是上次和他一起吃饭的那个胖男生。

周意刻意放慢了脚步，听到他懒洋洋地笑了一声，语气带着点轻狂："比以前差了点。"

"欸，您老谦虚了，真谦虚了。"

"小胖，你不懂，咱们焰哥哥在牢里没球打，所以比以前差了点呢。"

"哈哈哈，完了，这个发型是过不去了。"

周意也笑了一下。

走出教学楼时，周意呼吸了一口新鲜的空气，不自觉地想笑。

她想，喜欢一个人在这个年纪又需要什么道理呢？

也许是因为他说过的一句话，也许是因为他的一个眼神，也许是因为他不经意间的一个笑。


周意敲门进语文组的办公室时，里头的几个老师正在谈天说地，笑声不断，见到有学生来也没停。

周意班的语文老师是个年轻且有点帅气的男人，见到周意来了，对其他老师说："我那辆车当初就是买得不称心，打方向盘时吃力了点，你们要买的话，得好好对比一下。"

说完，他对周意说："来，周意，我有个事情跟你说。"

周意走到办公桌边上。

只见语文老师点开电脑上的一个网页，页面加粗的黑体字标题是：2009年南城青少年花语杯。

是个作文比赛。

周意从小到大参加过几次这样的比赛，去年也参加过，还拿到了一支质量不错的钢笔作为奖品。当时她和重点中学同年级的一个同学并列第一，那个同学叫刘舟，是刘宣平的儿子。

因为有了这层关系，周意对去年的比赛记得特别清楚，那会儿在物理课上刘宣平反复地说，也不知道是不是她多心，有时候她回想起来总觉得那时候刘宣平说的话在暗暗"踩"她。

语文老师说："这你去年参加过，我看了下，今年的大体规则没变，但是投递作文的方式变了，不再由老师收好纸质版的递上去，而是要求交电子版的作文。"

"电子版？"

"就是得用电脑写，你到时候写完发我邮箱，我和其他老师的整合好以后再发到官方邮箱。"

周意踌躇了一下。

她家里是没电脑的，她也没尝试过用电脑写东西，感觉和用笔很不一样。

她问："一定要用电脑吗？"

语文老师说："这没办法，上面是这么规定的。你家里要是没电脑的话，问问其他同学家里有没有，借用一下。作文的截稿日期是国庆前，所以最迟下下周的周一你一定要发给我。算上今天，给你十二天能写完吗？"

"能是能……但是……"

"你别担心，问问玩得好的同学，总有人家里有电脑的。我再和你说下这次要写的题目，你看这个。"

语文老师鼠标下滑，把作文题目放大给周意看。周意敛了话，弯腰凑近电脑屏幕。

边上的老师说完了汽车的话题，顺着话茬说起这次的作文比赛。

一男老师说："欸，吴老师，今年这个比赛你们高三一班的那个段焰参加了没？"

吴老师摆摆手："前两年都没参加今年怎么可能参加，那小子，就是爆炒鹅卵石——油盐不进。"

老师们被逗笑，说："真可惜了，要是这两年好好学，指不定我们学校能搞个清华的苗子出来。"

吴老师说："清华？得了吧，他要是真愿意好好学还会来这儿，早就在中考那会儿去了市重点了。"

"我觉得他挺有骨气的，和老刘死磕到底，不过他家也确实有些家底。"

"也是，年轻人要的就是骨气，谁十七八岁的时候不狂，你那时候不也和老师顶嘴叫板？"

又是一阵笑，有老师说："还真别说，我读高中的时候就看我们那个班主任不顺眼，下课总喜欢拖课，所以我现在从来不拖堂。"

上课铃声响起，老师们也停止了说话，要上课的老师卷着书快步走出办公室。

周意也不知道自己弯腰看了那么久到底看到了什么，当那个老师提到段焰的时候，她的耳朵都是往后竖的。

语文老师说："你这节是什么课？"

"英语。"

"那不要紧，你把题目要求抄一下再走。"

周意在心里默默叹了口气，怎么会不要紧呢？为什么每次老师都会觉得耽误一会儿别的老师的课不要紧呢？

她接过语文老师给的纸笔，快速抄完，然后打了声招呼走出办公室朝着教室狂跑。

风呼过耳朵，一些关键词闪过她的脑海——段焰、清华、老刘、中考……

还好，她跑到教室门口的时候英语老师也才刚到。

可能是对学习好的学生有优待，周意晚到一会，英语老师什么都没说，看到匆匆忙忙的周意还笑了一下，然后翻开书本开始上课。

周意轻轻喘着气，收拾着上节课没做完的数学题，又赶紧抽出英语课本。

呼吸稍微平复了点，她不自觉地在英语笔记本上写下两个字母：DY。

她思想刚开了点小差，就被英语老师敲黑板的声音拉了回来。

英语老师看着最后一列，说："知道你们下午困，但这个很重要，都给我认真听好，觉得困得难以忍受的可以起来站会儿。"

明明不是说的周意，但周意耳朵红了，她摇了摇脑袋，试图甩掉一些胡乱的思绪。


一下课，陈佳琪就好奇地转过来问："语文老师找你干什么啊？"

周意左手撑着额头揉了揉，右手握着笔流畅地记下老师刚刚说的最后一个知识点。

她回答："就是去年那个作文比赛，今年让我也写。对了，佳琪，你家里有电脑吗？"

"电脑？有是有，但是家里没连网，你要用吗？"

"那算了……"

陈佳琪把玩着周意笔袋上的挂件，说："班里家里有电脑的同学蛮多的，但连网的是少数，我爸妈就不给我连网，怕连网了后我就不学习了。你突然要电脑干什么啊？"

周意："那个作文需要电子版，发邮箱。"

"啊？这么复杂。今年的题目是什么啊？"

周意把抄下的内容递给陈佳琪，陈佳琪只看了一眼就说："无聊，又是这些题目，没什么新意。真不知道写作文是为了什么，都是固定套路。还是写小说好，天马行空，写自己喜欢的。"

周意笑道："不一样的东西怎么能比。"

陈佳琪又说起她上节课课间没说完的小说内容，周意摩挲着这张写着作文要求的字条，脑海里全是关于段焰的片段。

老师们几句话说得糊里糊涂，她听得也糊里糊涂。

他们口中的段焰似乎和刘宣平口中的段焰对不上。

他不是经常考试垫底吗？为什么老师会希望他参加作文比赛？

清华苗子是什么意思？他初中的时候难道成绩很好吗？

和老刘死磕到底又是什么意思？他和刘宣平真的有过节吗？

有家底是说他家境不错吗？

周意联想到上次段焰班里那个女生说他的手表要十几万，难不成是真的？

她拼命回想老师们说过的话，生怕自己漏了什么细节，又好似要从这几句话里抽丝剥茧了解到他的全部。

不管她怎么想，老师想找他参加比赛是真，老师觉得好好培养他能上清华是真，他家里有家底也是真。

不过，周意还是难以置信。

真的有这样的人吗？

周意想了半天，觉得用"像小说里的人似的"来形容最合适，现实中这么夸张的人设她真没见过。

周意见过很多从前成绩不错，但上了高中因为贪恋其他东西不学习导致成绩急速下滑的人，也许他也是这种情况呢？

不知怎的，她不愿意这么去想他。

一个整个高中阶段都不好好学习的人，如果真那么无可救药，办公室里那些老师说起他时语气又为什么是那样抱有希望的呢？

也许只是因为她希望他能光芒万丈。

这些问题围绕了周意一整个傍晚。

晚上，周意做完作业翻开那个明黄色的日记本，柔和的光线下，洁白的纸张上淡蓝色的圆珠笔写出的字娟秀规整。

开篇的第一页总是让人分外珍惜，小心对待。

周意细细看过中午写下的内容，林林总总居然写了一页多，写起来确实比写作文要省力很多。

看的时候，周意的嘴角一直扬着就没下来过，她终于理解了一个成语，明白了什么叫"身临其境"。

她在中午停笔的地方继续往下写，关于今天的体育课，关于其他老师口中的他，关于她心底对他的好奇。

这一天的日记最后一段话是：周三下午第二节是他的体育课，他喜欢打篮球，他很擅长三分球。

写完，周意又重新看了一遍，这一次目光意外敏锐地捕捉到"亮亮网吧"四个字。

她可以去网吧写作文吧？

昨天是周二，他周二下午去问老板手机被偷的事情，周二上午在上课他不可能去网吧，要么就是他周二中午去上网丢了手机要么就是周一晚上，或者再往前推，是在上周末？

他和网吧老板好似很熟，他经常去吗？

她这个周末去的话能遇见他吗？

周意正出神，刚洗完不久的头发隔着毛巾湿漉漉地披在她肩上，她微微一动，一缕湿发垂了下来，发梢蹭过笔记本页面，留下一道水渍。

周意眸色一紧，飞快地抽了张纸小心擦拭。

明明只是一个本子，一页纸，但因为上面很认真地记录了喜欢的人，所以一点意外都不允许出现。

擦完，周意收起笔记本，放在了书包的最里层，书包拉链也拉得很紧。

收拾好书桌，周意去卫生间吹头发。

照镜子的时候，她摸了摸头发，想起那天那个女生的短发，又想起别的女生拉直过的头发。

她……要不要周六去换个发型？

周五晚上，周意辗转反侧了一晚，她不知道自己该用什么样的理由出门。

周兰不喜欢她周末出门，哪怕是去同学家玩也不行，好似那个年代的家长大多是这样。

可能是觉得孩子去别人家是给别人添麻烦，可能是怕自己孩子在外面出事，哪儿都比不上在家安全，也不会让他们操心。

上高中后，高一时期的周意也不想出门，跟从前的同学几乎都没了联系，只偶尔听周兰说起过几句。

说上重点高中的同学怎么努力、怎么优秀，那些话让她变得更不爱出门了，高一刷的题比初三时还多。

如果她说去网吧写作文，大概率要被周兰驳回，几乎可以想象周兰会做出怎样的回答。

周兰也许会说："去网吧的都是不学习的人，谁写作文去网吧？我看你别是被哪个同学带坏了。去网吧也要花钱，有这个钱你还不如买点东西吃。"

刻板印象、胡乱猜疑、对钱敏感，这些谁能改变得了。

就算解决了周兰这关，可如果那个网管很严格的话，她也是进不去的，就算进去了，也不一定能遇到他。

想到这儿，周意又开始了另一个苦恼——要剪短发吗？要花钱把头发拉直吗？万一不好看怎么办？


第二天，周意很晚才起，起床的时候林淮已经在周兰卧室看起了《铁甲小宝》。看到脸色又变得不好的周意，林淮皱了皱眉。

他一股脑地把小浣熊方便面的最后一点碎屑仰头倒进嘴里，嚼了半天后对周意说："你又睡不着了吗？"

周意轻轻"嗯"了声，绕过他进了卫生间，她拧了把热毛巾敷在脸上，好一会儿才拿下来，随即稍微清醒了一些。

林淮凑过来，盯着她，问："高二的题真这么难吗？"

"什么？"周意没反应过来。

"你以前……就是初中的时候不都正常做作业，周末还会看看电视，高中真这么难吗？"

周意知道，林淮以为她昨晚又做题做到失眠了。

不过确实很难，不是吗？

周意笑笑，伸手拂去他嘴角的方便面碎屑，说："等你上了高中就知道了。"

"我可不想像你一样，学得连电视都看不了。"

林淮其实不太懂大人的世界，他知道高中有重点和普通之分，但在他眼里都是高中，去哪儿都一样。他也知道他姐因为没去到心仪的高中所以一直很努力地学习，但光学习多无趣。

他像个小大人一样，十分老成地说："蜻蜓队长说了，小朋友就该吃吃喝喝玩玩乐乐，你今天别做作业了，遥控器给你，我陪你看电视。"

周意："你以为我没看过《铁甲小宝》？蜻蜓队长什么时候说过这话？"

林淮挑眉说："我说他说了就是说了，不信你再去看一遍。"

"人小鬼大。"

周意在镜子前摆弄了会儿头发，叫住要折回去继续看电视的林淮。

"小淮，嗯……你觉得我剪短发会好看吗？"

林淮诧异地扭过头，端详了会儿后认真地说："我想象不出你短头发是什么样子，应该不会太难看吧，毕竟我长这么帅。"

"那我把头发弄直一些呢？"

林淮问："你头发难道是弯的吗？"

周意忽然意识到这个事情不应该问八岁的小孩，她没回答林淮的话，只说："你自己一个人在家别乱跑，我去镇上剪个头发。"

林淮点头，说："能不能给我买包鸡丝啊？没有的话，南京板鸭也行。"

周意比了个"OK"的手势。


周意过去的十七年一直都是长发，马尾，没有刘海。

别说林淮了，她自己也想象不出自己留短发会是什么模样。

周意去了小镇上唯一的一家理发店，复古的玻璃窗上写着"焗油烫发"，里头镜子前排了四个黑皮转椅。

从前这家店只有小朋友和中老年人才会来光顾，但店主的儿子去学理发归来后做了宣传，说熟人来染发烫发可以打折。

周兰去烫过发，一头小细卷，效果还不错。

身边的阿姨婶婶都在说店主的儿子手艺很好。

周意一进去，店主的儿子便热情招呼，问她是不是要剪头发。

周意思忖下，还是问出了口："我想剪短头发，您看我合适吗？"

听到这话，店主的儿子咬着梳子回眸，打量了几下，笑说："小姑娘，你以前没剪过短发的话不建议剪，发尾的头发会翘起来的。"

周意又问："那这边拉直头发多少钱？"

"分药水的，最低的七十块，用好点的一百块，再好点的一百五。"

周意头一回接触这些，也不懂，想着自己的预算，她说："那就来个七十块的吧，大约需要多久？"

"快得很，个把小时。小丫来，带这个小姑娘去洗头。"

学徒小丫带着周意去洗头。

整个过程，周意都在给自己做心理建设，只是拉直头发而已，应该不会有意外吧？如果拉直的效果太明显被周兰看出来是不是免不了一顿唠叨？

还有……七十块……将爷爷给的钱就这么花掉是不是太不懂事了？

胡思乱想了一小时后，周意看着镜子里的自己有点恍惚，飘逸柔顺的长发完全抹去了身上的稚气，她感觉自己仿佛从什么都不懂的丫头片子瞬间变成了小时候羡慕的漂亮姐姐。

回家的路上，周意一遍又一遍地去摸自己的头发。

原来，让自己外表变好看是一件这么令人心情愉悦的事情。

沿路的黄楝树已经花败，微风一扫，剩余的一点小紫花慢慢飘下，挂在枝头上的青色楝豆子沉甸甸的，随风晃啊晃。

阳光透过树叶，斑驳的光影落了一地。

不知是不是因为很满意新发型，她心情大好，有那么一秒钟，她想，不管周兰怎么说，明天自己一定要出门去网吧。

回到家，眼尖的林准一眼就看出了姐姐的异样，周意一把捂住他的嘴，拿出买的零食说："做个交易，给我保密，行吗？"

林准很努力地点头，捧着零食要走的时候，搜搜地说："虽然你这个发型比起我同桌差了点，但其实还不错。"

"你同桌是什么发型？"

"两个小辫子，像洋娃娃一样。"

周意笑了一下，眼里含义太多。

林准做了个停的动作，说："别乱想。"

下午吃饭的时候，周意用发夹把头发盘了起来，周兰没怎么看她，一直在说自己今天在厂里和同事的不愉快。

等周兰说完了，周意说："妈，我有个作文比赛要参加，需要用电脑写，我明天大概要去趟陈佳琪家里。"

"什么作文要用电脑写啊？你写好了，让你老师帮你弄不行吗？"

"不行……中午的时候办公室里有的老师要午休，我自己也要做作业。"

周兰瞥了她一眼，说："陈佳琪是和你玩得好的那个？"

"嗯。"

"她家有电脑？"

"嗯。"

"她家在哪儿？"

周意："学校旁边。"

周兰吃了几口菜，最后说："早点回来，不要在别人家待太久。"

周意松了一口气，说了声"知道了"后上了楼。

她倒在床上，望着天花板，情不自禁地笑了起来，然后又看了眼墙上的挂钟，现在是下午五点四十五分，最多还有十五小时，她可能就会再见到他了。

躺了一会儿，周意撑着起来，走到书桌前，抽出一张草稿纸，算着几点到网吧，又应该坐几点的车；下午几点回，坐几点的车；她手里的钱，能上几个小时的网。

规划好这些，周意低头看了眼身上的衣服。

明天应该穿什么？

周意把衣柜翻了一遍。她的便服不多，最好看的夏装应该是去年有家店倒闭，周兰在里面抢衣服时在一堆裙子里抽出的一条半身碎花裙。

裙子是素绿色的底，有白色小花点缀在上面，像春天开在一望无际草地上的白色雏菊。

她找了一件上衣搭配了一下。

还好，没有长胖，裙子很合身。

试完衣服，周意又开始清书包，带了自己的摘抄本、草稿纸、两包纸巾、笔袋、一面小镜子，还有那个不能给任何人看的黄色日记本。

她看着这又空又满的书包，觉得自己仿佛是去赴一场约会。

也算约会吧，一场只属于她自己的约会。

夜深时，她在日记上写道：希望明天他在。

而电台情歌正好放了李宗盛的《漂洋过海来看你》：

> 为你我用了半年的积蓄
>
> 漂洋过海的来看你
>
> 为了这次相聚
>
> 我连见面时的呼吸都曾反复练习
>
> 言语从来没能将我的情意
>
> 表达千万分之一

二零零九年九月十三日，周意永远记得那个周日，那天的南城下了好大一场雨，她冒着风和雨在一片忐忑中来到网吧门口。

虽然略显狼狈，但上天还是眷顾她的，因为她见到了段焰，也和他有了真正意义上的交集。

周日清晨，周意比闹钟预定的时间起得还早。她一遍又一遍地确认今天的种种细节，生怕哪个环节出了岔子。

还好，周兰每天七点就出门了，不然她在卫生间梳这么久的头发大概率会引起周兰的怀疑。

在镜子面前摆弄许久，周意最终选择和往常一样，扎了一束不松不紧的马尾，剪过的头发长度堪堪到肩膀，看起来很清爽。

只是出门的时候，周意发现雨下得越来越大了，豆大的雨珠砸在地上，瞬间水花四溅，落在前头那户人家的铁皮棚上的声音似打鼓一样。

她高涨的心情因漫天的雨有些下滑。

昨晚光顾着规划细节，幻想着今天的各种可能，却忘了关注天气。

下雨的话，能在那边见到他的概率又下降了一半，阴雨天总是会莫名淡化人的出行欲。

但她又想，万一他在呢。

即使帆布鞋踩湿，即使雨大到将她后背都淋湿，但只要一想到等会儿有百分之一的可能会见到他，这些最讨厌的感触又算得了什么。

明明是和平常一样的路线，但在公交车上路过的每一棵树每一株花都是一种倒计时，周意在不知不觉中把伞柄的挂带绕成了麻花。

到站后，周意在站台兀自站了会儿，她望着街上来来往往的人深深吸了口气，她没想到竟然比她上升旗台演讲还紧张。

她蓦地想起《小王子》中的一段话——你下午四点钟来，那么从三点钟起，我就开始感到幸福。到了四点的时候我就会坐立不安，我就会发现幸福的代价。

在这一刻，她才真的明白这段文字。

走到小巷子时，周意停住了脚步。她整理了下头发，检查了一遍自己的衣裙，摸了摸后背被雨打湿的那块地方，在公交车上的时候似乎已经干了，白色上衣应该没有水渍。

她从书包里拿出身份证和钱包，在心底默默排练了几遍要说的话。

这天的紧张不仅仅是因为段焰，还有对娱乐场所未知的局促。

拐进巷子，扑鼻而来就是一阵烟味，周意皱了皱眉，但还是一鼓作气地走了进去。

掀开挂在门口的透明塑料遮挡条，烟味混着冷气一瞬间将周意包围，她很快地环顾了一圈。

网吧规模不大，就是一个房间放了几排电脑，整个房间的灯光明亮透彻，大约是因为时间还早，零零散散坐了些人，大家都戴着耳机各顾各的，最响的声音大概就是键盘声。

有些位置在角落里，隔得远，周意看不清，只是这么一瞥，她心中大约有数了，他好像不在。

在满怀欣喜两天后，在无数次幻想后得到这样的结果，明知道这是正常的事情，但周意还是忍不住失落，心好似拴了块石头，直直地沉了下去。

她握着滴水的雨伞，觉得这场雨下得真不是时候，如果没有这场雨，他是不是会来……

周意见前台没人，也没人发现门口多了个她，便打算离开。

脑海里随之闪过很多零碎的想法，比如作文到时候要不要写好手稿拜托家里有电脑的同学发邮件？比如这个头发花七十块钱也不算亏吧？至少让自己心情变好了，还能维持很长一段时间，只是今天她真的很用心地打扮了自己，多想让他看见啊。如果离开这里，要直接回家吗？还是去书店看一会儿书？

"要开卡吗？"

在周意转身刚走了一步的时候，身后忽然传来一道有点耳熟的声音。

只这么一秒，周意下垂的双眸猛地抬起，隐隐约约有点耳鸣。

她咽了咽口水，压下疯狂的心跳，若无其事地转过身，还未开口，段焰又问了一遍："要开卡吗？"

周意脑子空了，看着他漆黑的双眸，顿时明白过来，他是前台。

她顺势点了点头。

他说："等一下。"

说完，他弯下腰，不知道在前台的柜子下面弄什么。

周意明了了，刚刚进来没看见他，估计他是蹲在下面弄东西。

过了一会儿，他站了起来，握着鼠标对着电脑点了会儿，似乎没搞好，他拿起桌上的手机打了个电话。

打电话的时候，他微微侧过去了点身子，刻意压低着声音。

但周意还是听清了。

他说："亮叔，应该不是电脑的问题，是插座的问题。您下午来的时候带把螺丝刀过来，拧开看一下，实在不行就换新排插。您别这么抠啊，我都修多少回了，再弄不好我都怕忍不住把您这机子给砸了。"

周意注意到他的手机，看着很新。

是新买的那部吗？

周意不太了解手机的牌子，但隐约看着像是诺基亚的其中一款。

借着他打电话的机会，周意光明正大地看了他一会儿，白炽灯光下，他的侧脸棱角分明，线条流畅，微抿的薄唇带着些许笑意，那种不经意的慵懒感十分抓人。

他今天穿了私服，上身是一件纯白色的 T 恤，胸前有一道很简约的黑色图案，领口微歪，露出一截锁骨，下身是条黑色运动长裤，配上他那个不羁的发型，看起来干净利落。

再然后，周意的视线慢慢挪到前台的桌面上，有纸笔、一次性水杯……

她有点意外，他居然不是来网吧上网的，而是在网吧打工，但也可能不是打工，也许那位亮叔是他的亲戚之类的，他帮自家人看会儿店。

在周意七想八想的时候，段焰挂了电话，对着电脑点了几下，对周意说："身份证。"

语调是一贯的漫不经心。

周意没想到，她第一次和喜欢的人说话的代价是要被他看身份证。

她把身份证背面朝上，放在台上推了过去。

内心期盼着他千万别注意身份证上的照片，千万别注意。

可能他习以为常了，好像确实没太注意她的照片，很熟练地输入她的身份证号码，但输到一半，他抬起头，问道："还没成年？"

周意愣了一下，很轻地问："不可以吗？"

"不可以。"

在他正想退回身份证的时候，周意忽然想到那天早上看到的几个同年级的男生。

她不太敢直视段焰的眼睛，视线往右边挪了点后，依旧很轻地说："我之前看到和我同年级的男生来过……我不是来玩的，我想写个作文需要用到电脑，可以通融一下吗？"

这是段焰第一次仔细地打量周意，他说不清到底是什么原因让他忍不住去认真打量眼前的这个女孩。

也许是因为他第一次见到来网吧写作文的女孩，也许是因为她认真又轻声细语地解释着，也许是因为她被雨水打湿的模样格外惹人怜惜。

他还是把身份证还给了她，鬼使神差地多问了句："你是正仁的？高二？"

周意点点头。

段焰笑了下，唇角微勾，解释道："之前我确实给几个高二的男生开过卡，但当时他们是拿着别人的身份证来的，我没注意查就给开了。如果你早来几分钟或许还能遇到他们，刚刚他们又来，我给拒绝了。"

周意脸有点烫，想着要不算了吧，要是给他留下不好的印象就不好了。而且今天也不算白走一趟，见到他已经足够了。

谁知道，段焰忽然问："你的作文很急吗？"

周意从这个问句里嗅到一丝可以协商的余地。

她如实地说："就这几天，要尽快交。"

段焰大约明白了，他食指点了点身份证："把这个收好。这样吧，我用我身份证给你开个机子，最迟今天下午四点前你要离开，可以吗？"

周意的脸更烫了，点头道："好。谢谢。"

她底下握着伞的手一寸一寸地收紧，掌心的温度把雨水都捂热了。

周意看见他从裤袋里摸出一张身份证。

在一通输入后，他递给周意一张卡，他说："1210是你电脑的开机密码，自己随便挑个喜欢的机子坐就行了。"

周意又说了声谢谢，拿上东西往里走去，就这么几步路她走得出了汗，脊背僵直。

因为她一想到段焰可能在身后看她，她就忍不住连动作都变得小心翼翼起来。

直到找到座位坐下，她按下主机箱的开机键后，都来不及卸下书包，就闭上眼，像只小猫咪一样蜷缩起来，趴在桌上，暗暗咬着嘴唇，回想自己刚刚有没有说错什么话，刚刚有没有出糗。又暗自开心，自己如愿以偿地见到了他，并且今天还能偷偷看他很久。

现在是早上九点，到下午四点，还有七小时。

她挑的这个位置稍微抬点视线就能看到前台也不会暴露自己。

周意侧脸贴着手背，脸颊滚烫的温度传给手，她越回想整个人就越烫，也越难以置信，其实这是件多么小概率的事件啊。

她坐的那排靠墙靠窗户，老旧的窗帘敞在两侧，雨水不停扑打在窗户玻璃上"噼里啪啦"作响。

疾风骤雨的外面，安宁自得的里面。

周意第一次觉得下雨真好啊，当人感觉到幸福的时候，连恶劣的天气也觉得别有一番风味。


大概过了几分钟，周意才平复好呼吸，颤颤巍巍地输入开机密码。

她摸了摸脸，试图让自己快速冷静下来，与此同时，眼睛不自觉地悄悄瞥了一眼前台的方向，没有段焰的身影，估计他又蹲了下去，在底下查看那个电脑的问题。

但因为没看见他，周意狂跳的心才真的得以平静下来。

周意对着键盘轻轻呼吸了几下，把注意力放在了要写的作文上。

网吧电脑的页面和学校的区别很大，各种游戏软件占满了屏幕，周意找了一通发现没有 Word（文字处理器应用程序），在网上找了个页面下载，网速极快，几乎是一秒下载好。

她盯着陌生的 Word 页面发愣。

果然和她预期的一样，习惯了用纸写东西，切换到电脑怎么都不适应，从前写作文的那种得心应手在这会儿就是无法施展。

她的思路如这个页面一样，一片空白。

思绪漫天翱翔之际，周意忽然想到一件事。

那天关于几个老师说段焰的内容。

老师想让他参加高三组的作文赛的，但是他不愿意，这足以说明他曾经应该写过不错的作文，如果他真的如刘宣平所说的那样，高一开始就是门门倒数，那么应该是他在初中时写过不错的作文，又或者是中考的作文？

有时候一些比较绝的文章会在老师之间快速传播，不管是哪个年级段。

她小学时上过一节计算机课，老师让他们在网页把自己的名字输入进去，可以看到有许多和自己同名同姓的人，还有关于这个名字的新闻事件。

周意点开浏览器，鬼使神差地输入了"段焰"两个字。

他的名字重叠度不高，一眼望去有基金经理，有学院论文的作者，还有几个女生。

周意又翻了第二页，下滑后一眼就捕捉到一条词条——恒知中学段焰中考范文。

恒知中学周意听说过，离这儿还挺远的，好像在南城最中心的街道附近，是一所模范中学。

周意心中隐隐约约有了答案，几乎能肯定这个词条就是段焰的。

她点进去，那篇中考范文的一字一行印入眼帘。

周意后来也写过他们那届的作文题，是关于想成为怎样一个自己，说说对未来的畅想。

题目范围很广，可以写成小家小情，也可以写成大家大爱。

那时周意初三，写作文的思维很固定，除了她很多人都是如此，谁也不敢拿正儿八经的模拟测试开玩笑。她那会儿也没什么人生感悟和伟大理想，中规中矩地写了个职业以及要做这个职业的理由，从小爱升级成大爱，点题升华。

如果现在让她写，她绝对不会那样写。

而段焰的这篇作文，说实话，周意看不太懂，因为是用文言文写的。

周意又强制性地让自己看了会儿，还是不行。

平常学的文言文有注释可以参考，如今脱离了注释，周意就不太明白其中真正的含义。

能看懂的只有两句话，一句是《中庸》里的"君子慎独，不欺暗室。卑以自牧，含章可贞"，另一句是"壁立千仞，无欲则刚"。

周意盯着这两句话沉思了会儿，又弯了下嘴角。

如果这真的是他写的，也难怪那个高三组的吴老师会想让他参加作文比赛了。

这种水平，全市能有几个？

中考写文言文，这样的事情周意只在新闻里见过。

想来，这样放荡不羁的举动应该让当时批改作文的老师为之震撼吧，各学校的老师之间应该都有传阅，所以这样一个学生进了正仁，当时带他们班的语文老师应该也会很喜欢他。

也怪不得，上次几个老师谈论起他时，竟是那样可惜又期盼的语气。

周意留了这个作文网页，回到搜索页面，又搜了下手表，她能想到的关键词只有黑色电子手表、十几万。

推荐给她的大多是广告，翻了七八页之后，她关掉了手表页面。

是十几万也好，不是也罢，他的家境肯定比普通人要好，不然老师们也不会那样说。

她把页面切回那篇作文页，又看了一遍，越看越钦佩。

心底的不解也再次浮上来，为什么他现在不好好学呢？

就只是因为看不惯刘宣平吗？

如果是这样的话，周意似乎能理解老师说的有骨气。

年少的一身逆骨无处安放，用成绩抵抗、宣泄自己的不满是最直观的方式，恰巧殷实的家境让他无所畏惧。

这作风好像有点符合他的气质。

无畏、不羁、随性。

周意下意识地又朝前台那边看去。

那位亮叔不知道什么时候来的，挺着个啤酒肚，一口接一口地抽着烟，段焰似乎在和他说什么，他时而皱皱眉，时而笑笑。

而段焰吊儿郎当地站着，眉眼飞扬，笑得玩世不恭。

也许是感受到别人的注视，段焰忽地朝她这个方向看过来。

周意的呼吸停滞了一秒，她反应很快地挪开视线，装作在很专心地看着电脑，手还配合地空打了几个字。

好不容易恢复了正常的心跳又乱了。

周意下沉了点身体，把自己缩在屏幕后面，满脑子都是"他应该没发现我在看他吧？"的想法。

调整了一会儿，周意决定开始好好思考怎么写作文。

平常她在纸上写 800 字作文都要花很久的时间，电子版的她估计得多花两小时。

她切到 Word 界面，还是全无灵感。

想了想，周意打算还是先在纸上写个开头，等有想法了再转换到 Word。

在她侧身翻书包里的草稿纸和笔时，桌面突然被敲响。

她侧过头，率先闯进视线的是戴着黑色电子手表的手腕，骨节分明的手。她心猛地一跳，抬眼看去，真的……是段焰。

他刚刚食指弯曲朝上，敲了两下桌面。

和周意对上视线后，他收回了手。

他就站在她身边，比刚刚开卡时挨得还要近。

周意一瞬间屏住了呼吸，他还没说什么，她的脸就不由自主地红了起来，心怦怦跳，像怀里揣了只小兔子。

"有……有事吗？"她尽量克制着自己，却还是结巴了，只怪他来得太突然。

段焰看了眼电脑屏幕，寻常语气问道："这台电脑没问题吧？"

"啊？"

周意顺着他的视线也看向电脑屏幕。

他说："这台电脑经常出问题，你写东西记得随时保存，实在不行，可以换一台。"

周意不敢乱看，大约明白了，他刚刚看到她看他了，误以为她在寻求帮助，又恰好她挑的这台机子经常故障。

一想到他刚刚看到她看他了，周意心乱如麻，放在桌子底下的手无意识地抓了几下裙子，恨不得找个洞钻进去。

如果没有这台机子打掩护，一定更尴尬。

她瓮声瓮气地说了声："谢谢。"

段焰没说什么，转身离开。

余光瞄见他走远后，周意全身才放松下来，顿时有些哭笑不得。她抬起手，双手掩面，眼睛紧紧地闭起，脚在地上轻轻跺了两下。

再后来的两三个小时，周意像只鸵鸟，不敢再抻出脖子去偷偷看他。

她戴着网吧配备的超大耳机，选了几首自己喜欢的音乐，在纸上写作，写完了又照着打出来。

应该是受段焰那篇作文的影响，那句"壁立千仞，无欲则刚"始终在周意脑海里盘旋。

最后，周意拐着弯把这句话加进了作文里。

她看着通篇的文字，只觉得那句话最醒目。

因为这是她隐晦的、不被人知的告白。

周意把文档保存在桌面上，随后打开 QQ。

她有一个 QQ 号，是高一上计算机课时陈佳琪帮她注册的，加了一些班里的好友，但从来没聊过，只有陈佳琪在课上和她发过几次消息。

她没有其他邮箱，也不想去花时间琢磨怎么注册，正好 QQ 也有这个功能。

周意在网页上输入字条上老师的邮箱时，电脑"刺啦"一声黑屏了，耳机里的歌也中断了。

周意一怔，拖着鼠标晃了几下，没反应，去按开关键，也没反应。

周意没来由地心慌，可是她保存了……应该只要开机就好了吧？

等了好一会儿，周意又试了几次，电脑依旧寂静一片。

她有点后悔为什么没听他的建议换台电脑了，为什么人总觉得那样的事情不会落到自己身上。

周意双手抵着下巴，薄唇抿了又抿，心里有两个小人在搏斗。

一个说，去找他呀，他是网管，电脑坏了不找他找谁呢？作文不想要了？

一个说，不要去找他，多丢脸啊，他说了这台电脑经常坏的，你当时在想什么，为什么没换呢？

挣扎了会儿，周意从位置里站起来，打算走过去找段焰，但前台那边没人，视线收回时正好和站在对面那排机子边上的段焰对上。

他正端了两桶泡面给那边的人，一转身霍然发现了她。

只见眼前的姑娘微垂着双眸，轻声说："我……电脑坏了，你能帮我看一下吗？"

# 第二章
*刻意的偶遇，命运的硬币*

## 1. 作文

周意的声音并不甜软，反而像春日山涧的风，干净清澈，当她把声音放低放轻的时候，莫名勾人，仿若落在水上的金色光芒，想捧起来但会从指缝中流走。

她皮肤很白，所以脸上的红晕十分明显，特别是耳朵，比脸要深几个度。配上那双澄澈明净的桃花眼，分外惹人怜软。

段焰自上而下地扫了周意儿眼，说：“等我一下。”

周意没敢看他的眼睛，她是低着头说完这句话的。得到他的回答后，她自顾自地点了点头，努力装作无事发生似的快速坐下。

坐周意对面的两个青年是这儿的常客，在周意说话的时候下意识地瞥了她一眼。

像周意这样的女孩一看就是没来过网吧，和人打交道的经验也不丰富，说白了就是一个乖宝宝、好学生，看着也很青涩，多半是这附近的高中生。

其中一个青年一边飞速按键盘，一边调侃段焰说：“阿焰，老板他人呢？快告诉他，那几台机子别舍不得换了，空摆着占位置啊。上次还和我说修好了，结果一试，一个闪现交完人都傻了，等再进游戏队友把我十八代祖宗都挖出来骂了。人家妹妹一看就不懂，刚也不说清楚。”

段焰拍了下青年，说：“你办个年卡，亮叔保证立刻换，怎么样？”

“等我当上职业选手一定办。”

“行嘞，等着你啊。”

说笑完，段焰把泡面钱放进收银柜里后，拿上螺丝刀去周意那边。

周意在等的时候又试了试，但电脑还是毫无反应。

她余光里看见段焰走了过来。

一步、两步、三步……周意心里默默念着，想着自己应该在他到的时候再解释点关于电脑的什么或者做什么举动是最合适的。

最后，这些胡思乱想都因为段焰先开了口而消散。

他蹲在周意腿边，把主机箱拉了出来，问道："你作文写了多少？"

周意往边上挪了点地方，给他让位置。

她答道："已经写完了，正打算发邮件……"

闻言，段焰抬眸看了她一眼。

一上一下的对视又让周意心跳加快了，她搭在座位扶手上的手紧了紧。

段焰拧着螺丝，说："现在十二点多，时间还早，你坐对面去，应该稍微花点时间就能重新写好吧？"

"你是说……文档找不到了吗？"

"嗯。"

对面的青年一听乐了，嗦着泡面探头看过来，说："小妹妹，来网吧写作文啊？没事儿，你让阿焰给你重写一份呗，都是他的错。"

另一个附和道："就是，阿焰你给人家写一个得了，展现下你高三学生的实力。"

两个人都吊儿郎当的，听不出嘲讽也听不出他们是否知道段焰的过去，还是纯属插一嘴来逗人玩的。

但那句"你让阿焰给你重写一份呗，都是他的错"让周意滋生出一股错觉，好似她和段焰很熟，"都是他的错"这种话也说得好像她和他很亲密，像极了因为小事拌嘴的小两口，别人来劝，好心地说一句"都是他的错"。

周意装作没听到他们的话，段焰低头检查机箱，也没有回他们的话。

周意看着他修，也看着他。

从这个角度，他又短又硬的头发仿佛黑色的刺，明明是硬邦邦的质感，却莫名地让人想伸手摸一摸。周意几乎可以想象，手掌蹭过他短发的触感，一定像蚂蚁爬过脚心，酥而麻。

他专心的时候唇会微微抿着，看起来慵懒又正经。

周意等了会儿，带着一点侥幸问："如果等会儿能开机了，文档应该还有可能在吧？"

听到这话，段焰突然很轻地笑了一下，眼尾扬起，双眸漆黑，摄人心魂，笑意仿若春风拂面，把周意的脸"吹"得有点回红。

"你有保存在线文档吗？"他问。

"嗯？"

"那就是没有了。"

周意对计算机是小白程度，写的时候也没想这么多，她以为的保存就是保存在桌面上或者保存在盘里。

说实话，周意写这篇作文写得很辛苦，写了将近三小时，她从来没有这么煎熬过。

周意忍不住再次问："真的找不到了吗？"

他没立刻回答，周意看见他从机箱里拿出了一块小铜板，吹了吹，又拧了会儿什么，接着把机箱装好回归原位，按下开机键。

然后，他才答道："先开机试试。东西大概率是没有了，网吧的电脑重启后就会格式化，你在电脑上留的游戏文档等都会消失。"

周意轻叹一口气，接受了这个事实。

电脑果然又能开机了，但电脑桌面上确实什么东西都没了，她打开的网页、保存的 Word 文档都没有了。

段焰看了她一眼，将她失落的眼神尽收眼底。

桌上写的作文草稿还摊着，他大约瞥了一下，再次好心建议道："坐那边去吧，现在重写还来得及。"

周意握着鼠标瞎移了几下，"嗯"了声。

在周意恍神时，段焰已经绕到了对面，开了一台电脑，检查后对周意说："我帮你开好了，你过来吧，这台没问题。"

周意按着鼠标的手蓦地停住，望着段焰黑漆漆的眼睛，她的心又悸动起来，而这句话像熔岩流过四肢百骸，让每一寸肌肤都热了起来。

她不禁微微弯了嘴角，朝段焰点点头。

这一瞬间，周意觉得，再写一遍也没什么。

周意收拾了书包过去，段焰还站在那边等她。

他说："你试试。"

周意在他的注视下输入了密码，但手有点抖。

她不知道怎么试才能证明这台电脑真的没问题，象征性地点了几下桌面，然后压制着自己的心跳，尽量用平稳的语气说："嗯，应该没问题，谢谢你。"

段焰站在她身后，一手插在裤袋里，一手把玩着螺丝刀，说："你百度下可用的在线文档，或者看下 Word 有没有，注册个账号应该就能用。"

周意打开浏览器，照着他说的做，但出现在眼前的各种词条她没办法静下心去认真分辨。

她僵硬地侧过头，看向他，说："嗯，谢谢，我知道了。"

但他好像没感受到她在"赶"他，突然说了句："这个。"

周意没反应过来："什么？"

"你刚刚滑过去的那个软件下载，我之前用过，你可以试试。"

"哪个？"

"你往上滑。"

周意滑得很慢，等待着他的口令。

忽地，身后那道阴影压过来，极具侵略性，随之而来的还有他的双手。

段焰俯身靠近，一手撑在桌上，一手去握周意的鼠标，整个人环着周意。

他说："我来。"声音磁性低沉。

周意早就条件反射地把握着鼠标的手缩了回去，她双手握成空拳抵在桌边，大拇指甲掐着食指的肉，这样才能微微地克制住身体的颤抖。

周意只觉得大脑一片空白，她看不到段焰在电脑上的操作，眼前只有白蓝色的光影，但是他点鼠标的"嗒嗒"声特别清晰，每一下都牵动着她的心跳。

鼻息间都是他身上淡淡的洗衣粉香味，她一时想不起来这到底是哪个牌子的洗衣粉，只是这味道格外干净淡雅。

段焰点了下载，但发现下载不了，他又在网页上输入这个在线文档的名字，寻找了一番。

他在键盘上打字的时候双手收拢，手臂时不时碰到周意，他毫无察觉，但周意快把嘴唇咬出血了。

段焰找了几页，都没找到能下载的链接，他边滑着鼠标边问："没找到，我那边有安装包，你想用这个软件吗？"

他的声音从头顶传来，十分具有蛊惑力。

周意不由分说地点头说好。

段焰又说："要不你先试试 Word？"

周意快呼吸不上来了，她果断地说："不了，就用你推荐的吧，麻烦你把安装包给我一下。"

段焰关了网页，点开 QQ，说："你登录一下你的。"

周意这会儿已经没有了思考能力，他说什么她就做什么。

周意登录 QQ 以后，段焰点开周意 QQ 上的添加好友功能，快速输入一串号码，周意来不及看清，他已经发送了好友申请。

他起身，拿上螺丝刀说："我现在过去发给你。"

等他一走，周意全身瞬间放松下来，大口大口地呼吸新鲜空气，肺部灌入氧气，整个人才清醒了点。

她松开掐着食指的大拇指，食指侧边一道月牙的痕迹深得像条疤，泛白的边缘慢慢渗出血。

她低头盯着自己的食指看，大拇指一遍又一遍安抚过那道月牙，疼痛感渐渐褪去，刚刚朦胧的画面又浮上眼前，心跳开始加速。

他极尽低磁的嗓音，握在鼠标上骨节分明的手指，好闻的味道……

发愣之际，电脑屏幕右下角的头像跳动。

是一个很简单的头像，白色打底，中间是枚黑色的月亮。

是段焰。

周意顾不上手心里的汗，快速点开跳动的头像，段焰的对话框弹出，他的网名看上去很随意，是一串符号。

紧接着，段焰发来一个安装包。

%*#：装一下，不会装的话可以来问我。

周意看着他发来的文字大脑迟钝了下，思绪溜达了一圈回来后，回复他。

小意：好的，谢谢。

周意盯着这个对话框，又发了会儿愣。

她的双手轻搭在键盘上，目光反复划过他的头像、网名以及聊天框边上自动展示的 QQ 秀人物形象，还有他发过来的时间。

十二点三十七分。

而段焰没有再回她。

她现在坐的位置要转过头朝前台看才能看到他，至少得转一百六十度，动作幅度太大，意图太明显。

周意没有勇气再去扭头看一眼。

良久，周意抚平了心中的悸动后，点开了段焰的 QQ 资料，里面的每一个信息只短短几秒便记住了，包括不太容易一次性记住的 QQ 号。

当看到这串号码的时候，周意的大脑便自动将其分为好识别的数字组合，重复默念两三次就记住了，也正好，他的 QQ 号很有特色，不算难记。

他的资料显示他的出生年月日是"1991—11—20"。

周意没想太多，默认这就是真实的信息。

因为像她，或者其他同学都会直接填真实的信息。

那个时候，还没那么多虚假人设和谎言。

她是"1992—3—12"，他比她大了小半年。

没有什么意义，但周意下意识地算了下年龄差。

鼠标光标停在"11—20"这个日期上，过了会儿，周意打开浏览器，输入星座日期。

十一月二十日出生的人是天蝎座。

而她是双鱼座。

百度显示，天蝎男和双鱼女适配度是95%。

周意对星座半信半疑，可看到适配度95%的时候，心里的天平倾倒了过去，她觉得星座是真的。

但又因为天蝎男和巨蟹女合适度是100%，她心里又滋生出了一丝微妙的嫉妒。

有那么一刹那，周意问自己，为什么自己不是巨蟹座的呢？有点可惜，适配度没达到100%。

关于星座的内容太多，周意略去和其他星座有关的搭配内容，只想看和自己相关的。

上头说，天蝎座和双鱼座的情侣是所有星座搭配中最好的一对，都是水象星座，一样以感情为重，一强一弱，一刚一柔，相辅相成，恋爱会像烟火一样，灿烂迷人，浪漫极致。

周意短促地笑了下，笑自己像个傻瓜一样，因为这会儿看到了这段话，又庆幸自己是双鱼座。

大概是因为对他所知太少，所以根本不愿意放过一点点能佐证他性格或者喜好的事物。

周意把内容拉到只关于天蝎的词条内容上，仿佛此时此刻百度所说的星座内容全都会贴合段焰。

周意仔仔细细看了小半个小时，最终决定关掉网页是因为一句话——天蝎座欲望很强。

她的大脑不受控制地联想到段焰凸出的喉结、清瘦有力的双手，还有他黑如曜石般的双眸，一旦染上点笑意再盯着人看，仿若盯上了一头猎物一样，炽热难挡。

这些就算了，她的大脑还自动翻出了以前看过的小说，各种对男主的描写都涌了上来，男主角的脸变成了段焰……

坐在边上的青年还在激动地敲击着键盘，嘴里骂骂咧咧："蠢货，爷没嘲笑你你先蹦跶上了？我今天就要教你做人，我从生出来脚指头就能打字了，想骂人也不看看对象是谁！"

另外一个人"哈哈"笑了两声。

旁人的声音把周意拉回了现实世界，也让她顿时多了几分羞耻感。

她迅速关掉网页，摸了摸微凉的耳垂，装作不经意似的左右虚瞄了两眼，明知道不会有人注意到她，也不会有人知道她盯着那几个火热的字看，但还是心虚。

网页关掉后，界面上还留着和段焰的对话框，上面显示他正在用 QQ 音乐听歌。

这成功地把周意的注意力吸引了过去。

随着字体的滚动，周意看到了完整的歌名——*Love Paradise*（陈慧琳）。

周意只知道陈慧琳的《记事本》，这首歌她完全不知道。

周意登录了自己的 QQ 音乐，搜索了这首歌，戴上耳机听。

她看着一行一行跳出的中文翻译歌词，是一首关于爱的歌。

第一遍听完，她发现段焰还在听这首，这就说明他在单曲循环。

周意重新回头又去看了遍歌词。

她的脑海里蹦出很多问题，他为什么一直听这首歌，是单纯地喜欢这首歌吗？还是因为被歌词戳中了，是哪一句歌词，是……为了谁？

联想到这儿，周意才发现自己忽略了最关键的一件事，他有喜欢的人吗？

周意回忆了一下从前班里女生讨论段焰时说的话，试图找出一点关于他情感状态的线索，但她当时真的对他没有任何兴趣，无论怎么回想，都记不起一点点消息。

周意又点开了段焰的空间，里面没有任何装饰，"说说"共有五十九条，"留言板"有两百一十三条留言，"日志"为零，看上去人气惨淡。

周意班里的男孩子都喜欢把空间装饰得五花八门，为了这还特意充钱，确实很炫酷。

周意用的是一款免费的装饰，简简单单，但也没像段焰的空间这么"清汤寡水"。

也许是情人眼里出西施，他的这种行为也让周意心生好感，好似只要是有关于他的一切都可以用最正最好的理由去解释。

翻遍了他的空间后，周意依旧没找到一点线索，他的"说说"都是转发的，有些年份已久，有关于篮球的，有随手分享的广告，有转载的学习资料，别人的留言也都是流水似的"踩踩"。

他空间的最近访客，看头像，好像都是男生。

周意想，也许他只是单纯地喜欢这首歌，就像她有时候很喜欢循环一些朗朗上口的流行歌曲，没有太多理由，只是一听就喜欢。

就像——没有理由，有一些人第一眼见到就喜欢。

后来，周意听着这首歌重新把那篇作文写了一遍，顺着记忆，大致复刻了上去，但是再写下那句"壁立千仞，无欲则刚"时，她不可避免地对"无欲"两个字有了新的看法。

她转念一想，自己真的太会胡思乱想了。

将作文发到老师的邮箱里，周意那颗悬着的心终于落下，她看了下电脑屏幕右下角的时间，下午三点半。

还剩半个小时。

周意摘下耳机，听了一下午歌，耳朵有点闷，揉了揉耳朵后，她打开QQ列表，找到段焰，他已经没有听歌了，但还是在线状态。

周意很好奇他坐在前台那边会做什么，看电影、听歌或者玩点随时可以中断的游戏吗？

她的食指指尖在鼠标上抠了两下。

半晌，周意左手捂住脖子，佯装活动筋骨，扭着脖子转头看了过去。

前台的立板挡住了周意大半部分视线，还有那台电脑，挡住了他的身影，只能看到斜着的一点儿胳膊。

这样也好，不用再担心被他看到她在看他。

周意心满意足地转回视线，却意外被窗外的阳光吸引。

下了快一天的雨不知道是什么时候停歇的，雨后的阳光总是多一层温柔又灸热的色调，空气中飘浮的尘埃颗粒在这光下显得异常清晰。

周意捂着脖子的手往前移了点，撑住脸颊，微仰着头凝视着窗外的景色，嘴角扬起了个不易察觉的弧度。

四点的时候，周意准时关机收拾好书包，又重新简单整理了下裙子和头发，光是整理已经让她的脸颊微红，因为她怕段焰看见，怕他觉得她做作。

不过还好，段焰还坐在那儿。

周意朝他走过去，距离越来越近的时候，心跳也越来越快，和来之前一样，心里排练了好几遍要说的话，还有说话的语气。

终于走到柜台前，周意握紧了手中的卡，往前递了点，张了张嘴，那个卡在喉咙口的声音没发出来。

因为段焰没发现她，他正闲散地靠着椅子在看书，神情专注，又有几分慵懒。

周意看着他的样子，好像隐隐约约能和她想象中的过去的段焰重合上，好似这会儿看书的他才是最真实的他。

如果没有庞大的阅读量和累积量，他哪里能写得出那样子的作文。

周意微微失神。隔了好一会儿，她轻声说："我想退卡……"

段焰正要翻页，听到人声，抬起了眼皮。见是周意，他微微挑了下眉，放下书，站起来，接过周意的卡，一边操作一边问："重写还顺利吗？"

"还可以。"

段焰"嗯"了声，把押金退给她。

周意接过押金，把纸币叠成规整的长方形攥在手里。

其实本没有什么多余的话可以说，但他今天确确实实帮了她很多。

周意依旧没敢看他的眼睛，垂着眼帘，尽量平稳地说："谢谢你推荐的软件，也谢谢你帮我开卡……嗯……我先……走了。"

段焰拿起桌上的矿泉水，拧开，刚想喝水的时候就听到了周意的道谢。

他耸耸肩说："不客气。"

说完，他仰头灌了一口水。

周意点了下头，朝网吧门口走去，掀开帘子的那一刻，金色的阳光落在她脸上，她眯了下眼。

大雨冲刷过后的湿润气息一股脑地钻进鼻子，帘子将里外的世界彻底区分开，不可控制的心跳声蔓延了出来。

周意摸了下左心房，微微一笑。


傍晚六点，清洁阿姨准时拎着扫帚簸箕过来，顺着机子，一排排扫过去。桌上吃完面的泡面桶、燃尽的烟头、揉成一团的纸巾，不一会儿，簸箕就满了。

段焰在阿姨进来的那一刻就知道到点了，他瞥了眼电脑时间，又收回目光继续看了几行字，然后随意地把那页书页折了个大角，合上书，塞进了一边的抽屉里。

他把前台的电脑桌面清理了一遍，缩在底下的 QQ 对话框有跳动，点开，三四个对话框依次排列。

备注名为"孙毅坚"的对话框排在最前面，足足给他发了十五条消息，一条"打游戏吗"，其余十四条都是一个可怜的表情包，是一小时之前的消息。

段焰抽出键盘，快速回复：不打，下班了。

孙毅坚：小胖爷我等你等得都瘦成八十斤了，结果就这啊？我这局快结束了，你和我打一局再回去呗？

%*#：回家要送表妹去学校，下次。

孙毅坚：行。

段焰关了和孙毅坚的对话框，第二个对话框是一个游戏群的，第三个则是周意的。

他在周意的对话框上停住了。

周意的头像是一条简笔画的紫色小鱼，看起来可爱简洁，网名更是简洁——小意。

他点开修改备注，打上"周意"二字，随后退出了QQ。

他刚收拾完东西准备走人，清洁阿姨拎着东西走来，她的胳肢窝里夹了一把雨伞。

段焰一看阿姨这动作就明白了，来网吧的人时不时会落下一些东西，雨伞、钱包、手机、钥匙圈，各种各样都有。

还未等阿姨开口，段焰就说："顾客落下的东西您放这儿吧，等会儿我会和接班的人说的。"

阿姨放下伞后，又掏出一本离婚证放在桌上，忍不住吐槽："现在的人哟，啥东西都能丢，离婚证也能丢，怪不得会离婚。"

荒唐事儿段焰也见多了，他笑了下，翻了下那本离婚证，随后把证收在了抽屉里。

阿姨说："这证是22号电脑的，这把伞是32号电脑的。"

"嗯，好。"段焰应完后知后觉地掀起眼皮，"32号？"

"对，32号的。"阿姨对这把伞没兴趣，又嘀咕了几句离婚证的事情后用扫帚压着簸箕去倒垃圾。

32号是周意的位置。

段焰瞧着那把蓝格子雨伞，脑海里不禁闪过周意上午站在网吧门口的画面。

他当时听到轻微的脚步声，站起来后率先看到的是周意的背影，纤瘦又亭亭玉立，马尾黑亮柔顺地垂在一侧，露出了一截如白玉般的脖颈。

在阑风伏雨的早晨，映着网吧老旧腐朽的气息，她那身春天颜色的裙子尤其瞩目，就连帆布鞋前端沾上的泥点都有了相得益彰的味道。

而她的右手就拿着这把蓝色格子雨伞，蓝色将她的皮肤衬得白皙细腻，伞面的雨水滴落在地板上。

周意转过来的时候，他看到她的脸，有种似曾相识的感觉，又觉得好像就是符合这个背影气质的长相。

有小家碧玉的青涩，也有独一份的潋滟动人。

他看得出她应该是第一次来网吧，她也真的是来写作文的，她需要他打破规矩一次，他不介意稍微帮一把。

正仁中学，高二，周意。

段焰握着手机转了两圈，弯了下嘴角，最后也把那把伞放进了抽屉，还写了张便利贴——周意的伞。

六点多的傍晚，明净静谧，荡在各处的小水面倒映着夕阳的余晖。

段焰边走边打开手机 QQ，登录好以后，在好友列表里找了好久才找到周意。

她的头像是灰色的，也不知道她有没有手机，会不会晚上登一下 QQ。

他给她留言：你的伞忘了拿，有空记得来拿。

发完，段焰切回手机主页面，直接关了网络，主页面最上面的企鹅标志随着断网变成了灰色。

段焰搭了六点半的公交车回家，车站离他家步行十五分钟，不算远也不算近，那段路走多了也变成了习惯。

沿着狭窄的乡间公路走，再拐进背靠一片湖的小道，走进去第三户就是他家。

他家没围围墙，挨着路边，前门后门都敞着，路过的人一眼就能看到这户人家平常在干什么。

这会儿，正是烟火气最浓的时刻，还未走近，各种饭菜香已经扑面而来。

灰蒙蒙的光线中，段焰看见家门口的小花园边上蹲着个人，背对着他，正在种花。

他走过去，那人还是毫无察觉，他拿手机轻轻敲了敲她的脑袋，说："吃饭了。"

于烟被吓一跳，肩膀拱了拱，捂着后脑勺回头看，圆圆的眼睛睁着，温暾道："表哥，你回来了。"

段焰笑了下，蹲在她身边，瞧了一眼她种的花，问道："这是菊花？哪儿来的？"

"奶奶带回来的……"

她说完用手去压土，指甲缝里嵌满了泥，但神色很宁静。

段焰放低声音说："要吃饭了，种完这株去洗手？"

于烟点点头，乖巧地说好。

段焰进屋，里头外婆正在炒菜。

家里晚饭的开饭时间一般在六点半到七点之间，偶尔段焰放学晚，老人家都会等他。

老屋里用的还是灶台，外婆站在灶台前，用黑不溜秋的锅铲在炒菜，锅里"嗞嗞嗞"地直冒烟。

老人家动作利索，但不知道在分心想什么，段焰走到她身边都没察觉。

段焰接过她的锅铲，说："外婆，我来。"

老人家被吓一跳，见到是外孙，笑着拍他的胳膊，说："要吓死婆婆啊。"

段焰没躲，吊儿郎当地玩笑说："您自个儿魂不守舍的，怎么，想着隔壁老头呢？"

"就只会逗婆婆，什么老头。把这个炒完就好了，我去盛饭。"

老人家把手放在围裙上擦了擦，转身走到老式的橱柜架子前，慢腾腾地拿了几个碗，就这么短短的一瞬，她似乎又失神了。

段焰回头看了眼，双眸微微敛起。半晌，他说："外婆，给我少添点饭吧，今天不太饿。"

老人家回神，说："哪能少吃，你这个年纪正在长身体，你妈妈……你妈妈像你这个年纪的时候一口气都能吃两碗呢，像现在快秋收的季节她一个人能扛一袋米。"

"那会儿不都做体力活嘛，哪能和现在比。"

"是吧……现在的生活多好，可惜她走得早，都没好好享受几年。"

说到这儿，老人家声音止不住地颤抖，老泪纵横。

打破这份沉默的是于烟，她在外头的水池洗好手进来，轻轻唤了声"奶奶"，正想分享种完花这个喜讯，见奶奶哭了，剩余的话就被堵在了喉咙口。

老人家快速抹了眼泪，笑着叹口气："年纪大了就是事儿多，平常倒还好，每次快到你妈妈忌日就忍不住想到很多事情，一转眼人都走了三四年了。"

段焰把韭菜炒鸡蛋装盘放上桌，一盏裸灯摇曳在四方桌上空，前后门的对穿风徐徐吹来，蟋蟀声此起彼伏。

他说："终于知道那会儿我妈怎么那么爱哭了，原来是遗传您的。"

"又在逗你婆婆。"

于烟安静地吃着饭，眼神在奶奶和表哥之间徘徊，见他们笑了，也松了一口气。

老人家给于烟夹菜，说："多吃点，晚上回了学校又要半个月吃不到家里的菜了，我家烟烟太瘦了。"

于烟摇头："不瘦，胖了。"

她说话总是慢吞吞的，显得胆小又怯生。

段焰看着这个比他小三岁才上高一的表妹，不由得有些担心。

于烟从小内向，很小的时候便被班上的人孤立，一些同学变着法儿的欺负她，觉得欺负她很好玩。

她足足忍了三年，最后还是他妈代于烟的家长去开家长会时发现的。

他妈听到别的小朋友在教室外对于烟说："哑巴，你怎么和你家里人长得一点都不像，你不会是捡来的吧？"

就这么一句话，他妈立刻听出了端倪。

后来虽然转学了，也看了心理医生，但于烟变得更内向了，面对陌生人总是会想躲起来。

上高中之前还能住在家里，读高中后她只能住校。她就读的那所高中太远，她爸妈又长期在外打工，一年就回来个两三次，根本没人能在校外租房陪读。

那个高中是半住宿制学校，每半个月可以回一趟家。

段焰打量着于烟，问道："学校那边怎么样，寝室里缺东西吗？"

于烟细嚼慢咽后回答说："不缺什么。"

"有什么问题就给我打电话，知道了吗？哥罩你。"

"嗯。"

吃完饭，段焰上楼洗了个澡。

于烟早就整理好了自己的东西，背着书包在阳台上撑着下巴看着星星等他。

段焰拿上钱包和钥匙，顺手接过她的书包，掌着她后脑勺带人下了楼，和外婆打了声招呼后两人便出了门。

于烟开学的时候，他去过一次她学校。两人坐在公交车上，他问她："等会儿到你学校会不会太晚了？"

"不会，老师说晚上十点前到寝室就可以。"

段焰点头，想再问问于烟学校和寝室里的情况，但转念一想，该问的周五晚上差不多都问了，小女孩本就话少，再问也问不出什么了。

一旁的于烟不知道段焰的心理活动，只觉得坐公交车的时间很长，想做点什么打发时间，想了想便拿出了书包里的杂志看。

段焰还以为她要看课本，结果拿了一本杂志出来，但他悬着的心忽地放了下来，想了想觉得蛮好笑的。

他凑过去，随手撩起杂志封页，问道："《彩虹》A版……这是什么杂志？"

十八岁的他还不知道有言情杂志的存在。

于烟很认真地给他说了说，他似懂非懂地"嗯"了声，又问道："谁带着你看的？"

"室友。"

闻言，段焰扬了扬眼尾，拍拍她的脑袋，笑着说："看吧，看一会儿休息一会儿，不然对眼睛不好。"

乘坐公交车到学校要五十分钟，过程漫长。

于烟很快看完了杂志上所有对口味的故事，顺带还把后头没有任何根据的未来对象性格测试做了一遍。

杂志上说她以后的另一半会是个不爱说话的高冷男神，于烟觉得一点都不准，但忍不住弯了弯嘴角。

树枝和路灯的光汇成一道道光影，段焰望着窗外的景色，被玻璃窗上于烟的笑吸引了注意力，他转过头来问道："笑什么呢？"

大概是心情不错，于烟指指杂志，说："哥哥，我也给你测一下吧。"

"测什么？"

"测测我未来的嫂子是个什么样的人。"

"行啊。"他浅笑一声。

于烟："第一题——鸭子和鹅，你喜欢哪个？"

段焰一阵语塞："……鸭子吧。"

"第二题——喜欢下雨还是晴天？"

"……下雨吧。"

大概问了十五个问题后，于烟找到答案念了出来："你喜欢内心丰富又温柔的女孩，最期望另一半能懂你的灵魂。是这样吗，哥哥？"

段焰短促地笑了声："鬼知道，大概吧。其实我也挺喜欢鹅的。"

于烟看着他笑，耸耸肩。

白天那场雨把整个世界冲刷得很干净，湿润的路面上泛着路灯的光，说笑完，段焰又转回视线看窗外。

就在视线掠过某棵树的刹那，没有任何来由地，他忽地想起一个人。

率先闯入脑海的是那双动人纯净的眼睛，再然后是微红的唇，黑亮的头发，白皙的肤色，慢慢地这些拼凑出了某一刻定格在记忆中的画面。

段焰左手撑着窗户边缘，手指有意无意地点了两下，心里有块地方像被挠了一下。

不知过了多久，他从裤袋里掏出手机，解锁连上网，他灰色的企鹅头像一上线自动变成了彩色。

他等了会儿，系统加载后，列表里的信息都变成最新的状态，只不过中间代表有消息的小企鹅始终没有跳动。


## 2. 她的雨伞

这天，周意回到家后的几个小时里一切正常，可当她做完作业，洗漱好躺在床上，听着窗外不间断的蛙声和蟋蟀声时，关于今日的所有都如放电影般反复在脑海里播放。

下过雨的夜晚没有星星，清凉的风吹不散周意心口的热意。

她翻来覆去努力让自己入睡，但闭上眼后那些画面变得更加清晰。

她不受控制地把一点一滴拆成电影分镜，细致地反复揣摩推敲。

凌晨两点，周意仍没睡着。

她紧闭着眼，嘴角上扬，很是无奈地轻叹了口气。

随后，周意认命般地伸手去摸台灯的开关，"啪嗒"一声，刺眼的光充盈着房间，与这个夜深人静的夜晚格格不入。

周兰的房间紧挨着她，她怕周兰从门底的缝隙看见光后来敲她的门，便把台灯往下压了点。

也许是她心虚，她依旧觉得亮，想了想，她从床头柜的抽屉里找到只塑料袋，套住台灯后，光线明显幽暗了许多。

周意靠着床头，往后拨了下凌乱的头发，像是想到什么，她的手指停在发尾，捻了捻顺滑的发，低头看去，轻轻弯了下嘴角。

她拉过挨着床边的椅子，每晚做完作业她都习惯把书包整理好放在这把椅子上，手指数过课本，抽出最里面的笔记本。

朦胧光线下，笔记本封面上的那行诗隐约可见，翻开，开篇的几页被圆珠笔刻出了凹凸又密集的触感。

周意翻到今天，不，是昨天的那一页。

天气是由雨转晴，心跳是从平静到难以自持。

她写完作业后花了大半个小时写日记。因为日记是写给自己看的东西，不需要太多因果关系和道理，她穿插在故事顺序里的心情看起来很跳跃，一会儿失落一会儿紧张，一会儿害怕一会儿期待。

她在里面重复的内心台词，正印证了一句话——少女情怀总是诗。

看完后，周意指腹蹭过纸张，感受着每个字的凹纹。

回忆着今天的一切。

那些画面，周意已经想了又想，她也不知道自己到底要想出一个什么样的结果，但好像乐此不疲地沉浸其中，大脑根本不给她放空和休息的机会。

夹在日记本里的还有一页草稿纸，纸上字迹有些潦草，是周意赶着时间抄下的。

她在网吧剩余的半小时里抄了段焰的那篇作文。

这些特立独行的作文对她没有任何帮助，但因为是他的东西，是她目前仅有的、能偷偷保存的属于他的东西。

而四点，是他们约好的时间，她不想早一分离开，也不想多一分失信。

也许没有人能懂，也许她只是遵守了自认为的承诺，但因为是他，所以周意一丝一毫都不想有差错。


周意一夜没睡，却和上周一的状态判若两人。

其实没有人喜欢周一，学生不想上学，上班族不想上班。周意从小到大也是如此，即使在别人眼里她成绩优异、热爱学习、自律自强，可人都是有惰性的，谁能拒绝节假日？

但这种惰性会因为想见一个人的强烈愿望而变得越来越少，周末放假不错，可以休息一下，周一去学校也不错，可以见到他。

不过这次的心情和之前不一样。

她不知道段焰有没有记住她，或者对她有印象，如果有，那如果恰好在学校里遇到，她似乎进退都不是，会让她有种心事被拆穿的心虚感。

陈佳琪见到周意的第一眼一点都没察觉到她一夜没睡，因为周意和往常一样，特别正常又投入地背着书。

倒是陈佳琪，莫名其妙地多了一对黑眼圈。

陈佳琪皮肤很白，所以周意在她背着书包走来的时候就察觉到了，随口笑着问了一句，陈佳琪的话匣子就此打开。

她一边掏作业一边滔滔不绝地说："我这个周末都没睡好，我之前只熬夜追过剧，头一回熬夜写小说！写小说太难了，我想了好几个配角，然后规划他们的关系。离谱的是，我准备的几个男配角居然比我的南宫狂似乎更有魅力。一个是病娇心机残疾人，他是男主角的弟弟，一个是嘴硬心软理科小竹马，另外一个是温润如玉全能医生！我规划了半天都不知道怎么处理这几段复杂的感情！"

周意听着觉得挺合理的设定，说："流星花园？还不错啊。"

陈佳琪笑得很神秘，她用作业本挡住其他人的视线，俯身靠在周意耳边说："我这么认真是有目的的。"

"啊？"

陈佳琪："我找了以前买的杂志小说，上面有投稿方式，我要去投稿！"

周意和她拉开距离，不可思议地问道："这种成功率太小了吧？"

"我想试！不成功便成仁！更何况，如果成功了还有稿费呢，估计有好几百。"

"那怎么投稿啊？"

"有地址，写完寄过去就好了吧。"

周意不太懂，点点头，说："那你去试吧，你成功了我也试试。"

陈佳琪听到周意有一起发展的想法瞬间眼睛放光："真的呀？欸，如果咱们都成功的话，岂不是……我都不知道怎么说了，如果能成功的话感觉自己真的好厉害啊。"

学生时代对成功的定义简单纯粹，是年级的排名，是某一门科目的擅长，是登上杂志的一篇稿子，是一幅获奖的绘画作品，又或者是追到一个根本不可能的人。

这天早晨，周意还是会时不时往窗外看去，依旧没看到段焰，也许是在她某一次低头看书的时候他已经进来了。

毕竟视野之内，能看清从林荫道出来的学生的时间只有短短几秒。

要在偌大的校园内高频率地见到他，确实是件不容易的事情，只有周三下午的第二节课是固定的。

只要不下雨，她至少一个星期有一次，能整整四十分钟肆无忌惮地看着他。

保持着遥远的距离，她一点都不会紧张，就连目光也毫不会掩藏，比靠近观察更加舒适。

很久以后，二十七岁的周意发现，这种希望对方站在人群中心，自己藏匿于人群中光明正大地看他的心理，是这个年龄段才会有的想法。

即使后来她和段焰真的认识了，能时常聊天，但十七岁的周意仍然更喜欢远远望着他的感觉。

而她和段焰更进一步的认识还得源于那把伞。

周意离开网吧后再也没有记起那把伞，直到又一个周一，段焰到她教室还伞。

那个周一是九月下旬，还有七八天就要月考，周意班里的男生跟疯了一样的学习，甚至有的在头上绑了红带子，颇有高考冲刺的意味。

这是为了前三的篮球加时赛，也是为了班主任承诺的福利。

女生们该怎样还怎样，只不过也会为那场还没到来的电影和肯德基进行幻想。

大家又从看电影说到今年的秋游和运动会。

这天中午阳光异常耀眼，颇有初秋反热的感觉。

周意一边咬着饭团，一边赶着晚上的作业。陈佳琪不想那么快开始做作业，就靠着墙边吃边玩手机。

陈佳琪知道周意最近为了月考晚上又在给自己加题，所以白天拼命赶老师布置的家庭作业。

她瞅了眼周意正在做的作业，见到是抄写后，她说："我能和你说会儿话吗？"

周意点头："可以啊。"

"你说，我的投稿什么时候会有回音啊？"

"这个刚刚路上你不是说过了吗？怎么还在想这个啊？"

"我就是心急。我连夜赶工写出来，寄过去都已经四天了，为什么还没消息啊？"

周意没邮寄过东西，不知道需要几天时间。

她安慰陈佳琪说："可能审稿件需要点时间？"

"也许吧。我知道是我自己太心急了，很迫切地想要个结果。"

陈佳琪摆弄了会儿手机，怕等会儿有老师来，把手机塞进书包后，又说："欸，周意，你说今年运动会什么时候开啊？还开两天吗？到时候下雨怎么办？我一点都不想变成在教室上课啊。还有秋游，你听说了吗？今年秋游好像是去市博物馆，不知道高三去不去，如果高三不去，等我们高三了估计也是这样，到时候就只有一个运动会了。"

"高三"这两个字跳进了周意的耳朵。

如果今年高三也去秋游的话，自由活动时应该能看见他吧？

但比起秋游，运动会更值得期待。

周意抄完最后一遍古诗，放下笔，捧着饭团咬了一口，回答道："那些还早，我估计和往年一样吧，至少得十月底。"

十二点了，班里同学陆陆续续都吃完饭回来了，空旷的走廊一下子热闹了起来。周意下意识地朝窗外看了一眼，又不动声色地收回视线。

一个多星期过去，周意见到过段焰几次。

上周三的体育课他依旧在篮球场打篮球；周四放学她们班老师拖课，等她走到林荫道口回头朝高三那层去时，正好瞥见他从教室里走出来，他的教室是靠西楼梯的第一间；周五的中午，她在校外的便利店门口见到了他。

每一天她都在寻找看见他的机会。

周意吃完饭团，和其他凑过来的女生聊了会儿天，正打算继续做作业的时候，窗口忽然多了个脑袋，一团阴影压住了周意的光线。

萧宇双手搁在窗台上，笑着说："班长，有人找你。"

周意抬头，问："嗯？老师吗？"

"不是啊，高三的。"

周意猝不及防地抠紧了圆珠笔的橡胶套，心猛地漏了一拍，轻声问："高三的？"

萧宇打量着她，依旧笑着说："喏，段焰，在那边等你呢，说有东西给你。"

"段焰"这个名字一脱口，凑在周意边上的女生互相交换眼神，不约而同地笑了起来，抻着脖子朝窗外望去。

有人问萧宇："真的假的，你不会逗周意玩吧？"

萧宇"喊"了声："闲的吧你们，这有什么好逗的。"说完，他对周意认真道，"他好像真有东西给你。"

周意压下疯狂跳动的心，尽量克制自己抖得厉害的手，佯装自然地把笔放下，从座位里站起来。

大概是太过紧张，身体没有力气，椅子没有被拉开很远的距离，周意弯着膝盖，头也向下弯着，在一片目光中朝教室外走去。

后面的女生们你推我搡，笑着说："他找周意干什么啊？"

"不知道啊，他们难道认识？"

"不可能，我以前和周意一个班，从来没听她说过认识段焰。"

"欸，陈佳琪，你知道吗？"

陈佳琪扒着窗户，也正好奇地朝外观望，听到别人问她，她回头瞥了一眼，摇摇头："没听周意说啊。你们别乱猜，指不定是高三哪个老师托他找周意呢？"

听起来有几分道理，但少女总是更倾向浪漫暧昧的故事，那群女生继续你一言我一语地猜着。

短短一段距离，周意举步维艰，每走一步呼吸的困难程度就增加一点。

教室里还算阴凉，一出教室门，中午闷热的空气顿时塞满了她的每一个毛孔，手心的汗一股脑地渗出。

男生们靠在走廊两侧说笑，耀眼的阳光无所顾忌地洒在他们身上，中间的过道狭窄烫人。

周意一眼就看到了倚着栏杆的段焰，他神情自得，眼里有光，有一搭没一搭地和别人聊着天，偶尔会翘一下嘴角，整个人的状态看起来很放松，而他的右手手肘靠在不锈钢栏杆上，手中拿的那把伞让周意豁然明朗。

她刚刚有一瞬间也以为是萧宇在和她开玩笑，因为实在想不到为什么段焰会突然找她，还有东西给她，他们之间实在太难有关联了。

周意始终不敢坦荡地看他们，那边有自己班的男生也有隔壁班的，段焰身边还站着他的同学，是那个胖胖的男生。

当她走近的时候，男生们的说笑声停了一瞬，都看了过来。

周意感受到这种细微的气氛变化，她咽了咽口水，一股灼热感从她后背顷刻窜上天灵盖，她忍不住把头埋得更低。

人来人往的走廊，有人去倒水，有人刚从小卖部回来，有人拿着试卷飞奔。

风掠过周意，她的长发扬起又落下，阳光下，她的皮肤白皙且透着一抹恰到好处的粉色，纤长的睫毛扑闪着，似蝴蝶振翅。

孙毅坚胳膊肘顶了下段焰："老公，你媳妇儿来了。不对啊，这话怎么这么别扭……"

段焰顺着话声朝周意看去，几秒后，他看向孙毅坚，不轻不重地说："行了，别乱说。"

没等周意走过来，段焰便握着伞走了过去。

孙毅坚双臂大剌剌地往后搭在栏杆上，看着段焰和周意使劲笑，笑完了问对面几个高二的男生。

"这姑娘叫什么来着？"

有人回答说："周意，我们的年级第一。"

孙毅坚瞪大眼睛："牛啊，年级第一。"

"是啊，市里排名也很牛的。"

"啧啧啧，那看来小焰儿的初恋大概率要夭折了，到底是我们倒数第一配不上了。"孙毅坚叹几声气，一副老父亲的口吻，"不过难得铁树开了花，就姑且让孩子去试一试吧。"

对面的男生们也笑，八卦地问："不会吧，段焰喜欢周意？这八竿子打不着的两个人啊。"

孙毅坚："怎么打不着，那姑娘长得不是很漂亮吗？"

几个男生面面相觑，放低声道："她……是还可以，但你们班那个赵嘉更好看啊。"

"你们几个，想打学姐的主意？"

"没没没，就是随口这么一说。"

周意余光里看到段焰的动作，就没有再往前走。她垂在两侧的手不动声色地轻握成拳，又怕暴露自己的紧张，很快松开。

她给其他来往的同学让道，站了栏杆边，这块正好有根柱子，她把自己藏在柱子后面，尽量避开那些男生的目光。

孙毅坚和几个男生刚刚说的话周意没听清，隐约只听到什么铁树、漂亮。

但她估摸应该是在说些打趣她和段焰的话，因为他们看过来的眼神里的东西太过明显，再配上那种不正经的笑，是男孩子们起哄时的"标配"。

周意的心在发烫，不知不觉耳尖变红，就在她呼吸极其不顺畅时，眼前出现了一双干净的运动鞋。

周意缓缓抬起头，只和段焰对视了一眼，她就快速低下头，视线落在他的腰部，蓝白色的校服 T 恤松松垮垮挂在他身上，腰部衣服的褶皱线条都带着一种漫不经心的味道。

段焰把伞递给她，说："你的伞没拿。我给你发过消息，你没回，我猜你忘了。"

这把伞当时放在网吧她根本没有收好。但眼前的伞，伞页被按照折痕一面一面地排好，顺着纹路圈在一起，就连伞骨尖端都被整齐地收进了伞柄里，看起来就像还未拆封的伞。

周意接过伞，道了声谢。她双手紧握着伞，有点磕巴地解释道："我不太上 QQ……所以没看到消息。"

"嗯，我猜到了。"

周意不知道该接什么话，却想再说些什么。

而段焰等身后的一个同学走过去后，低而缓地说："我没有和谁说你是在网吧丢的伞，不用担心。下次别再忘了东西，走了。"

周意一怔，好半晌才明白他的意思。

学生不能去网吧，虽然老师不会特意去查，但如果听到风声势必是要叫学生过去谈话的。

段焰已经跨出步子，周意抬头，略显急促地说："好……谢谢！"

段焰顿了下，回头看了周意一眼，勾了勾唇："小事。"

他没什么架子，似乎对谁都这样。

周意望着他高挺宽阔的背影，心骤然重重一跳，她低头看了看手中的伞，快步回了教室。


而那头的孙毅坚跳起来一把勾住段焰的脖子，故作伤感地说："虽然我不想和你分开，但是你心里有了喜欢的人，我会放手的……"

段焰掰开他的手，睨了他一眼，冷箭似的眼神飞到他身上，说："你上瘾了是吧？"

"你就是我的瘾，你不知道吗？"

段焰无语，懒得和他说了，加快步伐往前走。

孙毅坚"哈哈"笑起来，和高二的几个男生打了声招呼后追上段焰。

孙毅坚："阿焰，你说实话，你到底是怎么认识的啊？"

段焰双手插在校服裤袋里，目不斜视："不是和你说了吗？"

"你就放屁吧，肯德基里拼桌认识的，你这话说出去比你说你月底要考年级第一还离谱。你吃得起肯德基吗？"

"你爱信不信。"

今天本来很正常，孙毅坚看着段焰一如往常地在课上睡觉、发呆、转笔，他内心十分感谢段焰，谢谢好兄弟保住了倒数第一的位置，以至于让他不用担心自己这次月考会垫底。

而且他们周末组队打了几把游戏，他和赵纪这一队碾压段焰，说好了的，谁输了谁周一请吃午饭。

中午，他美滋滋捞了顿段焰的午饭后，想着差不多回去偷偷玩会儿手机就睡觉了，谁知道他赢了段焰的成绩和游戏之后，居然输在了感情上！

段焰中午说要去送伞，他嘲讽了段焰这追女孩的办法太土后，兴冲冲地跟着一起去了。

一路走一路八卦，段焰什么都不肯说，嘴硬得跟蚌壳似的，只说周末跟女生在肯德基拼桌认识的，聊了几句，知道那个女生是高二的。

他会信？

要不是今天赵纪请假了，不然看到这一出估计得和他一样。

到了教室，段焰拉开座位，坐下，从课桌里掏出一件校服外套垫在桌上准备睡一会儿。

孙毅坚还不依不饶："你好好和兄弟说说呗，都是家人，别搞藏心事那一套啊。"

段焰看了他一会儿，反问道："说什么？"

"那个姑娘，周意，我都打听好了，身高一六五、没谈过男朋友、成绩杠杠的、脾气贼好，是你的理想型不？"

"你闲得慌是不是，我只是还把伞。"

"都是男人，别装了。"

段焰把桌上的课本往课桌里一塞，漫不经心道："我没那个意思，你开玩笑说几句够了啊，说多了别人听了会当真，人家还是高二的，别惹麻烦。"

说完，他趴下睡了。

孙毅坚笑着说："这不是头一次看你主动嘛，还以为我的老哥们动了凡心了。看来是我等凡人庸俗了，睡吧，等明天赵纪来了我和他唠。"

说到赵纪，段焰抬起了头，捂了捂后脖子说："等会儿下午再给他打个电话问问情况。"

"知道的，不过应该没什么，从楼梯上滚下去应该最多骨折吧，只是可怜我们的小美女嘉嘉的脸要受伤了。"孙毅坚靠着座椅，看看前头空着的赵纪的座位，又看看左手边空着的赵嘉的座位，忍不住摇摇头。

这对相依为命的兄妹哟，谁出事另一个铁定逃不掉。

不过也真是离谱，赵嘉出门倒个垃圾都能从二楼滚下去。

难道是最新的旷课方式？


周意在众多目光中拿着那把不普通的伞回到教室，她的心颤得厉害，偏偏还要装作若无其事的样子。

她看似随意地把伞往课桌里一放，拿起笔打算继续做作业。

但边上黑压压的人影很难让人忽略。

周意抿了抿唇，看向她们，轻声问："怎么了？"

女生们朝她挤眉弄眼地笑。

"班长，老实交代，是不是背地里悄悄把校草拿下了？"

周意摇摇头："我丢了个东西，被他捡到了，好心还给我。"

"哦。"

周意被她们看得快要绷不住了，她攥紧手中的笔，否认道："真的没有……"

"没有就没有吧，我们都懂的。"

几个女生倚着课桌，顺着这事说到段焰。

周意在英语的阅读理解题上圈圈画画，但这些单词此刻她一个都看不懂。

她们说："他真的很帅啊，那个发型也很帅欸！怪不得都说寸头能验证一个男的是不是真的帅。"

"是啊，不过帅有什么用，还不是得不到。"

"你追过啊？"

"我对这种男的只仰望，打死我我也不会追的，一看就不是好拿捏的。"

"说起这个，我听隔壁班李婷婷说，她认识的一个学姐就追过段焰，给他送了三天早饭。"

"然后呢？"

"然后啊，然后他就直接把人拒绝了，不拖泥带水，还说他不打算谈恋爱。后来好像也没人光明正大地追过他了……"

"这个人蛮奇怪的，成绩不怎么样还不爱学习，他每天都在干什么啊？"

"谁知道，男的嘛，可能只爱打游戏喽。"

不打算谈恋爱……

那就是说他现在没有女朋友，应该也没有喜欢的人。

周意想起那首他单曲循环的歌曲，现在想想，当时他大概真的只是喜欢那首歌罢了。

但他的不打算恋爱又直接宣告了一个结果，没有人能站在他身边，包括她。

像喝了夏天的梅子酒，酸酸涩涩的味道从周意心底蔓延上来，堵在喉咙口，上下都不是，这个认知把周意的错觉压了下去。

她当时拿着伞回教室的路上，脑海里涌出一个问题，他为什么要特意来还这把伞，一把伞而已，丢了就丢了……

即使她刚刚和她们说他是好心，但心里总有个声音在说：也许不是好心，也许就是你想的那样。

可能这是独属于暗恋的错觉。

周意的笔尖在卷子上打转，墨水把一个单词中的"o"填满了，反应过来的时候她有些哭笑不得。

这是家庭作业，明天要交给老师的，她涂这个字母干什么。

一会儿就要上午自习了，几个女生聊了会儿就约着一起上厕所了。

她们一走，周遭的空气一下变得充足起来，周意看着密密麻麻的单词几不可闻地轻叹了声，她知道这会儿是集中不了注意力了，也不想装了。于是，她放下笔，想把那把伞拿出来看的时候，一抬头就对上陈佳琪打量的眼神。

陈佳琪刚刚一直没说话，后背靠着墙，手搭在桌上，手指似飞舞的蛾子一般在桌上点着。

那些女生走了，她便看向周意，周意的耳朵红红的，看起来正常，但又有种说不上来的不正常。

陈佳琪靠过来，离周意很近，问："他怎么会捡到你的伞啊？"

周意悬在课桌里的手僵住，不动声色地摸到边上的一本书，将其抽了出来，假模假样地翻开。

周意思忖了一番，决定对陈佳琪说实话。

她看了眼边上，凑到陈佳琪耳边，低声说："上次语文老师让我写作文，我去了网吧，那天下雨，后来雨停了我就把伞忘在那边了。嗯……我不知道他为什么也会在那边，他是那边的网管，应该是兼职吧，他知道我是高二的，好心给我送来了。你别和别人说啊，他也没和别人说我是在网吧掉的伞。"

"知道啦，我不会说的。"

说完，陈佳琪"啧"了声，表情一言难尽，她有点烦躁且难以置信地看着周意。

周意戳她的手："怎么了？"

陈佳琪咂咂嘴："说实话，不排除他单纯只是好心送伞，但这种行为实在很难让人不去遐想。以我看了五六年小说的经验，我觉得不简单。还有一件事……我不喜欢他。"

"嗯？"

周意从这句"我不喜欢他"中嗅到一丝不同寻常的气息，但隐隐给人的感觉又指的不是感情上的。

陈佳琪把玩着周意的笔袋挂件，说："我认识段焰，我……我真的不喜欢他，看见他就烦。"

周意耳朵一"嗡"，说："你认识他？你怎么会认识他啊？我之前都没听你提过。"

陈佳琪："没什么好提的啊，又不是一个年级一个班的。他外婆家在我姑姑家边上，我小时候每年寒暑假都会去姑姑家小住一段时间，他也正好会去外婆家住一段时间。小孩子嘛，总喜欢一起玩，他总帮着他表妹欺负我！而且你别看他现在这样，他小时候成绩特别好，比你还好，我妈每次都说你看看人家段焰，这听多了很烦。"

这是周意这辈子唯一一次对陈佳琪"恶意揣测"，陈佳琪嘟囔着讲的时候，周意仔细观察着她的表情。

生怕青梅竹马的剧本落在他们身上，生怕陈佳琪和她一样，口是心非。

她难以想象，和自己的好朋友喜欢上同一个人会是怎样的结果。

陈佳琪没注意到周意细微的眼神变化，压着火气说："我至今都忘不了！探险的时候，他掀开别人家后院堆的瓦片，一条蛇突然钻出来，而他，居然拉着他表妹跑了，还把门关了，留我一个人在那边！"

陈佳琪说得绘声绘色，那画面一下子在周意脑海里立体起来。

看着陈佳琪，周意不知道该用什么表情面对她。

因为那样的段焰，听起来还挺可爱的，但对年幼的陈佳琪来说，他确实是个恶人。

周意试探地问："你真这么讨厌他吗？"

陈佳琪有点无奈地说："讨厌啊。你是不懂，所以我一点都不觉得他长得帅，一直觉得他是小时候那种坏人的面相。你想笑就笑吧，不用憋着，反正别人听了都大笑。"

周意真笑了下，不过是笑自己的狭隘，笑自己居然会被爱情冲昏了头脑，刚刚居然在嫉妒陈佳琪。

她不想否认自己的小心眼，因为假如陈佳琪是真喜欢他，她也确实不知道该如何是好。

还好，只能说还好。

周意说："我没想到你们还有这层关系。"

"也没什么吧，高一新来的那个化学老师还是我妈闺密的姐姐的老公呢。"

"也是，有时候圈子很小。"

陈佳琪说："你可别被他的表象欺骗了啊……"

周意点点头，心虚地垂下眼，漫不经心地看书。

陈佳琪想转过去的时候，周意蓦然想起一桩事，她抬起头，伸手抓住陈佳琪的手。

"佳琪……"

"嗯？"陈佳琪的目光落在她的手上。

周意意识到自己抓她手的动作太过急促，她慢慢松开，收回手，压低声问道："你刚刚说他以前成绩很好，那现在怎么……"

"你说段焰？"

"嗯。"

陈佳琪耸耸肩："我也不是很清楚，不过听我妈说过一点。好像是他初中的时候妈妈生病走了，不到一年他爸娶个女的回来，而且当时那个女的都怀孕几个月了。好像就从那儿开始，他就不住他爸那边了，一直住在外婆家。不过也正常，小说里不都这么写的嘛，故事也源于生活。"

信息量有点大，周意消化了会儿。

她若有所思地说："那……挺可惜，他从前成绩多好啊。"

"你怎么就关心成绩啊，难道爆点不是他爸在他妈去世不到一年的时间里带了个怀孕几个月的女的回来吗？"

"我不知道怎么说这个事情……"

"我也不知道，听到的时候很惊讶，因为我们那边都觉得他妈嫁得很好。他爸是做生意的，一年有好几百万的收入吧，算是我姑姑家那边数一数二的老板了。可惜啊，男人有钱了都不靠谱。"

周意看着陈佳琪感慨的样子，轻笑了声："你都知道得这么清楚，还说不是很清楚。"

陈佳琪："我也是听我妈妈她们说的，具体什么样儿谁知道呢。段焰他外婆从来不和外人说这些，是个蛮好的婆婆，我小时候最喜欢去他外婆家吃他外婆包的粽子。"

周意"嗯"了声，又问："那他从前成绩有多好啊？"

"我记得他小学的时候市里排名都是前几的。"

周意一噎："真的吗？"

"真的，所以我特别烦他，他还特别会嘚瑟。"

周意想到那篇中考作文，这些天她反复地看，几乎都快背下来了。

如果真是这样的学习成绩，也不难解释为什么他会特立独行地在中考时写出一篇文言文，也说得通语文老师们开玩笑说他能考得上清华。

除开学习之外，周意对他的家庭变故也生出复杂的心情。

这个午自习，周意没有再做作业，她靠着椅子，低头摸着那把伞。

也许是天气太热，伞面摸上去温温的，像极了他留下的余温。


## 3. 聊天

下午的体育课艳阳依旧，周意掐着课间的每一分一秒赶作业。体育课打铃前一分钟，周意还卡在一道物理题上，她看了眼时间后只觉得这道题更难了。

教室里已经没人了，只有她和陈佳琪，陈佳琪玩着手机一点都不着急。

陈佳琪看周意眉头紧锁，宽慰道："要不等会儿我们再偷偷溜回来写呗，你别急呀。"

周意默不作声地摇摇头，笔在草稿纸上似打字机一般"唰唰"划过。

铃声响起的一刻，周意算出了结果，快速把解题过程从草稿纸抄到作业本上后，周意把本子一合，松了口气，说："走吧。"

两个人快步走去操场，那边人七七八八的已经站好了，但体育老师还没来。

他们的体育老师是个年轻的男人，不怎么爱笑，对他们看似严格实际随意得很。

陈佳琪和周意入队后，体育老师夹着册子走来，捏起口哨吹了两声，说："今天跑两圈，跑完后解散休息，不许回教室，谁回教室被我逮到直接跑操场十圈。"

大家哀号一片。

越长大越懒，慢跑两圈都不太愿意。

体育老师像赶鸭子似的把这个队伍赶上了跑道，一开始还像个队伍，半圈下来，拖拖拉拉的成了一盘散沙。

男生还算守着规矩，快速跑完纷纷投身篮球场，而女生们有的直接手挽手悠闲地散起步来。

还剩半圈的时候陈佳琪不行了，她拉住周意："不跑了不跑了，走完算了。"

周意点头，大口大口地喘着气，风拂过脸颊，只凉了一瞬，喉咙间的腥味渐渐泛上来。

早早就停下跑步的女生们笑看着周意和陈佳琪，有人闹陈佳琪，突然走到她后面抱住她，蹭了把她的胸。

陈佳琪"呀"的一声跳起来，回头看清是谁后，也闹了回去。

那女生说："佳琪，你比高一的时候有料多了啊。"

周意站在原地平复呼吸，看着她们打闹也笑，但她现在不想说一句话。

陈佳琪闹着闹着把周意拉了过来，对那女生说："来来来，你摸下周意的，别总盯着我。"

周意还没来得及防卫，就被狠狠揩了一把油。

那女生瞪大双眼，夸张地笑道："班长，我以前怎么没发现你这么'有容乃大'啊！"

旁边还有踢足球的男生，周意的脸噌地红透，握住女生想再来一遍的手，哭笑不得地说："别闹……"

"好好好，不闹，那你让我抱抱，我要感受一下。"

那女生扎进周意怀里，感受完后说："太舒服了，我就喜欢软软的女孩子。"

周意推了推她的肩膀："真不许再说了。"

大家笑作一团。

短暂的欢闹过后，大家又各自散去。

陈佳琪挽着周意去双杠那儿坐，那边靠着围墙，地上又新铺了绿草坪，太阳还晒不到。

周意觉得这个位置很好，因为教学楼在右手边，她只要稍稍侧过一点视线就能看见段焰的教室。

第三层，靠西楼梯的第一间，高三一班。

而她在第二层从西往东数的第三间，他们中间隔了一个班级的距离。不过她是高二一班，明年多半是会进他的教室的。

这样一想，他们没有在上下楼的同一间也没什么，也许明年，她会坐他坐过的位置。

她在班里的女生中身高算高的，所以一直坐的是最后一排，而段焰，不难推测，他应该也是最后一排的常客。

这些久远且变数难定的事情，因和喜欢的人扯上关系，即使只是遐想也让人心花怒放。

想到这儿，周意的嘴角弯了弯，刚刚跑步遗留的心跳和炙热也一点点散在风中，身体和思绪都没了在教室赶作业时的焦虑。

陈佳琪又在想投稿的事情，她反复检查了好几遍 QQ 消息和短信电话，还是没有任何动静。

她说："那边的编辑会不会加错号啊？难道我当时留的联系方式写错了？"

这会儿的周意还没能理解陈佳琪的迫切心理，她说："有时候越急越等不来，等到周五再看吧。"

陈佳琪兴致缺缺地合上手机，叹气道："真难熬，我现在只要一空下来，脑子就控制不住地幻想我的小说登上了杂志，我拿着杂志拍在语文老师面前，看似低调实则炫耀地和他说，你不要再指点我写作了，我写作文可能不擅长，但我写故事的能力已经超越了同龄人。"

陈佳琪说这话的时候很投入，连声调都变了，那种拽酷形象一下子冲了出来。

周意眼尾上扬，打趣她："你到时候真敢这样说？"

"当然不敢，所以才叫幻想啊。哎呀，今天好热啊，等会儿下午还有英语课，头疼啊。"

"佳琪，你真的很不一样，别的女孩子都是文科更好一点，你怎么反着来。"

陈佳琪："我？还好吧，我理科再好，还不是落你大半截。对了，你中午干什么了？我看你好像一点作业都没做嘛，我都做完了，你还在课间赶。"

"中午……有点困，就没做。"

说到这个，陈佳琪看向她："你最近睡得好吗？"

"嗯……比之前好很多。"

"那就好，好无聊啊，听歌吗？"

"好啊。"

陈佳琪从裤兜里掏出一团乱成麻的耳机扔给周意："你帮我解一下，我要再登下 QQ 看一下。"

周意慢条斯理地解耳机线，出于好奇，她也凑过去看。

但看到 QQ 的小企鹅图标的一瞬，周意突然想起中午段焰和她说的话。

他说他给她发过消息。

她当时没有多想，因为她本身不太用 QQ，没手机也没电脑，所以只和他稍微解释了一下，随后下意识地忽略了他给她发过消息这个事情。

可现在看到陈佳琪的手机，周意觉得似乎可以问陈佳琪借一下，然后顺着还伞这件事多和他说几句话。

周意犹豫着，在陈佳琪退出 QQ 准备关网的时候，周意心一横，开口道："佳琪！"

陈佳琪："嗯？"

周意哽了下喉咙，编了个细想就会暴露的理由，她说："能不能借我登一下 QQ，我……我想看看我上次改的网名有没有真的改好。"

陈佳琪将手机递给她："你上次改了什么网名？"

周意怕陈佳琪看见她和段焰的对话，登录后故意把手机侧过去了点。

她说："嗯……改了个歌名，我觉得好像还是原来的好，我还是改回来吧。"

而一登上 QQ，中间的小企鹅变成了段焰的头像，跳动个不停。

她点开。

2009/9/13 18：07

%*#：你的伞忘了拿，有空记得来拿。

周意心跳快了起来，哪怕他现在的头像是灰色的。

她握着手机，大脑飞速转着，想着回他什么才好。

除了道谢还能说什么？说什么才不会把话题说死，又不会显得刻意。

周意忽地记起一个细节，那天在网吧的两个男青年开玩笑的时候提过一嘴段焰是高三的，但没说他是哪个学校。

这么想着，周意已经按着九宫格开始打字。

2009/9/21 15：11

小意：谢谢你给我送伞，没想到你也是正仁的。

在周意想着要不要加个表情的时候，陈佳琪问道："你之前的网名叫'小意'吧？我觉得挺好的呀，言简意赅，要不我改成'小琪'好了，哈哈哈。"

周意也跟着笑了两声，她恋恋不舍地扫视着对话框，几秒后她果断退出登录，把手机还给了陈佳琪。

陈佳琪插上耳机，分给了周意一个，她在下载好的歌曲列表里翻着自己喜欢的歌。

周意慢腾腾地戴上耳机，脑海里反复想着段焰给她发的消息。

十二个字。

他隔了一个星期来还，是不是说明他一直记着这个事情，等了她一个星期的消息？

周意看着不远处的林荫道，成排的梧桐树在风中微微晃动，边上的少年们在篮球场上呐喊。

她咬了下唇。

心想，那种错觉又来了。

周意屈膝，双手环住膝盖，脑袋侧枕了上去，顺其自然地望向高三一班。

他班级的后门也开着，如果他正好坐在靠后门的位置，如果他往后稍微挪下位置，她就有可能看见他，又或者他坐在靠窗的位置，他站起来的话也能看到他。

不知道他这节课是什么课。

也不知道他什么时候会上线，会回她什么。

这一刻，周意忽然理解了陈佳琪对稿件回复的焦急。

大概仅仅是因为那是自己很在意的事情，渴望有回应，渴望能快一点再快一点。

如果她有手机，可能这节体育课会一直在线等他，即使知道他在那边上课，多半是不会上线的。

还有……

她下次怎么登号呢？

总不能一直问陈佳琪借手机吧。

周意眉眼弯着，又忍不住轻轻叹气。

如火烧的阳光铺在教学楼的窗户上，瑰丽热烈，周意温柔地注视着教学楼，那些光芒一寸一寸地映入她的瞳仁，似一场心事在静静焚烧。

而耳机里正好传来轻快的音乐，是梁咏琪的《胆小鬼》。

歌词唱着：

　　你爱咖啡低调的感觉

偏爱收集的音乐怪得很另类

你很特别 每一个小细节

哎呀呀呀 如此的对味

周意听着歌和陈佳琪聊了些有的没的。

中途，陈佳琪问她，要不要偷偷溜回教室做作业。

周意摇摇头，陈佳琪说："你也真的很不一样欸，别人赶作业恨不得把作业带到操场上来做，你倒好，连教室都不愿意回去。怕体育老师发现后的惩罚？"

周意继续摇头："体育老师是纸老虎，怎么会真的惩罚学生。一个星期就两节体育课，想好好放松一下。"

这话一半真一半假。

其实她原本想在课间就来操场的，但是中午的时间都用来想他了，落下的作业不能拖到晚上，她便利用课间时间紧赶慢赶地终于写完了。

而这也是一个星期里为数不多能好好看着他的课，即使他在教室里，不能看到他的身影，但那个方向是他，那个教室里坐着他，风能捎来他的气息。她正好也不用聚精会神地投入学习中，可以全身心地放松下来，没有任何负担地去想他。

下次体育课，她一定不能像今天一样，她还是想早点来操场，再晚点离开操场。

比起期盼他坐在窗边或者等待他稍微露头，体育课前后的课间时间更有机会能看见他。

下课铃响起的时候，班里的姑娘纷纷自动离场，只剩男生们还在那边挥洒汗水。

周意留意着他班级的动向，内心祈祷老师千万别拖课。

陈佳琪说："走吧？"

周意一时想不到什么好理由拖延，手攀上耳机想摘下的时候，她忽地开口说："听完这首歌再回去吧。"

陈佳琪奇怪地看了她一眼，但没有多问，点点头。

陈佳琪理解为周意想最后放松一下。

歌词一字字地流逝，她把时间精准到秒，终于在十秒后，段焰的班级传来喧闹的声音，一个中年女教师捧着卷子走出了他的班级。

她知道这个老师，是教数学的。

原来他这节是数学课。

他的班级陆陆续续有学生走出来，前后门都有，但没有他。

歌曲结束，周意还是没有看见他，可心里却一点都不失落，甚至觉得能安安静静地望着他的方向都异常满足。

也许是因为这一天，在暗恋这个小小的国度里发生了太多值得回味铭记的瞬间。

周意把耳机还给陈佳琪，起身整理了下衣服，两个人慢慢走回教室。


这边，段焰喝完了最后一口水，他拎着矿泉水瓶扔进放在教室里的垃圾桶后，打算下去买瓶水。

孙毅坚是段焰的同桌，他困了一节课这会儿终于清醒了过来，看着自己在试卷上的鬼画符感慨了会儿，这怎么订正啊，鬼知道刚刚听了些什么。

他拿笔戳了戳段焰的前桌："哎，张梦大好人，你能把你的数学卷子给我看看吗？"

那个叫作张梦的姑娘拨了下长发，回头看孙毅坚，答非所问道："你们还没给赵纪打电话吗？"

"这不是两节课都被拖课了嘛，哪有时间打啊，上个厕所都跟去抢粮食一样。阿焰给他发过短信，他没回复啊。"

张梦看了眼身边空着的座位，那是赵嘉的位置。

她和孙毅坚说："你们打通了问清楚了情况，我就把卷子给你。"

孙毅坚："啊，这还带条件啊。行，我现在就去打！阿焰……欸，阿焰，你去哪儿啊？"

段焰正好扔完水瓶路过孙毅坚身后，他抬手揉着后脖颈，低声道："还能去哪儿，去买水。"

孙毅坚咂咂嘴，也觉得很渴，他从座位里跳出来，说："我也去，我也去！今天是怪渴的啊，是不是中午那个炒饭盐放多了啊？"

张梦不满地"啧"了声，冲着两个人的背影提醒道："老孙，你记得打电话去问呀！"

孙毅坚比了个"OK"的手势。

段焰走出教室时，底下操场上上体育课的学生零零散散地离开，他动了动脖子，也试图让自己眼睛休息一下，便朝操场的方向多看了几眼。

在清一色的白蓝色校服中，他一眼就看见了周意。

她微微低着头，柔顺的长发在阳光下泛着光泽，她正和一个女孩手挽着手，不知道两人在说什么，她轻轻笑着。

隔得有点远，他看不清她具体的眼神和细微表情，但她的笑在晴空万里的天际下十分璀璨耀眼，像夏天黄昏的风吹过竹林，沁凉舒适。

他搭在后脖颈揉捏的手顿了顿，还是孙毅坚撞了他一下，笑着问他："看什么呢？哦，原来是看媳妇儿啊……"

段焰收回视线，看了孙毅坚一眼，哼笑了声，想否认，但还是没说什么，他不想延伸这个话题。

底下的周意已经进了他们的视野盲区，孙毅坚也没想继续说这事儿，他和段焰说："赵纪还没回你短信啊？要不我再打个电话问问，这人怎么回事啊，送妹妹去趟医院都能好半天没信。不会是赵嘉摔出大事了吧？"

段焰边走边翻了下手机，说："他没回。"

孙毅坚掏出自己砸过核桃的诺基亚，找到赵纪的电话拨了过去。

两个人走到二楼拐角时，周意和陈佳琪已经在教室的走廊上了，她的身影比刚刚要清晰很多。

在周意拐进教室的刹那，段焰敛了双眸，也下了楼梯。

而赵纪的电话响了十几下后终于被接通，孙毅坚怕被路过的老师看见他带手机，闪躲到底楼的宣传长廊后面，对段焰说："给我带瓶冰红茶。"

段焰"嗯"了声。

孙毅坚捂着手机，探头观察四周，对赵纪说："你怎么现在才接电话啊？大半天都没消息，昨晚大半夜来一句赵嘉倒垃圾从二楼摔下去后人就没影了，不知道哥们儿会担心你啊。"

电话那头的赵纪带着深深的鼻音，说："折腾了一夜，刚趴着睡着了。"

"赵嘉没事吧？"

孙毅坚听到边上有赵嘉的声音，她问赵纪："是段焰他们吗？"

赵纪："嗯，是老孙。"

然后赵嘉没声了。

赵纪对孙毅坚说："没事儿，就是小腿有轻微的骨折，明天就出院了。"

孙毅坚笑了声："那就好，养一段时间就好了。多好啊，都不用出操了，省事！那你们明天来不？"

"看情况，应该能。"

"行，反正张梦把作业都给你们记着呢。"孙毅坚话停了一下，他摸了摸鼻子说，"欸，赵儿，有什么事就和我们说啊，我们保证随叫随到。"

赵纪也笑："我知道的。"

"你也别多想，我呢，纯粹是不想上课。哈哈哈！"

挂了电话，孙毅坚把手机往兜里一揣，段焰已经买好了水，站在一楼楼梯口等他。

他一脸轻松地走过去："没事儿，就是有点轻微骨折，明天应该能来。"

段焰点点头："行。"

上楼的时候，孙毅坚突然重重叹了口气，眉宇间的轻松神态变成错综复杂的忧愁。

他说："这对兄妹也太命苦了吧。"

他和段焰从高一起就是一个班的，赵纪是在高二文理分班后才和他们玩到一起的。

所以说，做朋友这件事讲的都是缘分，孙毅坚一直觉得三个人能处得不错归根于大家都不是太较真的人。

后来聊多了，他和段焰才知道赵纪还有个双胞胎妹妹在隔壁班，就是大家口中所说的大美女赵嘉。

赵嘉虽也选的理科，但没分到他们班。

高三开学时，赵嘉突然被调了过来，理由十分唏嘘。

赵家是工薪家庭，父母赚钱很不容易，高二升高三的暑假，赵家父母吃完饭在路边散步被酒驾的货车撞死了，家里爷爷奶奶、外公外婆都去世得早，赵纪和赵嘉两个人便成了孤儿。

班主任想着让他们互相照应，问了两个人的意愿后就把赵嘉转到了高三一班。

虽然平日里大家都说说笑笑，没什么异样，但这事儿搁谁身上都不好受，特别是逢年过节的时候，特别是回到家看到父母原来的房间的时候。

段焰一手拎着水瓶子一手插在裤袋里，挑眉道："没摔到头就好。"

孙毅坚："哎，是这么个理儿。"

段焰路过二楼的楼梯拐角，下意识地朝周意教室的方向瞥了一眼，那边稀疏站着几个男生，萧宇正趴在窗口。

他认识萧宇，之前打过几场球，人很不错。

今天中午是托萧宇和周意传的话，萧宇也是这么趴在窗口去叫的周意。

回到教室，临近上课，语文老师在挨个叫名字发卷子。

不知道是谁帮段焰拿了卷子放在他桌上，大面积的留白很吸睛。

孙毅坚拿起来看，小声夸道："还是兄弟牛啊，要么不做，要么做的全对，这几道选择题是怎么被你蒙对的啊？"

段焰看了他一眼，欠欠地说："上网搜一下不就都有了。"

张梦扭过头来，问孙毅坚关于赵嘉的消息，孙毅坚没立刻告诉她，逗着她玩。

张梦被气到，卷着卷子去打孙毅坚。

她的长发垂在段焰的桌上，发丝划过他的试卷。

段焰凝视着，不知道想到什么。

须臾，他从口袋里掏出手机，按了几下，登上 QQ 号。

点开跳动的头像，除开群聊的外，那条紫色的小鱼尤其醒目。

2009/9/21 15：11

周意：谢谢你给我送伞，没想到你也是正仁的。


周意放学的时候习惯性地朝高三一班的方向看了一眼，他教室的灯还亮着，她知道他们老师又在拖课。

回去的路上，周意第一次发现周围有那么多学生都有手机，有的用手机听歌，有的在飞速打字聊天，有的只是握在手里，但挂在上面的超大毛绒挂件很吸睛。

她从来没这么羡慕过别人。

在她的观念里，手机和电脑这些电子产品到了大学自然而然都会有，父母也不会阻止她买。虽然等她上大学时，周兰可能会嘀嘀咕咕，但还是会买，最多买差点的。而高中阶段周兰肯定不会愿意给她买手机，她自己原本也不太需要。

可她现在，好想知道段焰有没有看到她的消息，有没有回复她。

她坐在公交车窗边的位置，望着沿路的风景，手指在雨伞收纳金属扣上缓慢地画圈，脑海里浮出一个荒唐的想法——

要不要去买一部手机？

陈佳琪此时用的手机是高一下学期新买的，高一开学时她家人给她买的手机被偷了，下学期选手机时陈佳琪还拉着周意一起去手机店里看了看。

学校边上有一条数码街道，开着一排私人手机店，虽然标价贵，但都可以还价。

当时周意看了一圈价格，觉得手机贵得离谱。陈佳琪看中一款手机，标价1299元，最后被她砍到了799元。

不过799元对周意来说依旧贵得不敢想。

除开这些品牌手机，还有些杂牌的，她记得好像有450元左右一部的，旁边功能介绍写着：移动QQ/音乐畅想/超长待机。

也许，450元的手机她能花300元买下，她的要求也不高，只要能正常登QQ号就好了。

现在每个星期周兰给她的生活费是75元，除开吃饭和日常买文具，基本没有钱剩，如果想攒钱，大概只能从每天的饭钱里想办法，比如以后中午只吃两块钱的面包。

爷爷虽然会给她钱，但是不固定的，老人家健忘，赚点钱也不容易，以前她买书和练习册的钱都是爷爷给的。

她已经把爷爷上次给的一百块拿去做头发了，如果爷爷再给她钱的话不能再这么用了。还有两个月不到就会期中测试，这个测试对她来说太重要了，她要存一笔钱在考试之前买试卷刷题。

日薄西山，夕阳如血，嫣红的光四散照耀，周意下沉了点身体，脑袋靠上了玻璃窗，微微颤动的睫毛被拉出纤长的倒影。

300块对她来说是很艰难才能攒到的钱。

她从小到大没什么压岁钱，父亲林厚中是独子，周兰有个哥哥，但是不太往来，而奶奶去世得早，爷爷赚钱辛苦，小时候爷爷会给她压岁钱，只是最后都落入了父母的口袋。

唯一一次拿到手的压岁钱还是去年，爷爷偷偷塞给她一个红包，里面是500块，她将红包放在枕头底下，结果被周兰发现，周兰只给她留了200元当开学的餐费。

周意有时候觉得是自己的性格问题，她会攒点小钱买个喜欢的玩偶，买一条只收藏不戴的手链，抑或是一套喜欢的书，对于价格高的物品她从来不会想要。

所以周兰拿走那300块时，她也没有什么太大想法。

现在想想，有些后悔了。

周意闭了闭眼，大脑自动计算着现在身上的余额，以及要节省多久才能攒到300块。只是攒到300块了之后，她真能将那手机还价到300块吗？

她还需要一张手机卡，50块。

车子颠簸间，周意额角磕到玻璃，她睁开眼，揉了下额头后稍稍坐正。

还有一站就到了，此刻公交车上没多少人了。

公交车最后一排坐着两个另一所高中的女学生，周意碰上过几次，她们比她还晚下车。

她们手里拿着青春小说，未拆封的透明包装在余晖下折射着淡淡的光芒。

周意无意瞥过，视线划过又划了回来，她的瞳仁一亮，身体不禁往前靠，右手抓住了前排座椅的顶部扶手。

她可以写稿吧？

陈佳琪之前提过，如果投稿成功，稿费最起码好几百。

但转念一想，这哪是一件容易成功的事。

周意慢慢松开手，垂下眼睫，看着手中的雨伞抿了抿唇，随后嘴角弯了下，眼中的笑意有几分是笑自己的想当然和天真。


回到家，周兰和往常一样在做饭，今天包了馄饨。

南城有个习俗，谁过生日就会包馄饨。

周意突然记起，今天是爸爸的生日。

而林淮正躺在沙发上，四脚朝天地在打电话，笑得嘴角都快翘到天边了。

他大声对电话那头的人说："爸爸，真的吗？你国庆回来真的会给我带遥控赛车吗？你别骗我啊！"

周意猜爸爸又承诺了一遍，因为没过一会儿林淮激动地在沙发上跳了起来，说："那我要超大的，四驱的！"

周兰掀开被沸水顶开的锅盖，边捞馄饨边笑骂林淮："你这孩子，别跳了，沙发都要被你跳坏了！你爸爸说给你买肯定会给你买的！"

林淮"嗷"了声，似小狼叫，接着便乖乖地下了沙发，规矩地坐着，两条腿晃啊晃。

他一抬头正好看见周意。

他兴奋地朝周意招手："姐，爸爸要和你说话。"

周意把伞和书包放好后，走过去接过了手机。

林厚中遗传了爷爷的一个特点，说起话来笑眯眯的，看起来人很好的样子，但周意知道他，他确实是个好人，只不过好得像只无头苍蝇，没什么主见。

周意轻轻道了声"喂"，那边林厚中笑了两声，说："小意啊，最近爸爸忙，没怎么给你们打电话，国庆放假爸爸会回来的。我听妈妈说，这段时间小淮做作业比之前自觉认真了许多，爸爸觉得大概是他长大了自己知道做作业了，你从小成绩好，多辅导点弟弟，知道不？"

周意握着手机的手紧了紧，她语气不变道："嗯，我知道的。"

"好好好，那等爸爸回来了，国庆带你们去公园玩。"

"……好。"

挂了电话，周意想把手机还给周兰，但沉甸甸的手机搁在手里不禁提醒了她一个事情。

她看了周兰一眼，按下主页键，快速翻着，在为数不多的功能里 QQ 图标很亮眼，看到想要的东西后她一键退出，把手机放在了餐桌上。

这一插曲没人注意到。

周兰在盛馄饨，林淮沉浸在即将要得到遥控车的幻想中。

周意回想着爸爸的话，也许是意料之中的事，所以小小的失落之后便是平静。

这顿饭周意吃得心不在焉，周兰反复地说林淮最近变乖了，男孩子只要上进成绩就会飞快进步。

而周意想的是，可以找什么借口借到周兰的手机，哪怕只有一分钟，让她上线看一下就好。

到晚上写完作业，周意也没寻到好的机会和借口。

房门被敲响，林淮捧着英语课本探头进来。

周意看他这架势就知道他是来问题目了。

周意还挺好奇的，他这段时间确实有在好好做作业，三天两头地过来问问题，总不会真是为了一个遥控汽车吧？

周意对林淮说："过来吧。"

林淮跑过去，指着两道填空题说："就两道，姐，我不耽误你，就这两道。"

周意边看边说："没事，我都给你看一遍。"

"也……也行……"

"不愿意啊？"

"不是，就是其他如果做错了的老师明天会讲，我听老师讲就好了，我就想把我实在做不出来的做了。"

周意笑了下，说："那就给你讲这两道吧。不过……你最近怎么这么好学？"

林淮头转向一边，看着书柜上的地球仪，含糊地说："那天你教了我一下后，我去学校被老师表扬了，感觉蛮不错的。"

周意看着林淮剃得短短的头发，忍不住联想到了段焰，他的头发虽然比林淮的更短，但两人确实是同一个发型。

段焰的头发好像稍微长长了点，比第一次见他的那天，看起来更自然一些，那天应该是他刚理发不久吧。

而且听他边上同学说的，他去的应该是那种老式理发店，想来留那发型应该不是他本意。

周意莫名地想起白天陈佳琪说的，陈佳琪小时候遇到蛇，他带着表妹跑了还把门关上的事情。

觉得有点可爱。

接着，她又想到了陈佳琪说的关于他家里的情况。他母亲早逝，他父亲似乎早早走出了阴影，又或是早就有了外遇，他也许是难以忍受这种事才会搬去和外婆住吧？

那个理发店还是他外婆推荐的，他剪了个意料之外的发型也不生气，照这么看，他和他外婆的关系一定很好，所以还会给他外婆订生日蛋糕。

那些她所听闻的关于段焰的种种，像极了一个个点，这些点慢慢随着时间的推移，在她脑海中形成一条清晰无比的线。

或许将来的某一天，没人比她更了解他。


站在一边的林淮疑惑地挠了下下巴，他不明白周意为什么要对着题目笑，难道这道英语题讲的是个笑话？

正当他要开口的时候，"啪嗒"一声，房间忽然陷入一片黑暗中。

周意和林淮异口同声道："停电了？"

过了会儿，周意起身，说："我去看看，你在这里待着。"

周意走到窗户边朝外看了下，周围的邻居家也都是黑着的，估计是这片都停了电。

周意说："我下去拿蜡烛。"

林淮："我新买了个手电筒，要不要？"

"手电筒？"

"对啊，一块钱买的。"

周意大概知道了，是那种用几下就会坏的激光笔吧。

她笑着说："用蜡烛吧，上次停电还剩了大半根的。"

周意出了自己房间，路过周兰房间时，搭在墙上探路的手忽地顿了下。

她心底冒出个想法，跃跃欲试。

周意折了回去，熟稔地穿过茶几和电视柜，走到周兰床边。已经晚上十点多，周兰睡了。

但周意还是轻轻推了下周兰，低声道："妈妈，停电了，我要去找蜡烛，能不能借下你的手机，你的手机有闪光灯可以照，我要辅导小准做作业。"

周兰睡得正熟，被叫醒有点不舒服，听完周意的话，随意地"嗯"了声后，翻了个身继续睡。

周意提到嗓子眼的心一点点落下去，她伸手去摸手机，摸到冰冷的机身时手竟然抖了起来。

她拔掉充电器，快步往外走，由于太着急，膝盖磕到了茶几角，她"嘶"了声，但下一秒就把这轻微的声音咽了回去。

她还是怕把周兰彻底弄醒，要是周兰醒了说她去找蜡烛，怎么办？

她又怕林淮待不住要和她一起下楼找，所以快速下了楼。

周意躲进靠爷爷屋的杂物间，在一屋子的木头腐朽味中，她颤颤巍巍地连上网络登录QQ。

她看了点眼时间，晚上十点十三分。

周兰是没有订流量的，她上线绝对不能超过三分钟，不然扣费太贵周兰肯定一下子就会发现。

她看着"正在登录中……"的几个字样心里着急，却又没办法。

这每一秒都极其漫长，终于，登录成功。

这是2007版的QQ，跳动的头像不会显示图片，所有人发消息过来都是企鹅图标。

周意看着不断闪动的"我的好友"分组，和中间跳动的企鹅，紧张得快要窒息。

她点开的时候，手心的汗已经把手机背部浸湿。

段焰的网名落入双眸的那一刻，她更紧张了。

2009/9/21 15：37

%*#：嗯，高三，段焰。

周意反复看了好几遍，在控制不住的颤抖中轻轻笑出了声。

纯净的黑夜中，圆月皎洁明亮，薄纱似的云雾徐徐飘过，老式的六格玻璃窗户上蒙着一层灰，但几缕清柔的月光还是透了过来，窗台上宛如镀了层银。

周意正对着窗户，手机的光和月光交织在一起，映出了她的笑，也映出了飘浮在空气中的尘埃。

稍稍平静过后，周意看着一秒秒逝去的时间开始感到焦虑，她的笑容渐渐敛起，指尖冒出的热汗开始冷却。

她轻咬了下唇。

她要再说些什么才能确保他看到后会再回复她呢？

问他作文或者成绩的事？

不行，不行。

如果太刻意会显得她很烦，也可能打扰到他。

手机设定的亮屏时间到，忽地暗下去了，这仿佛像是一种倒计时的信号。周意皱皱眉，按了下右键，屏幕亮起，段焰那行消息再次呈现在她眼前。

她又看了几遍。

思虑之际，周意突然想到个不错的切入口，也是她内心的疑问。

她快速打下一行字：你是在网吧兼职吗？

她一直不太确定他是帮亲戚看店，还是正儿八经的兼职工作。那天听男青年和他说的话，他似乎在网吧很久了。

如果是兼职的话，他是缺钱吗？还是仅仅为了打发时间或者娱乐？

如果是缺钱的话……也不应该缺钱吧，即使母亲逝世，父亲再婚，他搬去和外婆居住，难道他父亲会连最基本的生活费都不支付吗？

如果是兼职的话，那么他是周意认识的第一个还在读书阶段就去打工的，而且还是在高三，最要紧的一年。

印象里，多数父母都不太会让自己孩子在没上大学前去打工，寒暑假除外。

消息发出去后，周意的心快跳了几下，她检查了下发的内容，没有错别字，符号也正确。

而且应该……没有冒犯到他吧？

确认无误后，周意退出聊天界面去查看段焰的状态。

因为是首次用这个手机登录，所以在最近联系列表里，只有他一个人，他的头像是灰色的。

他不在线上。

周意垂了垂双眸，眼底漾出些许失落。

如果他正好在线该有多好。

她不知道他每天登号的时间，也许他有空就会上线看看，也许他晚上也在网吧兼职，一直挂着，但是是隐身状态，也许他只会在睡前上一下号。

无论是哪一种，应该很难在两分钟之内回复她吧。

明知道不可能，但周意还是不禁牢牢盯着屏幕，生怕错过他的回复。

又一分钟过去，周意的心已经平静了，只是还没缓过神来，小拇指还在微微抖着。

她转了个身，背靠上窗台，像是故意转移注意力似的去翻自己的好友列表瞎看。

内心无故冒出一个玄学说法，就是今天在操场和陈佳琪说的那句——有时候越急越等不来。

有时候不在意了，反而什么都来了。

但她的"不在意"太假，她想，她的心事上天看得最透彻。

假模假样翻了一圈好友列表后，周意还是回到了和段焰的对话框，她专注地看着这简短的对话，像是要把每个字的笔画都拆出来细细临摹。

或许不该贪心了，今天已经足够不平凡了。

他来高二的楼层给她送伞，引起了不小的轰动，她第一次觉得自己仿佛置身于小说世界，她是那个独一无二的女主角。

后来又意外地知道了他和陈佳琪的关系，了解了一些关于他的事情。

而她抱着侥幸心理发给他的消息，他也回复了。

这会儿，她还如愿以偿地偷偷登上了号，还有什么不满足呢？

周意浅浅吸了口气，打算下线，但在是否确认退出登录的时候又犹豫了，她点了取消，而界面依旧只有灰色的企鹅头像，没有一丝生气。

她想，还是真的等够三分钟吧，等到十点十六分。

周意心里数着倒数计时，食指指甲有意无意地刮着手机右上角的挂件凹处。

她又不由得想，下次该拿什么借口问周兰借手机，一次两次还好，号登多了流量也用得多，不出两个月周兰肯定会有所察觉。

她深深明白，要她像以前一样不需要手机或者不太使用QQ是不可能了。

屏幕再次暗下去的时候，周意注意到手机的边角漆掉了许多，按键细缝都是脏东西，看起来旧得不行。

这款粉色的直板机是周兰去年买的，在此之前周兰都是没有用手机的，而买手机的原因很简单，去年林厚中决定外出工作，买手机是为了夫妻间方便联系。

当时听周兰说，她砍价砍到了五百买的。

五百，对周意来说很贵。

可如果是二手手机呢？

是不是比新手机要更便宜？

只不过二手手机的店难找一些……可总比要在短时间凑齐三四百买新手机轻松一些。

但问题又绕了回来，短时间内凑两三百对她来说也是难事。

像段焰一样去做兼职是不可能的，她周末很难出门，借钱的话后续还钱周期太长她开不了口，思来想去唯一能赚钱的方法好像还是只有写稿。

虽然看起来天方夜谭、希望渺茫，但她想试试。

她可以找些名气小好过稿的杂志社，稿费可能会低些，但是只要够她买二手手机就好了。

周意不知道自己哪里来的自信和勇气，这种冲动且坚韧的信念比当初中考失利决定高一要疯狂学习还强烈。

这样想着，周意觉得这次没等到他的消息也没关系，只要稍微再给她一些时间，往后的每一天她都可以随时查看他的回信。

周意解锁手机，想下线，但屏幕亮起的一刹那，率先进入眼帘的是底下不断跳动的企鹅图标，视线往上挪，是段焰的头像在跳，并且不知道什么时候，他的状态变成了上线。

周意呼吸一滞，心跳停了一瞬，而后疯狂地跳动起来。

好不容易缓下来的心情又变得忐忑起来，像一壶刚烧开的沸水，水咕噜咕噜冒着，快要溢出来。

她难以置信地点入对话框。

%*#：嗯，周末会在那边。

看上去他没有对她的问题感到不适。

周意字斟句酌地打下一行字：如果被老师知道了怎么办？

想了想，她又删掉，改成：你在那边兼职很久了吗？

发送出去后，周意猛然发现已经十点十七分了。

比她预留的时间还超了一分钟。

她扭头朝窗外望了一眼，周围的邻居家依旧黑漆漆的，说明还没来电，楼梯间也没有脚步声，林淮还在搂上。

再给自己两分钟吧，就两分钟。

一共六分钟的时间，顶多花几块钱，就这一次，周兰不会发现的。

她肯定着自己的想法，又似在尽力说服自己冒这个风险。

而消息发出去没一会儿，段焰就回复了过来。

%*#：高二的时候就在那边了。

他毫无保留的答复让周意的心里生出花。

她又问：如果被老师知道了没关系吗？

%*#：没关系。

小意：谢谢你帮我保密去网吧的事情，我也不会对别人说你的事的。

发出后，周意后知后觉地想到，她已经和陈佳琪说了这件事。

她想了想还是如实对他说。

小意：不过不好意思，今天我好朋友问我，我不想对她撒谎，所以告诉她我是去网吧写作文遇到你的。

%*#：没事。

对话似乎略显僵硬，周意不知道接下来该说什么了。

她踌躇着。

是不是说太多显得她很话痨，他会不会不喜欢话多的女孩子？

不过和她这样刚认识的陌生人聊天似乎确实没什么好聊的，不过是一次偶然罢了。

在周意打出"我先下了，再见"准备发送时，段焰主动发了一条消息过来。

%*#：你写的作文是要参加花语杯的吧？

她快速删掉告别的话，回复道：嗯嗯。

"嗯嗯"两个字看起来太简单，周意又补充了一句：你那天是知道我要写这个比赛的作文才帮我的吗？

不知为何，又变成了问句，显得她特别主动。

周意想重新说，但是发出去的话收不回了。

段焰再次很快回复。

%*#：嗯，算了算时间，猜到了，也听说今年要用邮件的方式。

小意：嗯，真的很谢谢你。

%*#：不客气。

再次没话题了。

周意翻了翻自己说的话，发现段焰和她似乎都很容易把话拐进死胡同里。

两分钟又快到了。

也许这是她自己攒到钱买手机之前的最后一次聊天。

周意抿抿唇，最后发了一个问题过去。

小意：我下次有类似的情况，去网吧的话你能再帮我一下吗？

她以为这次他也会很快回复，但她等了很久都没等到，甚至她又多给自己宽限了一分钟。

他始终是在线的，但就是没有回复。

是不是她的请求越界了？

本来那天帮她就是破了他的规矩，她怎么还得寸进尺。

她应该找些别的话题的。

可现在她不能再等了，也没时间好好道歉了。

周意恋恋不舍地打下最后一条消息：不好意思，我只是随便问问。我先下了，再见。那天和今天都很谢谢你。

发出后，周意在确认是否退出登录时停顿了几秒，见还是没有回复的动静，她毅然退了出去。

她没再给自己多余的时间，快速关网，走出杂物间去客厅找蜡烛。

翻找的时候，周意越想越后悔，黑暗将人的情绪放大，她握着两支蜡烛上楼的时候重重叹了口气，眉头紧锁。

而那头的段焰挂断电话，重新进入 QQ 时发现，周意已经下线了，留给他的是在小屏幕手机上看上去很长的两条消息。

他握着手机，轻轻笑着，发过去：如果我在那边，你可以来找我。


十五分钟前。

段焰洗完澡出来，还没来得及套上衣服就听到搁在书桌上的手机"嗡嗡嗡"振动。

他边走边穿衣服，短硬的头发湿漉漉的，蹭过衣领时些许水珠顺着动作被抹到脸上，他随手抽了张纸巾拭去水珠。

清冷的灯光下，他被水泡久了的指腹发皱发白，骨节处微微泛红，他抬起手看了看，食指那块不知道蹭到哪儿了，磨破了点皮。

手机还在振动，他把纸巾揉成一团扔了后接起电话。

还没等那边的于烟开口，段焰率先说道："怎么了？缺什么了吗？"

于烟小声地说："没有。哥哥，我刚刚打了你好几个电话，你在做什么啊？"

"刚刚帮外婆搬东西，没听到。"

"搬东西？晚上搬什么啊？"

"我妈以前的一些东西，外婆想明天晒一下，你也知道，她忌日快到了。"

"嗯……这几天天气不错。"

段焰一手握着手机，一手拿毛巾擦头发，声音带着清朗的笑，问："你有什么事？怎么吞吞吐吐的。"

于烟此刻正在寝室的阳台上，她手指抠着栏杆，试探地问道："这周末我大概不回来了，可以吗？"

段焰动作一顿："学校不让回来吗？"

"不是的。"

"那怎么了？发生什么了吗？"

于烟酝酿了下，语气带着许久未有的舒心，她说："我室友这周末都不打算回去，我们打算去森林公园玩。"

段焰饶有兴致地挑挑眉："周六去还是周日去？"

"周六，嗯……周日的话大概会去街上逛逛。"

"挺好的。缺钱吗？"

"不缺，我够的。"

他胸腔微震，喉咙里溢出一声笑："哄谁呢？你把舅妈给你办的银行卡号给我，森林公园的门票哥哥给你买，逛街想买什么就买。"

于烟踮踮脚，心中的愉悦难以言说。她回答说："谢谢哥哥，但是我钱真的够用，你每周去兼职也很辛苦。"

上高中前的暑假，她父母给她办了张银行卡，会定时把生活费打给她，足够她日常生活，甚至还能省下一些钱。

而她的哥哥，自从和他爸爸闹僵，搬来和她们一起生活后，就没拿过他爸爸一分钱。他高中的学费用的是他妈妈的遗产，生活费是他自己在外面挣的。

他周末会去网吧兼职，寒暑假便打各种临时工，什么派单员、饭店服务员、游乐园玩偶扮演等。

她还记得前些日子，段焰因为去游乐园扮演了鬼屋里的鬼，把头发染了颜色，他回他爸爸边吃饭时没来得及清理掉，因此弄得很不愉快。

不知道是哪句话点燃了父子间的战火，说着说着他爸爸说他那头发不三不四，然后扯到他这个人身上，说他不学无术，自甘堕落。

段焰没有反驳，冷笑着承认，然后潇洒走人。回来后可能心中有许多怒气，问了老太太最近的理发店在哪儿后就去了，等剪完头发他自己也傻了。

那剪头发的爷爷还得意扬扬地说："怎么样，小伙子，爷爷勾的这道闪电是不是很酷？你们现在的孩子啊，都喜欢这种。"

回到家，老太太也笑了很久，不过老人爱孩子，总找得到理由夸，说这样也不错，干净清爽，眼睛是眼睛鼻子是鼻子的，五官多周正。

这些是上次她回家，老太太给她梳头时无意说起的，因为她笑段焰的发型，第一次看他剪这么短的头发，看起来蛮奇怪的。

不过她哥哥确实挺帅的，刚开学的时候室友还问她要段焰的联系方式，她回来问了后，段焰说对小姑娘没什么兴趣。

她见过很多早恋的，但她哥哥一次都没有过，他给她的感觉就像是被斩断了情根。

老太太曾说："你哥的脾气啊，又臭又倔，认准了的东西谁也别想把他掰回来。"

其实也不全然，她哥哥明明嘴硬心软，是个内心很温柔的人。

于烟怕他真的执意要给她打钱，便说："真的不用了，哥哥，我要去做作业了。"

这头的段焰心中有了数，说："嗯，去吧。"


挂了电话，段焰拉开椅子，坐下。他找到舅妈的电话号码，发了个短信过去，要了于烟的银行卡号，说是怕以后于烟在学校急用钱，或者有其他事情，又联系不到大人。

没过一会儿，于烟母亲发了卡号过来。

记下于烟的卡号后，他抽出右手边的抽屉，里面堆了一堆横七竖八的卷子，他拨了几下，抽出那份昨晚没写完的。

动笔的一瞬，他忽然想到放学时孙毅坚对他挤眉弄眼说："晚上上线啊，给你看个好东西，放心，用手机就能看的！"听起来就不太正经。

但他还是连了网，登了号。

孙毅坚这个人没什么心眼，平日里嘻嘻哈哈爱开玩笑，最喜欢打各种游戏。

段焰想着应该是和游戏有关的东西，毕竟他一有什么游戏动向就会发链接给他们。

上了号后，跳出三三两两的消息，群消息不断刷新，次于群消息的是周意。红点数字"1"搭配着紫色小鱼头像，分外醒目。

他没想到会在晚上收到周意的消息，毕竟下午收到她的消息已经很不可思议了，她明明好像不太上线的。

点进去，她问他是否在网吧兼职。

他顺带看了眼之前的聊天记录，很快打一行字回复周意。

在等她回复的空隙，段焰再次把前面简单的对话看了一遍。

周意很快回复过来。

一问一答，他没觉得有什么不妥。

她说和同桌说了他在网吧兼职的时候，段焰盯着那行字看了好一会儿，他回忆起下午在操场上时，站在周意边上的女孩。

当时没太注意，脑海里没印象，只记得好像和周意绑了一样的马尾，个子比周意矮一些。

看着两个人陷入沉默的对话，段焰手指在手机边壳上敲了两下，随后多问了一句关于花语杯的事情。

因为他下午无意间想起了一件关于周意这个人的事情，也终于明白为什么在网吧那天会对周意有种似曾相识的感觉。

今天下午有一节课是刘宣平的物理课，下课后刘宣平和隔壁班上完课的老师遇上，于是一起下楼，他和孙毅坚下楼去洗手间，正好跟在他们后边。

他们聊起这次的作文比赛，那老师对刘宣平说："这次你儿子又拿第一了吧？真是文理都优秀啊，明年高三只要稳住就没什么问题了。"

刘宣平笑着说："希望吧，去年也算不上第一，是和别人并列的第一，哪能算啊。"

"哟，对，我给忘了，是和咱们学校的一个女生并列的，我当时还惊讶了一下。"

去年，并列第一，一个女生。

走在后面的他忽然想起，那个女生的名字好像就是叫周意。

去年他略有耳闻，当时也觉得意外，就去网上找了作文看。

周意这个名字看起来很普通，一眼扫过，后来就没了印象。

再次听到这个名字是这个月开学的第一天，她作为周一升旗的演讲人，站在升旗台上，握着话筒，低声细语地介绍了下自己，然后说起对高一一年的感悟，以及对未来高三的计划和期待。

她说："最后，将王夫之的话送给大家。'夫读书将以何为哉？辨其大义，以修己治人之体也，察其微言，以善精义入神之用也。'意思是，应该怎么读书呢？要领会书的精神实质，以确立修己治人的本体，观察隐微意义的言论，以达到善于精通事理、融会贯通、运用自如的境界，将获取的知识经验付诸于实践中。谢谢大家。"

底下的学生如听念经。

他抬眸看去，只看到了一个背影，还有随风扬起的几缕马尾发丝。

但那天也很快被他忽略过去，直到周意来网吧写作文，直到今天下午听到刘宣平的话。

他心中隐隐有个想法，想确认下此周意是不是彼周意。

那句"不客气"发出去后，段焰本想再问一些关于作文的事情，但一个电话插了进来。

他看了眼来电人，没接，但打电话的人没打算放弃，响了十几下后，第二个电话又拨了过来。

段焰手指按着接听键，指腹来回蹭了几下后，最终接了电话。

电话那头的人还没开口说话，那种似冰冷金属的气息就已经透过电话传了过来。

段焰也不主动开口，他往后靠在椅子上，拿了支圆珠笔没什么规律地转着。

长时间沉默后，那边的人开口说道："马上要国庆了，一号回来吃饭。"

语气生冷强硬。

段焰薄唇抿成一条直线，没什么表情地看着手中的笔。半晌，他嗤笑一声，道："段宏文，算了吧。"

他顿了下，继续说道："以后这种团圆饭不用叫我，上次如果不是外婆劝，我也不会来。"

那边的人似乎忍着气，冷声道："看来刘主任说得没错，我就是前两年太放纵你了！你看看上次吃饭时那个头发，又是蓝色又是红色的，是个高中生该有的样子吗？我缺你钱了吗？用得着你暑假去做兼职弄那种不三不四的头发吗？你再看看这几年的成绩，段焰，你到底在和谁闹，你清楚吗？"

这些话这几年他听了无数次了，听得他都懒得反驳了。

他没什么耐心地说："挂了。"

这通电话挂了后，段宏文没有再打来。

段焰拿着笔在桌上磕了两下，若有所思。

半响后，他放下笔，低头去看 QQ。

周意的头像已经灰了，只留给他两句话。

明明只是文字，他却觉得她是用很软很温和的口吻说的。

她似乎在小心翼翼地询问下次可不可以再帮她一下。

段焰看着屏幕，紧绷的唇线松了松，不知不觉中目光柔和了下来。

他想到白天在操场上周意的笑，没忍住，轻轻笑了一下，最后发过去告诉她，如果他在网吧，她来找他，就可以。

回复完后，段焰点进孙毅坚的对话框。孙毅坚说在空间 @ 他了，还留言说一定要看，对他帮助会很大。

这个新买的手机的 QQ 版本很新，还能直接跳转 QQ 空间。

进入空间，@ 他的也只有孙毅坚，内容是——《【玫瑰】【玫瑰】90 后泡妹秘籍，存起来，学会了，这个光棍节将不再光棍！【爱心】【爱心】》

第一条：多说一些赞美的话，女孩子都喜欢听，但切忌不能太夸张，否则会让女生觉得你花言巧语不靠谱。

第二条：如果对方突然没回应，也许是有事，也许是话题不感兴趣，不要追问，立刻换话题。

……

段焰看了两行就关了，回复孙毅坚一串省略号。

孙毅坚：别再搞送伞那一套了，太老土了，学学这个，学点有用的。下次有好货还给你分享，祝你在光棍节前脱单！

%*#：闲的。


周意辗转反侧一夜，那句"我下次有类似的情况，去网吧的话你能再帮我一下吗"在脑海内循环播放，并且大脑会把句子拆开，深入思考每一个词语、每一个字她表达得有多自以为是。

她不知道自己是怎么回事，在网络上胆子似乎要比在现实中大很多，搁在现实中，那句话她是怎么也问不出口的。

可她又能隐隐明白自己为什么那样说。

刨根问底，其实她是在试探他，试探他对她的包容程度，这个包容程度代表了她在他心中是否是不一样的存在。

虽然站在他的角度，他们才刚刚认识，是个萍水相逢的陌生人，可她那会儿没考虑那么多，时间紧迫，不甘心就那样结束对话，脑子一热，便问了过去。

忍不住、期待，又觉得不应该这么做。

再然后，就是一夜的后悔。

他没有像之前一样立刻回复回来，一定也是觉得她说的话很突兀。

他那天已经是给她开后门了，好心帮了她一把，结果这个女孩还不知好歹，得寸进尺。

他会不会因此再也不想和她聊天了？

周意长这么大，第一次这么纠结一句话，第一次觉得自己这么糟糕。

她甚至还觉得，本来很完美的一天全因为自己的思虑不周给毁了。

想着想着，她发觉，她许多的"第一次"都给了段焰。

那些生活中习以为常的一切，因为他，第一次有了不同的感受，或喜或悲。

第二天早上吃早饭的时候，周意垂着眼，一言不发地喝粥，周兰在准备她自己上班要带的饭，而林淮握着不锈钢勺子"嗒嗒嗒"，有规律地敲着粥碗。

他敲几下，吃一口，再看一眼周意，顺带把勺子上的粥舔干净。

太奇怪了。

林淮觉得周意太奇怪了。

昨晚周意下去拿蜡烛之前明明心情还很好的，但拿完蜡烛回来之后一言不发的样子太吓人了。

他本来就对周意给他辅导功课有心理压力，这下好了，蜡烛一点，小风一吹，她眉头一皱，他的小身板控制不住地抖了抖。

特别是周意手撑着额头，另一只手拿着笔，快速给他圈出知识点，视线斜移过来，低声问他懂没懂的时候，和他班主任简直是一个样子！

还有，好不容易两道题讲完了，他也没做错，她却沉着呼吸，气息拉得很长，说："好了，讲完了，你回去吧。"

当时他有个错觉，他是不是把 26 个字母写成了印度语，导致他姐对他绝望到懒得辅导了。

不过照现在的情况来看，周意有问题。

林淮有点着急。

他想不到其他理由，唯一能解释的只有学习，学习又把周意困住了。

他挪着屁股坐过去，直接问道："姐……你不开心吗？"

周意还在后悔，听到林淮的声音，看了他一眼，轻轻摇头。

"你别不开心，还是要好好睡觉的，你这样不好好睡觉，又要去看医生了。"

"很明显吗？"

"什么？"

"我睡不好的时候，很明显吗？"

林淮点头："会看上去眼睛很暗，没什么精神，反正我一眼就看出来了。"

周意摸了摸眼尾，没有说什么。

吃完饭，她心事重重地出门。

坐在公交车上，看着离学校越来越近，她心底却莫名生出一股抗拒之意。

她怕看见段焰，怕和他对视，因为只要视野里一出现他，她就会联想到他没有回复她消息这件事，就会让她再一次想起自己可能问了个很傻的问题。

再想下去，她都觉得她这场短暂的暗恋似乎要结束了。

可不想看见偏偏会看见，想看见他的时候却总是看不见。


这天早上和以往没什么不同，周二的早晨总是令人疲惫。而如之前她预料的那般，下午连着的两节数学课果不其然要考试。

早晨、课间，周意都没往窗外看，她埋头做题，刻意让自己不去寻找他的身影。

她忍得很辛苦，内心的煎熬比昨晚更甚。

中午和陈佳琪出去吃饭，她没算时间，顺其自然地往外走。

陈佳琪在抱怨下午的数学考试，她不明白马上就要月考了，为什么老师还要考试。

考得好下次上数学课就倍儿轻松，考不好噩梦要持续一整晚。

周意听着，觉得似乎和她昨晚的感触差不多，和喜欢的人聊得好能幸福好几天，聊不好仿佛世界都崩塌了。

思绪乱飘时，她远远地看见段焰和他的同学从三楼下来，他边走边低头看着手机，很快随着稀疏的人潮下了楼。

只一眼，周意就有些挪不开视线。

明明想着不要看见他，可真看见了，又好似满足了自己潜在且习以为常的愿望。

她看了眼手表，十一点四十五分。

中午最后一节课下课铃是十一点四十分。

原来他会晚几分钟去吃午饭，怪不得之前总是很难遇到他。

她和陈佳琪极少会有晚五分钟去吃饭的情况，今天还是因为老师拖了课才搞这么晚。

陈佳琪抱怨完考试，满怀期待地拿出手机登号，结果还是大失所望。

她哀呼道："为什么还没有回应啊？周意，如果周四之前还是没回复的话，我要不要再去寄一份啊？"

周意轻声说："可以啊，或者试试其他杂志。"

"对哦，我为什么要吊死在一棵树上？我为什么不多投几家？好像也不行欸，他们规定不能一稿多投……"

周意低下头，摆弄着手中的零钱包，是个浅蓝色格子的布钱包，上面粘了两朵软乎乎的小云朵。

她抠着"云朵"，一步步下楼，余光瞥了眼陈佳琪的手机。

她要不要再问陈佳琪借一次手机，上线看一下他到底有没有回复？省得自己在这边胡思乱想……

可万一他真的没有回复呢？那不就证实了她的逾越和不自量力，这样的话，她应该会比现在更难过吧。

她没有勇气去面对，又不想稀里糊涂地让自己这么难受下去。

如果真是后者，她昨天计划了一堆的买手机办法也可以放弃了，因为她很难再厚着脸皮去找他聊天了。

段焰他们走在她们前面，保持着十来米的距离。

等她们走进林荫道时，他们已经走到林荫道的中间了。

天气和昨天一样好，碧空万里，惠风和畅，他不用做任何多余的动作，不用说什么稀奇古怪的话，在人群之中已是万分瞩目。

周意敛了敛眼睫，阳光从梧桐叶的缝隙间落下，光影斑驳，她浅浅呼吸着，那风混着夏天的温度就像一张网，圈住她，将她一点点往下拉。

出了校门，陈佳琪本来想吃炒饭，但周意看见段焰他们先一步进了炒饭店，她犹豫再三还是拉住了陈佳琪。

"佳琪，我今天想吃……吃煎饼，明天我们再吃炒饭吧？"

陈佳琪耸耸肩，无所谓道："行啊。"


炒饭店。

孙毅坚搭着赵纪的肩膀，两个人看着墙上的菜单，纠结吃什么。

他回头瞥了眼段焰："欸，阿焰，你吃什么啊？你别光顾着玩手机啊，麻溜的，吃什么？"

段焰挑了靠门口的一桌，早早地坐下占了位置，闻声，他退出 QQ，扫了几眼菜单，说："招牌炒饭吧。"

赵纪说："我也点这个吧。"

孙毅坚："那赵嘉呢，她喜欢吃什么？"

赵纪指指旁边的："给她带份汤饭吧。"

"也对，伤了骨头喝汤好。"

孙毅坚点完单，屁颠屁颠去饮料柜里拿了瓶可乐，边走边喝，灌了好几口后他打了个嗝，长呼一口气说："渴死我了。对了，老板！今天的炒饭少放点盐啊，昨晚回去差点把我家后头那条沟里的水给喝光了。"

在里头忙活的老板和老板娘笑出了声："知道了，给你们少放点盐。"

笑完了，三个人互相看了一眼，段焰没事做，又低头看手机。

孙毅坚笑得贱兮兮的，阴阳怪气地说："哟，焰哥哥，你怎么老是盯着手机看个不停啊？以前你可不这样，以前这时候你喜欢和人家聊聊游戏，问问人家有没有受伤。"

段焰抬眼，似乎知道他想要说什么，说："你别说那些有的没的。"

赵纪摸了摸下巴，问："发生什么事了？"

孙毅坚就等着这句话呢。

他抬起右腿，扯了扯裤子，接着抽出一双筷子在桌边敲了两下，煞有其事地说："你错过了一场大戏，老赵，大戏啊！"

赵纪笑道："怎么，阿焰又被批了？"

"不！啧啧啧。"他靠近赵纪的耳朵，"阿焰给一个小妹妹送伞。"

几秒的静默。

赵纪还是没反应过来，而段焰则一副听相声的表情看着孙毅坚。

孙毅坚："想不到吧？而且，老赵，那个妹妹很赞！"

"多赞？难道比我妹还漂亮？"

"不能比的，嘉嘉走的是清纯可爱路线，那个妹妹走的是清纯……清纯……哎呀，我怎么和你形容呢，就是感觉既清纯又有点明媚！她是乍一看不起眼，但是越看越好看的那种。你能理解吗？"

赵纪："下次指给我看看。"

孙毅坚："等着，等会儿回去我看看路上能不能遇到。"

炒饭陆续上来，几个人开始吃饭。

赵纪吃了几口，朝段焰抬抬下巴，问道："阿焰，他说的是真的假的？"

段焰连个眼神都没给他，反问他："你说呢？"

赵纪："那就是真的了，没有的事你一般都直接否认。"

"噗——"孙毅坚在一旁狂笑，"好逻辑啊！妙啊！"

段焰吃饭的动作顿了下，哼笑一声，但下一秒他像是想到什么，笑容渐渐收敛，盯着饭，喉结非常缓慢地滚了滚。

吃完饭回去，孙毅坚左看右看，一路都没捕捉到周意的身影。

他十分可惜地说："一定是我们吃饭太慢了，路上就没几个学生的影子，明天，明天别磨磨蹭蹭了，吃饭抓紧点不就能看见了。"

赵纪问他："万一人家不在外头吃呢？"

孙毅坚扭头问段焰："欸，妹妹在不在外面吃饭？"

阳光热烈，段焰觉得自己呼吸有点困难，答非所问道："你怎么老抓着这个事情不放？"

孙毅坚和赵纪异口同声道："因为稀奇啊。"

段焰瞥了他们一眼，无语了好一阵。

这也不怪孙毅坚，他自认为自己不是个八卦的人，如果是赵纪，他才不会那么惊讶。

在这如花似玉的年纪，谁不向往爱情呢？他也很向往，就是奈何没有姑娘看得上他。

可段焰偏偏不走寻常路。

那是高二的寒假，市里有个私人组织的电竞比赛，他们没报上名，闲着无聊，就约着一起去看比赛，邻座正好坐了三个漂亮的姑娘。

一边看比赛一边唠嗑才知道那三个女孩也是高二的，在靠南城另一端的一个普高上学。

他和赵纪都兴致勃勃加了她们好友，只有段焰连话都懒得说一句，靠在那边专心地看比赛。

那三个姑娘眼神透过他们，直勾勾地往段焰身上瞟，就差没把"我喜欢你"四个字刻脑门上了。

比赛结束大家要离场时，姑娘们终于忍不住了，羞答答地问段焰要联系方式，他倒好，握着手机直接说他没有联系方式。

果不其然，一分开，那些姑娘就给他和赵纪发消息，说：你同学好帅啊，能不能给个QQ啊？

去吃饭的时候，他们就把这些消息都摊在段焰面前，问他："给不给啊？"

段焰看都没看，回答说："给个屁啊，没兴趣。"

没兴趣就没兴趣吧，他们顺着这个话题聊了聊交女朋友这事，于是听到了个更难以理解的事情。

段焰说："我没打算谈恋爱，大概以后也不会谈。"

他虽然样子吊儿郎当的，但能感觉得到，他没在开玩笑。

赵纪问他："真的假的？"

他说："真的。"

他语气平静，眼神淡然，仿佛是很早就做了决定。

可是，他们才十七岁啊！

孙毅坚和赵纪都没问为什么。

隐约觉得再问会触及到他最柔软的地方，男生之间都不喜肉麻，后来开了玩笑转移了话题。

现在想想，太年轻的承诺果然当不得真，才一年不到，男人的心就变了。

孙毅坚又问了一遍段焰："你别扯开话题，妹妹到底在不在外面吃饭？"

段焰觉得今天的炒饭依旧很咸，仰头多喝了几口水，同时他的视线划过周遭。

街边的小吃店、小吃摊、便利店人烟稀少，这会儿还没吃完的学生大多是像他们一样不务正业的，怎么会有周意。

他睨着孙毅坚："我怎么会知道。"

孙毅坚狐疑地打量他："我不信，你刚刚一直看手机，明显是已经聊上了，是不是……妹妹不理你啊？是不是？是不是？"

段焰慢慢拧上瓶盖，没否认，很烦躁地"啧"了声，说："你怎么跟个复读机一样，有这个工夫琢磨我，不如吃饭吃快点，赵嘉的饭都冷了。"

"对哦，把我们嘉嘉的饭给忘了。快点快点，哎呀，赵纪你怎么不提醒我，等会儿赵嘉饿肚子心里不得对我有想法。"

赵纪："你自己要吃两盘炒饭的，我不让你吃下午你不得一直念叨。嘉嘉她饭量小，还吃了零食，没事的。我妹什么脾气，你又不是不知道。"


这一周对一些人来说过得很慢，对一些人来说过得很快，周五那天整个学校都充斥着哀号，因为下周便是月考。

高三的氛围比高二的紧张，才刚开学一个月而已，白花花的试卷几乎快要将他们淹没。

上午最后一节课上课前，段焰整理着桌上的卷子，每一份都崭新无比，大概是闲得慌，他把每张卷子都对折得很整齐。

孙毅坚摇摇头："下周考试这个周末还搞这么多作业，阿焰，你别折了，弄那么干净干什么，真是差生文具多。"

坐在孙毅坚前面的赵嘉也在整理试卷，转过头来笑着说："你不好好整理，别到周一交不出作业，到时候还不是要问段焰借来看。"

孙毅坚："可别，我不会再问他借卷子了，每次借了后老师都让我写完，不划算。"

段焰像是没听到边上的人讲话似的，把整理好的卷子塞进课桌里，轻轻往椅子上靠，凭借着对手机极其熟稔的使用习惯，边和孙毅坚说话边快速登上了QQ。

孙毅坚眼尖，看见段焰又在玩手机，他凑过去，意味深长地说："又和妹妹聊天啊，我看你最近玩手机的次数都增加了。"

孙毅坚的阴影压过来，段焰看着周意灰色的头像，和停留在周一晚上的对话，快速退了号，收了手机。

听到孙毅坚的话，他抬起头，白了孙毅坚一眼："懒得和你扯。"

孙毅坚："不过真奇怪，都好几天了，我怎么都没瞧见她。"

闻言，段焰转头看向窗外，操场上有学生，隔得太远，看不真切，不过好像都是高一的。

赵嘉看着他们两个，手顺着试卷来回压了好几遍，她睁着水灵灵的大眼睛问道："什么妹妹啊？"

孙毅坚本想和赵嘉说的，但是嗅到八卦气息的张梦也扭过了头。

孙毅坚立刻摆摆手："没什么，没什么。"

他想，赵嘉是熟人，说几句玩笑话没什么，但张梦不是啊，他要是口无遮拦，段焰不得在篮球场上虐爆他。

可他这副心虚的样子落在赵嘉眼里分明就是有什么。

下课后，到了午休时间，赵嘉摸了摸自己的石膏腿，和赵纪说："哥哥，我想和你一起吃饭，你今天陪陪我吧。"

赵纪说："我怎么陪你啊？你想吃什么我给你买回来。"

赵嘉："你扶我去食堂嘛，好不好？"

赵纪很疼他这个妹妹，她一撒娇，他就拒绝不了。

他说："行吧，那我扶你去。你是不是想出去走走啊？"

赵嘉点头。

孙毅坚搭着段焰的肩膀，说："那我们出去吃了？"

"嗯，你们去吧。"赵纪点头。

孙毅坚推着段焰："快快快，别磨蹭，我不信我今天找不到她。"

走廊上，段焰看孙毅坚这较劲的样子，挠了下鼻子，问他："你找到了要指给谁看？"

"老赵啊，他不好奇嘛。"话音落下，孙毅坚"哎呀"一声，"得，也不是没有办法，我拍个照片给他看也是一样。"

今天他们出去得不算晚，正赶上最拥挤的时间段，顺着密密麻麻的人流，孙毅坚的视线到处扫视。

段焰在走到二楼的楼梯口时下意识地向周意教室的方向看了一眼，她教室里的学生挨个走了出来，只可惜里面没有她。

其实这几天里，他见过她两次。

一次是周三他下午的体育课，他提前去操场打球，等人的时候看见周意从东楼梯上去，她手里貌似捧了一沓试卷，在学生穿梭的走廊上，午阳流淌，她纤瘦的身影尤其出挑。

还有一次是在周四的早操上。他没有出操的习惯，会趁着这个时间在教室里趴一会儿，周四的早晨莫名睡不着，翻了几页小说后也觉得索然无味，便把目光转向了底下的操场。

高一、高二、高三的队伍划分得太明显，高二一班的位置很好找，而周意的个子在女生中算高的，几个信息在脑海里糅合，眼睛一瞥就寻到了她的身影。

她排在队伍的末尾，似认真又似敷衍地在做操，他想不出合适的形容词，只觉得还挺可爱的。

今天早晨的出操队列里没有她。

他很少见女生敢明目张胆不出操的，更何况她还是个名列前茅的好学生，所以他估计她应该身体不太舒服。

走出教学楼，人群分散了些，孙毅坚跳起来张望，边上的人纷纷投来古怪的目光。

段焰刚要开口，孙毅坚突然拉住他的胳膊，兴奋道："那个是不是？前面的那个，头上发圈是浅绿色的那个。"

段焰顺着孙毅坚指的方向看去。

一个戴着浅绿色小花发圈的长发女生，背影是挺像，不过周意的头发没这么长。

他说："不是。"

"我怎么觉得是呢？"

"那就是吧。"

孙毅坚气喘吁吁道："算了，随缘吧。太累了，怎么跳几下比打篮球还累……等会儿吃什么？我今天可不吃炒饭了，每次吃完下午都特别渴……不对，你怎么知道不是啊？"

段焰别过头，随意看向一处地方说："我随便说的。去吃面吧，我要去趟银行，那边离银行近。"

"去银行干什么？"

"给我妹妹打点钱。"

"你妹妹？哦……你表妹啊，行啊，那我去点，你等会儿回来正好吃。"

段焰点头："他家招牌面就行。"

"OK！"

段焰没想到会在银行那边遇见周意。

邮局和银行紧挨着，边上一棵百年银杏树高耸巍峨，夏末的阳光白晃晃地落下，银杏叶的光影随风荡漾，地上光斑粼粼。

他从皮夹里抽出银行卡再抬眼时，正好看见银杏树下站着的周意，她脸色不太好，双唇泛白，眉头时不时皱一下，慢吞吞地咬着饭团。

还没吃几口，从邮局里跑出个女生，急匆匆地拍周意的肩膀，不知道说了什么，周意从钱包里翻找，拿了几个硬币给女生，女生拿到硬币，又着急忙慌地跑了进去。

匆匆之中，有一枚硬币从周意的手中滚落。

像是命运的指引，硬币顺着平坦的水泥路歪歪扭扭地滚到了他的脚下。

# 第三章
*周意的秘密，段焰的心动*

### 1. 硬币

隔着不近不远的距离，她在看硬币，他在看她，接着两个人的视线不偏不倚地撞上。

段焰看见周意跨出了一小步，在看见他之后动作止住了，耀眼的阳光落在她错愕的双眸里。

他弯腰，缓缓捡起了硬币。

周意也没想到会在邮局门口碰见段焰。

这几天她都刻意掐着时间，午休故意找理由晚出教室，跟在他身后走，与他保持着距离，他去哪儿吃饭她就不去那边。

想见到他又怕被他无意看见，难眠时也幻想过一些凑巧碰见的场景，比如在那个楼梯拐角，比如在小卖部，光是想想，她的脚趾就紧张得自动蜷缩了起来。

只是不曾想到会以这样戏剧性的方式再次遇见他。

他弯腰捡起硬币，宽松的校服下垂，领口的两粒扣子没扣，微敞，风从平地起，顺着空隙窜进去，撩开他一边的衣领，露出一截锁骨。

风吹过他，卷过一旁的山茶花丛，径直扑到她脸上。周意本就干涸的唇变得更干了，喉咙口泛着隐隐的涩，慢腾腾地把跨出的脚缩了回来。

段焰一步步朝她走来时，她握着饭团的手没忍住抖了一下，心也提到嗓子眼，生理期的所有不适在这一刻被无法抑制的心跳压了下去。

心底涌上一股解释不通的期待。

他其实可以装作没看到，不必帮她捡的……

当距离越来越近时，周意虚虚别开些眼，她不太敢长时间地看着他，但不看他显得她很不尊重他，看地上显得她别扭心虚。

短短几秒内，大脑指挥身体做出了个自认为很合乎情理的举动。

她最后咬了一口饭团，假装吃完了，然后转身去扔垃圾。

如果时间算得好，她扔完转过来的时候他应该正好走到她面前。

她背过身，走到邮局门口的垃圾桶边，为了拖延时间，故意把垃圾打了个结，身后传来隐隐约约的脚步声，直到一道阴影覆盖过来，她把垃圾扔进去，屏了一口气转身。

率先进入视野的是他的鞋子，再然后是他伸出的手，干净又骨节分明的手指捏着硬币，还有那块黑色的手表。

"你的。"他的声音极富少年气。

周意低着头，接过硬币，眼睛丈量着距离，没有让自己的手指碰到他的手。

硬币上带着他指腹的温度，她没有将它放进零钱包里，只不动声色地攥在手心里。

她轻声道了声谢。

段焰的目光落在周意的发圈上，是一枚黑色的发圈，上面有两片似兔耳朵的蓝色装饰，看起来简单又不失可爱。

周意怔忪之时，头顶上方忽然传来一声笑，落在她耳里，酥酥麻麻的。

她浑身紧绷了一下，条件反射性地抬头去看他。

和他眼神交汇的一刹那，周意突然冒出了一个想法就是他应该没有讨厌她，她发给他的消息他没有介意。

如果他对她有任何抵触情绪都不会捡起这枚硬币。

可她依旧觉得自己越界了，这会儿多站在一起一秒，她的无地自容就多一分。

周意握紧手中的硬币，让自己别太心慌，她强行看着他，正要开口道别之时，他比她先一步开口，语气随性，仿佛是在和平常的朋友说话。

他说："陪你同学寄东西吗？"

她到嘴边的话都咽了回去，只化为柔声的一个字："嗯……"

他点点头，说："你前几天说的意思是你还要去网吧写东西吗？"

话题转得猝不及防。

一秒、两秒、三秒，本就有些缓不过神来的周意大脑瞬间缺氧，胸腔里仿佛有一团热热的气流在膨胀，压迫到心脏，让血液难以循环、难以供氧。

前几天……还要去网吧写东西。

他指的是在 QQ 上她最后问他的那句话吧？

他看到了……

那那天他回复了吗？

他……现在问这个又是什么意思？

周意微微睁大眼睛。

段焰见她好像没听明白，重复说道："那天……你不是那样问了吗？"

周意僵硬地点了下头，没来由地心慌了一下，仿佛在接受命运的审判。

她干涸的喉咙发出第一个声有些哑，她敛回声，抿了抿唇，很认真地慢慢解释道："我只是随便问问，你不用当真的。"

比起网络拒绝，当面拒绝似乎更让人难堪。

她想试图挽回一些局面，但这张审判纸只差段焰的一个章。

在胡思乱想之际，她听到段焰不疾不徐地说："这样啊……我以为你今年还要参加什么比赛。"

周意心跳很快，她在他这句话里听到了不一样的信息。

她试探地低声说："可能之后会有吧……"

"那到时候有需要可以找我。"

他说得太干脆，周意猛地怔住，一时之间，这几日自己的辗转难眠和懊悔统统浮现上来，心里头的情绪瞬间如烟云翻滚，连绵不绝。

他这个回答是不是说明他后来有回复她，并且就是这么答复的。

还是他现在听了她的说辞给的？

可无论是哪一种，好像这件事并没有她想的那么糟糕。

这几天她想了这么多，在这一刻回想起来竟然有一丝荒唐的味道。

她为什么这么胆小，为什么不敢找机会上 QQ 看一下，如果上 QQ 看了是不是不用难过这么久。

但哪来这么多如果呢？

枝繁叶茂的银杏树被风一吹，簌簌地响，光影在他的眼里动荡，周意的脸颊烫了起来，长长的睫毛轻轻颤动，她第一次看他的眼睛这么久，在得到日思夜想的答案时，她感觉浑身放松了下来。

她控制着自己的面部表情，尽量让自己别太失态。

她缓缓低下头，佯装自然地把手中的硬币塞进零钱包里。掌心的汗早就将硬币浸湿，接触到空气的一瞬，硬币表面又快速回干。

手指蹭过硬币的面，她清楚地看到上面的印年——2009 年，今年新出的。

周意把硬币放在了一张纸币后面，轻声回答说："好啊……谢谢。"

段焰说："我一般周末都在那里。"

"我知道的，你说过。"

"嗯。"

余光里，他发出"嗯"这个音的时候喉结滚动，搭上那双漆黑的眼睛，尤其性感。

周意后背发热，她不知道该看向哪里，只好摩挲着零钱包的拉链扣子，想再说些什么，但和他面对面时大脑总是会一片空白。

不像两人隔着网络时，让她有时间想，能斟酌词句。

这会儿她又有点害怕说错话，谨慎谨慎再谨慎之下，觉得说什么都不好。

微风乍起，一高一低的两个人站在邮局门口，短暂的沉默在夏末温度的晕染下都变得温热起来。

段焰盯着周意的发圈看了会儿，缓声说道："那我走了，有事可以提前留个言。"

"嗯……好。"

他刚侧过身掠过她时，她正好抬起头，目光和他的余光有一秒的相碰，她扯了扯嘴角算是回应。

他一走，周遭的空气齐齐灌过来，空气中留有他的余味，还是跟上次一样是淡淡的洗衣粉香味，干净清爽，有点像雨后阳光的味道。

光是味道就让她的悸动久久不能平复。

周意深吸了两口气，随后扭头朝段焰的方向看去，只见他快步走进了隔壁的银行，透明的玻璃门关上，遮住了他大半个身影。

她盯着看了会儿，每一下心跳依旧很重，但整个人又很轻快，燥热的风将她的骨头融化，每个毛孔散发着浓浓的热意，最后化成难以抑制的一抹笑容。

看了会儿，周意敛回视线，打开零钱包，翻出那枚印着"2009"的硬币。

硬币崭新发亮，在阳光下折射着微弱的光。

硬币上仿佛还停留着他指腹的温度。

周意注视着硬币，嘴角的笑意越来越深。

她可真是个胆小鬼呀。


陈佳琪寄完稿子从邮局出来，拿着单子长叹一口气，对周意说："希望这次能有回音吧。"

她等了一天又一天，之前投的那家杂志始终没回复，虽然有不能一稿多投的规矩，但还是广撒网更有盼头。

她祈祷完才发现周意把饭团都吃完了一直在等她，她抱歉道："久等了啊，你肚子还疼不疼？走走走，我们赶紧回去。"

周意没舍得把硬币放回去，一直握在手里把玩。

她说："没之前那么疼了，没事。"

陈佳琪："胡说，你嘴唇那么白，我请你喝牛奶吧，那家汉堡店有卖热牛奶的。"

"不用啦。对了，佳琪。"

"嗯？"

周意侧头看她："你投稿的杂志在身边吗？"

陈佳琪有时候喜欢把当月的杂志放在身边带着，无聊时就翻出来看看。

陈佳琪说："在啊，课桌里有。"

"等会儿给我看看吧。"

"这个月的你不都看过了吗？中午不赶作业了？"

周意琥珀色的瞳仁里有光，她没想隐瞒陈佳琪，笑着说："我也想试试写稿子。"

陈佳琪讶然："真的假的，我以为你上次是随便说说。欸，那你要写什么呀？"

周意低眸，修剪干净的指甲划过硬币上"2009"的字样，纹理凹凸，触感清晰。

她说："我还没想好，可能是一个关于暗恋的故事吧。"

这一天，周意沉浸在盛夏阳光的温暖里，没有注意到少年红了耳根。


站在 ATM 存取款机前的段焰心不在焉地把银行卡推进去，操控界面弹跳出选项，他抬起手后却像是卡壳了一样大脑迟迟不给下一步的行动指令。

屏幕上飘过关于钱财的警示，但落在他眼里都变成了模糊的中文字，唯一清晰的是脑海里自动留存的周意模样。

风涌动时她明亮璀璨的眼睛，垂眸低头时堪堪垂在肩上的长发，蓝色校服领下的一截玉藕似的脖颈，还有那个普通却戴在她头上变得万分可爱的发圈。

段焰轻舔了下下唇，微咽喉咙，脸上的笑容越发深。

他从来没有喜欢过女孩子，也不知道自己这算不算喜欢，但是如果这都不算，那什么样才能算？

他甚至都说不出周意吸引他的理由，因为她长得正好符合他的审美？因为她学习成绩好？因为她说话的声音让他觉得很好听？也许都是理由，但也许都不是。

也许一切就是这么莫名其妙。

他第一回察觉到自己对周意有点不一样是那天和孙毅坚他们在饭馆吃午饭的时候，就因为赵纪一句他"没有的事一般都直接否认"，他才迟缓地意识到自己好像一直在期待周意回复他的消息。

那天意识到这个之后其实他有点烦躁，回到家后翻来覆去地睡不着，也想不通自己烦什么。

可能对他来说喜欢上一个人是件需要耗费巨大精力的事情，是他早就摒弃的事情，是有可能让他陷入深渊的痛苦事情。

但同时他也发现，这是件不可控的事情。

他变得更热切，总是上线想看看周意有没有回复他的消息，明明是她表达出可能还会再来网吧的意思，他也明明答应她了，她如果看到总该回复点什么吧？也明明周一那天在校期间就上线了，为什么这次这么久，难道他还要再等一个星期吗？

他想让自己不要再去想周意，却会因为意外在学校远远地看见周意的身影而出神。

星期三下午的体育课，周意捧着试卷走在走廊上，他一时看愣了，分了心，队友传的球从他耳边呼啸而过。孙毅坚跳过来，勾住他的脖子勒住他，百思不得其解道："哥！你前几天的牛劲儿呢？今天别给我丢脸啊，我刚和学弟们吹完牛。"

他怕孙毅坚看见周意，一把反按住孙毅坚的脑袋转了个方向，大抵因为心虚，按得用力了点，孙毅坚没接住他的力，脚下一滑，两个人仰面摔了一跤。

摔下去后第一件事也不是爬起来，而是朝高二一班的教室望了一眼，见周意已经进了教室，他蓦地松了口气。

孙毅坚骂骂咧咧地起身，朝他伸手拉他起来。

他脑海里周意出挑的身影挥之不去，烦躁感和压下不去的心跳让他整个人心烦意乱，把篮球砸孙毅坚怀里，气势十足地说："带你赢，急什么。"

后来，这场不正规的篮球赛输了，他第一次输得那么狼狈。

那晚他上线依旧没看到周意回复他。

又这么迷惘地过了一夜，第二天星期四，他心知肚明只要稍微挪过一点目光，他就可以在早操的队伍里找到周意，但是心里那股矛盾劲促使他不要那么做。

他想睡睡不着，掏出平日里看的小说，但是一个字都看不进去，又顺从心里另外一股"势力"，把目光投向底下的早操队列。

周意站在高二一班女生那一列的最后，她穿着统一的正仁蓝白色校服，短袖之下胳膊又白又细，动作不标准，但一套操下来，她的脸颊也泛起了淡淡的粉色，呼吸起伏，神情淡淡。

可爱得想让人捏一捏。

"解散"二字在喇叭里一响，他才如梦初醒回过神，一丝丝地收回脸上的笑容。

今天早上在同样复杂的心情中他去寻周意的身影，但是没看见，觉得这样也好，但心底的失落像被无意挖开的泉眼一样，不断地往上涌。

刚刚出校门，孙毅坚还没忘了前几天的那茬，在人群中不断地搜寻周意。

他的心里也有着隐隐的期待。

但校园说大不大，说小不小，哪那么容易碰到，他都不知道周意到底是在校外吃还是在食堂里吃。

孙毅坚还认错了人，他一眼就看出来那背影不是周意。这个想法一跑出来，他的心像被羽毛刮了一下，烦躁，又痒又烦躁。

直到在邮局门口真的遇见周意，只一眼，他便验证了自己的猜想——周意脸色不是很好，应该就是不舒服才没出操。

但这些都没有影响当时的画面，她站在银杏树下，顺着摇曳的光影，和他对视的刹那，成了他整个青春里最浓墨重彩的一笔。

他的心跳骤然加速，难以自制的酥麻从尾椎骨一路窜到后脑勺，整个后背热了起来，慢慢攀延到他的脖子、他的耳朵。

而那枚硬币像一道暗示，直直地滚到他脚下。

还好，还好离得有些距离，不然周意就会看到他捡起硬币时微微颤抖的手。

等走到周意面前，和她距离小于半米，听到她的声音的一瞬，什么烦躁，什么纠结，统统都被抛之脑后。

他觉得自己就像个傻瓜一样，整颗心都要被这烫人的风盛满，甚至不自觉地笑了出来。

傻瓜想和她多说几句话，想把 QQ 上给她的承诺再复述一遍。

但没想到周意像是忘了这件事一样，他不死心地重复了一遍，可周意的回答告诉他她似乎真的只是随便说说。

这种上上下下的起伏心情他是头一回尝到，只好顺着话为自己找回一些面子，明明心情低潮却在她微微松口的时候还是毫不犹豫地再次告诉她，有需要可以找他，告诉她，他一般周末在网吧。

生怕她来错时间，错过见到她的机会。

但说完他又觉得自己这会儿真是个不折不扣的傻瓜，她这样子的乖学生难道还会在周一到周五的时间去网吧？要来也只能是周末啊。

可周意却说："我知道的，你说过。"

你说过。

她记得他说过的话，说明他不是那么可有可无，也不是毫无印象的陌生人。

他控制着自己的表情，生怕自己表现得太明显，但雀跃的心情还是会从眼睛里跑出来。

对话自然而然像是到了结尾，简单打了声招呼后他往银行的方向走，和周意错开的那一刻，他再难伪装自己，轻轻来回翻弄着手中的皮夹，嘴角的笑扬了又扬。

如果不是考虑到周意可能在身后看他，他真想跳起来做个投篮动作。

而此刻，银行 ATM 机的小房间给了他很好的个人空间。

段焰回忆完，快速开始汇款操作，本来想给于烟打两百块，但想"普天同庆"一下，就多给于烟打了五十块。

汇款完，他给于烟发了个短信："给你的卡里打了二百五十块，好好玩，不用还给哥哥，因为哥哥今天很开心。"

退卡后，段焰拿着卡，跳起来拍了拍小房间角落的摄像头，扬眉道："秘密都被你看见了，记得保密啊。"

说完，他推开玻璃门走出去，银杏树下已经没有了周意的身影。

回到面馆，孙毅坚已吃完半碗，他刚想和段焰说他觉得还是这儿的老板靠谱一些，那家炒饭馆的炒饭最近咸得难以下咽，但到了喉咙口的话在他看到段焰表情的瞬间通通顺着面咽了下去。

——段焰一直翘着嘴角，整个人看起来诡异至极。

"你笑什么，你在路上捡钱了？"

段焰还在想着周意，听到孙毅坚的话，敛了些笑："没啊。"

"你别这样笑，我害怕。"

段焰冷冷瞥了他一眼："吃你的面吧。"

"这不正吃着嘛。"孙毅坚"哎呀"一声，"阿焰，要不下周一我们去食堂吃？"

"你想减肥？"

"不是啊，就去吃一次，我猜那妹妹平常应该在食堂吃饭。"

"不去，要去你自己去。"

"你好没意思啊。那我等会儿问问赵纪，他陪赵嘉去食堂吃饭，指不定已经看见了，到时候你还不得假模假样地去食堂吃饭。"

段焰轻轻哼笑一声："那你看我会不会去。"


食堂那边，赵纪扶着脚受伤的赵嘉缓慢地移动，等两个人到食堂的时候打饭的人几乎都没了。

赵嘉不是个挑食的人，说吃什么都行。

赵纪打了两份鸡腿饭，随口对赵嘉说："下次还是别来了。中午食堂的人太多，刚刚就差点被撞到，你再忍忍，等腿好了，你想去哪儿玩我都陪你去。"

赵嘉笑笑。

其实她不是为了想走走才来食堂吃饭的，下三楼那么不方便，她为了少惹麻烦，水都不怎么喝了，不然去厕所总得让张梦扶。

她只是……只是好奇一些事情。

赵嘉慢腾腾地吃着饭，打量着赵纪的神色。找准了时机，她装作不经意地问道："哥哥，我上午听孙毅坚和段焰开玩笑说什么妹妹，是段焰找女朋友了吗？"

说完，她低头喝汤，手腕上的红绳挂件微微晃荡。

赵纪一开始没反应过来，然后想到之前说的玩笑话，笑着说："不是，我们逗阿焰玩呢，不知道他怎么认识了个高二的女生，人家落了东西他去送，我们就起哄他。"

"高二的？几班的？他怎么会认识高二的女生呢？落的什么啊？"

"谁知道。阿焰说是在肯德基拼桌认识的，鬼才信。好像是落了把伞吧？高二一班的？我也记不太清了。"

"哪天去还的啊，我怎么不知道？"

"就前儿天，你摔伤的那天。"

赵嘉勾了下短发，点点头，觉得这没什么，因为她接触下来的段焰就是这样一个嘴硬心软，会做出还伞这种事情的人。

电光石火之间，她又想起一件事。

星期三下午的体育课，她因为想晒太阳，也去了。

她没事做，就坐在墙边看他们打篮球。

赵纪把球传给段焰，她本以为他会接住然后投出擅长的三分球，但是他都没看球，侧着头，看着教学楼的方向。

他好像从来没这样过。

她觉得意外，便顺着他的目光望去。

一楼前有许多遮挡物，记忆里好像有些高一的男生来来回回地走，二楼栏杆上倚了一些学生，也有学生在走，三楼几乎没什么人。

高二一班的话……

像是慢电影回放一样，赵嘉精准地从回忆里勾勒出一个女生的身影。


回到教室，陈佳琪翻出好几本杂志丢给周意，有两本被她装在挂在课桌侧边的袋子里，她都忘了，这是上次她在二手书摊上买的，一块钱一本，她觉得便宜就买回来了，质量和手感都不如正儿八经在书报亭买的，但是里面的故事还行。

周意跳过平常看的几本，从中抽出一本封面清新的杂志，飞扬的"彩虹"二字是杂志的名称。

看了一圈目录，周意大约心里有了数，言情故事风格。

周意翻到最后一页，找到投稿方式。

陈佳琪趴在周意的桌上，转着笔玩，说："要不明天把这家也投一下看看好了。"

周意没回答，眉头微微皱起。半晌，她问陈佳琪："你确定你投的几家杂志是收纸质稿的吗？"

她没记错的话，投第一家杂志时，陈佳琪的稿子是手写的，今天中午去邮寄的稿子是打印的。

她对这个行业一点都不了解，她以为陈佳琪是了解清楚了才去做的，但是像这个《彩虹》的投稿方式就明明白白写清楚了"邮箱回复十天"。

周意这一问，把陈佳琪问蒙了，两人去翻其他杂志的投稿方式。

翻了其他杂志，周意思考了一下。

虽然确实没硬性规定要投邮箱，但是……

周意说："手写的稿子编辑会有耐心看吗？每个人的写字风格不同，看起来总不如印刷体清晰。"

陈佳琪恍然大悟般"啊"了一声。

"对啊，我怎么那么笨啊，哪有人愿意看手写的稿子啊，现在电脑那么普及。哎，算了，他家退稿就退稿吧，反正我今天也投了其他家，用的是打印的稿子。你呢？你投哪个啊？"

周意指指《彩虹》："就这个吧，十天就可以有答复，比较快。"

"可是要走邮箱啊。"

"嗯……"

"你不会又要去网吧吧？你周末能出门？"

"不知道，应该能找个借口出门吧？"

陈佳琪耸耸肩，突然像是想到什么一样，反射弧极其长地小声问道："不过……为什么是暗恋的故事啊？暗恋欸……你……嗯？"

周意起初说的时候她都没在意，满脑子只有兴奋，兴奋有朋友和她一起做这件天马行空的事情。

现在回过神来才觉得不对劲。

周意纠结着要不要告诉陈佳琪，这种事总有一天会露出马脚的，就譬如现在，陈佳琪顺着她的一句话起了好奇心。

可是不久前才知道陈佳琪和段焰的关系，陈佳琪对他印象也不好，如果说了，估计陈佳琪会惊掉下巴，或许应该再等等？

她自己也有些局促，毕竟要把自己的秘密全盘托出，心中总是会生出异样感。

刚刚在邮局门口，她直言要写一个关于暗恋的故事，话说出口后她是后悔的，也预料到陈佳琪会联想到什么，但是当时真的好开心。

整个胸腔和心脏仿佛一颗鼓起的气球，如果不是还有一丝理智在守着，她真想大声告诉陈佳琪，她喜欢的男生和她说话了，他也没有讨厌她，还对她笑。

回忆起中午的每一幕，周意喉咙口微微发热，低头避开陈佳琪的视线，含糊道："这个写起来比较简单，而且不需要那么多恋爱情节。"

"也是哦，不过……你还是很奇怪，这都要月考了，怎么突然想起要写故事啊？难道是看我投稿被感染了？"

周意差点答不上来，还好陈佳琪给了个话茬，她顺着点头。

陈佳琪："那国庆写？写完先给我看，行吗？"

"行啊。"

周意把《彩虹》收好放进书包里，转身的时候下意识朝窗外看了一眼，却正好看见段焰和他的胖同学。

这会儿林荫道上已经没什么学生了，他们两个闲散地走着，阳光肆意淌下，少年双眸明亮张扬。

周意心跳快了起来，但不如中午和他面对面站着时疯狂，那会儿她觉得整个人快要窒息，一颗心要破胸而出。

还是这样的距离让她更舒适自得一些。

她转回身，拿起堆在一边的作业，瞥了手表一眼。

十二点十分，他吃完饭出现在了林荫道的尽头。

而十二点十五分是学校统一的午自习开始时间，不出意外他应该会踩着点到教室。

没过一会儿，铃声响起。教室里的学生慢慢安静了下来，奋笔疾书，坐在前头的陈佳琪也在抓着脑袋写作业。

周意微微抬眼，扫过班里的同学，那些平日里喜欢打闹的男同学格外安分，看来真是为了下个月的篮球赛拼了。

她刚想收回视线，余光里却感受到一道炽热的目光，顺着感觉望去，只见坐她隔壁的萧宇在看她。他不似平日的模样，脸上没笑，但是和她撞上目光后露出了个很淡的笑。

周意不解，冲他做了个疑问的表情。

萧宇看了她一会儿，很快写了张字条扔给了她，上面写着："没什么。"

周意没回复萧宇，也没在意，收了字条便开始写作业。


晚上，周意回到家，忍不住把心思放了周兰的手机上。

果然，有第一次就会有第二次，她的自制力和原则在蠢蠢欲动的心面前根本不堪一击。

马上要月底了，月初扣费时，周意不能保证周兰不会发现。

周兰是节省惯了的人，虽然在一些地方该花的钱还是会花，但话费是最低的套餐，她用手机只不过是为了有急事能联系到人，除此之外，多用几块钱她都会觉得心痛。

周意内心忐忑。几番犹豫后，她豁出去了，就算周兰发现是她用了顶多把她说一顿不是吗？再难听的话她都听过了，再被说一次又有什么呢？

可是又该用什么借口问周兰借手机呢？

打电话之类的肯定行不通。

吃晚饭的时候，周意想了想，决定效仿上次，人为制造一场停电。

夜晚九点，周兰和往常一样看着电视睡着了，周意等了许久，装作出来上厕所。

见周兰已经睡了，她轻手轻脚地走过去下了楼，拉下家里的电闸。

"啪嗒"一声，整个房子陷入黑暗，周意小心翼翼地深呼吸了几次。

第一次做这样叛逆的事情，周意的紧张程度不亚于见到段焰，可一想到自己再厚脸皮一些，再坚持一下，就可以登上QQ，她就滋生出无限的勇气。

上了楼，周意再三给自己做心理建设，尽量让自己表现得自然一点。

她走到周兰床边，凝视着周兰的睡脸，事到临头，虽有一秒的退却，但她咬了咬唇，逼了自己一把。

和上次一样，她轻声说道："妈妈，又停电了，好像是家里电闸跳了，借下手机，我去拉电闸。"

周兰没睡得很熟，迷迷糊糊地醒来，看着周意说："又停电了？"

周意心里骤然一凉。

照周兰这清醒的神态，保不齐她会自己下去拉电闸。

是她太心急了，也许应该再等一下的，等周兰睡熟的。

在周意想放弃的时候，周兰揉了揉眼睛，手搭在眼睛上说："你去看一下吧，如果拉了还是不行，明天再说。"

周意抬起眼，手微微颤了一下。她压下心中的雀跃，镇定地说好，然后迅速拔下充电的手机，装模作样地打开手机的手电筒快步往楼下走。

在下楼的过程里，她熟稔地连网登号，等走到电闸间时已经登录上了。

果不其然，段焰有回复她。

回复的时间间隔不长，是在那天她下线三分钟后。

他当时可能是上洗手间去了，可能是家里有事，可能是被什么打断了。

早知道，她那会儿应该多等三分钟的，如果多等三分钟也不至于这几天这么难熬。

周意反复看着那句"如果我在那边，你可以来找我"，结合白天段焰当面和她说的话，他似乎……

周意不敢往下想了，一定又是她的错觉。

她今天没想像上次那样和段焰多说几句话，目前的情况也不允许。

而关于这句话的答复，她白天已经给了，这会儿在线上再说一遍貌似不太合适。

周意想着说些什么才会显得比较自然，又可进可退，不让她之后想起来会觉得后悔。

良久，周意慎重地打下一行字发送过去。

小意："嗯嗯，再次谢谢你，如果需要帮忙我会提前和你打招呼的。"

发完，周意盯着灰色的企鹅头像看了会儿。

她平静又紧张，平静的是她没有迫切地想到他的回复，紧张的是和他聊天这件事本身。

周意很快下了线，也清理了登录 QQ 的痕迹。

她拉上电闸后回到楼上，把手机还给周兰，说已经好了。

周兰懒懒地"嗯"了声。

回到自己房间，关上门的一瞬，周意背部紧紧贴着门，脑袋有些发晕。

这种荒唐的事情这辈子第一次干，可她一点都不后悔，甚至在晚风吹干掌心的汗时，心底莫名涌上一股无与伦比的刺激感。

像经历了一遭电影里的飞车奔驰，像完成了一场逃婚，像在滚烫的夏天沿着海岸呐喊。

她微微抬起下巴，嘴角扬起一个浅浅的弧度，慢慢地，这个弧度越来越大。

她也不知道自己到底在笑什么。

稍稍冷静下来后，周意把房门反锁上，走向书桌，

她的书桌上，周末的作业摊了一桌，刚刚写了一点，但此刻没有一点继续写下去的欲望。这好像是她第一次偷懒，脑海中有个小人不停地告诉她，周末再做吧。

她在书桌前坐下，带着快速的心跳把作业整理了一下，然后从书包最里层拿出了那个日记本。

她双手撑在桌子边缘，手指轻轻翻过最近几天的日记，这几天心情太过

低落，纸上只有寥寥几个字，现在看，仿佛连日记都记录了她是个傻瓜的过程。

一个后悔没有多等三分钟的傻瓜。

周意平复了会儿心情，又发了会儿呆，随后写下今天的日期、天气，记录完中午遇见段焰的整个过程和刚刚的惊心动魄。

可她对接下来想写的话迟迟没有落笔，因为一想到段焰和她说的话，她便忍不住自作多情。

而且理智告诉她，真的是她在自作多情。

好像……总有些时候，会因为一些细微点滴，幻想他会不会也注意到自己。

飘忽不定地、矛盾地反复挣扎。

最后的结尾，周意红着脸写道：我对他来说会不会有一点点、一点点不一样呢？

写完，周意快速合上日记本，她都不忍去回顾一遍。

当这种揣测以白纸黑字的形式呈现出来后莫名变得羞耻。

用手背给脸降了会儿温后，周意从零钱包里拿出那枚硬币，她的手指缓慢地沿着边缘移动。

脑海里回忆出的画面是从第三视角展开的，一棵银杏树下，她和他面对面站着，她低着头，他看着她，热气拂面，阳光耀眼。

周意不自觉地笑了一声，明亮的台灯光下，她梳洗完的脸干净白皙，透着淡淡的粉色，潋滟的桃花眼弯起，瞳仁里满是清亮的光。

想够了，周意抽出抽屉，拿出里面放着的蓝色格子雨伞和黑色水笔。

她把伞、笔、硬币并排放在桌上。

伞还是他当时折好的模样，笔她写过几次，后来没再舍得用了。

这些平平无奇的东西，因为他，便变得独一无二、闪闪发光。

很久以后，周意忽然明白了一件事，在这个青葱年纪喜欢上一个人为什么会成为往后几十年最难忘却的一段记忆。

大概是于一些人而言，他们很怀念当时因为喜欢的人而变得独一无二且闪闪发光的自己，还有为了"ta"变得热烈肆意的自己。


这一晚，同样辗转反侧的还有段焰。

今天整个下午他都很难集中精神，虽然平常上课他也不太听，但他一节课至少能看个几万字的书，一天几乎能刷完一本书。

他每每想让自己投入进去的时候，总坚持不到一分钟，他虽然眼睛盯着书，但神思会自动游离出去，顺着目前了解到的点滴试图去拼凑出一张有关周意的"完整地图"。

比如，她中午吃的是饭团，她是不是比较爱吃小摊上的东西？

比如，那天萧宇叫她的时候是趴在窗口叫的，她是不是靠窗坐，是倒数第一排还是倒数第二排？应该是倒数第一排吧，毕竟她个子高。

再比如，孙毅坚打听到的是真的还是假的。她身高一米六五，成绩好，脾气好，没交往过男朋友……

他的心被"没交往过男朋友"这个信息挠得左右发痒，差点没绷住。

当时是下午第二节课，物理课，阳光依旧很好，他燥得睡不着，看书也看不进去。

他把玩着书，把书页折了又折，突然间脑子里有根弦断了，他转过头看向孙毅坚。

而孙毅坚百般无聊，正在吸水笔的芯玩，一副小心翼翼又蠢蠢欲动的模样，他到喉咙口的话就这么咽了回去。

他扯了下嘴角，忍不住翻白眼，轻声吐出两个字："傻子……"

孙毅坚耳朵很尖，大概听到段焰在骂他，心里一着急就猛然使劲，墨汁被吸上来糊了他一嘴。

孙毅坚被呛到，又朝着他一顿狂咳嗽，墨汁都喷在了他脸上。

班里先是短暂的寂静，再然后是压抑的笑声，可能是因为台上站的是刘宣平，大家不敢笑得太放肆。

刘宣平就和平常一样，一板一眼地发火，把他们两个轰出教室，又把他们当成反面例子训斥了一番。

孙毅坚还是没他经历得多，去厕所洗脸的路上心慌道："不会叫家长吧？这会儿叫了我国庆别想再碰一下电脑。"

要是换作平常，段焰可能会没好气地嘲讽孙毅坚几句，但他今天实在是心情不错，便宽慰孙毅坚道："有一个被叫家长了但是相安无事的方法，百分百可行，想知道吗？"

"什么？"

"下周月考考好点。"

"你现在还有闲心逗我玩？都怪你，没事骂我干什么，害我一时怒火攻心。"

"你几岁，还玩这个？"

后来他们在厕所里对着镜子搓了十来分钟，墨水根本洗不干净，看着脸上淡淡的黑色印记，段焰心情开始下滑。

倒不是多在乎这张脸，纯粹是怕下午意外碰见周意，毁形象。

等反应过来，发现自己像中毒了一样，思及此，他又控制不住地笑了一下。

原来喜欢上一个姑娘的他竟然会是这副样子，像个愣头青一样。

他感觉自己像个愣头青呢。

拖拖拉拉地回到教室，孙毅坚装模作样地在门口喊了声报告。段焰一如既往地忽视刘宣平，从后门进去，屁股还没坐下，就听刘宣平怒道："谁允许你进来的？你们两个，一点课堂纪律都没有，都给我出去罚站。"

段焰都懒得和刘宣平拉扯，摸到课桌里的手机，头也不回地离开教室。

他和孙毅坚靠着栏杆晒太阳，孙毅坚一直絮叨着："完了呀，我妈要是知道了估计真的要把我的网线给剪了。"

段焰不知道该说什么。

班里的调皮的男生很多，但多数是像孙毅坚一样，放肆归放肆，却还是会忌惮老师请家长。

可能是段焰表现得太淡定，孙毅坚忍不住说："还是哥哥强啊，和刘宣平斗智斗勇两三年，练就了一身铜墙铁壁，啥也不怕。"

"有什么好怕的，不就一个五十多岁的老头儿。"

这么回答着，段焰背过身，找了个刘宣平看不见的角度，掏出手机登号。

也不知道是哪儿来的错觉，他觉得周意可能中午会上号。

她有手机吗？

那天她来网吧似乎没见她拿出过手机，那应该就是没有吧。

家里应该也没有带网的电脑吧，不然又怎么会来网吧写作文。

怪不得她不经常上线了……

他盯着周意灰色的头像，手指飞快在键盘上落下，很快给了周意一个单独的分组，分组名为"1"，又给她备注时犹豫了一会儿，最后还是沿用了"周意"这个名字。

做完了这套自作多情的操作，段焰收了手机，下意识地摸了下鼻子，耳边孙毅坚像个循环播放的喇叭喋喋不休，可他看着远处的操场仿佛什么都听不到了。

有些庆幸，他没真问孙毅坚关于周意的事情，不然照孙毅坚的性格，估计能拿这事说到他进棺材。

不过就当孙毅坚得到的信息都是真的吧。

周意一米六五他觉得应该差不多，周意成绩好他已经知道了，周意脾气好他短暂地接触下来觉得是这样的，所以……她没交往过男朋友应该也是真的，所以她现在是单身。

但原本在他的人生规划里，是真没"谈恋爱"这件事情的。

他从来不觉得人活一辈子必须恋爱结婚，他来到这个世界，短短几十年，只想做自己想做的事情。

他也剖析过几次自己，谈不上什么心理阴影，但的的确确萌生出这个想法是在母亲去世，段宏文很快再娶的那一年。

那时候年少气盛，接受不了原本和睦的家庭在一夕之间破裂，也接受不了恩爱的父母在一方去世后竟可以那么快另结新欢。

他觉得这是一种背叛，他母亲去世都还没满一年段宏文就领了怀孕四个月的女朋友回来，至少……得为母亲守一年吧。

与此同时，过去十几年生活里的点滴在段宏文带着女人回来的那一瞬间通通浮现了上来。

父亲会在母亲生日时订上千朵玫瑰哄她开心；母亲会在父亲醉酒的夜晚照顾他一整夜，毫无怨言；就在母亲被查出宫颈癌的三个月前父亲还说等这阵子生意忙完了带他们出去自驾游。

不仅仅是背叛这个概念，也颠覆了他对自己过去十几年生活的认知。

回想起来，他竟分不出那些父母间的甜蜜是不是段宏文装的，甚至他会觉得段宏文早就在外面有了人。

可能是这样的冷漠和虚伪让他觉得爱情是件容易让人陷入深渊的痛苦事情，是需要他抽筋剥骨尝试却仍有概率被抛弃的事情。

可是不知道为什么，面对周意虽然不可控，但根本没有自己想象中那么抗拒，他所有的挣扎犹豫在中午见到周意的时候顷刻消失。

放学回去的路上，段焰没看到周意，他瞥了眼高二一班的位置，教室门窗紧关着，没有一丝灯光。

高一高二放学会比他们早一些，他们错过放学时间会是未来一年的常态。

回到家，外婆和往常一样，在炒最后一个菜。

段焰一进门，老太太就看见了他脸上的墨水印记，直呼："你这小子，多大了还弄一脸花回来，快去洗洗，像什么样子。"

段焰笑笑，蹭了两下脸后把手摊给老人家看，声音清朗地说："外婆，洗不掉了，过几天自然而然就没了。"

"怎么弄的？"

段焰复述了一遍，老太太听完哭笑不得，在一阵烟火气中说："你们这些男孩子哟，都十七八岁的人了，还贪玩，看你们过几年成了家是不是还这么贪玩！"

段焰觉得真是稀奇了，好像是有什么来什么。

高二的时候他还是外婆口中那个还小的孩子，怎么过了个暑假，角色定位一下子变了。

吃饭的时候段焰不喜说太多，外婆也是如此。

段焰吃饭快，想着周意，就变得更快了。

他想早点吃完上楼洗澡，然后安安静静地挂着 QQ 号等一等周意的消息，今天是周五，也许她会上线呢。

老太太看了他几眼，饭吃得越发慢，似有千言万语堵在喉咙口。

段焰放下筷子的时候看出了外婆的不对劲。

他没忍住，逗她说："怎么了？新装的一口金牙嚼不动了？"

老太太回回都能被逗乐，但笑过以后，缓缓道："阿焰啊……"

"嗯？"

"你爸爸早上给我打电话了，让你国庆再回去吃个饭，正好里头还夹了个中秋。上回你去了闹得不太开心，外婆看到你那样心里也痛。但是外婆上次和你说过了，这个家以后能帮你的只有他，以后你上大学找工作，想出人头地，难免要靠一靠他的。你说外婆市侩也好，说外婆不心疼自己的女儿也罢，你听外婆的话，这一年好好和你爸改善下关系。"

段焰脸上的笑变淡，但没有消失。

他"嗯"了声，微微翘了下嘴角，说："我知道您的意思，但有时候到了那一步……总是会变成另一副样子。我不想靠他，我也没什么大志，简单活着就挺好的。"

老太太叹了口气，知道这个年纪的孩子还不懂世俗物质的不可缺少性，她也知道说多了她这个外孙还是听不进去。

这不是一朝一日能理解的。

老太太微微笑着，抬抬下巴说："吃完了就上去吧，外婆等会儿把碗洗了就睡了，你的事情还是你自己做主。不过啊……你这学习还是得搞一搞，玩了两年了，今年总该收心了吧？"

段焰揉了下老太太的头，说："一直收着呢，说了您又不信。还有，这碗筷放着吧，我洗完澡下来洗。"

老太太打掉他的手，又被逗乐："当婆婆小狗呢，越来越皮了！"

段焰上了楼，拿换洗的衣服时又登了一次号，依旧只有一些群消息，上线的那一秒孙毅坚发来了消息。

他没调静音，孙毅坚发来三条消息，手机振动了三次，他一瞬间以为是周意发消息过来了，便觉得那振感酥酥麻麻的，手指骨都软了。

可定睛一看，发现头像不对后，心顿时平静了下来。

孙毅坚：明天玩一局？

孙毅坚：老师还算厚道，胖爷我保住了高三游戏权。

孙毅坚：呼叫呼叫。

段焰走向浴室，回了个表情给孙毅坚。

%*#：【微笑】。

回完，他把手机放在洗漱台上，拧开水龙头，刷牙洗脸，解开手表的时候看了眼时间。

现在是晚上七点四十分。

学校是有部分住宿生的，但是周五肯定都回家了，她是住校的吗？还是在外面租了房子？如果住得不算太远，无论如何这会儿总该在家里了吧，也可能像他一样，已经吃完晚饭了？

身体有没有舒服点？

如果他没猜错，看她中午的脸色，是女生的那方面不舒服吧？不可能是发烧吧？

应该不是，周四他看见她还好好的。

虽然南城季节交替时昼夜温差大，但九月底还不是这个城市换季的时候，哪能这么轻易感冒发烧。

周五的话……她有百分之六十的概率会上线吧？她难道周五晚上还要做作业？

漱完口，搁在洗漱台上的手机亮了起来，虽然明知道大概率是孙毅坚，但心里不知为何，仍生出几丝期待。

他点开一看，果然是孙毅坚。

段焰没回了，把手机换了个地方放着，放在洗澡时也能一眼看见手机是否亮起的置物架上。

热水"哗啦啦"地淋下，段焰习惯性地去抓头发，却摸到一头短刺的发，这是他第N次后知后觉地反应过来，他剃了个特别短的头发。

然后，他自然而然地想到一个问题，她会不会和其他人想的一样，觉得他这头发不好看还很好笑？

她会喜欢男生留什么样的发型？

温暖的水淌过脸，段焰抹了把脸，在一片湿漉漉中睁开眼，下意识地朝手机的方向看了一眼，手机没什么动静。

热气腾腾升起模糊视线时，段焰又想到个问题。

她那么优秀，长得也好看，难道就他跟开了天眼一样注意到她吗？一定有很多男生对她有意思的。

虽然……他也不差，但情敌太多的话胜算还是会降低。

再说回他本身，今年高考，他还要分这个心吗？

洗完澡，段焰揣着手机下楼准备去洗碗，到客厅一看，外婆早就把碗洗好了，他在原地站了会儿，检查好门窗后回了自己房间。

他现在住的房间是以前他母亲的房间，母亲去世后一些物品被外婆收了起来，每年会拿出来晒一晒，而大多数物品，比如衣服之类的都烧掉了。

后来他搬来，外婆找了个工人简单装修了一下，有点老旧的房间一下子变得干净崭新。

段焰在书桌前坐了一会儿，随后看了眼墙上的时钟，已经八点半了，平常这时候他已经做完一门功课的习题了。

他敛了思绪，像往常一样，从书桌抽屉里找出练习册和卷子。

但看了几行后，他还是投入不进去，就连下午老师在课上讲的他似乎一点都没记住。

之前他还可以一心二用，一边在底下看小说，一边记住老师们说的重点。

这会儿完全不行了。

他盯着这些题目双眸流转，半晌，胸腔微微震动，很轻地笑了声。

怪不得不让早恋呢，真是误人。

他转着笔，黑色水笔在五指间轻快运转，终于，做了个决定。

算了。

他想，都逼了自己这么久，今天晚上休息一晚上不过分吧？

决定好之后，段焰随便收拾了下书桌，腾出一块地方，拿过手机，那个单独分组（0/1）看得他有点儿失落。

或许人家和他一样呢，周五晚上也不放松，就喜欢学习呢？

他已经上线了快一小时了，这是他第一次在手机上连续登录这么久。

就像之前孙毅坚说的，他之前并不是很频繁地看手机。

在学校他手机一般都放课桌里丢着，偶尔会拿出来看看，看看家里人有没有找他，最主要以防外婆年纪大，紧急情况下需要他。

也许是因为生活重心非常集中，心里头有想做的事情，所以他不太在意电子产品带来的娱乐性。

游戏他喜欢，上网他也喜欢，但都不至于令他愿意在这些方面花很多时间。

这是第一次，他第一次觉得挂着号和下线是两种感觉。

虽然周意不在线，但是只要他在线，仿佛就离她是近的，如果他下线的话，好像就彻底断绝了能得到她消息的可能。

光等着有些无聊，又不想让注意力脱离手机，百般无聊地，段焰点开了孙毅坚的对话框。

上条他没回复的孙毅坚消息是：明天还来打赌不？

他按着键盘，回复道：明天不打游戏。

孙毅坚很快回过来：是不是上次输了怕了？没钱请吃饭了？

%*#：……

恍惚之间，段焰想起上周周末，仔细说起来，他游戏输了也是因为周意。

那会儿他在网吧兼职，正空闲着，就组队和赵纪、孙毅坚打游戏，孙毅坚另外叫了些朋友，打了一下午。

让二追三，最后一把因为一波关键的团战他没开好输了，而当时前台正好来了个姑娘，声音和周意很像，让他开个卡。

他本来可以让里屋的亮叔出来帮忙开个卡，但因为声音很像周意忍不住抬眼看了过去，当时心里有说不清的滋味，回过神后，团灭了。

难道他那会儿就注意到周意了？

段焰发了会儿愣，直到书桌上的台灯闪了两下，把他闪回了神。

QQ上孙毅坚还在忽悠他明天打比赛。

他关了台灯，走到床前，掀开被子躺下，拿了个边上的枕头靠在后头，呈半倚躺的姿势。

他慢悠悠地回复孙毅坚：如果等会儿我看到窗户前有流星划过，明天就和你比。

孙毅坚：你还挺浪漫，你怎么不说等你用放的屁做成了臭豆腐呢？

%*#：不愿意就算了。

孙毅坚：……行吧，我查查。

过了一分钟。

孙毅坚：说出来你可能不信，刚刚我家窗前有一颗流星划了过去。

段焰想回复的时候，手机振动了一下，他快速删掉打在对话框里的字，退出聊天，但他的希望再一次落空。

对话列表里是多了个消息，是赵嘉，不是周意。

赵嘉的头像是一个这两年很流行的女生头像，他给她的备注就是赵嘉。

她说：看你在线，问你一下，你脸上的墨水洗掉了吗？

%*#：没有。

赵嘉：我上网查了一下，说是可以试试洗洁精、肥皂、卸妆水这种。

%*#：嗯，好。

刚退出这个对话框，赵嘉的消息又来了。

赵嘉：你今天怎么在线这么久啊？

段焰本来不想回了，但想了想说：在等流星。

赵嘉：啊？有流星吗？几点呀？我也想看。

%*#：你大概看不到。

赵嘉：为什么啊？

段焰没再回了，设置了个隐身，然后重新点进孙毅坚的对话框，对孙毅坚说：到我睡觉之前有流星，明天就打比赛，输了我给你买"皮肤"。

孙毅坚：真的假的？

%*#：我什么时候骗过你？

孙毅坚：这话说的，和电视里的渣男一样。

%*#：……我渣吗？

孙毅坚：哪能啊，您要是真给我买"皮肤"，我一定不顾世俗的眼光义无反顾地嫁你。

%*#：……

%*#：说真的，你觉得我这人怎么样？

孙毅坚：……你别搞我啊。

%*#：算了。

孙毅坚那边沉默了会儿，然后发过来一串感叹号。

孙毅坚：！！！！！！！！！！！！！！！！！！！！！！

孙毅坚：你被甩了？

%*#：谁甩我？

孙毅坚：那个妹妹啊。我就知道，学霸和学渣的爱情维持不了多久的。不过你不用太伤心，就算今晚流星都砸你家里，你许一千万个愿望，爱情也不是说挽回就能挽回的。

%*#：学霸和学渣？

孙毅坚忽略他的反问，反而问他：你是不是没看我分享给你的爱情宝典？

段焰刚想吐槽孙毅坚分享的东西，那些弱智的东西谁会信，但还没开始输入，手机又振动了一下。

他以为是赵嘉，很平静地退出和孙毅坚的对话框，却看见那个心心念念的小鱼头像亮了起来，还有一个未读消息"1"。

分组：1（1/1）。

周意：嗯嗯，再次谢谢你，如果需要帮忙我会提前和你打招呼的。

他喉咙艰难地滚了一下，几乎是条件反射地从床上坐了起来。


段焰的眼睛不自觉地把周意的消息扫视了好几回，大脑自然而然得出一个结论：她可能会在短时间内来网吧，也许是一个月，也许是两个月，但是她一定会来。

他以为周意上线最起码待个五六分钟吧，没着急回复，想了半天应该回什么。

如果找一个新的话题岔开聊，会不会太明显？万一人家根本就没想和他聊，又不好意思拒绝呢？

段焰翻了翻之前的聊天记录，很简单的对话，那会儿他没想这么多，想问她作文就问，她的问题他也都回答。

也许应该放松点，找个她可以回答并且不会觉得冒犯的话题。

纠结好一会儿，段焰顺着心中所想，飞快打下一行字发过去。

%*#：我好像知道你去年作文拿了第一，最近除了花语杯还有其他的比赛吗？

他本来想问一句这次作文写得怎么样，但这行字打下后立刻就被删除了，连着问两个关于学习的问题似乎很有压迫感。

这次还因为电脑的问题导致人家重写了一次，如果没发挥好，他有一大半的责任，这茬还是不提为好。

他看着自己发出去的话，反复看，最终确定没什么问题。如果她愿意明说近期要参加的比赛，那他去查一查，就可以大约推断出她会什么时候去网吧。

中午问她的时候，她也没否认，说可能会有。

时间一分一秒地过去，段焰目不转睛地注视着手机屏幕，但周意始终没有动静。

一时之间，他以为周意懒得回复他，可她看着不像是这种性格的女孩子。

她看到他给她送伞后会上线再和他说一声谢谢，会认真地和他说她会为他保密但是已经告诉了好朋友，就像现在，明明中午都道过谢了，但是上线看到他的消息还是会再说一声谢谢。

温柔、认真、细致、善良。

这是他真真实实感受到的周意。

可能是她有事呢？

现在九点，这个点，也许她上线回复一下后，去上厕所了？或者在喝刚泡的牛奶？或者她突然网络不太好？

带着一些不甘心和期待，段焰又等了两分钟。

在等的时候，鬼使神差地，他想起某纸巾包装上的一句话：有时一分钟很长，有时一分钟很短。

那是开学第一天还是第二天，天气特别热，中午他去洗手间洗了把脸，然后赵嘉给了包纸擦脸，还给她的时候她说不用，他就随手放桌上了。

后来上课的时候，他没事干就转那包纸玩，淡绿色的包装，上面有一个小人，底下就印着那句话。

当时他看到后觉得蛮无聊的。

这种包装加个文艺的句子确实能博得很多小女孩的喜欢。

现在看来，是他浅薄了，不是文艺，是生活的真感悟。

他两手握着手机，手指一下一下地敲着手机边缘，"嗒嗒嗒"的声音夹在窗外的夏末蝉鸣中。

手机要暗下去的时候他就把它按亮，手机中间有振动两下，也许是孙毅坚的消息，也许是赵嘉，也许是哪个群，但他都不想退出和周意的对话框。

段焰看着右上角的时间，等了五分钟左右，他觉得周意大概率不会回复他了。

他能理解周意因为各种外界原因不回复他，可就是怕周意纯粹地不想回复，或者他的消息她看到了却一转眼忘了，又或许他发的消息让她觉得突兀了。

段焰咽了咽喉咙，眉头不禁慢慢皱起。

明明刚洗完澡不久，今天晚上温度也不算很高，但是不知不觉心中的躁意让身体发了热，手指和手机搭在一起的地方出了层薄汗。

窗外的蝉鸣此刻落在耳里，将人吵得头疼。

他扔下手机，起身三两步走过去，关了窗。

一关，屋子不通风了，瞬间少了夜晚的清凉，闷热得像有两个塞子堵住了鼻子。

段焰回身看着床上的手机，屏幕亮着，上头长长短短的文字依旧没有任何顺序变化。他抬手缓缓揉了揉后脖颈，像是抵不过命运的安排一样，他的眼神逐渐从烦躁变成了无奈的温柔。

心妥协了，身体也跟着妥协。

他走回床边，坐下，一手拿起手机，一手拧开床边的电扇，强劲的风扑面而来，让人心绪平和了不少。

段焰轻抓了下头发，看着毫无动静的对话框，决定补救一下。

但是，怎么补救？

有一瞬间，他想要不要看看孙毅坚推荐的那个不靠谱的什么狗屁爱情宝典。

但也只是一瞬而已。

权衡一番，他再次发了条消息过去：我表妹今年高一，很喜欢写作文，我没参加过高中的比赛，所以想问问你，了解一下，以后可以让我表妹也试试。

发过去后莫名心虚，他都不敢多看几眼，立刻退出了和周意的对话框。

刚刚很盼望周意能回复他，现在找了个借口解释完后，他忽然不太想收到周意的回复了。

如果她等会儿很快回复，那就说明之前的消息她看到了，只是不想回而已，也代表他一点都不重要，虽然他对她来说确实是不重要的人。

退出对话框后，顶在最前面的是孙毅坚的消息。

孙毅坚：你人呢？

孙毅坚：你在看爱情宝典吗？

孙毅坚下面是周意，只不过……

周意的头像灰了？她什么时候下线的？她不是刚上线吗？

分组确实变成了（0/1）。

所以……她不回他消息是因为下线了？

得到这个信息，段焰的神色瞬间放松了下来，他摸了下鼻子，嘴角弯了个弧度，脑海里不禁闪过刚刚自己复杂的心理过程，然后弧度越来越大。

他往后倒，径直倒在了枕头上，柔软的床铺微微下陷，风扇始终保持着快节奏的运转，风扬起他的一截 T 恤角，吹得他起了一层鸡皮疙瘩。

他懒得去关电扇，随手拔了插在床头的电扇插头。

风声越来越小，安静下来的那一刻他发热的头脑也彻底冷静了下来，但随之涌上来的是一股难以自持的兴奋。

他回复孙毅坚：我看到流星了，周末跟你打比赛。

孙毅坚立刻回复道：？？？你想和我打比赛你就直说，不用这么拐弯抹角。

%*#：……如果周末你输了呢？

孙毅坚：除了我的肉体，其他你要什么都可以。

段焰对着手机嗤笑了声，无语了一阵。他忽然想到周意好像周一下午有节体育课，第一节还是第二节？他有点记不清了。

他想了想，回复孙毅坚：这样吧，你要是输了，给我买一个星期的水，最多一天一瓶，随时的那种。

孙毅坚：你搞什么？

孙毅坚：不必吧？

孙毅坚：就算你失恋了，也不用来搞我吧？

孙毅坚：什么买水，你怎么只会这种土到掉渣的方式啊。我隔壁的小妹儿都不看《冰山王子狠狠宠》了，你却还活在这种剧情里。

%*#：……那一个星期的午饭。

孙毅坚：开玩笑呢，你觉得我请得起？

%*#：你自己选。

孙毅坚：……水。

%*#：下了。

下线，断了网，段焰把手机扔到一边。他双手枕在脑后，盯着天花板，极简款式的吊灯光芒温和，一下子吸走了他的灵魂。

周意，上线，写作文，下次，解释，想见她……

他也不知道自己应该去想什么，想这些有的没的又有什么用，但是好像大脑完全不受控制。

零碎的信息搅着神经，每一根都在振奋跳动。

忽地，一个他刚刚不小心遗忘的细节浮了上来。

他忘记问周意还有没有不舒服。

但是，怎么问？

一个仅有过几面之缘的学长问学妹，你有好点吗？

好突兀。

段焰摸出手机，看了眼日期，九月二十五日。

那就算每月的二十日到三十日吧，这个时间段可能是她的生理期。

记好以后，段焰的耳朵有点发烫。

他不知道自己记这个做什么，自己又不能为她做什么，也不能关心两句。

这一夜，他翻来覆去没睡着，一会儿觉得有点热，一会儿觉得有点冷，一会儿觉得侧躺着不舒服，一会儿觉得正躺着又太僵硬，闭上眼后思绪开始不受控制。

她平常几点到学校？

她的早餐是外面买的还是在家里吃？

她班级什么时候值日？

第二天，段焰照常去网吧，不觉得困，不觉得累，甚至精神要比以往还亢奋。

他和孙毅坚他们约了下午打比赛。

可能是他太想赢，他三连胜，根本没有给孙毅坚追击的机会。

在几个人的小群里，孙毅坚连发十个问号。

孙毅坚：我怀疑你开挂。

段焰心情很不错地回道：五天，五瓶矿泉水。

孙毅坚：但想想你人品不错。

%*#：我想喝的时候，才能买。

孙毅坚：但是人品再好的人也有可能开挂。

%*#：放心，不会为难你的。

孙毅坚：奇奇怪怪，被甩了的人果然会变得奇怪，喷。

其他人：被甩？

%*#：没有。

## 2. 小说

而那边的周意一整个周末都没有放松，她完成作业和额外的量之后就很投入地开始规划小说，对她来说小说早完成一秒都是好的。

可这和写作文完全不一样，显然光靠自己的一腔热情和幻想是不行的，还要具备一定的技巧。

她翻阅了身边所有的杂志，找了符合自己定位的故事，总结每一个卡点，每一章内容，每一个故事的转折和高潮。

写故事梗概的时候，周意脑海里不自觉冒出目前为止了解到的关于段焰的一些细节。

他午后十二点十分会出现在林荫道的尽头，那时的他刚吃完饭。

星期三下午第二节课是他的体育课，他喜欢提前去操场打会儿球。

他周末会在网吧兼职。

他和他外婆的关系很好。

他在别人口中不怎么好，但她发现了他藏着的好。

其实这些不足够支撑起一个故事，但是后来没多久，周意又发现——

他课间会经常靠在走廊栏杆上聊天。

他坐的公交车会有一段路和她的公交车交叠，他们经常会在学校那一站碰到。

她在校外小摊前买吃的，有时候一转身就发现自己身后站了他。

周一早晨，周意照旧拿上周兰提前热好的包子和牛奶出门，边走边吃。

上了公交车，她翻出课表看，也许是没放心上，她到现在还没记住课表。

她的手指在周一的第一节课上点了点，是英语，所以周一的早自习也顺理成章地成了英语老师的。

周意又从书包里拿出等会儿可能会默写的英语单词和句子复习，但视线忍不住在课表上多停了会儿。

高一时一周有三节体育课，高二体育课一周变成了两节，一节是周一下午第一节，一节是周四上午第四节。

她观察下来，高三一周应该只有一节体育课，因为她只在周三下午第二节课见过段焰上体育课。

这节对她来说无比宝贵的体育课这周没了，因为周二周三月考。

周意收了课表，抬眼望了眼窗外的景色，晨日似乎比往日升起得慢了一些，也是，马上要国庆了。

十月，是秋天的开始。

以往她会很开心放假，虽然她会给自己安排很多习题，但不用早起，没有一个学生会不喜欢放假。

可是原来喜欢一个人后，这些曾经翘首以盼的假期竟让人不再兴奋，只是很平淡地觉得放假了也有失去的东西。

她在心底计算着撇开国庆，十月还能再见他几次。

他们大多数学生的校园生活极其有规律，课表将他们的作息一一安排妥当，从而固定了他们会出现的场所。

段焰一般不会出操，她偶尔望向高三一班的教室，也没有见过他。

她或许能掐一掐午餐时间，但不可能每天都找一个理由故意晚出教室五分钟。

她也没办法故意晚回家，然后守着学校大门只为在黄昏下等着见他一面。

一个月差不多四周，四节他的体育课，一共160分钟，这是她固定能肆无忌惮看他的最长时间，可有时也抵不过老师抢课或者一场突如其来的雨。

周意安慰自己，这个十月也并不是毫无期待。

因为……也许月底学校会开展为期两天的运动会。

这样一想，好像窗外的晨曦都亮了不少。

周意凝视着天边的光，它似能穿透林立在眼前的楼房和树灌，光线笔直，耀眼又带着清晨淡淡的干净气息。

像极了段焰。

一想到那天中午他站在眼前和她说话的样子，周意的嘴角便止不住地弯起。

她看见洁净的玻璃窗倒映出来的自己的脸庞，看见自己琥珀色的双眸里盛满了璀璨的光。

她想，如果今天他还去那家饭馆吃饭，她一定不逃开，一定跟在他身后走进去。

但这一天所有周意以为的"固定时间和场所"都莫名被打破。

到站时，周意把英语单词卷叠成小豆腐块捏在手里，很平常地顺着人流下车，但一抬头就看见了段焰。

车站边上有几个早餐摊，他站在煎饼摊边上，身上空荡荡的，没背书包也没带什么东西，双手插在校服裤袋里，松松懒懒地站着。

煎饼摊的热气一缕缕地往上冒，摊煎饼的阿姨动作利索，和他闲散的模样形成了强烈的对比。

也许是因为在人群中搜寻他的身影成了她现在的一种习惯，所以几乎是抬眼的一瞬，她的目光就精准地锁定了他。

她的第一反应是怎么可能，但大脑采集信息对比，证明了站在那个烟雾缭绕之处的男生就是段焰。

她不明白他怎么会在这儿。

开学一个月了，她从来没在任何早餐摊见过他，也没有找到他进校门的时间。

所以她猜测他要么很早来学校问同学借作业抄以便应付老师，要么真的无所顾忌卡点来学校，或者是直接迟到。

而且上次陈佳琪说段焰的外婆家在她姑姑家那边，虽然她不知道陈佳琪的姑姑到底住哪儿，但是显而易见，还是在这片区域内。

她想过，他要是骑车来学校，要么是坐公交车。

照今天的情况看，他应该是坐公交车来的吧？

看着他，周意的脚就像被粘了胶水，手中的单词卷子边角快被她攥烂了。

心底挣扎一番后，她不由自主地往后退了一步，将自己隐藏在了站台的广告牌后。

一辆又一辆的公交车停下，人潮始终不断，周意的脖子一点点泛红，摊子前的喧嚣也压不住她的心跳声。

僵持了一会儿，周意像只小乌龟似的，慢腾腾地探出了头用余光去看他，同时佯装自己刚下车，正打算往学校里走。

她没办法假装自己没吃早饭故意去买煎饼，如果他们不认识，如果他们上次在邮局门口没有说过话，或许她有这个勇气过去。

但这会儿，周意不敢想象，如果她走过去排队买煎饼的话，她是否要率先打招呼，两个人又要说些什么。

她本就不擅言辞，更何况是面对他。周意怕哪儿表现不好让他对她有不好的印象。

余光里，段焰还站在那儿，不知道同煎饼阿姨在说什么，脸上带着笑，眉目清亮。

就在感觉要对视上的一秒，周意握紧卷子头也不回地朝学校的方向走去，身后的烟火热气将她的后背灼烧。

进了教室，看见平日里见惯了的熟悉面孔，周意浑身的肌肉才逐渐放松下来，而刚才那个雾蒙蒙又明亮的车站早晨仿佛是一场梦。

陈佳琪等了周意很久，见她来了，把手上的卷子一甩，双手撑着下巴笑问："你在想什么啊，一幅心不在焉的样子，你周末写了吗？"

周意机械地从书包里掏要交的作业，满脑子都是段焰为什么会在那儿。听到这，周意不太明白地反问道："写什么？"

陈佳琪："哎呀，小说呀！难不成我还会问你周末写作业没？"

"这个啊……还没正式写，就想了想。"

"是不是发现写起来还挺难的？"

"有点儿吧。"

周意整理完作业，把叠成豆腐块的英语单词卷展开，边边角角被她指腹反复磨着，质量一般般的纸张起了毛，汗水稍微一浸，上头的字就模糊了。

陈佳琪催她："收齐了吗？收齐了你快去交作业呀，交完回来我再和你说。"

周意把卷子放一侧，揽过堆了高高一沓的语文作业，她数着，数完起身要走，像是一种习惯，她侧头朝窗外的林荫道上看了一眼。

依旧没有看见段焰，但她心里并不失落。

早上偶然的一眼让她觉得今天已经足够了，只不过她始终想不明白他为什么会出现在那边。

同时，她又问自己，这有什么好想的？

也许是他今天突然来了兴致想吃煎饼，也许是那班车提前或者推后来了，也许是她还没摸清他的生活规律。

周意以为这一天的运气在早上都用光了，她甚至都没特意在中午拖时间。

下课铃一响，她拿上零钱包，顺其自然地往校外走。

虽然还是习惯性在楼梯口下来的一群高三学生中寻找他，虽然知道不太可能，虽然知道要知足，但周意还是无法控制自己内心的期待。

陈佳琪挽着周意的手臂，仰着头看碧蓝的天际，梧桐阔叶的斑驳光影落到她脸上，她舒服地眯了眯眼。

陈佳琪说："还有三天就放假了，真好啊，只不过要考试。你说考就考吧，还不像期中期末考那样把所有课程都清空，月考还得上课，合着是在上课的时候抽空考个试啊。还要调课，没意思。"

周意扭头看她，顺带瞥了眼斜后方，高三高二的楼梯转角口似乎没有那个熟悉的身影。

周意回答陈佳琪说："因为每个月都要考啊，如果每次都像大考那样的话，课程进度会很慢的。"

"算了，还是想想国庆吧，只有这个让人开心。"陈佳琪说，"早上还没来得及问你呢，你主角的名字和书名取好了吗？我觉得写故事最开心的就是这两个了。"

周意摇头："还没定，周末花了点时间学别人的故事节奏和架构。"

"啊？这个还要学吗？"

"我想写的和你写的不一样，它可能没有很激烈的矛盾冲突和热烈情感，所以一定要设好卡点。"

"嗷嗷，那你什么时候写啊？我们一起啊，我打算写第二个故事了，我上个故事主角的孩子的故事。"

周意想了想说："国庆吧，这两天还是以考试为主。我对物理……没什么信心，我有点儿……"

"有点儿什么？"

周意的喉咙像是被哽住一样，她垂下眼，风拂过眼睫，很轻地说："有点儿后悔选物理。"

陈佳琪没听清，问："啊？什么？"

周意没有重复，只笑笑说没什么。

到了校外，周意问陈佳琪想吃什么。陈佳琪对"吃"不是特别在意，遇到新鲜玩意儿会想尝试，但如果随便吃她吃什么都无所谓。

高一的时候两个人都认为去校外吃很麻烦，所以吃了一年食堂。现在他们出来吃几天，感觉再也不想回食堂吃了。

陈佳琪目光扫着小摊，指了指最边上那个摊子，说："关东煮？吃吗？正好也比较热乎，你那个还没完吧？"

"嗯……"

"那就这个了，走走走，趁着现在人少。"

老板给了她们一人一个一次性杯子挑串，周意随便拿了几串喜欢吃的，陈佳琪有选择困难症，直到周意付完钱她还没选好。

周意想给后面的人让位置，捧着热乎乎的关东煮转身，身后不知何时站了人，还离她很近。

周意一句"麻烦让一下"还没说出口，便看见了一双早就刻在脑海里的白色球鞋。

顺着球鞋往上，段焰那张清隽的脸庞就这么闯入她的双眸。

还有站在他身上的两个男同学，一个带着友善的打量，一个似乎在憋笑。

周意脑子"嗡"了一下，目光在他们三个人身上转了一圈后迅速低下头，有点儿艰难地从边侧的狭小细缝挤了出去，呼吸时段焰身上那股清爽的香味钻进她鼻间，让她整个人更凌乱了。

她没走太远，因为陈佳琪还没挑好，她还要等陈佳琪。

几个小摊沿着马路摆的，一侧是他们的学校，一侧是拆迁留下的一片土地废墟，拆了挺长时间了，土丘高高低低，杂草丛生。从学校大门拐角出去就是繁华的街道，那边有他常去的炒饭店。

周意背对着他们，双手握着关东煮的一次性杯子，热气呼到她脸上，熏红了她的脸，视野之内绿油油的一片草地随着微风荡起了阵阵涟漪。

她的心怦怦乱跳。

人声嘈杂，有学生在问老板多少钱，有学生在让老板少放点辣椒，有学生在热烈讨论着喜欢的篮球明星。

而周意身上的每一个细胞此刻都在为耳朵助力，像一张过滤网，自动过滤了那些声音，然后敏锐地去捕捉段焰的声响。

老板在给他们发杯子，热情招呼道："爱吃啥拿啥，素的一块，丸子两块！来来来！"

段焰身边的胖男生好像终于憋不住了，有点阴阳怪气地说："哎呀，阿焰，我觉得这个适合你。"

周意听到段焰说："你是不是……"然后停顿了一下，接上，"有什么问题？"

胖男生笑得更乐了："想骂人就直接点，装什么文明好学生。我哪儿说错了，这什么素的荤的都不适合，就这根什么都没有的老光棍最适合你！赵纪，你说呢？"

那个叫作赵纪的男生应该就是另外一位吧。

他很配合胖男生，声音中似乎也含有笑意，说："感觉是和你挺搭的。"

段焰没搭理他们，应该是挑好了，但递给老板时又变卦了，说："老板，再加两串海带吧。"

明明没有盯着他们看，但是搭着声音却能完整地脑补出整个画面。

周意低眸看向自己杯子里的两串海带，呼吸一滞。

他也喜欢吃海带吗？还是看到她点了才临时加的？

他又是什么时候站在她身后的？为什么……她一点都没有察觉到？

他不是习惯晚出校门吗？为什么今天时间变了？

早上那点自作多情的想法现在又冒了上来。

好像那些不在她预料之中的相遇都会给人一种错觉，让人内心兴奋地觉得这是缘分，让人忍不住抠细节暗示自己，对方可能在故意遇见她。

其实如果她和段焰止于网吧那天，没有后续的送伞、网上聊天，没有上周五中午的对话，她是绝对不会往那方面想的。

周意盯着海带发呆的时候，右肩膀忽然地被拍了一下。

人在集中精神思考时被吓到反应会特别大。

周意止不住地一颤，一声尖叫刚发出，立刻被压了回去，手中的杯子颠了几下，汤汁洒出来些许。

陈佳琪没想到周意反应会这么大，连连道歉，赶紧掏纸巾给周意擦手。

她问："你刚刚在想什么，这么投入，没弄到身上吧？对不起啊。"

周意说着没关系，但目光往段焰那边瞟。他的朋友还在买，而他已经买完了，站在一侧吃，大概是听到了她们这边的动静，他一边咬着串一边投来了目光。

周意立刻收了纸巾，抓住陈佳琪的手腕，说："走吧走吧，我……我……突然想起我好像没有 2B 铅笔了，去陪我买一支吧。"

陈佳琪被快速拉走。

直到过了拐角，周意才放慢脚步。

沿街的旧墙裂缝似画，墙内几株不知名的树没人管，生得纤细又挺拔，绿叶窸窸窣窣地晃着，遮去一大半的艳阳。

沁凉的阴影让周意如释重负，她平复着呼吸，慢吞吞地拿起一串关东煮吃。

她喜欢吃素菜，家常菜喜欢吃各种绿叶菜，关东煮最喜欢吃海带和平菇，但是这个摊上没有平菇，所以拿了两串海带。

吃完一串，周意平复好心情，思绪又开始扩散。

他怎么会注意到她呢？

她刚刚短促的尖叫他听到了吗？

她刚刚的声音一定很奇怪。

看着第二串海带，周意不禁闭了闭眼，不轻不重地叹了口气。


这一天的巧合却不仅仅是如此。

周意花了很多时间去消化早上和中午的惊喜，理智告诉她这只不过是偶然，感性又让她抱有一丝期待。

而且他们还都点了两串海带，喜好一致。

下午的体育课，她带了作业去操场上，走到操场时习惯性朝高三一班的方向看了一眼。

一瞬间，她还以为是自己眼花了。

高三走廊栏杆一侧的柱子边，段焰倚着柱子，侧对着操场方向，姿态慵懒随意，似笑非笑地在和边上的人说话，一双澄亮黑眸似乎有意无意地瞟向操场。

因为隔得远，周意没有慌张，只装作是在随便看看，十分自然地把视线从高三一班转到了升旗台上飘着的红旗，然后视线再划过段焰，最后慢吞吞地收了回来。

有几秒他们好像对视了。

周意不敢确定，不过她再一次忍不住地想，他为什么会在那边？

之前上体育课她不记得他会在课间出来透气，他连早操都不会出，似乎是个不太喜欢动弹的人，只偶尔出现在篮球场上。

周意看了眼手表上的时间，距离上课铃响还有两分钟。

她真希望这两分钟能慢一点，再慢一点。

陈佳琪盯着篮球场上奋战的男生说："你看看他们，那正儿八经的样子，好像月考后要比的是 NBA（美国职业篮球联赛）一样。"

周意象征性地看了一眼，略有点敷衍地说："男生嘛，都喜欢打篮球。"

说完，她再次偷偷看向段焰，他还在那边，不过身边多了那个胖男生，胖男生抓耳挠腮，神情激烈地对段焰说着话，不知道在说什么，但感觉像是在抱怨段焰。

男生间的情谊似乎很简单，即使嘴上骂着，但是眼神里丝毫没有那个意思，这种闹腾好像成了学生时代放松的一种方式。

她看见段焰慢悠悠地打开水瓶盖，仰头灌了一口，低头拧盖子时他忽地侧过头朝她这边看来。

周意庆幸还好是这样的距离，她只用动动眼皮就能掠去他的注视，而不用低头或者转身这种大幅度的动作去掩盖，不然一定很明显。

铃声响起，操场上散着的学生逐渐聚拢，周意和陈佳琪找到自己的位置排好，队伍面向教学楼。

她藏在人群中凝视着他的方向，只见铃声响了他还没进去，嘴角勾着笑，把矿泉水瓶扔胖男生怀里，然后他又朝底下看了一眼，不慌不忙地从后门进了教室。

周意注意到他的一个细微动作，他进教室后似乎没有走很远，在后门的位置停顿，伸手拉了椅子。

她推测他应该和她坐的位置一样，第一列最后一排靠窗靠后门。

她轻轻笑了一下，心里想着：座位、海带。

简单跑了两圈后体育课解散，她和陈佳琪找了靠墙的老位置坐下。

她从校服裤袋里掏出卷子，叠了两次，搁在膝盖上写。

陈佳琪分享给她一只耳机。

一个听歌写做作业，一个听歌发呆。

周意做完题留了点时间和陈佳琪聊天。她很喜欢和陈佳琪说话，陈佳琪总是天马行空，谈起以后的时候仿佛未来必定会璀璨一片。

可谈天说地也没有让周意澎湃的心平静下来。

她心底总是有许多情绪在翻涌，揣测着自己对他而言是否特别。

可不久后，周意发现很多事情有好的一面，也会有坏的一面。

月考的这几天和国庆后的一个多星期，周意和这天一样，能在车站的早餐摊看见段焰，午休时能在奶茶店、文具店、小摊、饭馆、小超市频繁地遇见段焰，能经常看见他倚着栏杆和同学说笑。

时间的累积让她越发膨胀，心里头有一万个小人在怂恿她去大胆揣测。

国庆时父亲林厚中回来了，周意找了个要用计算机的借口问林厚中借了手机，登上号后虽然之前的聊天记录都没了，但段焰两句长长的话让她很难不去幻想。

她把自己接触到的作文比赛写在纸上，确保没有遗漏后，认真地一字一字地敲下发给段焰，然后又因为他的一句"我好像知道你去年作文拿了第一"而趴在床上偷偷脸红。

他看过她的作文吗？还是因为一些偶然的情况知道了？

不管是哪点，都让她觉得自豪，像是小学时第一次被老师当众读作文时的感受。

幼稚的开心。

而且，他曾经比她厉害多了。周意觉得这是个不错的话题，可她不能说他过去的话题，一是太冒犯，二是她不能让他知道她有去了解他。

她小心谨慎地在线上说了几句关于作文的话题。

国庆假期的最后一天，周意又找了个借口问林厚中借手机，上了号，她发现段焰有再次回复她，并且字里行间没有丝毫敷衍。

那一刻，周意觉得两个人的关系更进一步了，像是志趣相投的网友。

也许是有了动力，周意在国庆期间把纸质的小说稿子写好了，只等用电脑编辑好发送。

聊完作文，她和段焰约上学后的第一个周末去趟网吧，让他帮一下忙。

段焰说：周六周日都行，我等你。

国庆后开学，周意每每遇见段焰就会抑制不住心跳，也不敢近距离多看他一眼，两个人虽然没当面说过话，但擦肩而过又或者前后排队时，都让周意很享受。

而周三下午的篮球比赛一下子把她从云端推落。

她班级周三本来是没有体育课的，但是老师们为了履行承诺，调整了各班的体育课时间，把他们的心理课和周四的体育课对换，和高二二班进行篮球比赛。

她听到这个消息后，周二一整晚都没睡好，因为这意味着她将会和段焰一起在操场上待四十分钟。

可这节体育课却成了周意注意到赵嘉的一个开始。

国庆后的周一、周二，老师们花了点时间集中讲了月考的卷子，周意依旧排名第一，但她看着自己的物理试卷还是发愁。

她的物理分数不算高，是这次语文阅读理解难度比较大，她语文方面的优势让她和其他同学的分数拉开很大，这才有了看上去不错的分数距离。

物理课上老师讲题的时候，周意发现有好几道题她不应该错的，不知道她自己做题时在想什么，为什么思路会没跟上。

而且纵观下来，她还是觉得物理在高三会成为她的一道大坎。

周二下午班主任讲完课，特意留了十来分钟预备说点别的。

班里的男生早已望眼欲穿，周意盯着自己的卷子，没太注意他人的情绪。

班主任缓缓说道："你们这次还算争气，希望你们每个月都能有这种士气。当然了，老师也会遵守承诺，昨天已经和其他班主任商量好了，你们要的篮球比赛从明天正式开始，咱们班是第一个。因为这次月考咱们班级排名第一，最后会给我们一场加时赛，放开去玩吧，知道了吗？"

底下有人喊道："明天？明天什么时候啊？"

班主任笑着说："明天下午你们不是有节心理课嘛，把那节课和周四的体育课对调，明天下午第二节课二班正好是体育课。"

周意握着笔的手僵住，在教室的一片欢呼狼嚎中，她的心好像也被感染了一样，因为这次考试而蒙灰的心情忽然变得明朗起来。

她下意识地抬头看向窗外的操场，远远望去，仿佛已经能看见明天篮球赛的情景。

她喜欢这种混在人群中光明正大看他的感觉。

因为这个插曲，周意觉得那节被月考霸占了的心理课也不亏了。

这个十月应该会好运的。


下课后，陈佳琪转过来絮絮叨叨地说："这次考试没考好，我回去又要挨批，要是我期中考试还没考好，开家长会的话肯定又是一顿批。"

周意安慰她："我物理也很一般。"

"就你这个一般还是班里第一呢。"

"可我这个成绩拿去和市里比的话，应该不堪一击。"

"也是，考大学又不看你班级和学校排名，看的是一整个城市的排名。"陈佳琪叹了口气，看了眼班里热血沸腾的男生，压低声和周意说，"盼星星盼月亮，他们终于把篮球比赛盼来了。希望他们能打好点吧，打好了老班要请我们看电影吃肯德基呢。"

周意对这些没什么感觉，笑笑说："希望吧。"

隔壁的萧宇和玩好的男生热烈讨论了会儿明天的篮球赛，忽地转过头来看周意，却不料对上了陈佳琪的眼睛，他没躲开，玩着手里的作业本。

陈佳琪说："你看什么啊？"

萧宇挑了下眉，没回答，慢吞吞地把头扭过去，继续和同学聊天。

陈佳琪嘟囔道："看把他们给嘚瑟的，估计接下来的课都没心思上了。"

周意抿了下唇，心想自己也没什么心思上课了。

她悄悄抬了点眼，然后心虚地转移话题道："你的投稿一个都没回复吗？一个都没有吗？"

"啊？哦……我都不想说这了，一个国庆过去感觉已经对这个没什么兴趣了。仔细想想，我写的故事烂得很，怎么可能被选上。你写的故事就很好啊，特别流畅。"

陈佳琪一拿到周意的稿子，花了一个午自习就看完了。

周意的字娟秀端正，看起来一点都不费劲。

虽然不是她常规看的那种大起大落的爱情故事，但是少女情窦初开的感情真实细腻。

她中午还打趣周意呢，说周意是不是暗恋哪个班的男生，那种细腻的心思写得这么真。

周意听到陈佳琪又提起她写的故事，更加心虚了。她还没打算把内心的秘密告诉陈佳琪，也是为了不让陈佳琪或者是别的什么人看出什么端倪，周意在故事中将主角形象稍稍做了改动。

故事里，女主角偷偷喜欢隔壁班的一个男生，她第一次遇见他，他被老师罚在楼梯间扫地；第二次遇见他，是他在操场上奔跑打篮球；第三次遇见他，是他们在中午去校外的林荫道上。

另外添加了一些复杂的人物关系，比如女主角有个双胞胎姐姐，男主角以为女主角是这个姐姐，最后男主角发现认错了人，原来他一直喜欢的是女主角而不是女主角的姐姐。

一个她已经尽力复杂化却写尽自己心事的故事。

陈佳琪问："对了，那你周六去网吧还是周日去啊？我也想去。"

周意讶然："你去那儿干什么？"

"玩啊。"

周意想到她和段焰的约定，以及他对她的放水，她摇摇头，轻声道："感觉他那边查得还是蛮严的。"

"那他怎么就放你进去了？"

"嗯……他其实还是挺好的，听到我要写作文就对我宽容了一下。"周意边说边观察陈佳琪的神情。

陈佳琪做思考状：“不行，我还是对他有童年灰色滤镜。算了，我也只是随便说说，要是被我奶奶知道我去网吧，不得打断我的腿。”

周意点了下头，想着既然都说到段焰了，不如再稍微从陈佳琪这里套一点，关于他小时候的事情？

这么想着，一些话便到了嘴边。

周意整理着桌上的卷子，故作随意地问：“他小时候可能是有点顽劣？但对你们都挺好的吧？我看着他不太像那种……”

陈佳琪说：“那当然，他肯定不是那种十恶不赦的人啊。其实说起来，他小时候对我们一起玩的几个朋友确实不错，但我就是很讨厌他那会儿不救我嘛，要是那是一条毒蛇呢？”

“你们那会儿多少人一起玩啊？我小时候都没人玩，周围没有同龄的小孩。”

“四五个。我姑姑家那边小孩还是挺多的，所以我小时候寒暑假很爱去她家玩。而且都是姑娘，我特别喜欢和她们一起玩洋娃娃。说到这个，啧，他那会儿一天要扮三次新郎呢，因为只有他一个男孩。”

周意脑海中瞬间浮出画面，有点滑稽，又有点……嫉妒。

嫉妒……

周意压好整理完毕的试卷，瞬间觉得自己太幼稚了，怎么会连童年的事情都有点吃醋呢。

陈佳琪丝毫没有察觉到周意的异样，滔滔不绝道：“他小时候可会招蜂引蝶了，就和现在一样。我承认他是长得不差，又有不羁的灵魂，搁小说里头确实是男主角的料。但是你不觉得他很像是那种渣男吗？对谁都挺好的，对谁都笑。”

听到后半段，周意心底有些不认同。

她试探地说：“上回我听张嫒她们说他没谈过恋爱啊，不至于吧。”

“这你也信？反正我不信。我这几天好像总是碰到他，你可能没注意，我可注意到了，他笑起来就跟只花蝴蝶一样，就这种孔雀开屏的模样绝对是发情了。”

周意愣了一下，然后“扑哧”一声笑出来。

陈佳琪也笑，说：“你笑什么啊？我说的是实话。”

周意笑得停不下来，按着肚子摆摆手说：“第一次发现你说话这么毒舌，还怪有趣的。"

晚上回到家后，周意想到一次陈佳琪的形容就笑一次，笑陈佳琪的幽默用词，笑好像他离她的猜想越来越近了。

在床上打滚够了，周意撑着爬起来，把第二天要换的校服仔仔细细检查了一遍，她怕哪儿没洗干净。

检查好衣服，她在几个发圈里左挑右选。

她平常对发圈不是很在意，从前用的都是最简单的黑色皮筋，和陈佳琪去小商品店去多了才开始买一些带装饰的。

最后，她还是挑了那个常用的。

倒腾了一阵，周意蹲在地上，盯着干净的白色帆布鞋发呆。她戳了戳缠绕在一起的鞋带，小声地自言自语道："你有喜欢我吗？"

第二天，不只是周意心不在焉，整个班的同学都有点迫不及待。

体育委员组织了女生做啦啦队，为男生们打球摇旗呐喊，周意不想参加，她怕到时候得一直待在篮球场那边。

因为他们被占了篮球场，段焰他们也许会去踢足球，也许会找个阴凉的地方坐着，也许会去小卖部，她不想离他太远。

可无奈她是班长，体委让她起个带头作用。

在周意还没点头答应的时候，萧宇拍着篮球说："班长，你应了呗，你可是我们班的顶梁柱。你站在那儿，我保证我们班今天把二班杀个片甲不留！"

周意说："你们本来就打得不差啊。"

萧宇笑了："你看过我们打球啊？"

周意诚实地摇头："看不太懂，不过你们投篮总是能投进。"

萧宇抓住弹跳而起的篮球，笑意更深了："其实也就这样，和段焰比还差很多呢。"

他说段焰名字的时候似乎放缓了速度，周意眼皮一跳，但一点小异样很快被忽略。

她没回答萧宇关于段焰的事，对着体育委员说："那只要开场稍微喊几句就好了吧？"

体育委员疯狂点头。

下午第一节课的下课铃一响，他们班和隔壁班忽地爆发出一阵骚动，高个的男生齐齐挤满走廊，整齐划一，浩浩荡荡地往篮球场走，篮球在他们手里上下跳动，砸着楼板，"咚咚咚"的，仿佛一场战役打响了。

周意喝了口凉水，特意拉着陈佳琪去了趟厕所，她对着镜子照了又照，确认无误后，迎着炽热的风下楼。

她心底不断地想，段焰今天会认出操场上多的班级是她们班吗？他看见篮球场被占了不会直接回教室吧？

踏入操场后，周意在篮球场黑压压的一片人群中寻找段焰的身影。

她环顾一圈，终于在篮球场靠墙的那一边，看见了他。

他和他的两个朋友靠着墙站着说笑。他嘴角勾着笑，他这样笑的时候身上那种混不吝的味道就会跑出来，就如陈佳琪说的，放荡不羁。

放荡不羁，双眸却是澄亮的黑。

隔着人潮，日光耀眼，他像是感应到什么，正眸朝她的方向看来。

周意的心猛然一颤，她不慌不忙地装作要找人，向后看，然后无法控制地、缓缓地扬起一个笑。

周意不敢再看他，一路低着头走。

等她走到那边，篮球场上空响起短促的哨子声，体育老师站在场地中间，刻意提高音量说着规则。

离得近了，周意习惯性地先看了眼段焰。谁知，他好像一直在看她，两道视线交汇在一起，她心虚地立刻挪开眼睛，转头和陈佳琪说话。

她让陈佳琪一起帮忙清点班里女生的人数，看看到场的有多少个。

刚刚体育委员说让女生一起充当啦啦队，可这会儿铃还没打，有些还没下来，但看体育老师的意思，他讲完规则就要开始比赛了。

篮球场边上挤满了人，打了声招呼后，硬生生给两个班级的女生让出了两排位置。

周意站在自己班的女生面前，背对着段焰，只觉得后背火辣辣的。

他刚刚是一直在看她吗？应该是巧合吧？

没时间细想这些，她看着眼前的情况，有些踌躇地看了眼体育委员，满眼写着等会儿气势不足怎么办？

体育委员已经投身比赛队伍中，萧宇就站在他边上，萧宇感受到周意的意思，双手叉腰，笑得特开朗。

萧宇大声喊道："班长，拿出你考试时的气势，你放开了喊，喊好了我等会儿给你连投十个三分球！"

此话一出，他和周意成了场上的焦点。男生女生一阵起哄，不过不是那种感情上的起哄，而是再难复刻的，独属于青春的欢呼。

周意的脸迅速变红，她不在乎别人有没有在看她，她只在乎段焰有没有在后面看她。

如果她等会儿喊得不好听怎么办，如果等会儿她喊的样子太糗怎么办？

胡思乱想着，班里看比赛的同学顺着萧宇的话纷纷说："班长，大胆喊，我们要看萧宇是不是吹牛！"

周意没忍住，笑了出来，肩膀微微抖了一下，心中的紧张缓和了不少。

哨声长鸣，体育老师抬起的手快速落下，球从他手里发出去，萧宇跳得最高，一把抢下球。

周意看了眼后，清了下自己的嗓子，尽量字正腔圆地喊道："高二一班！超越极限！团结必胜！"

女生们早就在等她发布口令，周意一脱口，她们双手做喇叭状抵在嘴边，大声把口号重复了五遍，末尾还带疯狂的尖叫，其中数陈佳琪最疯狂。

这是周意第一次看见陈佳琪这么热烈的一面，她的眼里有光有火，像是要把嗓子喊破才甘心一样，明明不久前才吐槽男生们打篮球的事。

周意的目光扫过眼前的同学，看着他们沸腾的模样，她忽然好像有一点理解为什么少年们对篮球如此着迷。

那去年段焰他们比赛，他们班的女生也是这样的心情吗？如果……现在在篮球场驰骋的是段焰的话，她也许会控制不住地和陈佳琪一样疯狂吧。

但也许不会，太疯的话等于把心事摊在其他人面前了。

那现在呢，他还靠在那儿吗？他……是打算待在这儿看这场球赛吗？

她刚刚应该喊得比较正常吧？

这么想着，周意缓缓走到陈佳琪身边，头也不敢抬地盘腿坐下，装模作样地把快松散的鞋带系一下，白色鞋带在她手里缠绕抽拉，每一下都刻意放缓。

周意用余光虚觑着段焰那边，篮球场上少年们身影交错，而段焰还是呈那个姿势靠着围墙。

她微微悬着的心悄然落地。

如果这节课能保持着这样的距离，能借着看比赛看他，那这节课可能是这个学期最开心的一节体育课。


### 3. 那个女孩

高二二班喊完口号后，火热的气氛达到高潮，大家都目不转睛地盯着球场，恨不得两个班级立刻分个高下。

周意右手撑起脸颊，目光游离在篮球和段焰之间。

他没有再朝她的方向看，而是一直在看比赛，目光随之而动，偶尔侧低点头和身边的同学说些什么，眉眼飞扬，一看就是在和同学讨论篮球。

他那样不羁又倨傲的人，也许在和同学说：刚刚那个球到手都跑了，真不行，还不如我一根手指头。

周意幻想着，不禁轻轻笑了下。

陈佳琪很自然地勾住周意的胳膊，将头靠在周意身上，另一只手伸在额前挡阳光。

陈佳琪说："看不出来啊，萧宇他们好像还不错呢。"

周意逗她："看不出来啊，你挺会喊口号的，早知道让你带头了。"

陈佳琪脸有点热："这不是激动嘛。不知道为什么当二班的女生站在边上时，我有种一定要打倒敌人的觉悟，可能这就是中华儿女骨子里的热血！你这个口号不错啊，还挺顺。"

"那我刚才……喊得还行吧？"

"嗯，不错啊。"

周意点点头，心里头更放松了点。

她很怕自己喊劈了、声音拐弯了，又或者发出像上次在关东煮摊前那一声难听的尖叫。

在他面前，哪怕是一点点的细节，要是没做好，她回去后都会后悔很久，会觉得真是丢脸丢到姥姥家了。

陈佳琪从口袋里掏出一条咖啡味硬糖，塞了一颗进嘴里后，又给了周意一颗。

糖的甜味混着热朗的阳光，整个人仿佛轻得都要飘起来，被试题折磨了一天的疲惫感被一扫而光。

周意叠着糖纸的包装，问陈佳琪："你什么时候买的？"

"从家里带的，揣口袋里给忘了。都怪今天太忙了，个个老师都要占下课时间。还好只化了一点点，要是天再热一点，怕是要完全化开，到时候我这条裤子都废了。"

周意笑，将糖纸随手叠了一个小爱心，叠完后，她往四周随意一看，却被段焰那边的情景吸引了目光。

在清一色的男生中，不知何时段焰身边站了个女生。

女生剪着时下流行的波波头，杏眼圆脸，笑起来可爱又清纯，只不过她的腿好像受伤了，一截校服卷起了一些，露出底下缠了纱布石膏的腿。

段焰身边的两个朋友也不知何时不见了。

女生贴段焰贴得很近，似乎想和段焰说话，轻轻拉了下段焰的衣角。段焰正投入地看比赛，应该是感受到了动静，侧头看向女生。

女生笑了下，抬手示意他把头低下。

她做招手动作时手上的红绳微微滚落，红绳上头的一个小挂件在阳光下晃荡。

段焰没有立刻低头，他似乎在用眼神询问女生，女生依旧笑着，一把握住他的手臂，借着力顺势将他往下拉。

她凑在他耳边不知道说了什么，他的眼神一下子变了，从刚才的平静不解变得柔软有笑意。

他慢慢直起身子，挑着眉，不知道和女生说了什么，女生笑得更开心了。

只一瞬间，横在眼前的少年们都成了背景板，周意的瞳仁自动将他们虚化，只有段焰和女生说笑的样子不断在她脑海里加深。周意的呼吸短暂地停了几秒，脸上淡淡的笑意在无形中逐渐褪去。

周意想挪开目光，但狗血的情节不断往上堆积。

他们边上路过一个男生，不小心撞了一下女生，而女生可能因为刚刚和段焰说话，身体重心有点偏，一撞，她没有防备地要摔倒。

段焰眼疾手快地扶住女生，把人扶正。

女生的头发遮住了她大半张脸，等她反应过来，把头发往耳后别，那张涨得通红的脸便露了出来。

女生看着段焰，眼里有光，她说"谢谢"。

这两个字的口型很好认，周意在他们的对话里也只明确判断出了这句谢谢。

段焰看着女生的伤腿，在说什么，应该是在关心她。女生摇头，然后……她再一次抓住段焰的胳膊，指了指双杠那儿。

段焰任凭女生搭着自己的手臂，很缓慢地一步步陪女生走到双杠那儿。

那边离篮球场有点远，周意看他们得扭头。她只看了一眼，这一眼，她又看到段焰在对女生笑，笑得仿佛夏天永远晴朗。

她没有心情去看比赛，只盯着眼前的一小块地看，能清晰地看到塑胶因时间累积留下的裂纹，歪歪曲曲。

手中叠的小爱心轻轻一捏，对折成了两半。

尖锐的包装纸直戳她的指腹，周意紧紧按着，篮球场上的弹跳声像极了她的心跳，重而杂乱，燥热的风扑面而来，堵得她无法呼吸，整个胸腔像是灌了酸梅酒，从里到外都透着涩。

大概是谁进了个三分球，身边的女生忽地尖叫起来。陈佳琪也是，一把抓住她的手，激动得就差跳起来了。

周意想努力听清到底是谁进了个三分球，但那些声音就是钻不进耳朵，刚传到她耳边就被热风裹着远去。

眼前一切都变得模模糊糊。

刚才的一幕幕像电影的快进回放，反复在周意脑海里放映，她试图给那个女生和段焰安一个普通的关系，可就是说服不了自己。

因为那个女生的眼神、她的样子，周意都太熟悉了，她能百分百肯定那女生喜欢段焰。

她脑海里不由得闪过上回同学说，他不打算谈恋爱，也闪过昨天陈佳琪说的，他对谁都挺好，对谁都笑。

是这样吗？

是这样吧。

他不打算恋爱不代表他没有喜欢的女孩，不代表他遇见了喜欢的女孩不会改变原则。

他也确实是个对谁都不错的人，如果不是，她去网吧时他根本不会帮她。

他和她的聊天、遇见，也许只是他生活中微不足道的一部分。

是她把这些过度遐想了吧。

咖啡味的硬糖在舌尖融化，甜味之下，若有似无的苦如潮水一般将周意吞没。

第一次，又是一个第一次。

周意第一次尝到从高空坠落，心脏失重的感觉。


段焰送完那个女生，慢悠悠地走了回来，他原本的位置没人占，他重新站到那里，神采飞扬，漆黑的瞳仁似璀璨星河。

从他出现在余光里开始，周意便无法自控地朝他看去。

明明刚才还想逃避，她试图不去看，然后做一只鸵鸟，可他和那女生在一起的画面已经在脑海里定格，她无比想印证自己的猜想，又无比想反驳自己，

夏日焰火

也许她没有过度遐想，也许刚刚的一切才是她的遐想。

可此刻他这种愉悦的表情让周意再也没有力气去反驳自己，舌尖上的糖果融成一个圆薄的小片。她分神的瞬间，糖果尖锐的边缘划破舌头，血腥味立刻充斥整个口腔。

周意微微咽了一下，吞下这复杂的味道。

她不再去看段焰，刻意把注意力放在比赛上，但每一次篮球被从右场运到左场，她的视线顺着移过去时，总会不自觉地看向段焰的身影。

几回下来，周意快要撑不住，她把糖纸揉成一团，尽量平静地和陈佳琪说："我去趟卫生间，你看吧。"

陈佳琪沉浸在激烈的比赛中，蒙了一会儿，说："啊？我陪你去吧。"

"不用，没事……我自己去，我一会儿就回来。"

周意按住陈佳琪的手，自知自己的反应有点奇怪，补充道："你和我一起去了，等会儿错过精彩片段怎么办？你帮我看着。"

"也对，那你快点啊。"

"嗯。"

周意起身，为了不挡后面人的视线，她低着头，快步从最边上挤了出去。

逃离了人群，她深深吸了口气，但胸口依旧不畅。

她看着地上自己的影子，思绪凌乱，又觉得自己狼狈万分。

正是上课时间，卫生间里没人。可能是习惯，也可能是安全感，周意没去一楼，上了楼梯拐去了常去的二楼卫生间。

她自始至终没有回头看一眼操场，也没有看向段焰。

她把糖纸丢在了垃圾桶里，打开水龙头洗手。

凉爽的水徐徐而下，周意洗得很慢，她搓着叠糖纸的指腹，上面若有似无的黏腻感好像怎么都洗不掉。

用了点力后，水花溅了一下，一两滴落在了她脸上，冰凉的触感让她忽地停了下来。

周意沉了下气，关了水龙头，抬手，用指背轻轻刮去脸上的水珠。

一下，两下，第三下的时候，她的手停在了下巴那处。

凝结在水龙头下的水珠渐渐变大，眼看着要坠落，周意回过了神。

她看了手表一眼，距离下课还有半节课的时间。

她要回操场吗？

周意转身，靠着洗手台，目光漫无目的地游走。

这三层楼的洗手间是在他们上正仁的前一年新装修的，设计得特别人性化，有女学生和女教师都喜欢的整面大长镜，瓷砖颜色干净温和，把上厕所和洗手的两个地方做了明确的区分。

以前总是匆匆而来匆匆而去，周意头一回注意到她正对着的这面墙上还挂着一个小牌子，上面写着：青春有限，美丽无限。

很不按常理出牌的标语，但周意笑不出来，她盯着那几个字看了很久，心底想着：粉色描边字，右下角有个卡通画……段焰……段焰……

段焰……他喜欢那个女生吗？

应该是喜欢的吧？

篮球场上又传来一阵欢呼声，震耳欲聋。

鼎沸的人声却让周意心里头更加乱，像一张覆在心脏上的网，越收越紧，隐隐作痛。

她昨天这会儿还很开心地想，十月会好运，之前被月考霸占了心理课一事也可以被谅解。

可她现在真想回到昨天，回到还有自知之明的时候。

其实仔细想想，她国庆的时候和段焰短暂地聊过两次，第一次正儿八经地聊了作文比赛，第二次拜托他帮忙，言语之间并不存在任何暧昧和暗示。

倘若他们的聊天记录给别人看，别人指不定多瞟一眼的兴趣都没有，因为普通到不能再普通。

可他说的每一个字、每一个标点符号都能让她浮想连翩。因为他一句简单的询问，周意刻意美梦一整晚，因为他的一句"我等你"，便觉得自己于他而言是特殊的存在。

所以，她不能怪段焰，不能埋怨他为什么要对那个女生那样子笑，不能埋怨他为什么对她也那么好。

他只是顺手帮了那个女生一把而已，只是像和正常同学聊天一样和那个女生聊天罢了。

是她把细节放大，任由心中的渴望将其雾化，从而发酵出许多错觉。

这只是一场自己给自己编织的梦罢了。

而他也有权利对别的女生笑、关心别的女生，如果他喜欢那个女生，那么他更应该这么去做。

能和自己喜欢的人在一起说笑打闹一定特别开心吧。

她见过段焰站在楼道里和主任顶嘴时讥讽的笑，见过他和同学插科打诨时漫不经心的笑，见过他在网吧里和客人、和老板闲谈时随和放松的笑，见过他和她说话时客气又拽拽的笑，唯独没见过他那样的笑。

像心事被戳中一样，他有点局促，欲盖弥彰，又根本抗拒不了，然后露出一个炙热明亮的笑容。

用"春风得意"形容最合适不过。

他会不会像她一样，因为和在意的人说了话，晚上会兴奋得难以入眠？

他会不会像多数故事里的男主角一样，给那个女生打热水，玩她的头发，讲笑话逗她玩，故意欺负她，把人惹生气了又厚着脸皮去哄她？

他们是同班同学，也许是前后桌，也许是同桌，如果靠这么近的话是不是每天还会有很多她想不到的小故事呢？

那么，那个女生呢？

那女生的眼神和举止明明说明了她是喜欢他的，他们为什么没有在一起呢？

是在暧昧期，还没到表白的那一步吗？是要等到高考后吗？

是吧。

真好……

真不好……

大概是盯着那块牌子久了，周意的眼睛有些酸，她缓缓眨了下眼，眼睛却更酸了，喉咙里像卡着一根鱼刺，上也不是下也不是，稍稍一动，喉咙就会有刺痛感。

她知道自己不该那样想，可是有那么一瞬间，她脑海里不由自主地涌出一个念头。

如果她是那个女生就好了……

或者如果她和他是同班同学就好了。

如果她和他在一个班级，她早点认识他，会不会有所不同？

但这些想法转瞬即逝，她知道，这些不过是自己的嫉妒心在作祟。

她多小气，连他小时候一天扮三回新郎都不开心，嫉妒每一个能和他玩过家家的女孩子。

最开始的时候，她还嫉妒陈佳琪和他是青梅竹马。

那个女生，看起来也比她好太多。

那个女生能驾驭理发师不让她剪的短发，圆圆的脸，但不显胖，皮肤白且健康，清澈的眼睛像含了春水，笑起来清纯动人。

那个女生似乎比她矮一点点，是大多数男生钟爱的身高，小鸟依人。

而且那个女生比她会打扮，天气热，那个女生会把校裤的腿微微卷起一些，露出的脚踝上戴了脚链，在阳光下，闪着星星点点的光。那双厚底的帆布鞋明明只是一个简单的纯色，但穿在那个女生身上就是格外的突出好看。

有些人，天生在人群中就是瞩目的。

比如，那个女生和段焰。

而她自己呢，和那个女生是截然相反的类型，偶尔因为失眠熬夜还会状态不好，即使她认真打扮自己，可和那个女生比起来，还是差一大截。

她能比过那个女生的，大概只有学习。

在这个躁动的年纪，哪个男生会仅仅因为一个女生学习好而喜欢她呢？

连她自己喜欢段焰都不是因为学习的好坏，究其原因，她的一见钟情百分之八十是因为段焰有一张让全校女生痴狂的脸。

所以就算她和他是一个年级一个班级，大概也不会有结果吧。


"周意？"

突然，门口传来陈佳琪的声音，人未到声先到。

周意从复杂的思绪里抽身，收敛了下情绪，快速转过身，打开水龙头装作在洗手。

陈佳琪进来的时候就看到周意在低头洗手，她一点都没察觉出异样，快速奔向里头的厕所。

她边上厕所边说："你怎么在二楼啊？我刚还在一楼找了你一圈呢。你怎么上这么久啊？你走了之后我们班就不行了，被二班超了七分，七分呢！气死我了，萧宇还大言不惭地说投十个三分球，光会吹牛。"

冲完水，陈佳琪挨过来，洗手。

她看着镜子里的周意，轻轻道："欸，你在发什么呆啊？你不开心啊？"

周意回过神，知道自己又神游了。

她摇头。

陈佳琪洗完甩甩手，抽了张纸擦手。她想了一圈，没想明白周意怎么突然情绪低落，明明刚刚还很开心。

如果说是因为考试，那不应该啊，前两天分数出来的时候周意虽然叹气，但神态是平静的。

陈佳琪没有再问，装傻充愣地挽着周意下楼。

但她敢肯定，周意有秘密了。

这场翘首以盼的篮球赛最终萧宇他们如愿以偿地赢了。篮球赛结束后，一帮子男生汗涔涔的，从操场走到教室，浩浩荡荡，是整个校园的焦点。

陈佳琪发现后半场周意兴致都不高，她甚至都没怎么看比赛，一直垂着眼盯着地面发呆，就差把"心事重重"四个字写在脸上了。

她不找话题聊，周意也不主动说话；她说点什么吧，周意的回答又有点敷衍。

她很想问周意，你到底怎么了？

可直觉告诉她，不能问，答案似乎会涉及她们从未展开过的领域。

陈佳琪知道自己性格比较大大咧咧，但她也是女生，也有过些小心思。

她甚至把篮球场上所有记得的画面都回忆了一遍，比如萧宇连投三个球都进了，而隔壁班的主力体育委员没拦住这三个球；比如站在她们旁边的班里的男学霸，和隔壁班的班花聊了好半天；比如站在她们对面，那个传说中很帅的小学弟挖了下鼻孔。

到底是哪个画面，哪个人让周意一下子陷入了情绪低谷？

思来想去，她觉得最有可能的是班里的男学霸。

虽然他学习成绩没周意那么厉害，但是周意喜欢一个人的话，肯定会喜欢聪明的。

就像看小说，周意总是喜欢聪颖温柔的男主角，什么打篮球厉害，什么长得帅都是非必要选项。她说过的，她觉得人格魅力比外在更重要。

周意什么时候喜欢上男学霸的陈佳琪无从知晓，但是她特别能理解，因为喜欢一个人总是莫名其妙的。

她不想多问，只想怎么安慰一下周意，也等着周意能主动和她说一说。

可惜，效果甚微。周意会笑，但笑得心不在焉；周意会和她说话，但都是顺着她的话说的，旨在为她解决烦恼和问题。

这种状态持续了很久。

第二天周四，周意忽然不愿意去校外吃饭了，两个人又改回去食堂吃午饭。

有一个瞬间，陈佳琪突然明白了好多事情。

比如，周意为什么突发奇想去做头发；比如，周意为什么突然想去校外吃饭，又为什么要写暗恋的故事。

因为跟男学霸说话的隔壁班花就是一头柔顺的长发，男学霸就喜欢去校外吃饭。

其实那几天，周意沉浸在杂乱的思绪里，自己不断推翻整理，只要是休息时间她就试着去调整自己，换而言之，她还挣扎在段焰和那个女生交谈的情景里，她没有注意到陈佳琪各种暗示的话语。

在她眼里，陈佳琪还是和平时一样，说着自己的一些小烦脑和看到的精彩故事片段。

什么有个邻居姐姐暗恋了个男生，那男生不喜欢她，后来她嫁给了一个比那个男生好一百倍的男人；什么昨天看了个小说，讲的是她们这个年纪的恋爱，不会有什么结果，男生都幼稚得很。

周意一笑了之，但周六晚上写日记的时候，却无端想起了这些。

周三之后她没再碰过日记本，好几次试图落笔，但一回想起段焰和那个女生说笑的场景，好似连下笔的勇气都没有了。

这个日记本如果出现第三个人的名字，那记录的就不是她的故事了。

就像她总是难以自控地幻想段焰和那个女生。

他们两个今天说了什么话，发生了什么，他们私下聊天会聊什么？

她把自己能想到的情节都堆在他们身上，然后止不住地失落、难过、羡慕、嫉妒。

她在食堂遇见过那个女生。那个女生腿脚不便，身旁的好友帮她打饭回来，她弯起眼睛笑眯眯地说谢谢，她饭前会喜欢喝点汤，好友说了什么好笑的东西，她会用手背抵着嘴笑个不停，看起来开朗简单。

周四，那个女生穿了一双浅绿渐变色的帆布鞋，清新独特。

周五，那个女生换了一双没有鞋带的手工涂鸦帆布鞋，脸上架了一副黑色无框圆形的眼镜，是当下流行的款式。

她听见别人叫那个女生"赵嘉"。

好像连名字都不落俗套，简单又可爱。

她知道，自己是成为不了赵嘉的。

事情过去了三天，周意觉得自己已经有点接受这个事实了，不管怎样，那个女生的出现始终都是她喜欢段焰的过程里一个必不可少的人物。

当她想记录下的时候，陈佳琪说的东西忽地在脑海里浮现。

以后她会遇到一个更好的男生。

青春时代的恋爱不可靠。

也许吧。

也许以后等她上大学或者工作时会遇见一个她喜欢的，也喜欢她的人。

可以后她还会这么喜欢一个人吗？

还有这个年纪的爱情不靠谱的话，是不是意味着段焰和那个女生也不一定能长相厮守？

他们现在还没在一起，就算在一起了也可能会分开，不是吗？

周意一字一句写下这些卑劣的想法。

她清楚地知道，自己已经变成了一个幼稚鬼加坏蛋。

她没有办法因为段焰有喜欢的女生就放弃自己对他的喜欢，她还是会想他，想见到他，只不过在校园里，看见他一次便觉得难过一次。

他出现在她的视野里，整个人立体而真实，这样的他却属于另外一个女生。

然后她做了一件这辈子最幼稚的事情。

她故意没去校外吃饭，她想知道，他会发现吗？他会在意吗？

周意明知道，他不会发现，也不会在意，可她就是想这么做。

周意记录好这一切，最后在末尾写道：周意，你变得有些陌生了。

写完，周意手指在最后一句话上摩挲了会儿，随后合上日记本，走到窗边，撩开窗帘，把窗户开到最大。

她可能需要清醒一下。

夜晚微凉的风齐刷刷地灌进来，她头发挽在一侧，皮筋略有些松动，几缕头发垂下来，随着风往后飘。

中秋一过，月圆渐淡，周意轻轻呼吸着，目光拂过天上几颗星。

天沉，星少，空气带着凉味，明天不是雨天就是阴天。

她常听的那个电台正好播放这近日的气象，说明日阴转小雨。

气象播报结束，林忆莲《词不达意》的前奏缓缓切进来。

周意站在窗边没有动，任由风将自己吹得鼻尖发凉。

那首歌那样唱着：

我的快乐与恐惧猜疑

很想都翻译成言语

带你进我心底

我们就像隔着一层玻璃

看得见却触不及

明天，周日，她和他约好了要去网吧。

要去吗？

他还记得吗？


第二天，周意和第一次去网吧一样，穿上前一晚就准备好的衣服，拿上手写的小说稿早早出门。

她和周兰说的理由是，月考试卷老师没时间讲，怕耽误日常上课进度，所以周日让大家去学校里集合，花一个上午的时间讲解一下。

周兰本来存疑，但林淮提了一句。

他说："你们老师怎么又这样？不对，那时候你是初中吧，我记得你初三的时候有个周末也是这样。"

周兰迅速回忆起那次，就同意了，还不忘夸夸林淮："那时候的事情你还记得啊，记忆力真好。"

周意当时没说什么，不过莫名觉得林淮看她的眼神别有深意。

周意出门时，本该还在睡觉的林淮忽然出现在阳台上，穿着T恤和三角内裤大刺刺地站着，睡眼惺忪地朝她喊道："姐！你中午记得回来啊，不然我没饭吃了！如果可以，你能不能给我带包鸡丝啊？"

周意浅浅笑了一下说："好。"

这趟车好似开得特别慢，周意在公交车上万分煎熬，她说不清自己到底是什么想法。

想见他，但又不想见他。

下车时，八点多一点。天空乌云密布，灰色的云翻滚浮动，凉风飒飒。没了学生，街边的市井气也淡了一半。

周意朝着熟悉的路往前走，等走到小巷子的入口，她迟疑了。

里头的烟味若有似无地飘出来，恍惚间，似和一个月前重叠。

周意靠着墙，盯着手中的蓝色格子伞。

时间一分一秒地过去，她时不时会抬头看一眼天空，纤长清澈的双眸沾了点阴天的湿气，看起来雾蒙蒙的。

段焰就在里面吧？他在做什么呢？

看书？还是登着号和朋友或者是那个叫赵嘉的女生聊天？

如果她今天没来，他会来问她吗？

不知怎的，周意心中带着点幻想和负气。

她离开巷子往街边另一家网吧走去的时候，不断地在问自己——周意，你到底在做什么？到底在想什么？在幼稚地宣泄什么？明知道答案又偏要证明什么……

踏入另一家网吧后，她熟练地拿出身份证，或许是心里揣着事，神情淡然，丝毫没有未成年人进入网吧的局促。

网管只看了她一眼，连她的身份证都没要，敷衍地开了张卡丢给她，说："二十块。"

周意付了钱，找了个最角落的位置坐下。

她开机后做的第一件事是登号，然后去看段焰在不在线。

她的好友并不多，也只有一个分组。

她找到段焰，他在线，但是忙碌状态。也就是说，他这会儿确实在那边，在街的另一边，离她这么近，又这么远。

周意点开和他的对话框，换了电脑登录，之前手机上的聊天记录都没了，一片空白。

她看了会儿，关掉了对话框。


那边正在和客人聊天的段焰忽然听到 QQ 的上线特别提醒声，他打开QQ，目光滑到周意的单独分组。

点开分组，周意的头像是亮的，并且不带手机标识，说明她是用电脑登录的。

他愣了一下，下意识地抬头环视网吧里的人，一共十一个人，都是男人，没有周意。

段焰把账号页面挂在那儿，周意的分组展开着，一整个上午，他看一会儿书就抬眼看一眼周意的状态。

上午九点半左右，她把状态设置成了忙碌。十点左右，她用 QQ 音乐循环听着周慧敏的《自作多情》。十一点左右，她把"忙碌"改成了"在线"。

周意上线后，段焰忍不住打开和她的对话框。

在这台电脑上的聊天记录停留在他们第一次见面那天，说的是关于安装软件包那件事。

他快速打下一行字后，想了想，又删了。

可能是她朋友帮她挂着号呢？应该再等等的。

虽然这么想，但段焰还是有一丝怀疑，他拿出手机登录 QQ，翻出国庆时两人的聊天记录。

他们聊过两次，时间都比较短，第一次说了作文的一些东西，周意说得很认真，也看得出来她成绩好不是没有理由的。第二次扯了一些有的没的，她说国庆开学后的周末来网吧找他，有个作文需要录入电子版。

她没明说是周六还是周日，所以他说都可以，为了让自己的回答听起来没那么随意，他还补了一句他等她。

昨天周六，他没看见周意上线，也没等到她，虽然失落，但他想都等了一个星期了，也不差这一天，反正周日她肯定会来的。

昨天以为周意会来，他穿了自己最喜欢的一套便服，早上路过便利店还特意买一些网吧没有的牛奶饮料，怕她觉得无聊，结账时又拿了一条水蜜桃味的软糖。

他连说辞都想好了，就说是代表妹妹感谢她，她说的关于作文的信息帮助特别大，而买的这些东西比较寻常，水和糖，也不会让她觉得负担重。

段焰看完聊天记录，确认不是自己的幻觉后，心稍定了些。他放下手机，目光转向搁在手边的牛奶饮料和粉色的蜜桃软糖，嘴角不禁翘了一下。

然后，他接着低头看书。

十一点半，网吧老板亮叔匆匆走进来，他收了伞，甩着身上的雨珠。

段焰听到动静，以为是周意来了，心头动了一下，抬眼看去后又瞬间回归平静。

他放下书，侧过脸，开玩笑道："外面下雨了？您拿着伞还淋一身啊？"

亮叔把手中的伞往垃圾桶一扔，无奈道："坏了，压根撑不开，一路就这样强顶在头上跑来的。见鬼了，天气预报说的小雨，结果越下越大。"

"是吗？"

段焰透过窗户往外看，窗户玻璃很旧了，没人清理，上头有一层灰，他不太看得清外面。

下雨。

周意有带伞吗？

应该带了吧，上回她就带了。

亮叔抽了张放在前台的纸巾，抹了把鼻涕，说："吃午饭了没？我来守着吧，你去吃饭。"

段焰搁在桌上的手屈起，食指点着桌子。他笑了下说："不饿，不吃了。"

"你这小子，别仗着自己年轻，一顿有一顿没的，等老了你怎么对胃的，它就怎么回报你。听叔的话，好好吃饭，赶紧去。"

"不是，亮叔，我……"

"没钱了？"

"不是。"段焰欲言又止地咳了声，"约了朋友，我怕她来了，看我不在这儿就走了。"

"你朋友要来？哪个啊？我等会儿帮你看着就行。"

"不是……就一个朋友，要来借电脑写作文。"

亮叔听到这话，好奇地抬头，看见段焰不太自然的神色，心领神会地笑了，倚过去，笑着八卦道："朋友？什么朋友？女朋友？"

段焰更不自然了，想控制脸上的笑但控制不住。

他说："哪有的事儿，就一个朋友。"

"和叔说说呗，谈恋爱了？"

"您别乱说，我跟谁谈恋爱去。"

亮叔乐呵道："别蒙叔，喜欢你的小姑娘能从我这门口排到烙饼的大妈那儿了。我记得你高一的时候，有一回，你在这边上网，有个头发搞得五颜六色的姑娘为了追你天天来网吧，她好像……好像还拉你手了对吧？"

说到拉手，段焰心一紧，生怕下一秒周意就出现在门口听到这话。

他边瞥门口边反驳道："您真别乱说，没拉手。"

亮叔哈哈大笑："这么紧张？行，我不乱说。"

亮叔看着段焰，有些感慨道："到底是长大了，都有喜欢的人了。我还记得刚认识你那会儿，个头没现在高，还没长开，天天板着臭脸，像是谁都欠你钱似的。现在挺好，多笑笑，姑娘都喜欢爱笑的男生。"

他第一次见到段焰是两年前，差不多也是这会儿，那时候网吧生意比在好很多。

工作日网吧几乎没学生，都是些社会青年，所以当段焰这个穿着正仁校服的少年天天来的时候一下子就吸引了他的注意。

时间久了，聊得多了，大约知道一些情况。

段焰说不想上一个不喜欢的老师的课，在学校待着也觉得烦，但没地方去，就来网吧消磨时间。

亮叔开网吧好几年，什么人没见过。大概过了三个月，他看见段焰不打游戏了，坐在电脑前写作业，戴着耳机，旁若无人地奋笔疾书。

他就觉得这孩子挺奇怪的，好奇地问了一句。段焰像是想到什么，冷笑一声傲气地回答道："真考倒数第一不是顺了一些人的心嘛，我凭什么要为他们浪费我自己。"

后来，大概过了一开始最强烈的叛逆期，段焰回去上课了，不爽的时候还是会翘课来，周末也会来，说是要找一些网上的试题自己做。

见段焰这么努力，他问段焰上学期期末考多少分，段焰抬着下巴，吊儿郎当道："每门零分。"

他觉得不应该啊，怎么会是零分，蒙都没蒙对几个吗？

段焰好像很信任他，也很乐意和他说话。少年眉眼张扬，带着些轻蔑说："就考零分，就喜欢看那个自以为是的人对我发火，就喜欢看他愁班里的平均分。"

他还没见过和老师有这么大仇恨的孩子。

有一天网吧停电了，他请段焰去吃午饭，还递给段焰一根烟。

段焰没抽过，被呛了一下，然后把烟掐了，哼笑一声说："这也没什么意思。"

然后，段焰说起家里那点事，关系有点复杂，但他懂了。

而追段焰的那个头发五颜六色的姑娘就是在段焰刚来的三个月里发生的。

小伙子，长得俊俏痞气，天生就有一种吸引力，往那儿一坐，冷着张脸在游戏里厮杀，赢了后勾唇笑笑。

那个姑娘着了迷，天天来，就坐段焰旁边。有一回，他看见姑娘主动去拉段焰的手，段焰不耐烦地甩开她，冷冰冰地说了句："你有病？"

他当时是觉得真逗，笑了半天。

可现在一转眼，半大点的小伙子不知道什么时候一下蹿得老高，成了半个男人了。

此刻，抓住了段焰神经的是亮叔的最后一句话。

段焰靠在椅子里，手没地方放，无所适从地捂了捂后脖颈，假装不在意地问："您又是从哪儿得出的结论？我看是你老婆喜欢看你笑吧？"

"我指的爱笑不是单纯的笑，'笑'可以引伸出很多东西，比如温柔，懂不懂？"

"听不懂了吧？"亮叔自信且神秘地笑笑，"爱情是门学问，比你整的那些英文、根号3什么的要复杂得多。"

段焰也笑："是复杂。"

说笑完了，亮叔正经起来，提醒道："谈恋爱归谈恋爱，你可别一头扎进去出不来了，今年该干什么，不用叔多提醒你吧？我还等着到时候看你到底能考几分呢。"

　　"没谈恋爱，我……她不喜欢我，她应该不会早恋。"

　　"哟，你还有单相思的一天啊。行，等会儿那姑娘来了喊我一声，我瞅瞅，瞅瞅到底是何方神圣，能让我这个拽得不着边的后辈神魂颠倒。"

　　段焰轻轻笑着："亮叔，我什么都愿意跟您说，您别给我捅出去啊。"

　　亮叔朝他眨眼："叔什么时候给你揭过老底。"

　　亮叔说完，看了一圈网吧后掀开前台边上的帘子，进了里屋。

　　网吧面积不大，当初装修的时候亮叔还是在里面弄了个小隔间，很小，只有一张挨着墙壁的小床，一张小桌子，谁有事谁想休息都可以用一用。

　　不过亮叔的说辞很搞笑，说是老婆管得严，得在外有个栖身之所。

　　段焰看着亮叔进去后慢慢挪回视线。

　　他再次看向周意的分组，瞳仁猛地一缩。

　　周意不知道什么时候下线了，头像变灰了，也没有在听歌了。

　　他点了几下分组，合上，打开，合上，打开，确认好没有出现网络问题或者延迟问题后，他知道，周意是真下线了。

　　难道说她要来了？

　　可段焰心里头有种说不出的奇怪。

　　外面的雨变得更大了，"噼里啪啦"撞在玻璃窗上，急促猛烈。

　　段焰喝了口水，舔了下唇后，他拿上伞，和亮叔打了声招呼后准备去外头买点吃的。

　　掀开网吧大门的门帘，风雨袭来，他撑起伞，望了眼这糟糕的天气，想着如果周意这会儿正好下车的话会不会淋湿。

　　他没直接去便利店，走到巷子口，在墙边站了会儿。雨是往他脸上飞的，可伞挡得太严实的话就会看不见路上的人。

　　站了大概有五分钟，街上人少，段焰压根儿没瞥见周意的影子。

　　段焰抹了把脸上的雨水，转着手机，最后朝公交车站台走去。

　　十字街口，站台在马路对面，他被一个红灯堵在原地。

　　如果周意来的话，会坐 25 路公交车在这站下车。

　　暴雨之下，红灯显得格外漫长。

　　段焰随意看了下四周，眼睛瞥过和他同边的站台时，在沸腾的烟雨中看到个影影绰绰的熟悉身影。

他下意识地皱眉，集中注意力试图再看清点。

但那个女生收了伞，快速上了公交车。

公交车发动行驶，他看到后头亮着"25 路"的字样。

# 第四章
## 颠倒的世界，无尽的未来

### 1. 偶遇

段焰买完饭回去，淋湿了一身，手上拎着的塑料饭盒外带着一层水珠。

在前台给人开卡的亮叔见到他回来，汇报道："没见着有姑娘来啊。"

段焰拂去身上的雨水，淡笑了下，说："猜到了。"

亮叔让他赶紧吃饭，说完慢悠悠地再次回了小房间。没一会儿，小房间里传来谍战片的枪炮声。

段焰进了前台，率先打开了电脑。

周意的头像还是灰色的。

刚刚在车站的身影，他越想越觉得那就是周意。

差不多的身高，差不多的马尾，差不多的身材，最关键的是一模一样的蓝色格子雨伞。

她来了，可为什么没有来找他？

她的作文完成了吗？

抑或是自己认错了人？

段焰倒希望是认错了人。

左思右想，他都不觉得周意是那种忘性大且会放鸽子的人，假如真临时有事，她会提前说一声的吧？

段焰不是很想接受周意可能不会来了的事实，为了转移注意力，他下午难得主动找孙毅坚打了几把游戏。

他边打边等，边打边逃避，心不在焉的，失误连连。

几场游戏下来，孙毅坚气得摔键盘，取消双排后，给他发消息。

孙毅坚：爷，您故意逗我玩呢？我花了一上午打上去的，这会儿您带着我哐哐掉。上次打比赛怎么不见你失误这么多次，你是不是故意的！

段焰知道自己今天状态有点差，没注意小地图，被人包抄、闪现撞墙、技能放歪，原来这些他会很在乎的事，但这次好像觉得无所谓，心头有更重的事儿压着他。

他快速回复孙毅坚。

%*#：明天请你吃饭。

孙毅坚：……

%*#：不打了是吧？不打了我退了。

孙毅坚：你退吧，我自己再玩几把。

%*#：行。

段焰关了对话框，再去看周意的号，依然是灰色的。

现在已经下午四点了，时间足以说明一切，周意不会来了。

段焰握着鼠标的手微微僵着，脑海里不断闪过烟雨中那抹身影。

那是周意吧。

可为什么？他想不明白。

他点开周意的对话框，光标在框里不断闪烁，他双手伏在键盘上，无数种开场白涌上心头。

最后，他选择用看上去没太在意的语气和问法，以免让彼此尴尬。

他认真打下每一个字，发过去：你的作文弄好了吗？如果有事不能来网吧，你可以把手写的稿子给我，我帮你发。

发完后，段焰盯着这行字看了几遍，明知道周意不会立刻回复他，却还是守着对话框等了一会儿。

周意的消息没来，但孙毅坚莫名发来了消息。

孙毅坚：对了，周末的作业你上网查了吗？有答案给我来一份。

%*#：没。

孙毅坚：别小气。

%*#：你自己写一点手指会断？

孙毅坚：要不是你带我掉分，我会没空写作业？

%*#：ABBD。

孙毅坚：……

%*#：下了。

孙毅坚：下什么，你又没到下班的点。

%*#：心情不好，懒得和你废话。

孙毅坚：早告诉过你，爱情的苦不要轻易去尝，你非不听。前几天还乐得跟朵花似的，今天怎么了，在小妹妹那边吃瘪了？

屏幕前的段焰喝着水，被小呛了一下，他嗤笑了声。

他还是蛮佩服孙毅坚的，哪儿哪儿不行，只有在八卦上敏锐得跟耗子一样。

他没回孙毅坚，实在没什么心情和他斗嘴。

但孙毅坚喋喋不休地说：上回我就说了，人家不喜欢你，你非不听，现在好了，拿兄弟我开刀。这样吧，你仔细和我说说，我这儿呢，还有一些宝典，都可以无偿分享给你的。

段焰看着烦，回复道：你这人怎么这么八卦？

孙毅坚：这没办法，我随我妈。

%*#：……

孙毅坚又发来一段套话的消息，段焰直接把他拉黑了。

那头的孙毅坚没生气，反倒是哈哈大笑起来，他手指飞速动起来，给赵纪发了个胜利的表情，说：明天周一，记得带好一百块，你赌输了。

正用手机上网的赵纪看到消息惊讶了一下，回复道：真的假的？

孙毅坚：你带好，明天我证明给你看。

赵纪把和孙毅坚的聊天内容发给段焰。

段焰看着右下角跳动的头像又一次失落，点开后，他回了个句号，关掉。

他是知道孙毅坚和赵纪私下拿他做赌约的，可能是因为那几天他实在表现得太明显了。

时间回到月考的那一周。


周一，段焰起了个大早，赶了最早的一班车，六点零五分就到了学校车站。

到的时候街上人烟稀少，店铺的卷帘门都关得死死的，晨光淡得如同没有一样。

他靠着站台，百般无聊地玩手机。QQ上，上周五晚上的消息周意没回，他不觉得有什么，可能是已经接受了周意不太上线的事实。

从他到站台至六点半的时间里，站内过去了五辆22路，四辆内线1路，四辆34路，三辆25路。

六点半左右，早餐车一辆接着一辆摆了出来，各种市井烟火味交织在一起，穿梭在三三两两的人流中。

他一直站在那边显得很奇怪，为了让自己融进去，他找了个早餐摊排队，故意站在最后面，有人来他就让别人插个队。

不知数了多少辆公交车，不知看了多少个穿着正仁校服的女学生，终于，在六点四十分的 25 路公交车上看见了周意。

她手中似乎拿着什么卷子，被她叠成很小的一块。25 路下车的人挺多，她夹在人潮中下车，目光短暂地划过他这边。

他本来等得有点心灰，站也没个站姿，直到看见她，精神瞬间复苏，在这个清晨经历的漫长的每一秒似乎都有了意义。

摊煎饼的阿姨动作利索，不太理解地看着他，问道："小伙子，你买不买啊？阿姨看你站好一会儿了？不必给别人让的，你要上学的，别迟到了。"

他忍不住笑起来："买，普通的就行，您看着做一个吧。"

说完，他向周意的方向看去，朝阳下，周意的背影美不胜收。

拿上煎饼，他快速往学校走去，可惜他没能追上周意。等他进校园大门时，周意已经出现在了二楼的走廊上，一转眼便进了教室。

他难得这么早出现在学校里，奇异的举动把正在抄作业的孙毅坚吓一跳。

孙毅坚以为是老师突然查岗，下意识地捂住作业，然后大松一口气吐槽道："吓死了吓死了，还以为是老师来抓人。你吃错药啊，今天来这么早？"

段焰没理他。孙毅坚凌乱地抄完后，像是想起什么，恍然大悟道："哦，你是不是被甩了，睡不着啊？"

那会儿，同学们差不多到齐了。

赵嘉前后招呼着让大家交作业，很巧地转回身来，伸出手，对他们说："作业作业，快点交。"

段焰把课桌里空白的作业本和卷子写上名字后塞给赵嘉，然后在底下踢了孙毅坚一脚，示意他别乱说。

孙毅坚在这点上还是靠谱的，立马闭了嘴。

段焰不太喜欢自己的私事被很多人知道，更何况是这种八字没一撇的事情，万一传到周意耳朵里，给她留下不好的印象怎么办。

到了中午，孙毅坚依旧没忘记要把周意指给赵嘉看这茬。

段焰其实也摸不准周意下楼的时间点，想着应该没人像他们一样，总是故意慢几分钟下楼吧。

于是，他胡乱扯了个理由，说早上没吃东西饿了，让他们别磨蹭，走快点。

但还是耽搁了一会儿，孙毅坚找不到钱了，最后在漏洞的裤袋里掏到了。

不过挺巧，下楼后，段焰发现他们和周意就隔着几米距离。

他一眼就在人群中看见了周意，和早上一模一样的背影。

她身边的女生挽着她，两个人有说有笑。

孙毅坚滔滔不绝地和赵纪说："我感觉我都快忘了那妹妹长什么样了，你赶紧一起找找。"

赵纪："这么多女生，我哪里知道是哪个。"

"个子挺高的，绑了一个马尾辫。"

"这不都是。喏，那边还有一个呢。"

顺着赵纪指的方向看去，段焰没忍住，弯了下嘴角。果然，下一秒就听见孙毅坚咋咋呼呼起来："欸欸欸，好像就是她！"

赵纪："不会吧？"

"真的！"

孙毅坚用手肘捅段焰："阿焰，你说是不是？"

他直接说是吧，太明显，说不是吧，心底又不愿意这么说，于是含混不清地应付了两声。

出了校门，两个姑娘去了关东煮的摊子。

孙毅坚站在他们中间，一手勾一个，说："走走走，今天吃关东煮。"

他尽量忍着心底的雀跃，侧过脸，看向别处，看似十分不情愿地被拉了过去。

孙毅坚像红娘转世似的，把他拱到了周意身后，拼命朝他和赵纪挤眉弄眼。

他故作坦荡，无所谓地看了眼周意。

他离周意很近，她正低着头在认真挑选要吃的关东煮，好像胃口不是很好，只拿了几串素的，应该是喜欢吃海带，拿了两串。

她的长发垂在一侧，低头挑东西时，露出一截白嫩的后脖颈，有些没扎进去的细软散发在阳光下看起来毛茸茸的，让人很想摸一摸。

他双手那会儿插在裤袋里，手指动了动，不动声色地克制住了。

孙毅坚朝赵纪使眼色："真的是她！我看清了！欸欸，你看阿焰，眼睛都直了。"

听到这话，他朝孙毅坚翻个白眼，装作没地方看，再次把目光转向了周意。

周意挑完了，问老板多少钱，然后从那个可爱的零钱包里拿出钱递给老板。她的手纤瘦而白皙，右手手腕上戴着一枚棕色皮质的小巧手表，衬得她身上的书生气质重了几分。

她身边的女生挑了半天都没挑好，她大概是想给别人让位置，小心翼翼地转身。

许是被他这么近的距离吓了一跳，她条件反射地抬头朝他看来。

微风阵阵，她那双好看的眼睛透着细碎的光，像水面闪耀的波纹。

他的心猛地一跳。

周意只看了他一眼，迅速离开。

她一走，孙毅坚和赵纪就拿他开玩笑。

他本来想骂孙毅坚是不是有病，但是考虑到周意就在边上，为了自己的形象，忍了下来，改了个比较文明的问候语。

然后，他随意挑了点喜欢的关东煮，结账时忽然想到周意的海带结，他其实不太喜欢吃海带，总觉得滑腻，但她喜欢……

于是，他让老板加了两串，打算尝试一下。

吃海带时，他发现也没有想象中那么难以接受。

等他回过味来想再看一眼周意时，周意和她的朋友早就不知踪影。


回去的路上，孙毅坚撞赵纪，眉飞色舞道："老赵，看清了吗？是不是挺好看的？"

赵纪点头："看着是挺安静的性格，阿焰……原来你喜欢这种类型啊。"

段焰没回答。

孙毅坚又说："不过可惜啊，啧啧啧，妹妹可是瞧都不瞧你，看见你像见了阎王爷一样。"

段焰不由翘了下嘴角，冷笑一声，心想，孙毅坚知道个屁。

他和周意可是当面说过话的，他们在网上聊天也都特别正常。

只不过这种情况下，她没反应过来，再加上他们不是很熟，打招呼会显得尴尬而已。

赵纪笑了半天，说："行了，老孙，再开玩笑小心阿焰揍你，你看他脸臭得。"

孙毅坚脸皮厚，什么也不怕，笑嘻嘻说："没开玩笑，说正经的呢，你没发现阿焰最近心事重得很吗？"

赵纪听完凑过来盯着段焰的脸。段焰也不知道自己心虚什么，抬起下巴，把关东煮里的汤汁一饮而尽，快走两步甩下他们去前方扔垃圾。

回了教室后，段焰给孙毅坚使了眼色，示意孙毅坚闭嘴别乱说。

整个午休，孙毅坚还算老实，没再提一句。

高三的午间不似从前，所有欢笑都是短暂的，人声褪去，教室渐渐安静下来时，段焰有些混乱的思绪终于变得清晰。

他随手翻着书页，握着的黑色水笔一下一下在指尖转动，笔跌落在桌上时，他不禁垂眸轻轻笑了一下。

她惊愕的样子怎么这么……可爱。

这个午自习，他依旧不太能集中注意力，百般无聊地抓着笔，一会儿看看操场一会儿翻几页小说，脑海里闪过的每一帧画面都是周意。

他知道她周一下午有一节体育课，只不过没能想起来到底是哪一节。

午自习结束，操场上零零散散多了几个男生，他看见萧宇正向器材室跑去，心中瞬间了然，周一下午第一节课是周意班的体育课。

他咳了声，看向身边的孙毅坚，尽量维持住平日里的嚣张，说：“喂，我感觉今天有点闷啊，去给我买瓶水。”

孙毅坚刚抄完一首词，嘴中念叨：“第一，我不叫‘喂’；第二，你很拽啊？我凭什么给你买水？嗯？你是‘慕容段焰’？”

他淡淡提醒道：“周六比赛，你输了。”

孙毅坚大脑短路了一会儿才想起：“下节课买行不行，大中午的不想跑。”

“随时，当时说好的。”

“……行。”

孙毅坚起身，他也跟着起身，美其名曰，有点闷想在走廊上透透气。

孙毅坚看不明白他的操作，其实他自己也不太明白，至少从前他从来没在这么热的天想着去室外透气。

本来周六拿随时随地买水这个做赌注，就是为了能在周意体育课的课前课后找个借口站在走廊上看她，就如现在的借口，他有点闷要透气，要喝水，一切水到渠成。

可真的操作起来，气氛中透着一丝古怪。

他倚靠着一个柱子，让孙毅坚赶紧去。

孙毅坚抓了抓脑袋，长叹一声，麻溜地下了楼。

赵纪闻到动静，睁着惺忪的眼走了出来，没什么力气地往栏杆上一看，被刺眼的阳光一照，眼睛更睁不开了。

段焰到底是心虚，主动说：“你有没有觉得外面空气比里面好点？”

赵纪看着他，眼里满是十万个问号，说：“啊，你出来是为了透气？”

"不然呢……你跟出来干什么？"

赵纪笑了下："看你出来就出来了，想着清醒一下。你知道，嘉嘉有时候情绪不好，晚上根本不能睡，唉……感觉睡了一个中午还是困。"

他了然。

父母才去世一个多月，他们这个年纪能承受下来的是少数，虽然平日里赵嘉看起来没什么异样，但一到周末或者自己长时间一个人时沮丧的情绪就会涌上来，甚至有点失控。

上回赵嘉倒垃圾摔下楼大概就是因为这个。

这种事情，谁都没办法解决，他们安慰过几次，再说也不知道该说什么了。

赵纪也没想说这些，打了个哈欠，转移话题道："你让老孙去干什么？"

"买水。"

"哦……早知道让他给我带片面包了，关东煮吃不饱啊。你饿吗？"

赵纪刚说完，段焰就看见操场上出现了周意的身影。

她手里卷着一个练习本，慢吞吞地往操场中心位置走，但不知怎么，她忽然转头朝教学楼的方向看了过来。

没等他看清她的脸，她就转了回去，似乎视线环绕了一圈，在随便看看或者找什么人。

他敛回眼，心满意足地勾唇笑，回答道："不饿，我觉得挺管饱的。"

赵纪有点不解："真的假的？我感觉不吃主食下午根本撑不住。"

闲聊了几句，孙毅坚喘着粗气回来了，把水扔段焰手里，抹了一把汗，骂骂咧咧道："买完了，就一回啊，下回我不干。怎么中午走一走这么热？你喝啊，不是很渴吗？不是很闷吗？现在，立刻，给我喝光！赶紧！"

段焰无语地笑了一下，拧开瓶盖，敷衍地喝了几口，然后顺着心中所想，朝周意那边看去，她不知道在看什么，像看见了他又像没看见。

孙毅坚眼尖，扯着衣领散热，随意朝下一看便发现了个熟悉的身影，然后恍然大悟道："好啊，我说你怎么突然觉得闷了，原来是因为妹妹把你的魂勾到外面了啊。"

赵纪也看见了，说："下节是那个女孩子班的体育课啊。"

孙毅坚摇头，语重心长地说："阿焰啊，真没戏，别看了。"

段焰平静地看着孙毅坚，不过好心情难以掩盖，弯了弯唇，把水扔孙毅坚怀里，嘴上否认道："打铃了，别老是说那些有的没的。"

后来的一个多星期，他每天都会在车站边买早饭，然后等周意乘坐的25

路公交车，把控着距离跟在她身后一起进校园，她没有回过一次头，可能是从来没注意到车站旁有个他。

每一个早操，他都会倚在窗边看她，她总是一会儿认真一会儿懒的。

中午去吃饭，他没给理由，一到点就会和孙毅坚他们下楼，有时走在她前面，有时走在她后面。

她喜欢吃的东西不固定，偶尔是小摊上的，偶尔是路边小饭店的，有时候吃完饭还会和同学一起去文具店逛一下。

她还去过一次小超市，买了一盒芦荟果粒酸奶，他听见她和身边的同学说，她最喜欢这个口味的酸奶。

他也买了，第一次觉得甜食甜而不腻。

一次又一次的"偶遇"，孙毅坚开了一次又一次的玩笑，他变得越来越难否认，很多时候只好扯开话题混过去，脸上的笑也变得越来越难隐藏。

孙毅坚总是说周意眼里没他，看也不看他。

他有过短暂的怀疑，但是他和周意的细节孙毅坚根本都不知道。

比如，国庆假期时他们线上聊天，约好周六或者周日见面，也许不算见面，但他们是正常的交流关系，而不是孙毅坚说的那样。


周三下午的那节体育课毫无预兆。

当段焰得知操场被高二一班和高二二班的学生用来打比赛后，会见到周意的悸动超越了他一直钟爱的篮球赛事。

满场的人，密密麻麻，操场上气氛火热，孙毅坚和赵纪站在他身边，你一句我一句，激烈地争论哪个班级会赢，又说到去年自己班级打比赛时的情景。

孙毅坚感慨时代在进步。

因为去年他们比赛时并没有什么啦啦队，也没人组织班里女生为男生加油呐喊。

周意背对着他们，正对着班级。

段焰看着她的背影，有一瞬间他心头涌上一股说不清的嫉妒。

什么十个三分球，十个三分球很了不起吗？

如果他参加了这场篮球赛，他一定不会让对方进一个球，直接碾压对方，拿下一场完美的比分，然后等比赛结束，周意的眼里也许会有对他的崇拜。

周意喊口号时，他笑了出来。

真搞不懂，为什么她做什么都那么可爱。

篮球赛开始，孙毅坚拉着他说东说西，没一会儿，赵嘉一瘸一拐地走过来。

赵纪看着只身一人的赵嘉很是担心，说："你怎么来了？张梦呢，她没陪你吗？"

"她被老师叫去办公室了。我想晒晒太阳嘛，一个人在双杠那边待得有点无聊，就想过来和你们说会儿话。哥哥，我口渴了，你能帮我去买瓶水吗？我想喝茉莉蜜茶。"

赵纪对她一向有求必应，立刻去了小卖部。孙毅坚憋了会儿尿，实在憋不住也飞速跑去厕所。

段焰还在看那头的周意，却突然感觉有人拉了他一下，他扭过头一看是赵嘉。

她是赵纪的妹妹，平常他们几个走得挺近的，赵嘉性格也不错，开得起玩笑，也不娇气。

他用眼神询问赵嘉有什么事。

赵嘉想和他说话，但可能是腿受伤了，不方便，把他拉了下来。

她凑在他耳边，带着笑意，说："你是不是在看高二一班的班长啊？"

他愣了一下，隐藏不住的笑又跑了出来。

他知道，赵纪私下肯定和赵嘉提过，更何况，前两天他们两个还拿这个事情打赌了。

他知道赵嘉是不会乱说的人，可还是忍不住提醒道："别听你哥瞎说，你……你也别和别人说，知道吗？"

赵嘉歪着头说："我也赌了，赌你喜欢她，我没赌错吧？我要是赌对了，哥哥要给我200块。"

"你们真无聊。"

"你看你，笑成这样。欸，我刚刚看到那个女生也有看你欸……"

他慢慢直起腰，被这一句话戳中了神经，扬眉轻声问道："真的？"

赵嘉"扑哧"一声笑出来。

他朝周意那边看去，想看看赵嘉是不是在和他玩笑，他刚刚盯了周意好一会儿都没见她朝他这边瞥一眼。

可双眸还没转过去，赵嘉忽然惊呼出声，不知是谁走得急撞了赵嘉一下。

出于下意识的反应，他扶住了赵嘉。

上次赵嘉虽然摔得不重，但赵纪一直很仔细地照顾赵嘉，养了大半个月。

好不容易好了点，如果赵嘉再摔出问题，估摸着赵纪要再头疼一阵了。

还好。

看着赵嘉别扭的样子，他问了几句，赵嘉说没事，然后指了指双杠那儿。

那边有垫子，太阳只晒得到一半，又靠着墙，女生上体育课都喜欢坐那边。

赵嘉说："谢谢，阿……阿焰，你能不能扶我去那边坐着？这里人太多了，我还是不在这边了，张梦估计一会儿就回来了。"

"行啊，这里确实人多。"

赵嘉走得很慢，一步一点点。

可能是不说话显得气氛尴尬，赵嘉故意找了点话题说。

他平常很少和班里女生打交道，从高一到现在，一直是这样，也就今年赵嘉和张梦坐在他前面有了点接触。

以前总觉得女生说话声音太吵，稍微有点什么就一惊一乍，不过和赵嘉接触下来发现也不是所有女生都这样，虽然偶尔她们也会打打闹闹。

这样一看，他想，怪不得会喜欢周意，她好像无论哪点，都在他的审美标准上。

赵嘉延续了刚才的话题，说："我听哥哥说那个女生叫周意，成绩很好，你们……怎么认识的啊？"

他不太想和她深入聊这个话题，敷衍道："没……就意外认识了。"

赵嘉仿佛一眼就看穿了他的想法，笑道："你别否认了，眼神是不会骗人的。"

"很明显吗？"

"嗯，你在追她吗？"

不知怎么，他感觉自己快装不下去了，比起孙毅坚那种性格，好像和赵嘉交谈很容易袒露心扉。

半晌，他告诉赵嘉："没有，就这样也挺好。"

到了双杠那边，赵嘉扶着墙，勾了勾头发，说："你眼光很不错欸，她长得好好看啊，学习成绩还好，如果我有她一半优秀就好了。"

天热，阳光耀眼，他听到身边的人这么认真夸周意，嘴角忍不住高高扬起，顺着说："那当然，她可优秀了。"

后来两天，他早上还是能在六点四十分等到周意从 25 路公交车下车，不过中午都没再遇到周意了。

为此，孙毅坚又损他，说："一定是小妹妹发现天天都能遇见你，害怕了，故意错开时间了。"

他不以为然，想着也许是周意有事儿，或者她们去别的地方吃饭换换口味而已。

可他们明明约好周末见面，刚刚那个雨中的身影就是周意，她都从家里出来了，都到街上了，为什么没有来找他？

上午她一直是电脑在线的，她是去了别家网吧？

是不想和他接触吗？

难道真如孙毅坚说的那样，他对她来说很无所谓？

虽然他知道他和周意确实还不算熟悉的朋友，只不过是网上聊过几句，但这样直接被忽视心里还是不痛快。

回忆到这里，段焰盯着周意的灰色头像略感无奈。

到六点下班时，他还是没等到周意。

这一晚，段焰再一次翻来覆去没睡着。


第二天周一，雨依旧下着，车站边的早餐摊也没了，段焰撑着伞站在雨中等六点四十分的 25 路公交车。

公交车的门一开，段焰一眼就看见周意撑开那把蓝色的格子雨伞，顺着人流汇入雨中，她的装扮和平日里没什么区别，只不过神色有些疲惫。

这一瞬间，他心中的别样情绪顿时烟消云散。

他快步跟了上去。

有几次，他想上前找个借口和她打声招呼，但是一想到周意可能真的不太想和他接触或者是其他一些原因，他就感觉自己像泄了气的皮球，没了勇气。

说起来也蛮可笑的，在段焰迄今为止的人生里，他第一次没勇气做的事居然是和女生搭话。

段焰一路跟着周意，最后在教学楼的二楼楼梯口看着周意进教室。

段焰到了教室，孙毅坚跟狗皮膏药似的凑上来，兴奋道："阿焰阿焰，最新消息，月底运动会！"

段焰兴致缺缺，"嗯"了声。

孙毅坚看了眼四周，凑到段焰身边，关心道："慕容段焰，你被甩了吗？你昨天在烦什么？你为什么把我拉黑？"

段焰握着湿漉漉的伞朝后门口甩，不太友善地白了眼孙毅坚："因为你太烦了。"

"你怎么这样子，前天还叫人家'小甜甜'，今天就叫我'小烦烦'了。"

"你能不能正常点，少看点电视剧？"

"你又不懂了，讲话幽默点才讨女孩子喜欢。"

他真的懒得搭理孙毅坚。甩完伞，段焰把伞收好往课桌边上的钩子上一挂，没一会儿地面就湿了。

赵嘉转过来收作业，孙毅坚朝赵嘉挑眉，问她："是吧，男孩子要幽默点才讨人喜欢，是吧？"

赵嘉其实听到了刚刚他们在说什么，但装作没听到一样，带着疑问地"嗯"了声。

孙毅坚知道赵纪都和赵嘉说了，也就不避讳了，问道："你哥那两百块给你了吗？"

赵嘉笑了下："给了。"

"那你哥这次大出血啊。"孙毅坚说着，拍拍段焰的大腿，"感恩兄弟给口饭吃。还有啊，昨天说好今天请我吃饭的，别忘了。"

段焰冷笑一声。

孙毅坚："……你别这样，我问你你又不和我好好说，现在阴阳怪气的。"

段焰："我说个屁。"

赵嘉拿过作业，低头数卷子，她用余光看段焰。

看着段焰不太好的脸色，结合孙毅坚的话，她现在能确定一件事，关于那个叫周意的女孩子。

她不知道段焰和那个女孩子到底是怎么认识的，也不知道他们私底下有没有聊天，但是段焰实在太明显了。

以前他不出操，喜欢在教室里睡觉或者看书，可现在，已经个把星期了，段焰总靠着窗朝底下看。

他以前总喜欢在早上踩点到，可现在每天都会提早来。孙毅坚他们以为他是坐了别的公交车，换了时间，但是她猜，应该和那个女孩有关，也许他们坐的是一班公交车，早来的那班车他能遇见她。

以前，他午饭时间喜欢推后五分钟出去，因为不喜欢拥挤的人潮，但现在一到点就会走。有一次她看见林荫道上，女孩走在前面，他们走在后面。

周三的体育课上，她清楚地看见段焰眼里的变化，他看见那个女孩出现在操场上后眼睛亮了起来，她看见他一直盯着那女孩的背影，笑起来的眼里带着宠溺。

她从未见过这么温柔的段焰，像一只顺从乖巧又跃跃欲试的大金毛。

她忍不住支着不方便的腿脚走过去，支开赵纪等人，从关于女孩的话题入手。果然，段焰听到关于那个女孩的消息就变得没办法淡定。

他飞扬的眉眼，开朗的笑容，都是为那个女孩而绽放的。

他也是第一次脱口，承认了自己的心思。

他把她送到双杠那边后，她看见那个女孩眼神一点点地暗淡下来，甚至离开了篮球场。

都是女生，她怎么会不懂。

目前来看，那个女孩应该和段焰产生嫌隙了吧？


高二一班的教室里，学生们也都在传月底运动会的事情。

陈佳琪尤为迫切，帮周意整理各组交上来的作业，眨着黑圆的眼睛说道："今年运动会我不想再跳远了，脚底弄得都是沙子，边上还有一群人围观，好糗啊。"

周意神色恍惚，听到陈佳琪元气满满的声音才回过思绪，她点头答道："那你今年试试别的？"

陈佳琪："我跑接力吧，又短又有成就感。你呢？你今年想选什么项目？"

周意回想起去年的运动会，班里女生没人愿意跑 800 米，她作为班长只好顶替了上去。没人喜欢跑 800 米，她也不喜欢，可是这种事也不能勉强别人。

她说："替补吧。"

"那到时候再看吧，我们一起报个轻松点的嘛。"

陈佳琪说完，猛然又想起了一桩事："你的小说，发出去了吗？"

周意捧起作业本，"嗯"了声："昨天……用邮箱发出去了。"

"真好，期待你这个的回复，我的反正都被毙了。唉，纸质稿被快递原封不动地退回，邮件稿也都被退了，我还是自娱自乐写着玩吧。可能等我二十五岁了就能写得更好了呢？"

周意淡淡笑了下："你创意比我好，等上了大学，也许多花点时间，就能写得很好。"

陈佳琪也笑："快去交作业，回来了我们互相背书啊。"

周意走出教室，望着这滂沱大雨，心中微凉。

运动会的时间她早就猜到了，可好像没之前那样期盼了。

她现在也无从知晓，昨天她失约后段焰有没有找她，可早上她看见他了，他和往常一样，看起来一切如常。

这份心情彻底平静下来是在运动会那天。

运动会前的两个多星期，周意每天早晨都能在公交车站看见段焰，她偶尔去校外吃饭也能看见他。

他有时候会选择小摊，但更多时候是去店里吃。

有一回，她和陈佳琪在排队买汉堡，明明都见他进了炒饭店了，可一转眼却看见他排在她们后面。靠得这么近，她心跳还是会加快。

可回去的路上，她们走在他们后面，听见他朋友和他说："你怎么给嘉嘉买辣堡？她不喜欢吃辣的。"

他说："没其他的了，只有这个，她不是念叨好几天了？能买到就不错了，有时候去得晚什么堡都没了。"

周意很难说清心里到底是什么滋味，只觉得明媚的阳光让人睁不开眼睛，后来他们说的话她有意的不再去听。

而那个女生赵嘉，短短几天内，周意听到了很多关于她的事情。

赵嘉本来和段焰不是一个班，因为暑期父母意外去世老师照顾她，让她和亲哥哥待在了一个班级，而她的亲哥哥赵纪就是段焰身边那个笑起来十分阳光的男生。

赵嘉因为长得漂亮，被学校里的男生在贴吧上评为校花，要她联系号码的人有一大堆。

萧宇就有赵嘉的 QQ 号。聊起赵嘉，萧宇开玩笑说班里一大半男生都有她的号码，不过大家都是加着玩罢了，因为校花哪有这么好追。

陈佳琪从未关心过什么校草校花，闲聊起来，她稍微有了点兴趣，问萧宇要照片看。

当时是中午，萧宇很放松地坐着，笑道："我哪有什么照片，不过她 QQ 空间里好像有，我找找。"

萧宇把赵嘉的自拍递过来时，周意看了一眼，陈佳琪接过来后好奇地翻看着。

赵嘉的每一张自拍照表情都清纯可爱。

连陈佳琪看完都说："确实蛮好看的，现在好流行这么拍照，她拍得好好啊。"

萧宇收了手机说："还行吧，不过我不太喜欢短头发的女生。"

陈佳琪："说得好像人家长头发就能看上你一样。"

"哈哈哈……"笑完，萧宇说，"反正我不喜欢她那样的。"

后来陈佳琪和萧宇聊了别的话题，她不太感兴趣，没听进去，心里想着关于赵嘉的一切。

周意没想到，有朝一日，除了段焰之外，她还能如此清晰地记下一个女生的所有细节，而且总是能在一群女生中轻易地捕捉到对方的身影。

每一次看见赵嘉，她都忍不住放大赵嘉身上的每一处细节，她的眼镜框，她的各色帆布鞋，她手上戴的手链，她背的书包，她书包上的挂件……

在街上的商店里看到相似的东西，有好几次，她都想买，但最后还是没买。

她想成为她，又不愿意成为她。

而这些日子她也没有寻到合适的理由问周兰借手机，她自己又成了那个胆小鬼，想知道结果，却害怕真的面对。

即使心底已经有了答案，即使这是从一开始就明白的道理。


十月底，气温骤然下降，明艳的骄阳和炽热的风仿佛一夜之间都被抹去，不过好在运动会那天天气很好，秋高气爽，混着十几岁学生的热情，天际依旧蓝得发光。

只是可惜，今年运动会只有一天，大家私底下都极其不满，但都无可奈何。

像周意他们班，下午还有和六班的最后一场篮球比赛，时间都挤在了一起，老师们把一切都算好了。

众多运动项目中，周意今年依旧替补了女生长跑，更夸张的是，今年不知道怎么回事，女生800米变成了1500米，男生的长跑也增加了米数。

陈佳琪如愿报了接力赛，当她看到周意的1500米时，震惊得久久说不出话。

对她们而言，平常跑个800米就要命了，1500米那能坚持吗？

陈佳琪给周意出了很多主意，比如来例假不方便直接弃权，比如不管名次慢悠悠地随便走走。

周意都拒绝了。

说这些的时候，陈佳琪趴在周意桌上玩她的水壶装饰，瞧着周意认真的样子，陈佳琪笑道："你怎么做什么都这么较真呀，明明自己也不喜欢，不是吗？"

周意正在做作业，没有回答，一笑了之。

运动会当天，上午八点各种比赛项目陆陆续续开始，校园广播里播放着当下流行的歌曲，陈佳琪拉着周意看了一个又一个比赛。

而周意在人海中始终没找到段焰的身影，路过一些人身边，听了几句才知道，高三很惨，只有到比赛的点老师才会放人出来，其余时间继续上课。

陈佳琪再一次震惊，挽着周意的胳膊边走边说："明年我们不会也这样吧？"

周意也有些震惊，但能理解，现在对高三来说是一寸光阴一寸金吧。

阳光下，她一步三回头，总是忍不住看向高三的教室，总是觉得下一秒就该轮到高三比赛了。

十点十五分时，高三楼层传出一阵喧闹声，密密麻麻的学生从教室涌出，伴随着各种放肆的怪叫声，高三的比赛开始了。

周意正在看陈佳琪的接力赛，听到声音，回头望去，在统一的校服中，她一眼便看见个子优越的段焰，还有走在他们后头的赵嘉。

别人都是急匆匆的，只有他们几个是很慢的，她知道，他们是为了等赵嘉。

她看着他们下了三楼，走过二楼，到了一楼，有些看不清了，但是她清楚，他离她越来越近了。

她转过身，假装在很认真地看接力赛，实则所有感官都集中在他那边。

他报了什么项目？短跑？跳远？抑或是什么都没报？

接力赛道上围了一圈人，周意站在人群里，眼前比赛的同学风一般闪过，顺着接力的点，大家不约而同地扭头看去。

周意转过头时正好和不远处的段焰对上视线，她不确定他是不是在看她，她没有立刻躲开，对视了好几秒，她垂下眼，慢慢地转了回去。

他身边的胖男生嗓门很大。她听见胖男生高呼道："别看了，比赛要紧，走走走！"

别看了……指的是在看她吗？

这个想法一冒上来周意不禁摇摇头，她问自己又在自作多情什么？

站了一会儿，周意挤出人群，环顾了一圈四周，再一次找到段焰，他和他的朋友围在跳高那边。

他似乎报的就是跳高，此时排在第三个。

他看起来并不紧张，也似乎没有把这些比赛放在眼里，眉眼之间尽是慵懒神态，正有一搭没一搭地边上的同学说笑。

快轮到他时，他脱了校服外套，随手把外套甩给了胖男生，然后动了动脖子和腿，做了下热身运动。

他里头穿着一件纯黑色的T恤，搭上宽宽松松的校服长裤，莫名显得他整个人又高又瘦，举手投足之间满是少年痞气。

胖男生大概不愿意拿衣服，随手递给身边的赵嘉，笑嘻嘻地说了什么，赵嘉顺从地接过。

周意看到她细心地把段焰的外套折了两下，然后挽在胳膊肘上，她双眸柔软地看着段焰，似乎在等段焰拿一个好名次。

段焰回头和他们说话，看到了胖男生把外套给了赵嘉，但没说什么。

周意握紧了手中的矿泉水，尽量维持着目光里的平静，尽量让自己看起来只是个路人。

前两名跳好了，轮到段焰了。他敛了笑意，瞳孔里倒映出不远处的标杆，踮着脚，快速起跑，一跃而过。

少年跃起时，T恤衣摆上扬，露出一截劲瘦的腰腹，虽然只有短短一瞬间，但是流畅结实的曲线很难让人忽略。

他重重落在垫子上时，围观的人爆发出欢呼声。

她不太懂跳高的规则，不过前面跳的人的标杆都不如他的高，还有一个跳了三次两次都碰倒了杆子，直观地看，段焰是几个里跳得最好的。

段焰撑着垫子站起来，眼里的锋利被掩盖，又换上了那副吊儿郎当的样子，他拍着边上老师的肩膀指了指杆子说："可以再抬一点。"

有个男生喊道："你够了，给我们体育生留一点面子！"

周意没意识到自己缓缓地笑了一下。

说笑间，段焰毫无预兆地朝她看来，周意一愣，笑容僵在嘴角，她的心不受控制地快跳了一下。

他很快收回目光，开始了第二次跳高。

老师和他开玩笑，故意把杆子抬很高。他站在起跑点被气笑，说："您给的这个高度我今天要是过了，直接送我去国家体育队吧。"

围观的人，特别是女生齐刷刷地笑出了声。

老师也笑，然后把杆子的高度降了下来。

这一次，也不出所料地，他轻轻松松跃了过去，只不过比刚刚摔得重一些。

他摔下去的那一刻，周意浑身一紧。她以为段焰会摔出垫子外，脚都跟着往前挪了一步，看到他安安稳稳地摔在垫子上，她悬起的心立刻落了下去。

第三次，比第二次高了一点点，他也跳过去了，但是衣服擦到杆子，杆子微微松动，没掉。

胖男生直呼牛，说："今天你跟打了鸡血一样！果然有些力量就是不一样！"

周意敏感地从胖男生的话里寻到一丝别样的意味。

下一秒，她看见段焰跳完，喘着气，慢悠悠地走回去，从赵嘉那边拿回了外套。

赵嘉贴心地给他送上水，他拿过直接拧开喝了小半瓶。

晴朗湛蓝的高空万里无云，微风阵阵，映着操场绿木，站在那边的段焰和赵嘉将后面的所有人都变成了背景板。

一个肆意张扬，眉眼含笑地等老师报成绩；一个乖巧仰望，等着与喜欢的人一同感受喜悦。

画面和谐，像极了青春剧海报上的男女主角，他俩站在一起是如此相配。

而段焰手中的水和校服外套，为这种氛围更添一笔。

好像在学生时代，这两样东西对女生来说意义重大，它们默默宣示着两个人之间暗潮涌动的暧昧。

场面热烈，人声鼎沸，周意站在跳高地点几米开外，脚正好踩在操场上的一道白线边，这条线将她和段焰分隔在了两个世界里。

周意静静凝望着段焰和赵嘉，心底情绪起伏。

有嫉妒，也有羡慕，但除开这两种情绪外，此时还多了一些不知名的释怀。也许不是释怀，只是迫于无奈不得不接受而已。

周意想，她和段焰交集少得可怜，一切的初始也不过是因为她偷偷喜欢上了他。

她的试探、不甘、胡思乱想其实都是她给自己的枷锁。

她失约也好，她故意不去校外吃饭也好，她心中想要的反应始终不太现实，她对他而言只是一个偶然认识的人，他照常上学吃饭，和朋友说笑，继续过自己的生活，根本没有错。

在感情的世界里，也根本没有先来后到和谁是谁非，一切只看两个人是否情投意合。

周意身边也有恋爱的人，有的人像她一样，默默喜欢着对方，有的人大胆追求被拒绝，有的人喜欢的人正好也喜欢自己。

但不是每一份喜欢都能得到回应，暗恋不能成真，校服不能到婚纱，破镜不能重圆，才是常态。

这些早就知晓并且在心底翻涌无数遍的道理，不知为何，在再一次看到段焰和赵嘉出现在一个画面里后周意好像忽然就理解了。

也许他最后不会属于赵嘉，但肯定也不会属于她。

或许能像现在这样，远远地看着他就好了。

## 2. 长跑

那边老师报了段焰的成绩，周意没听清，但看他朋友激烈的反应便知道高三组的跳高决赛他是必进无疑了。

迎着清风，周意浅浅吸了口气，低眸看了眼手中的矿泉水瓶，脚往后退了两步转身去找陈佳琪。

陈佳琪是接力的最后一棒，跑完一时把周意忘了，凑在起跑那儿看第二组的比赛，人天生的胜负欲让她很在意第二组的结果。

周意找到陈佳琪，轻轻拍她的肩膀，把陈佳琪吓了一跳，周意把水递给她。

这是比赛前一起去小卖部买的，她们说好，要在赛后相互递水。

陈佳琪挽过周意，笑盈盈地问："我最后跑得超快的，你看到了吗？"

周意摇头："刚刚那边跳高很精彩，我看那个了。"

陈佳琪朝那边瞥了一眼："我们年级的？"

"嗯？"周意也朝那边看了一眼，乌泱泱的人，根本分不清是哪个年级，她不想说太多，顺着说，"好像是吧。"

"好吧……谁赢了啊？我们班的赢了吗？"

"还没公布……中午会出公示板的。"

"也对。"陈佳琪圆溜溜的眼睛盯着周意，试探道，"我们班应该不差的吧，那个……他个子高，跳那个会比较轻松吧？"

周意记不得班里是谁报的跳高，问道："谁？"

陈佳琪摆手："没什么。"

她心想，能有谁，就是那个让你神魂颠倒的男学霸啊。

周意不知道陈佳琪有这个乌龙想法，但这个恪守的秘密她没想到会在这一天全部没有保留地告诉了陈佳琪。

上午十一点四十分，最后一节课的铃声响起，运动会项目也都随之中止，周意和陈佳琪看完铅球比赛去校外吃饭。

而周意看见段焰和他的朋友们浩浩荡荡地去了食堂，她不知道他为什么突然去食堂，但变相地佐证了他之前一段时间常去校外，她遇见他，真的是偶然。

是她认识他的时间太短，没有摸清他的习惯，而他可能根本也没有什么习惯，一切都是随心所欲地来。

晒了一上午太阳，周意没什么太大胃口，随便买了点吃的。回教室的路上，林荫道上不似往常人那么多，惬意自由的氛围贯穿了校园。

到了教室，班里的男生正在开讲台上的电脑，试图放点电影看，几个女生快速把教室的窗帘都拉了上去，整个教室顿时陷入一片淡淡的幽暗中。

周意喝完最后一口牛奶，不知道自己该干什么，似乎突然空下来她不太能适应。

她抬起手，手搭在一沓练习册上，犹豫了一番，拿起了上面的物理练习册，回顾上面的错题。

看到第三题时，黑板那边的投影传来电影开场的音乐声，她被打断，而震耳欲聋的声音让她再难投入复习中去。

陈佳琪问他们，放的是什么电影。

他们说："《泰坦尼克号》。"

周意从前在电影频道看过，她隐隐约约记得最后是个不好的结局。

男生们找的电影版本是盗版，删减了许多镜头，导致原本较长的电影一个小时多点就放完了。

即使是这样，底下的女生还是哭得稀里哗啦，但大家都不太愿意让别人知道自己哭了，偷偷抹眼泪，坐在最后排的周意将这些看得一清二楚。

陈佳琪也是，连抽了好几张纸巾。

电影真正结束后，大家拉开窗帘，阳光照进来，那首《我心永恒》的调子仿佛才从教室里蒸发。

陈佳琪整理好自己的情绪，转过头来想和周意探讨一下电影，却看见周意眼眶微湿，若有所思。

她轻声问周意："你是不是也觉得结局好难过？"

周意回过神，敛了下眉眼，眼眶里的湿意很快消散。她抿抿唇，柔声道："以前看过，第一次看的时候觉得女主角怎么能独活，现在再看我觉得她很勇敢，她冲破了世俗的束缚，也做到了对男主角的每一个承诺。"

"不管是哪种我好难过，我希望男主角活着。"

"电影嘛，有时候悲剧比喜剧更容易让人难以忘怀。"

陈佳琪叹气。

校园广播准时响起，老师在喇叭里催促大家集合，播报员报着下午的比赛时间和项目。

粗糙的音质让大家回归到现实，零零散散地往操场上走去。

陈佳琪算了下时间："你三点半要跑1500米对吧？班里男生是三点开始篮球赛，我应该两边都来得及看吧？"

"来得及。不过你不用看我，我肯定拿不到名次的。"

"哪能啊，我得在终点等你，你跑完肯定走路都走不动了。"

周意笑着说谢谢，陈佳琪也笑，说："咱们谁跟谁。"


初秋的阳光不似夏天那样热烈，一过两点便会缓慢地淡下去，三点篮球比赛开始时，斜上方的太阳如同浸了水一般，带着明亮的柔感。

这是最后一场篮球赛，这个比赛断断续续进行了一个月，班里男生勇猛，一路杀进决赛，这次赢了六班，班主任说他就会实现他最初的承诺，请大家吃一顿肯德基外加看一场电影。

班里没项目的自动汇聚到那边，一会儿鼓励一会儿威胁的，变着法儿让打篮球赛的同学奋力一拼。

周意和陈佳琪看了一刻钟左右，赛场上两个班级实力相当，谁也没有领先谁。

三点二十分，广播里响起高二女子组1500米决赛即将开始，陈佳琪陪着周意去起跑点准备。

三点半，一声枪响，比赛开始，周意在最里侧的跑道，速度算不上快，卡在几个选手中间。

风呼啸而过，周遭的人声在高度的有氧运动中变得模糊，结束时周意倒在陈佳琪身上，喉咙干涩，一句话都说不出。

一起比赛的几个女生无一例外都是如此，谁都没跑过这么久的步，除了体育生。

不知道是因为那部电影带来的新感想，还是因为她已经真的接受了段焰不喜欢她的这个事情，在急促的呼吸和耳鸣中，周意莫名滋生出无限的勇气。

就算是决定继续默默喜欢他，她也应该上线看看，不管他有没有回复她，有没有在意她，她不能这样逃避。

而且还有过前车之鉴的。

跑完后缓了好一会儿，周意撑着陈佳琪直起腰，艰涩地说："佳……佳琪，你能不能……借我一下手机，我想登个号。"

陈佳琪一头雾水："啊？"

周意认真地重复了一次。

陈佳琪哭笑不得："你没事吧？要不要喝点水？"

周意摇头，拉起陈佳琪的手，往学校的三栋方向走。

三栋年久失修，是学校废弃的教学楼，二楼往上上了锁，一楼教室留给教师做了充电室，现在的教学楼装修时周意他们还曾在那边上过一阵子的课。

那边没什么人去，十分安静。

两个人来到二楼楼梯转角处，周意捂着发酸的膝盖，找了个台阶坐下。

陈佳琪看着周意奇怪的样子，心中疑惑至极，甚至怀疑这是不是周意。

她把手机递给周意，问道："你怎么啦？"

周意看了陈佳琪一眼，欲言又止，她轻轻道："等一下，我等一下和你说，好吗？"

"嗯……没事，你喝点水吧。"陈佳琪拧开盖子把水递给她。

周意眼眶热了一下，喝了点水后，颤着手登录自己的号。

上线的一秒，她就看见段焰跳动的头像，和许久之前的消息。

2009/10/11 16:03

%*#：你的作文弄好了吗？如果有事不能来网吧，你可以把你手写的稿子给我，我帮你发。

段焰的几句话几乎霸占了狭小的屏幕。看着满屏的文字，周意鼻尖微酸，但内心没有太大的情绪起伏，仿若傍晚的潮汐，顺着风平缓地涌进后退，而那种酸意就像遍布在水面的光纹，细碎，无处不在，却又柔软得没有棱角。

十六点零三分。

这个时间，周意知道，这足以证明段焰那天有在等她。

这就够了。

她有被他记住，有被他上心，哪怕这可能只不过是他的教养，哪怕他只是把她当作普通朋友友好地对待，已经足够了。

她果然不能做一个胆小鬼啊。

如果早点看到，这段时间是不是就不会翻来覆去地想这么多，是不是能更快接受他和赵嘉？

接近下午四点，日头西坠，光芒如同千万缕金丝，淡薄悠远的晖光穿过校园里栽种了几十年的梧桐树，温柔地倾泻在每一个角落。

周意和陈佳琪并排坐在台阶上，背着阳光，两个人的影子倒映在前头，被拉得很长。

老旧无人前来的教学楼和那个沸沸扬扬的操场相隔甚远，那边的欢呼声衬得这里安宁如山谷，两个姑娘稍微一动，鞋底摩擦着水泥阶梯的沙沙声尤其突兀。

陈佳琪打量着周意的神色，她有点不敢轻举妄动。

她从认识周意起，从未见过她这副样子，一副她难以形容的模样。

周意的眼眶是红的，眼里藏着数不清的秘密，她每眨一下眼睛，那些秘密就随着澄澈的双眸微微晃动。

刚刚跑 1500 米的余劲还没过去，她呼吸依旧急促，白皙的脸庞泛着淡淡的红晕，配上这副神情，仿佛刚刚跑的不是 1500 米，而是经历了一场有关内心独白的呐喊活动。

陈佳琪没凑过去看周意到底在看什么，她在等周意平静下来自己主动说。

在等待时，陈佳琪脑海里蹦出无数个猜测。

是因为男学霸刚才去看隔壁班花短跑没看周意长跑吗？是周意在 QQ 上和男学霸告白了？

静悄悄的空气中，周意轻喘的呼吸声渐渐淡了下去，取而代之的是她极其轻柔的一声笑。

她一笑，明净的桃花眼上扬，融着夕阳璀璨的光，看上去再也不是之前心事重重的雾霾模样。

周意握着手机，和从前一样，认真地回复段焰。

2009/10/30 15:59

小意：对不起，我周日去了别的地方弄好了，忘记和你说了，让你费心了。以后不会这样了，对不起。

回复完，周意留恋地看了几眼段焰的灰色头像，随后果断退了号，把手机还给陈佳琪。

陈佳琪犹豫地接过，试探地问："好了？"

周意笑了一下："嗯。"

陈佳琪忽然不知道该说什么，她要主动找个话题切进去吗？

她和周意没有这样单独地、安静地相处过，平常就是一起吃午饭，一起上厕所，在体育课上坐在一起聊些八卦，或者是像去年秋游，在大巴上坐一起分享零食。至少，没有一个场景是真的只有她们两个人的。

而周意没有手机，她家里的情况，也不允许她们有机会煲电话粥。就这样，她和周意从来没有开诚布公过自己的内心最深处的心思。

不过她不太在意这些，因为她和周意生活简单，什么都很简单，能有多少秘密？

陈佳琪是很简单，因为周意此刻将她眼里的疑问和想法看得一清二楚。

周意拿过放在一侧的水，拧开又喝了几口，沁凉的矿泉水流过喉咙，长跑过后的干燥炎热被抚平。

她捏着瓶盖，注视着剩余的半瓶水，也在找一个好一点的话题切入口。

半晌，两个人几乎是同时开口。

"你……"

"我……"

两个人对视，忽地，都笑了出来。

陈佳琪玩着自个儿手机上的挂件，上头有个小铃铛，在她手指的缠绕下，叮当作响。

她直白地问："你是不是有偷偷喜欢的人了呀？"

周意也直白地承认："有。"

陈佳琪："啊！真的啊？那看来我想得没错。"

周意此刻心里很宁静，她淡淡笑着，问陈佳琪："我是不是表现得很明显？"

陈佳琪撑起下巴，回忆一番道："是有点。不过你是什么时候开始的啊？"

"刚开学没多久的时候。"

"啊……那会儿我没看出来欸。"陈佳琪靠过去，"你觉得他哪里好？我觉得他除了学习好点，其他的也就那样。"

"学习好？"

周意一愣，但想到段焰的从前，他从前确实是很厉害的存在。

周意想了想回答道："我不知道，只是有一天忽然发现自己莫名其妙会开始关注他。"

陈佳琪了解这种感受，初中她喜欢一个明星时也是如此。

不过真是没想到，在她心里一向一心只读圣贤书的周意居然也会有如此可爱的一面。

她没忍住，笑了出来。

周意有点不好意思，轻声问道："你笑什么？"

陈佳琪摆摆手："那……那你今天怎么了？你和他告白啦？"

说到这个，周意双眸垂了下来，里面浮着浅浅的笑意。她抿了抿唇，说道："没有，我只是突然发现他其实有喜欢的女生，难过了一阵子，不过现在想明白了。"

陈佳琪又一副"果然"的表情，她安慰道："我觉得那女生没有你优秀好看，他们还没在一起，没在一起就说明你还有很多机会。"

周意再次愣住，不解地问："你也知道他们两个的事情？"

陈佳琪："不知道啊，但是你不是说他有喜欢的女生吗？我自己看到过几次，就刚刚，他还在那边看那个女的短跑呢。"

静谧了片刻，周意觉得陈佳琪和自己好像不在一个频道上，她边拧瓶盖边说："佳琪……你知道我说的是谁吗？"

"知道啊，我们班那个男学霸喽。"

回答完，周意没接话，看这反应陈佳琪意识到自己猜错了，她也怔了，细细回忆之前的所有细节，实在想不出还有谁。

她不太相信地说："不是吗？"

周意短暂地看了陈佳琪一眼，双手握着水瓶，手指摩挲着上头的包装纸。她张了张唇，"段"字卡在喉咙里。

这好像是她第一次叫他的名字，这个在她心底默念了无数遍的名字，真要说出口时竟然会有一丝不适应。

陈佳琪摇周意的手臂："谁啊？我们班的还是隔壁班的啊？"

周意不太好意思地侧过头，说出了埋在心底的秘密。

"是段焰……"

陈佳琪顿时瞪大眼睛，大脑瞬间死机。

周意看到陈佳琪惊愕的表情更加不好意思了，脸颊微红着说："我还以为你知道的。"

陈佳琪傻了好一会儿，仍不可思议道："段焰……怎么会是他？"

"再往前一点。"

"啊？"

周意想起第一次见到段焰的场景还是会笑。

她没有保留地全部告诉了陈佳琪。


陈佳琪听完悟了，说："他……怎么说呢，长得确实不错，家里条件也好，人也聪明，不过他那种性格不好掌握。而且你说的那个女生，是谁啊？"

"赵嘉，萧宇他们说的校花。"

"就她啊？她也不怎么样嘛，不就是长得清纯可爱点了嘛，哪里比得上你。你看你，学习成绩好，长得也好看，身材也很棒，段焰都配不上你。"

上回陈佳琪看到赵嘉的照片时明明不是这么说的。

周意被夸得心里一暖，说："谢谢你啊，佳琪。"

陈佳琪俏皮地眨眼睛，又问："你怎么知道他喜欢她啊？"

周意笑着说："眼神不会骗人，他看赵嘉的时候那个眼神……而且赵嘉确实很好，他会喜欢她也很正常。"

陈佳琪存疑："我还是那句话，没有在一起就什么都不算。"

周意轻轻摇头："我想明白了，我现在要的不是谈恋爱，我试想过，如果他也喜欢我，要和他在一起，我可能会愿意。但是在一起之后呢？高中毕业之后呢？这些我之前都没想过。这个月，我想了特别多。如果我现在不在读书，我可能会和他告白，无论结果怎样我都能接受，但是佳琪，现在在一起也无法走远吧。而且，我已经得到我想要的了。"

"嗯？什么？你得到什么了？"

周意指指她的手机："我上次做了件很幼稚的事情，故意失约想看看他会不会记得，刚刚上线我发现他有来问我，我觉得足够了。回到最开始，默默地喜欢他，像朋友一样和他说几句话就够了。"

陈佳琪有点混乱，说："可是喜欢一个人能在一起最好啦，如果是我我会去争取的，才不管有没有在读书呢。"

想和段焰在一起吗？

想。

但不是现在，也不是在他有喜欢的人的情况下。

周意思考了一会儿，和陈佳琪说："那……等我毕业吧，如果高三毕业后我还喜欢他，他还是一个人，我就去争取。"

夕阳又下沉了些，黄昏浓郁，校园广播在播放梁静茹的《偶阵雨》。

歌词应景道：

过去总算渐渐都还过得去

未来就等来了再决定

回忆多少还留一点点余地

还不至于回不去
谁的青春没有浅浅的淤青
谁的伤心能不留胎记
谁的一见钟情不刻骨铭心

　　一墙之隔，站在底下的萧宇靠着墙壁，校服外套挂在小臂上，他凝视着眼前的白墙，呼吸清浅得不敢让人察觉。

　　下午五点多，天色越发沉薄，气温不知不觉地降了下来，几丝凉意袭来，让两个聊了好半天的姑娘不约而同地捂了捂胳膊肘。

　　陈佳琪听周意讲了很多细节，听得一愣一愣的，她都要开始怀疑她们认识的段焰是不是同一个人。

　　她觉得是周意滤镜太重，在脑海里把段焰的言行举止自动美化了。

　　她没忍住，和周意说了几件小时候段焰的糗事。

　　大约是小学一二年级，他们暑期在一起玩，有人提议去偷瓜，几个人没头没脑地真觉得这是件很快乐的事情，搬走了别人好多西瓜，堆在小河边，还特意堆成了"Z"字形。

　　到了傍晚，陆陆续续回家的大伯大娘路过看见，吆喝几声，全村的大人都来追他们。

　　他是唯一的男孩子，被教训得最重。

　　段焰外婆最绝，买下了所有的瓜，运回家后分了一些给邻里，其余的就盯着段焰吃。

　　陈佳琪就坐在姑姑家的客厅里，一边看电视一边吃西瓜，顺便听着隔壁段焰一边哭着吃，一边喊："外婆，我错了！"

　　然后他吃撑了，吐了一夜。

　　再长大点，除了那个遇蛇事件外，还有一次过年的经历。

　　那时候过年年味很浓，在小卖部里五毛钱就能买到一盒小鞭炮，他们一群小伙伴买了互相炸着玩，他倒好，直接往柴堆里炸。

　　星星点点的火苗最后发展为熊熊之势。

　　毫无疑问，那个年段焰过得不怎么样，红包被没收，被他外婆扯去赔罪。

　　她对周意说："不用把他想得太神圣，他不过是一个现在长得帅了点的皮猴子而已。"

　　也许吧，也许这些对陈佳琪而言是糗事，但是在周意看来，不过都是些童年趣事。

周意羡慕陈佳琪能参与段焰的童年，见过他可爱又顽劣的一面。

陈佳琪看着周意温和的神色，知道自己已经拯救不了这个陷入爱河的姑娘了。

站在朋友的角度，她觉得现在的段焰配不上周意。

周意多好啊，脾气好，总是那么耐心包容。她和周意在一起说什么都没关系，因为周意都会用心聆听。周意的学习也多好啊，要不是中考发挥失常，根本不会来正仁，还有，周意多好看啊，只不过现在周意没学化妆罢了，所以才显得比较素净。

那个赵嘉，一看就是喜欢打扮的女生，拍的照片，美瞳、粉底、眼线液可是一样没落下。

还有，现在的段焰就空有一副皮囊，虽说家里有钱，但他不是早就和他爸爸闹掰了吗，指不定以后也分不到什么家产，自己还颓废，以后能干什么？

这样一想，或许周意才是对的，现在的他们就算在一起了，可毕业后呢？

只是，她佩服周意这份理智，换成是她，她是真的做不到。

说到段焰的家庭，陈佳琪还有一个小八卦。

她准备说的时候，忽然觉得越来越凉了，看了眼时间，不早了，再有一小时不到就要放学了。

估计班主任还要集合说点什么，她拉起周意说："走吧，我们先回教室，我边走边和你说。"

周意起身，拉好校服外套，刚迈出一步，她眉头皱起，俯身去摸膝盖，酸痛得寸步难移。

陈佳琪："你怎么了？不能走路了？"

周意试着走了一步，她咬了咬牙，说道："不知道为什么膝盖特别酸，刚刚坐久了也有点麻。"

"那……那你慢点？我们慢慢走回去。"陈佳琪挽着周意，叹气道，"明明自己也不擅长跑步，为什么不拒绝啊？"

周意呼吸着微凉的空气，嘴角微微扬了下，她轻声说："是啊，应该拒绝的，我真胆小。不过……"

周意顿了下说："不过当时报了1500米后我还在想，他会不会看见我跑步，会不会对我产生一点好的印象。"

周意丝毫不觉得跑步时自己的样子会不好看或者怎样，只想在他面前竭尽所能地表现自己的优点。

那会儿特别认真地和他说作文比赛也好，现在奋力比赛也好，都是希望他能看到自己优秀美好的一面。

陈佳琪还没开口说话，周意就自己圆话道："但是没人会因为一个女生跑步很努力就喜欢上她吧？"

陈佳琪有些哭笑不得了，她和周意走出三栋，迎面的风吹散了所有心酸，她对周意说："原来喜欢真的能让人变成傻瓜啊……"

周意不否认，自己都笑了出来。她告诉陈佳琪："你没见过我更傻的时候，你和我说认识段焰的时候我还嫉妒过你。"

"嫉妒？嗷……我懂啦！你啊！"

陈佳琪想接着说刚刚想说的八卦，话锋一转道："对了，我和你说个事儿，你别和别人说啊，我也不太确定，都是从我妈那边听来的。"

"嗯？"

"你知道段焰为什么和他爸闹掰了搬到外婆家吗？"

周意朝她投去探究的目光，陈佳琪小声道："你肯定想不到，听说和我们教导主任有关系，段焰他爸爸后来娶的老婆，那个老婆的哥哥是我们的教导主任。我听我妈说，段焰把教导主任的儿子打了，然后关系迅速恶化，就搬出去了。"

周意揉着腿的手一顿，好半天说不出话。

陈佳琪说："不知道真假啊，不过感觉八九不离十，大人们的八卦要么离谱到没边，要么准得要命。"

周意忽地想起第一次见到段焰时的场景，那天，他站在楼梯间被刘宣平训话，他的神态言语确实不像一个学生对老师应有的态度，如果这层关系是真的，那么好似什么都说得通了。

怪不得刘宣平总是说他不好，怪不得他对刘宣平的姿态是那么讽刺，说起话来像是面对一个老熟人。

两个人快走到教学楼的东楼梯了，周意问道："他打了刘宣平的儿子？为什么？"

陈佳琪摇头："这我就不知道了，也可能没打，就是闹了？刘宣平的儿子你还记得吗，就是去年作文比赛和你齐平那个。"

"记得，叫刘舟。"

"生活就是一个圈子啊。你千万别和别人说啊，我感觉这种事情到处说不好。"

周意："嗯，我不会说的。只是……有点……"

陈佳琪："有点难以相信，是吧？"

"嗯……"

"我当初听到也是这样。"

周意失神，走到教室门口时恍然想起段焰的那篇中考作文的两句话。

——君子慎独，不欺暗室。卑以自牧，含章可贞。

——壁立千仞，无欲则刚。

是因为家庭的种种有感而发吗？

傍晚余晖盛满了整个教室，周意和陈佳琪是最后两个进教室的，班主任早就在讲台那边等着了。

见到一瘸一拐的周意，班主任安慰道："班长辛苦了，明后天周末好好在家休息一下。"

对上全班的目光，周意敛了思绪，低下头尽量很快地回到自己的座位上。

底下有男同学说："老班，我们都伤了，周末少布置点作业呗！"

其他同学纷纷附和。

班主任拿手指着他们："你们就知道减作业，前两天的月考考得怎样，心里有数吗？今天你们在玩的时候我们在办公室批得差不多了，下周过来等着哭吧。"

撒野了一天，个个气焰都很旺，班主任的话根本起不到任何威胁。

男生们吹口哨，提醒班主任说："老班，今天我们篮球赛赢了怎么说啊？肯德基和电影什么时候兑现？"

"什么时候？！"

"什么时候？！呜呼！"

陈佳琪往后靠，椅子背抵住周意的桌子，仰过头，低声道："咱们班居然赢了？"

周意"嗯"了声。

班主任在台上说道："一言既出驷马难追，肯德基下周一我中午买好拿过来，电影我也看了，最近没什么好看的，十一月下旬倒是有部电影还不错。"

下面一阵哀号："不会要等到期中考试之后吧？"

班主任正有此意，笑道："那个片子你们肯定都会喜欢的，叫《2012》，讲世界末日的，人家排片这么排老师也没办法。接下来一个月好好读书，考个好分数后开开心心看电影。"

说到《2012》，刚刚还拉着脸的男生们瞬间精神了起来，讨论声越来越大。

班主任敲敲讲台："安静点，不想放学了？今天不留你们了，我这门课给你们减一张B卷。嘘，别出声，现在收拾好自己的东西，鸦雀无声地、偷偷地从教室离开，不要宣扬，不然等会儿校长要找我谈话的，懂了没？"

大家默默点头。

周意简单收拾了一下，背好书包。陈佳琪看着她这副样子，担心道："我陪你到车站吧，你一个人怎么走啊？"

"你不顺路，推着自行车也不方便，没事的，我自己走慢点就好了，反正今天周五，坐晚一班的车也没什么。"

陈佳琪正犹豫着，一旁的萧宇挎上书包道："班长，你的腿怎么了？跑伤了？"

"嗯，走路有点疼。"

萧宇说："那我送你去车站？你坐我的自行车吧，正好顺路。"

陈佳琪眼睛一亮："对呀对呀，你们一个方向，他自行车后座正好能坐人。"

周意揉着酸胀的膝盖，半晌，点头，对萧宇说："那麻烦你了。"

萧宇轻轻一笑："小事，那你在楼下等我吧，我去推自行车。"

陈佳琪扶着周意缓慢地下楼，在林荫道口没站一会儿，萧宇就推着自行车飞速赶来，两个人协力把周意搀上了后座。

萧宇准备起步时，回头看了一眼周意，说："你扶好……没地方抓就抓我的衣服吧。"

周意虽然嘴巴上应了，但是心里不太愿意这么做，右手垂在边上，摸到后座的一截铁杆，牢牢抓紧。

车子很快驶进林荫道，两侧的梧桐树枝繁叶茂，金色的夕阳斑驳落下。

同样因为运动会而提早放学的段焰站在高三楼层的楼梯口看着周意的身影一点点消失在视野里，心里头有股说不出的闷。

段焰回到家时，时间尚早，于烟还没回来，家里也没到晚饭时间，外婆不知道在哪户人家家里打牌。

他径直上了楼，到了自己房间，关上房门，往床上一躺，盯着天花板发愣。

自从上回网吧周意失约后，她再也没有上线过。

每天早上在车站看见她，他保持着距离走在她身后，她似乎一次都没发觉过。段焰几度想找个借口和她搭话，但始终没有勇气。

那瞻前顾后的样子，段焰都觉得不像自己了。

有一次，他看见周意在那边排队买汉堡，听到赵嘉让赵纪带汉堡奶茶，他自告奋勇去排队买，还好走得快，不然有个男生要抢先他排在周意后头。

他和周意站得很近，能清楚地听到周意和她同学说的话。

两个姑娘说话轻声细语的，说的都是一般女生喜欢的话题，什么看的小说、电视剧。

那天阳光四溢，他看着周意近在咫尺的背影，听着她的声音，心中残存的几丝失落瞬间蒸发。

所有跃跃欲试的冲动都在无形之中被安抚平息。

这可能是一场得不到回应的独角戏。

后来他几番宽慰自己，既然压根儿就没想要个结果，这样默默又热烈地喜欢着她就够了。

看她每天早上从公交车下来时的清爽干净模样，看她中午吃到喜欢的食物满足的笑容，看她体育课上安静惬意的放松姿态。

看到她开心不就够了吗？

像今天的运动会，他本来很期待，但不知道是哪个老师出的主意，让高三年级继续上课，然后统一安排一节课的时间出去比赛。

左等右等，好不容易等到点了，他第一个走出的教室，但无奈被腿脚不便的赵嘉拖了"进度"。

赵嘉的脚伤好了一大半了，这个紧要关头，上下楼赵纪都极其不放心，非要他们都看着点，一起扶赵嘉下去，以免人太多被再次撞伤。

就这样，等差不多其他班级的人都下去了，他们才慢悠悠地从教学楼出来。

出来的那一刻，他就在人群中锁定了周意的身影，一直看着她，一直看着，终于她回了头，她似乎也看见了他。

她神情淡淡，很难看出什么。他和她也只对视了几秒，紧接着她很自然地挪开了视线。

平凡无奇的一个眼神，可不知道为什么，他整个人忽然热了起来。

孙毅坚看见了，又拿话语揶揄他。

又不知道从什么时候开始，周围关系好的都知道了他喜欢周意这件事情，玩笑开多了，他渐渐地懒得否认。

他根本无从否认，因为他的每一个眼神，他的每一个举动都在告诉别人，他被周意下了蛊。

好在跳高的场地离周意并不远，他兴冲冲地跳完，下意识地去看周意，见她也在看他比赛，他整个人更热了，胸腔里有什么东西在破土而出。

他奋力一跃，摔在垫子上的顷刻，他想的是，他有没有在周意心里加分？

很久很久以后，段焰才知道周意在意的是那件校服外套和水，而这些如果不是周意提起，他早就忘记了。

而此刻段焰躺在床上，脑海里满是傍晚周意一瘸一拐的样子，虽然看见她坐在别的男生车后座上心里不太爽，可是她的行动不便让他更在意。

下午他们四点才被放出去比赛，他在操场上晃悠了一圈都没找到周意，为了找她还故意去高二那层走了走，在高二一班的教室里依旧没找到她。

他不知道她报了什么项目。这个星期他换了座位，不再坐在窗边，也没办法看操场。

不过看她那样，他猜，应该是长跑？而且今年的长跑都加长圈数了。

段焰想到周意细胳膊细腿的样子，很是无奈地弯了下嘴角，凝视着天花板喃喃自语道："报什么长跑，笨不笨啊……"

她去车站有同学送，那到家了自己走回去吗？

段焰对这块不太懂，他摸出手机，打开网页，查了下长跑后遗症。

查的时候，他不由得感慨，3G网果然不似2G那么卡，亮叔给他换的手机倒是挺值的。

查完这个，段焰顺手登了QQ，登上后，界面还没加载完，未读的新消息就跳个不停。

他压根儿没想到新消息里包含了周意的，以至于在看到那条灰色小鱼不断跳动时手僵住了，不知出于什么样的心理，竟然有点不舍得点开。

只要头像在跳动，就像周意在线一样。

良久，段焰还是点开了周意的消息，"对不起"三个字第一时间抓住了他的眼球。

头是对不起，尾也是对不起。

这一刻，段焰是真没一丁点想法了，只觉得周意是个傻瓜。

这有什么好道歉的。

他拿过边上的靠垫枕在脑后，支起点身子，快速回复周意："没事，弄好了就好。"

想了想，他又发了条过去："你运动会报的长跑吗？我下午放学看见你好像走路不太方便，突然跑这么多后是会这样的，如果过几天还是这样记得去医院看看。"

周意在床上躺了两天，作业都是在小桌板上完成的。

周日晚上，周兰给她端饭，见她这样，忍不住嘀嘀咕咕："没事跑什么1500米，回头要是把膝盖弄伤了……"

说到这儿，周意手中的笔一顿，抬起头看向周兰。

下一秒，周兰没好气地说："弄伤了还得去医院看，上下学我还得看着你，你这边一忙活，你弟弟那儿怎么办？你爸爸一年到头没几天在家，家里大小事都是我扛着，你以后别搞这些了，听到了吗？"

周意轻声答："知道了。"

等周兰走了，站在一边的林淮凑上来，小心翼翼地给周意捏腿。

周意问他："你干什么呀？"

林淮说："帮你按摩啊！"

周意按住林淮的小手，笑道："不用了，今天已经好多了。"

"哦……"林淮帮周意盖好被子，乖乖回到书桌前，和周意一起做作业。

自从上回问了周意题目后，慢慢地就变成了两个人一起做作业，他作业少，做得快，做完给周意检查，完了就回自己房间睡觉。

周意总是耐心地给他一遍遍地讲，讲到他都快没耐心了。过程虽然痛苦，但是每天被老师表扬的感觉真的好好啊。

林淮边写边问道："姐，你说我这样努力以后是不是能考清华北大？"

每一个小孩小时候总以为自己能考清华北大。

周意没打击他，说："如果你每一天都这么努力，这样保持十年，应该能上。"

"十年？我考大学还要十年吗？好遥远啊。那你呢，你是不是马上就要考大学了？"

"还早，还有一年半。"

"你考得上清华北大吗？"

"考不上。"

"啊？你都考不上，那我肯定考不上……一年半，姐，你要考哪个大学啊？我同桌的姐姐今年考大学，听她说，她姐姐要去很远的地方。"

周意的笔尖重重在草稿纸上陷了一下，她若有所思地说："可能我也会去一个很远的大学。"

林淮乐不出来了："为什么啊？那我岂不是见不到你了？"

周意很轻地说："因为，我想以后过自己的生活。"

林淮噘嘴，哼了一声。

周意看到段焰的消息是在十一月初，她因为想知道稿子有没有过，借陈佳琪手机登号。

上线后，她看着段焰的关心心头微动。

记忆追溯到运动会那天，他放学的时候看到的……那天他们也提早放学了吗？

她忽然觉得 1500 米没有白跑。

她不敢想太多，保持着朋友的界限回复他："嗯，不好意思现在才看到消息，腿已经好了。"

这样看起来有点生硬，周意又补了两个可爱的表情发过去。

陈佳琪在边上催道："怎样？回复了吗？过了吗？欸……你笑什么啊？哦，是不是皮猴子给你发消息了？发的什么，让我看看。"

周意往边上看了眼，见没什么同学关注她们这边，顿时松了口气。她直摇头，笑意从眼睛里跑出来，压着声道："没什么没什么，我看看啊……"

除开段焰的消息，还有个好友添加提示，《彩虹》杂志编辑天空请求添加好友。

周意把这个直接给陈佳琪看，不敢置信道："这是不是意味着我成功了？"

"啊！"陈佳琪看到后尖叫了出来，引来全班的注视。

陈佳琪才不管其他人，开心地晃着周意："你好棒啊！你真的好厉害啊！呜呜呜！快通过，快问问这个编辑！"

边上有同学问道："你们怎么了，中奖了？"

陈佳琪奋力点头："差不多！"

周意通过添加好友的请求后，颤颤巍巍地给这个名为天空的编辑发去消息：您好，我是短篇投稿《夏日焰火》的作者林意，请问我的稿子过了吗？

下一秒，编辑就回复了。

天空：过了，不过有几处要修改，还有你的稿费打款账户的开户行、卡号都得给我一下。

就这样，2009 年初冬，周意第一次正式接触写作圈子，并且以林意的笔名获得了第一笔稿费。

十七岁的周意没有银行卡，好在杂志社可以邮寄现金稿费。周意怕邮差送上门被周兰撞见，选填了陈佳琪的地址和手机号码。

拿到稿费那天是周四，陈佳琪在周五原封不动地给她带到学校来了。

两个姑娘撕开信封口，倒出五张崭新的百元大钞，激动得久久说不出话。

陈佳琪数了又数，闻着钞票的味道，不禁感慨道："我好羡慕啊。我投了那么多家都没过，你一下子就过了，如果我也能像你这么厉害就好了。"

周意弯起双眸，轻轻推陈佳琪的手臂："中午我请你吃东西啊，你想吃什么都行。"

"真的？"

"嗯。"

"谢谢，你好好啊。那……我要吃新开的那家墨西哥鸡肉卷！"

周意说："可以啊。"

中午，两个人买完鸡肉卷顺道去了公交车站那边的步行街，那里连开了好几家私人手机店。

本来周意想晚上放学再买，但架不住陈佳琪的怂恿。

货比三家后，周意最后选择了一家亲和力比较强的，介绍手机的姐姐轻声细语，让局促的周意没那么不适。

挑手机时，她看到了段焰用的那款，卖手机的姐姐告诉她，那款是几个月前新出的，手机里的功能都是最新科技。

周意很中意，只不过价格要 1050 元，她的预算摆在那儿，她想了想，还是不做这种不切实际的事情。

后来，她挑了一款 400 元的不知名牌子的手机，是现在流行的直板机身，大屏幕，白色外壳，附送一副黑色耳机，只是那耳机看起来质量很一般。

付了钱，周意还顺带买了张电话卡，那串电话号码并不好记，但后来用久了不好记的也都变得好记了。

周意不想被其他同学知道，回去的路上把手机包装盒扔了，充电线和耳机揣在口袋里压根看不出。

陈佳琪咬着鸡肉卷笑眯眯地说："开心吗？现在是不是可以每天和皮猴子聊天啦？"

周意摸着因为装了手机而变得沉甸甸的口袋，笑了下，低声说："怎么可能每天聊天，他……有喜欢的人，应该不会和我聊得很密集的，应该会保持一点分寸感和距离。"

陈佳琪："周意，要不要我帮你去问问啊？"

周意怔住："问什么？"

"嗯……你把段焰的号给我，我加他，旁敲侧击地问问他是不是真的喜欢赵嘉。"

周意没立刻回答，因为她有些心动。

但十几秒之后，周意摇头道："不了吧，太明显了，而且你们不是十年都没联系了吗？"

陈佳琪叹口气："对啊，我小学五年级的时候姑姑移民去了国外，我就再也没去过那边了，虽然小时候一起玩过，但是他未必还记得我。"

"是啊……"周意慢吞吞吃着鸡肉卷，"上次借你手机登号，他确实给我发消息了，他问我是不是报长跑了，还说看见我走路有点不对，说腿一直疼的话得去医院看看。佳琪，我看到的时候依旧觉得好开心啊，我还是会很心动，但是心情和之前的又不一样了，好像……好像无形之中有理智拉着我，让我不再自我沉溺，我还蛮喜欢这种感觉的。"

周意顿了顿又说："还有刚刚那个 1050 元的手机，是他现在在用的那款，不过我是第一次知道原来这款手机有三个颜色。他的手机好像在网吧被偷了，这款是网吧的老板买来补偿给他的，那老板挺不错的。"

陈佳琪憋着笑，等周意说完后，她拱着肩膀笑，说："你有没有发现你话变多啦？"

在陈佳琪印象里，周意一直是个腼腆内敛的姑娘，她笑起来清澈干净，偶尔满怀心事，眼里像是装了许多触摸不到的往事。她多数是充当着聆听的角色，极少对旁人吐露她内心的想法。

刚认识周意的时候，陈佳琪说话都很小心，生怕哪里说错话把人惹得不开心，后来发现周意性子就是那样，可能是她其实很多事情都不是很在意。

就这么相处了一年，她们都很少提及家里的事情，以及一些别人无法解决的烦恼，很多时候陈佳琪觉得她和周意不是真正的好朋友，至少不是她理想中的好友状态。

可自从周意告诉自己她喜欢段焰后，两个人说话时的感觉一下子变了。

周意的分享欲也重了起来。

那天，周意讲了许多关于段焰的细节。

什么段焰穿的运动鞋，给他外婆买蛋糕的蛋糕店，他校外穿的便服，他单曲循环的歌曲、QQ头像、网名等。

她好似记住了所有关于段焰的细枝末节。

周意听到陈佳琪这么说，不由得一顿，然后许多片段涌入脑海，她后知后觉地意识到自己最近确实话越来越多了。

是从什么时候开始的呢？

她刚把心底的秘密分享给陈佳琪后，有那么几天她会故意回避陈佳琪的眼神，压根儿不敢和陈佳琪对视，总是觉得莫名羞赧。

因为她喜欢段焰，所以陈佳琪开始注意起了段焰。

几次午休，陈佳琪看见段焰会暗戳戳地捅她，小声告诉她："快看，是皮猴子！"

她告诉陈佳琪："早就看见了……"

他总是人群中最耀眼的那个，没有人能比她更快发现他，在别人提醒时殊不知她其实已经偷偷看了他背影好几回。

几番下来，渐渐地，她开始忍不住向陈佳琪说段焰的事情。

比如今天早上她也看见他了，他吃了什么早饭；比如班里女生说到星座，她告诉陈佳琪段焰是天蝎，而她是双鱼；比如语文老师表扬她的作文，下课后她会告诉陈佳琪段焰的中考作文。

仿佛，生活中所有的一切她都能轻易地、自然而然地联想到段焰。

陈佳琪看着周意愣愣的可爱模样，笑得更甚。她挽上周意，乐呵呵道："而且你不仅话变多了，还变好看了！"

周意："有吗？"

"太有了！这样一看，我忽然觉得段焰还挺顺眼的呢。"

周意也笑了出来，她看向远方，温柔道："所以……我很喜欢现在的感觉。"


## 3. 手机

在放学路上，周意激活了手机，插入手机卡，摸索了一阵手机，设置好自己喜欢的屏保和密码。

在公交车的一阵颠簸中，她压着加快的心跳登上了自己的QQ号。

手机版界面和周兰、陈佳琪的不同，每个手机其实都不同。

最近联系的人、群组、好友分组、空间链接，顶上一排的区域划分得很清晰，周意有些意外，现在的手机版本居然能进空间了。

等全部加载完毕，中间的小企鹅跳起来，在预料之中的，是段焰的消息。

2009/11/5 13：10

%*#：没事就好，不能跑长跑下回就别报了。

十一月五日，十三点十分。

这是那天她借陈佳琪手机登号的日期，也就是说那天午自习结束后他上线过，所以才在这个时间点回她消息。

周意心里有说不出的滋味，她靠着车窗，一遍又一遍地看着这句话。

这一次，不用担心时间的限制，不用担心被别人知晓。

冷风过境，贯穿心扉的却是从未体验过的自由感觉。

周意没有立刻回复段焰，她没一会儿就下线了，关了网络。

到站下车后，她走进了小河边的一侧小花园里，播了通讯公司的官方号，通过语音订购了流量包和包月套餐。

她不打电话不发短信，所以选择了最便宜的套餐，代价是打电话会贵一些。

而订完流量她才知道这要次月才能生效。

晚上，周意写完自己的作业，辅导完林淮后，锁了房门，一个人躲进被窝里，在深夜冰冷的空气中再次登上号。

南城十一月中旬的夜晚，湿冷刺骨，已经是能让手指骨变僵硬的程度，而且过几天又要迎来大雨，等那场雨一下，就差不多正式入冬了。

可能是头一回，做贼心虚，周意第一次晚上收听收音机，她怕电台声盖过周兰的动静，怕周兰突然有事找她，到时候来不及拔充电器、藏手机就不好了。

虽然她已经给房门上了锁。

段焰的头像依旧是灰色的。这段时间下来，不难看出，他也不是经常在线的人，或者说他除了周末其余时间不挂号，只是会间歇性地上号看看。

抑或是他隐身着。

周意打开和他的对话框，踌躇着，然后握着冰冷的机身，缓慢地敲下一行字。

2009/11/13 22：45

小意：嗯，今年长跑加圈数了，所以跑的时候比较吃力。我看见你跳高了，你是第一名吗？

发完，周意呼出的气打湿了手机屏幕，她抽了张纸擦了擦，在纸巾上来回蹭了两下，回眼一看，段焰居然已经回复她了，并且头像亮了起来。

2009/11/13 22：47

%*#：是啊，不过我这个比较简单，你跑那么久很了不起。

%*#：【大拇指】。

周意盯着这个大拇指的"表情"轻轻笑出声。

他怎么好像有点老派，不过真的好可爱啊。


那头，段焰正坐在书桌前，白花花的卷子摊了一桌，此刻都被他压在胳膊底下，他动也不动地盯着手机屏幕，扬起的笑容似天边的弯月。

周意的消息映入眼帘，后半句话一下子抓住了他的注意力。

她有看到他跳高……

也就是说那天他没有看错，没有想错，她是真的在看他跳高。

可能是有了上回周意失约的事，所以段焰在对待周意的事情时变得万分慎重。

踌躇着，他在对话框里删删减减，又想立刻回复周意消息，最后发过去后，不知怎么，越看那句话越觉得自己笨。

他僵硬地加了个表情后，更后悔了。

他怎么看起来格外土。

好不容易能正式和周意聊几句，别开场白就被自己搞砸了。

他其实知道周意今天会上线，所以一早隐身等着。

这源于中午那会儿，他去买话费卡冲话费，无意中看见周意进了一家手机店，没多久周意就出来了，出来时手上还拿着一个新手机和手机盒。

今晚他有三四套卷子要刷，挂在线上怕孙毅坚他们又找他，让他难以分辨消息提醒是不是周意的，于是干脆隐身着。

刷了一晚上的题，他又怕错过周意上线，想忍又忍不住，每过一刻钟就会打开手机看一看。

二十二点四十五分，很巧，他拿起手机时消息正好进来，振动感在手心蔓延开来，让四肢百骸都为之一颤。

他点开一看，果然是周意发来的信息。

她自己有了手机总不会立刻下线，总能多说几句话的。

他的消息发过去后好一会儿周意都没回复。

段焰双目盯着屏幕，手指百般无聊地滑动上下的聊天记录看，试图希望每次重新划到最新聊天记录时能看到周意发过来的消息。

终于，七八分钟后周意回复了。

2009/11/13 22：56

小意：还好，只是跑完了，我没得到名次。

段焰看着这句话，一时不知道该接什么。直觉告诉他，这个话题已经无法进行下去了。

可女孩子都喜欢聊什么？周意喜欢什么？

段焰对着手机，挑挑眉，无从下手地摸了摸后脖颈。

难道两个人还要聊作文聊学习？

短短一分钟，段焰脑海里闪过所有和周意接触过的片段，她平常喜欢吃的东西，她戴的各式头绳，她听过的歌、创建的歌单，偶然听到她和身边同学聊过的东西……

信息汇聚，最终在时间的压迫和第一次和女孩子相处的紧张中，他随便揪了个话题。

%*#：你是不是买手机了？我中午看见你进手机店了。

这一次周意回得很快。

小意：嗯，自己偷偷买的，所以这会儿能上号。

%*#：家里不让用电子产品？

小意：嗯，管得严。

%*#：懂了，那你订流量了吗？

小意：订了。

%*#：是不是要下月才生效？

小意：是呀。

%*#：那你现在……

小意：用钱，我想就玩一会儿应该还好。

段焰犹豫了一下，本想说没钱了他可以帮她充，但这样未免显得太刻意，恐怕只会给她负担。

甩掉这样的想法后，他打了一句话。

%*#：别下载歌曲、别浏览图片，单纯挂会儿号聊会儿天还好的，别发表情也能省点。

小意：这样啊？发图片和表情流量会用得快，是吗？

%*#：是的。你怎么突然偷偷买手机啊？

小意：想听歌，就攒钱买了。

%*#：你喜欢听谁的歌？

小意：没有特别喜欢的，流行歌曲大多都喜欢，你呢？

%*#：我初中喜欢流行外文歌，这两年口味变了，喜欢一些华语老歌，也没有特别喜欢的歌手。

小意：我记得你之前听过陈慧琳的歌。

%*#：哪一次？我不记得了。

小意：好像是……我去你网吧那次，我记得你听她的歌听了很久。

段焰回忆了一会儿，着实是记不起来了。那阵子他会单曲循环一些听起来顺耳的歌，一般都是在看书的时候单曲循环。他倒是记得，那个下午他确实看了一下午的书。

不过，她居然记得……

段焰关了台灯，边回消息边走到床边。发送完毕后，他脱了厚外套，掀开被子躺了进去，半倚着，屈起一条腿，手借力靠着。

床头柜上方的墙上装着一盏简约的壁灯，一圈装饰加一个白色的灯泡，清冷又温柔的灯光细腻洒下，隔绝了窗外平地而起的寒风。

窝在被褥里的周意侧躺着，只露了小半个头在外面，额头冰冷一片，长时间腾空握着手机的手慢慢酸了起来。

片刻，周意换了个姿势，她翻身趴着，拉起被子，把自己肩膀那圈裹得严严实实，但露在外面的双手和手腕还是冷。

她怕冷，每年一到深秋她就觉得冷，这种时候别人顶多觉得早晚冷一些。

但今天很不一样，每一次段焰来消息，特意调低的手机提示音都让她血液沸腾，即使手冷，手指骨有点僵硬也没关系。

周意再次擦屏幕湿气时，提示音提示段焰的消息来了。

%*#：我一般看书的时候会循环听一些令我觉得舒服的歌，上回你不是也听了很久周慧敏的《自作多情》吗？

周意一怔。

那次……

她其实不太喜欢那首歌，单曲循环是没错，可那时候她把耳机放在一侧根本没有听。只不过是小女生的心思在作祟，想向他表达自己的心情，又不敢表达得太明显，暗戳戳地做这种小动作，希望他能看见能明白。

她抬手，呼了呼冷飕飕的手背，组织了一下措辞发过去。

小意：没有听，不小心按到了吧，那天我没有听音乐。

%\*#：那天……你为什么没有找我，怕我这边机子坏了又白写？

周意害怕他问那天的事情，但看到他后半句话没忍住，笑了出来。

可她真没办法说实话，就像她没办法说攒钱买手机是为了和他聊天一样。

小意：那天下了雨，选择了一家比较近的。是我不好，应该和你说一声的。

%\*#：没事，我就瞎问问。你可别再道歉了，我不太会哄女生的。

哄女生……

周意手指划着屏幕，思忖要不要顺着这个话说下去，如果话题引得好，是不是能知道他和赵嘉更多的事情？可是知道了她会总是想着那些吧。

还没等她想明白，段焰的消息又发了过来。

%\*#：你要听歌的话，有在卖手机那边下载好吗？

小意：还没……

%\*#：那边下载要钱，下次要不你找我吧，哪天放学我带你去网吧，十分钟就能搞定。

小意：嗯，好啊，谢谢，过阵子再说吧，下周要期中考了。

%\*#：行啊，你和我说一声就行。

小意：嗯嗯！

%\*#：你们期中考是哪两天？

小意：下周二和周三，你们不是吗？

%\*#：我们是周四和周五。

周四和周五，下周。

周意刚想回复，忽然想起了一件事。

她切出 QQ，找到手机日历翻看，下周五是 20 号，11 月 20 号是他的生日。

他生日的话应该会和家里人一起庆祝吧，也许还会去那家蛋糕店订蛋糕。

切回号，周意回复他。

小意：我看你资料，20 号是你生日吗？

%\*#：是啊。你呢，你生日什么时候？

小意：3 月 12 号。

%\*#：那还有一阵子。

小意：嗯，是的……

两个人忽然陷入沉默。

周意等不到段焰的回复，试着再找点话题聊聊，但一时想不到什么好的话题，怕贸然提起自己暴露太多，也觉得今天是不是差不多了。

既然聊了一会儿了，自己的心愿得到了满足，就不能再一直缠着对方聊。

这么晚了，他有他的生活和要做的事情。

在段焰还在绞尽脑汁地想话题时，周意给了他最后的话。

是最后的话，也是想再和他聊一句的证明。

小意：十一点多了，我要睡了，你睡吗？

%*#：是应该睡觉了，你记得关流量。晚安。

小意：嗯嗯，晚安。

周意抿着唇微微一笑，对着屏幕声音极低地说："晚安，段焰。"

她没有立刻下线，而是把状态调成了隐身。

调完，她撑起身子想翻身平躺着，但刚刚那个姿势维持太久，胳膊一撑，酥酥麻麻的感觉立马窜了上来。

她艰难地翻过身，平躺着，雪白的天花板有一圈光晕。

周意望着这圈光晕，浅浅呼吸着，琥珀色的瞳仁里笑意难掩。

好像做梦的一晚上。

她是抱着侥幸心理才在晚上回复段焰的，她希望他在线，能顺势聊几句，但如果他不在，也没关系。

让她意外的是，他居然真的在。

本想着聊几句就够了，但是隔着网络，心中的胆怯被压缩到最小，只剩悸动和紧张在跳跃。

而且他是如此温柔，又可爱得像个小孩子一样。

周意揉着自己的胳膊，酸麻感退了，她撑着从被窝里起来，一出被窝半夜的寒气便侵袭了她。

周意拿起边上的大衣穿上，又找出书包最里夹层的日记本。

她靠着床背，把日记本铺在屈起的双腿上，然后再把和段焰的聊天记录划到第一条，一笔一画地抄录在日记本上，包含日期时间，每一个标点符号。

只是可惜，之前聊的内容分散在不同手机上，她没办法一字不差地想起来。

她想，就算有一天不再喜欢他了，这些心事若干年后翻出来看也是很有意义的，照片、文字、影像，记录下的往事是多少人的难以忘却。


往后的几天，周意每天晚上都会上线一会儿，段焰的头像总是灰着，打开和他的聊天对话框，几次三番试图找点话和他聊，想着哪怕聊几句也好。

可是隐隐约约，周意总觉得她和段焰的聊天次数是有限的，用一次也少一次，她不想轻易浪费机会，也怕频繁地聊天会打扰到他。

即使……他从开始到现在，每一次聊天都没有表现出对她不耐烦。

二零零九年十一月二十号那天，周意终于找到了借口给他发消息。

周四晚上，周意等着午夜十二点的到来，她边看写的日记边等，时间一到手机的闹钟就会提醒她。

也不知道哪儿来的执念，她想做第一个祝他生日快乐的人，哪怕他并不需要这份心意。

十二点一到，她编辑好的简单的祝福语发了过去。

2009/11/20 00：00

小意：突然想起周五是你生日，生日快乐，【蛋糕】。

这个点，他应该睡了。

周意没指望他回复，只是看着将近隔了一个星期的聊天日期心中微涩，她不由得想，这一切只是自我感动吗？

这些仪式和心意到底是做给自己看的，还是做给他看的呢？

思及此，周意侧过眼看向放在手边的一个手工小泥人。

这是她上周想起段焰生日后思来想去许久才准备的礼物。

学校附近的街边有各种饰品礼物店，周一的中午和晚上，她拉着陈佳琪逛了很久，左看看右挑挑都没有选到一个合适的礼物，那边的东西多数都是女生喜欢的，能送男生的少得可怜。

而她对段焰了解得还不够深，只知道他篮球打得好，可是送一个篮球的话太兴师动众了，带到学校，带回家，都太显眼，面对周兰更是难寻借口。

挑礼物的时候，陈佳琪还问她："你真的要送啊？"

当时心血来潮，没考虑到底要不要送，只是想买，想做到万无一失，心底可能也明白，这份礼物大概率是送不出去的。

周二那天考试，放学早，她不好意思再拉着陈佳琪去逛，一个人沿着街边闲逛，那家泥人店开在犄角旮旯，店主是个年纪很轻的女孩。

看着摆在橱柜里各色可爱的泥偶，她心念一动，花了两个多小时按着段焰的样子给捏了一个，他喜欢篮球，所以她还捏了一个篮球。

可能这辈子所有的天赋都花在读书上了，在艺术造诣方面她实在糟糕，连店主看到成品都笑了半天，后来帮她一起捏了一个才算完事。

包泥人的礼物纸是她在隔壁饰品店买的，包书皮都不会的她，又花了一晚上琢磨怎么包礼物。

她不知道段焰喜欢什么颜色，所以挑了自己喜欢的紫色。

这两天上学她都会把这份小礼物带在身边，但一直没找到合适的机会拿出来，周意也没有勇气走到段焰面前递给他。

周意拿起这个小盒子，手指绕了几圈上面的礼物花带，喃喃自语道："如果……明天放学能遇到你，我就给你，怎么样？"

周五晚放学时，周意没能如愿，也出乎她意料的，这份礼物阴错阳差地在十一月二十一日周六那天送给了段焰。

那天是周意多年后回忆起来最像梦也最叛逆的一天。

高二的期中考成绩在周五那天分数陆陆续续都出来了，周意没有刻意去问分数，但是别人问了，无意传到了她耳中。

其他科目她都发挥得很稳，只是这一次，她的物理跌出了班级十名之外，150 分的卷子她只考了 109 分。

这是她继中考之后第二次分数大幅度下降。

陈佳琪听到后不敢置信地问散布分数的同学："你是不是看错了？周意怎么可能只有 109 分啊？"

那同学挠着脑袋，弱弱地回答道："是真的啊……对了，班长，物理老师说如果你有空的话让你现在去趟他办公室。"

这会儿已经放学了，班里同学早就走了一半，寒风呼啸，落叶纷纷，幽暗的夕阳光落在走廊里，沉长萧瑟。

周意让陈佳琪先回家，她背上书包一个人去了物理组的办公室。

老师们还在加班加点地整理名次和学生们的易错题。

见到周意站在门口，物理老师招呼她别在那边站着，进来，因为外头冷。

周意班级的物理老师是个温柔与严格并行的女教师，三十出头，教学却颇有一套。

老师看着周意不太好的脸色笑道："知道分数了？"

周意点头。

老师说："别太气馁。我叫你来不是为了批评你的，老师也不舍得说你。你先看看你的卷子，这次错了一些不该错的题，我感觉你对一些知识点有误区。"

周意接过卷子，上面大面积的叉让她手一抖，中考那年失利的窒息感瞬间涌上来，如一团扯不断的线堵在喉咙口。

老师打量着周意，问道："自己也没想到？"

"嗯……"

"前两次月考都挺不错的，不过月考我们故意出题出的浅，这次是难了一些。但是班里有几个同学倒是出乎我意料，考得不错。我最近课上的东西你有什么不懂的吗？"

周意回忆了一下从开学到现在的物理课，她低声道："没有什么不懂……"

老师在电脑前"噼里啪啦"地敲着，温柔道："老师很喜欢你，很看重你，所以额外关心你的状态。你不要太有心理负担，这张卷子你带回去周末好好琢磨一下，我周一就会讲解。讲完了如果还有哪里想不通，就来办公室问我，知道了吗？"

周意叠好卷子，点头答应。

周意走出物理组办公室时，和要进办公室的刘宣平擦肩而过。关上门的刹那，周意听到里头刘宣平说话的声音有点焦急。

具体说了什么周意没有在意。

走到林荫道的入口，晃神的周意被人叫了一下，她回头看去，是还没走的陈佳琪。

陈佳琪觉得冷，就躲在楼梯口的墙角等她。

周意惊讶了一下："你怎么还没走？"

"等你呀。"

讶然过后，周意淡淡笑了一下。

陈佳琪推上放在一边的自行车，问周意刚刚老师都说了什么，周意如实地回答。

其实仔细想想，老师也没说什么。在正仁，没有一个老师给过她压力，每一个老师都对她温和慈祥，偶尔她犯一些小错老师还会包庇。

可为什么一次考试失利她便会觉得天都塌了呢？是她自己给自己的压力吗？

可又好像不是，这段时间，她故意缩短了刷题的时间，尽量让自己早点睡觉，调整自己的睡眠和心态。

为什么会错得如此离谱呢……

是因为段焰让自己分心了吗？

周意清楚地明白，不是的。

她从不为自己的失败找借口，也不需要把成绩的下降怪到暗恋、游戏或者电视剧上，一定是她自己哪个环节出了问题。

陈佳琪见周意闷闷不乐，安慰道："你其实已经很好了，你看我，才89分，周一肯定得被老师拿出来鞭策。想点开心的？对了，你的小礼物送出去了吗？"

"没……"

"你不打算给啦？"

周意低着头，听到这话，回头看了眼高三的楼层，那一层教室灯还亮着，他们还没放学。

冷风拂面，周意吸了吸鼻子说："没找到机会给，如果没机会给就算了吧……"

"你好纠结啊，不过也正常，很多时候，这些东西都是很难送出去的。你要是真送给他，就差不多算半个告白了。"

这些周意心里都清楚，所以她犹豫着，给自己设了一个不太可能发生的契机。

分别时，陈佳琪朝周意做了个打电话的手势，说："你好好休息一下，我们明天见啊，还是有值得开心的事情的。"

明天……

周意被陈佳琪一提才想起，这周六班主任要请班里的同学看电影，电影票前两天就发给他们了，被她夹在零钱包里。


到家以后，周意破天荒地没有学习，她早早洗漱上床，把自己埋在被窝里，房间灯也没开。

她闭上眼，闪过眼前的全是物理卷上鲜红的叉和减分。

不知躺了多久，周意慢吞吞地爬起来，摸黑从书包里扯出那张物理卷。

这两天又要开始下雨了，外面乌云遮月，星光稀疏，枯枝剪影投在玻璃窗上，在寂静的夜晚格外瘆人。

映着幽微的光，周意用手指抚过错题，心中的迷茫犹如外面缕缕浮云。

后来，周意握着这张卷子迷迷糊糊睡了过去，这一觉睡到了第二天中午。

这是她难得的一次生物钟失灵，醒来看到明晃晃的十一点，她自己都糊涂了好一会儿。

周兰喊她起床，说要给她房间通风清理一下垃圾。

周意突然想到下午的电影，满眼疲惫地喊了声妈。

周兰今天看上去心情不太好，没好气地问："干什么？"

周意揉着额头说："老师今天下午要请我们班的同学看电影，我等会儿要出门。"

"看什么电影？谁出钱？一天天的就做这种没用的事情，不许去，有什么好去的。快去洗脸。"

周意沉默了一瞬，起床去洗漱。

但她刚洗好脸，就听见周兰尖锐地喊道："周意！"

她还没反应过来，周兰已经拿着物理卷子冲到了她面前。

林淮还在外面看电视，但这个气氛让林淮下意识地把电视调成了静音。

周兰指着"109"的分数不可思议道："这是你这次期中考的分数？"

周意点头。

"109分？"

"嗯……"

"你怎么回事啊，文理选科后第一次正式的考试就考成这样？"

周意不知不觉地握紧了毛巾，哑声道："我之前月考……"

她话还没说完，周兰便抢先一步责问道："别提平常小考，小考要是都能作数，为什么中考就看那一次的分数？你考这个分数丢不丢人？你之前的那些同学，我前两天还碰到他们的妈妈，人家这次期中考门门140分往上，你看看你这个分数以后能考什么学校！"

周兰扶着额头，翻出往事："你怎么一到关键的时候就掉链子？中考那年还以为你能考好，和别人说了一堆，结果你就考那样，你能不能别让妈妈费心？你知道我今天为什么在家吗？因为厂里生意越来越淡了，我可能马上就要没有工作了，你爸一年在外挣的也都是辛苦钱，小淮还小，这个家还要靠你，你知不知道？你以后如果考个三流大学能干什么？"

周兰的声音锐利如尖刀，一刀一刀划破好不容易愈合的伤口，那些曾经让周意夜夜难寐的场景和对话突然之间全部都跑了出来。

外面天气很差，寒风凛冽，风起云涌，是风雨欲来的征兆。

周兰还在喋喋不休。

"够了！够了……"

周意站在昏暗的光线里，神情晦涩难明，声音拔高了一瞬，尾音带颤。

这是周兰和林淮第一次见到周意发脾气，两个人不约而同地微微一震。

空气静默了一瞬，打破这份寂静的是周意接下来的话。

卫生间里有一扇小窗户，常年不开，窗户上挂满了大大小小的袋子，除开灯光之外，仅有的光线来源便是卫生间门口的一扇窗户。

周意手握着毛巾抵在陶瓷水池边上，她吸了吸鼻子，站在那里没动，只不过身体颤着，连同声音也止不住地颤了起来。

她半垂着眼，缓慢地问道："我为什么不能考得差？我为什么要和别人比？我为什么不能复读？我为什么生病了去卫生所就好了？为什么……小淮姓'林'，我姓'周'？"

周兰喉咙哽了一下，但很快她咽下异样，如常道："你在发什么脾气？你现在是怪妈妈对你不好吗？我和你说过很多次了，爸爸妈妈老了，以后只能靠你，你一旦出什么问题，生活中很多事情就都乱了。就像复读，要是第二年你还是考不好怎么办？晚毕业一年要耽误多少事你知道吗？你打小就聪明，上哪个高中都一样，高一不照样读得好好的吗？我看你就是今年开学没用心。我告诉你，高二高三无论哪一年，走错一步后面就都错了，你不要以为——"

周意打断她："你知道我高一为什么那么努力吗？"

她的声音淡淡的，听起来如往常一样清澈温和，但此时又多了份破碎的压迫感。

周兰合上了嘴巴，眼睛看向别处。

周意双眸动了动，她抬起眼，直视周兰，说："小时候，小淮还没生的时候，我考第一，逢年过节你们带我出去炫耀表扬，我都很开心。后来有了小淮，还是这样，我也开心。小淮慢慢长大了，你们说做姐姐的要多让着点弟弟，我喜欢小淮，觉得这样是应该。可为什么后来什么都是小淮，我不能复读是因为耽误毕业赚钱，赚钱是为了这个家为了小淮；是因为你陪读小淮没人照顾。我体谅着你们，所以进了正仁比以前还努力。可是……"

周意清浅呼吸，顿了下，继续道："可是你为什么要和别人说，女儿是赔钱货，我只是学习好了点，以后也没多大用处。你只希望小淮能争气些，以后家里的一切都只会留给小淮，我要是想从你这里拿点什么，除非从你身上踩过去。呵……踩过去……"

周意忍不住讽刺地笑了出来。

这些话是三个多月前的暑期，周意和周兰去逛街，她去趟洗手间的工夫，回来时无意听到周兰和街上遇到的老朋友说的。

周兰当时的神情、语气，她一直忘不了。

仿佛她不是周兰的女儿，而是周兰的仇人，周兰把她生下来就是为了践踏和羞辱她的。

但凡周兰有一点考虑到她，也不会明知道她会随时回来，还和别人说那些话。

那一瞬间，天旋地转，她过往的顺从、努力都成了笑话，甚至有好一段时间她在怀疑她在这个世界的价值。

她是不是真有那么糟糕，所以妈妈慢慢不喜欢她了？

一连失眠多日，有一天起床时直接站不稳晕了过去，是林淮发现的，他才八岁，没什么力气，硬是把她拖回了床上。

而她醒来后看见周兰，周兰的第一句话就是："让你吃饭不好好吃饭，现在晕倒了？我请半天假要扣多少钱你知道吗？一个个真是不让人省心。"

周兰走了，林淮坐在她床上，像个小大人一样吹着粥要喂她。

周意也永远忘不了那碗粥的味道，淡、苦，又夹杂着丝丝香味。

她根本没有办法把这一切怪到林淮身上，林淮什么都不懂，他会顽劣地对她恶作剧，会遇见好吃的一点都不让她，可是他也会乖乖听她话做这做那，会黏着她一声声地喊姐姐。

错的不是他，是他们的父母。

后来失眠一直持续到这学期快开学，她晚上睡不着会去阳台上吹风，阳台连着最边上爷爷的房间，大概是爷爷起夜见到她的次数多了，和周兰提了一句，周兰这才说带她去看看。

她生病就去卫生所随便看看，小淮生病就紧张得要去医院看。

她有好几次像现在这样质问周兰的机会，但是她可能生性懦弱，怎么都问不出口，所有的委屈不甘只能留在心底自己一个人慢慢消化，让时间愈合这些不轻不重却密密麻麻的伤口。

第一次遇见段焰那天，她同样很难忘记，因为他是那样的不羁、无畏、坦荡。

真的得不偿失吗？

时至今日，周意有了确切的答案。

听到周意说的这些，周兰愣了一下，像是想不起自己说过这些话，可仅仅过了十几秒记忆便像是潮水般涌来。

周兰张张嘴想解释，但始终拉不下脸。她把卷子往桌上一拍，生硬道："不知道你是从哪儿听来的，现在发什么脾气，我们现在说的是那些吗？是你这个分数成绩！你不想读书了是不是？你想以后像我一样随便进个厂上班，每天累死累活就赚个百十块是不是？"

周意嘲讽的笑意加深，她抵在水池边上的手用力握起，往前跨了一步，站在了光下。

外边乌泱泱的云层压得很低，灰色光线落在她泛红倔强的眼里，空气中飘浮的尘埃肉眼可见，宛如一幅前尘旧画。

她问周兰："你们不爱我，却又让我对你们负责。是不是从一开始你们就很后悔生下的是我，所以我姓'周'，小准姓'林'？

"小时候同学问我为什么跟妈妈姓，大家都是跟爸爸姓的，我拿你们哄骗我的理由告诉同学，说我们家女孩子和妈妈姓，男孩子和爸爸姓，是为了公平。是公平吗？这种谎言永远不会被识破吗？你们有考虑过我的感受吗？"

周兰有点恼了，瞪起眼，厉声道："我生你养你，对你真那么不好吗？！你今天是不是吃错药了？你要是对这个家真那么不满意，你就去别人家过去！我看你有多大的能耐！"

周意看着周兰，良久，眼里翻滚的情绪终于一寸寸淡下来。

原来，要句对不起那么难。

周兰是真恼了，见周意不动，冷着脸指着门口道："去啊，怎么不去？"

好似这样，她就能找回当家长的尊严。

林准屏着呼吸，动也不敢动地看着周兰和周意，只见下一秒，周意掠过他们，进房间拿了件校服外套头也不回地走了。

"姐……姐姐……"林准断断续续地小声喊道。

喊完，他扭回头看向周兰："妈妈……"

周兰还维持着那个盛气凌人的姿势，直到楼下传来关门声，她僵在那边的手才一点点软下去。

周意一路走到公交车站台，浑浑噩噩的，脑海中回荡的只有刚刚和周兰的战役。

谁也没有赢，谁也没有输。

她仰头敛了敛泛红的双眸，可满腔的酸涩快要将她吞没。

公交车正好驶来停下，周意想也没想的上了车，刚找了靠窗的位置坐下，就听到外头有人在喊她名字。

她打开车窗一看，是林准，他脚上还穿着家里的拖鞋，跑得上气不接下气，可怜兮兮地喊道："姐！姐！你别走！"

周意忍着眼泪，尽量理智地对林淮说："我今天和同学约了看电影，你快回去，外面冷。"

"不是的，姐姐你要走了，你不回来了！呜呜，姐姐，你不要走，我什么都不要，都给你！"

周意勉强扬起一个笑："我真的和同学约了看电影，晚点……晚点回来，好吗？"

还没等林淮说话，车子发动，只留给他两道尾气。

周意探出头，嘱咐他，让他回家。

关上窗，周意嘴角残存的一丁点笑意顿时消失得无影无踪，眼眶一瞬变得通红，一行清泪流了下来，她抬手抹去，抿着唇控制自己的情绪。

可她望着窗外越来越萧瑟的景色，心像被灌了铅一样，下沉，无止境地失控地下沉。

好像子女和父母吵架，从没有听说过谁能吵出个胜负，也没听说过有谁会真的低头认错，父母有父母的尊严，子女有子女的坚持，最后不了了之的居多。

那她和周兰呢？

周意有预感，她和周兰没有办法不了了之，经历了今天这一遭，她们无法回到原来的状态了。

至少她不想再回去了。

只是今天不该当着林淮的面吵架，八岁了，是能从大人的对话里揣摩信息的年纪了，他一定听懂了她在控诉什么，所以追了出来告诉她他什么都不要。

想到林淮刚刚的样子，她心中的郁结更加难解。

而她和林淮说晚点回家，可……今天还能回去吗？

那个地方从今以后还能叫作"家"吗？

周意虚虚望着窗外，玻璃窗很快被热气覆盖，那些能转移注意力的街景都成了模糊的影像，眼泪一行接一行地流下，怎么也擦不完。

车子到站，她的情绪还是没得到纾解。

一下车，刺骨的风扑面而来，周意倒吸了一口凉气，冷风将她的脸吹红，滚在眼眶里的眼泪被风怂恿着落下。

她起床洗漱只穿了裤子和穿着睡觉的衬衫，刚刚负气，走得急，就拿了件昨晚扔在椅子上的校服外套，没多加件毛衣，胸口便空落落地冷。

周意轻轻抹去脸上的泪痕，低头朝电影院的方向走去。

这是她现在能逃避的去处，但是电影放完之后呢，她还能去哪儿？

周意入场时电影已经开场十分钟，里面漆黑一片，她大约知道班里同学坐在哪一块，放眼望去，那边确实乌泱泱坐满了人。

她没有过去，挑了靠门口的角落位置，是电影院的最后一排。

那一年南城的电影院还不分多影厅，也不分入口出口，出入电影院的通道只有一个，愿意花钱看电影的人寥寥无几。

幕布上光影交错，配音演员急切的语气预示着世界末日的到来，很快整个影院陷入震耳欲聋的轰塌声中。

周意靠在角落，目光平静地看着电影的一幕幕，心思却完全不在这儿。

周兰的每一个眼神，每一句话还循环在她脑海内。

周意第一次发现自己眼泪这么多，累积在心底的委屈难过像潮起潮落的海水，一浪接一浪地凶猛涌来，再悄无声息地退去。

到电影结束，周意回神才惊觉自己早已泪流满面。

周意没办法想明白，为什么周兰不能对她软一些，为什么在这种时候还用锋利的言语伤害她。

如果……如果周兰能软一点，如果周兰能和她说声对不起，可能这个事情就翻篇了。

这样设想着，电影散场，灯光大亮，刺眼的光让周意明白，现实没有如果，这一次，她不能再低头，也不可能再低头。

她收拾了下自己准备离场，却被眼尖的陈佳琪一下子发现了。

陈佳琪手中还捧着没吃完的爆米花，见到周意，小跑过去，开心的笑脸见到周意红肿的眼睛后一点点消失了。

她小声问道："你……哭了？你怎么了？我打了你好多电话，发了好多信息，你怎么一直关机不回啊？我还以为你不来了……"

周意侧过脸，回避着后面陆续出厅的同学，她解释道："看电影看的。"

陈佳琪是天真，但不傻，默了声没再问，只是挽起周意的手，说："走吧，现在四点多了，你回家吗？"

家。

这个字俨然已经成了周意今天的敏感词。

这是个多寻常和好回答的问题，但是她却半天说不出话。

两个人走到电影院入场大厅的角落，见边上没人了，陈佳琪掏出纸巾递给周意，询问道："是不是因为物理没考好被说了？"

周意低下眼，轻轻摇头又点头。

陈佳琪猜到了，眼下能让周意崩溃的无非两件事，不对，三件事：第一件，学习下滑；第二件，段焰结婚了；第三件，段焰去世了。

老师教的排除法她头一回运用得那么熟练。

陈佳琪对这有心无力，总不能让周意重考一回吧？

但是她不太能理解，偶尔考差一回至于吗？周意那么优秀，考差了自己本就很不开心，家里人怎么还把她说到这种程度。

她还是第一次见到周意哭成这样。

陈佳琪抠了下脑袋，说："我陪你逛逛街？我今天从我奶奶那儿骗了五十块钱，我们去吃冰激凌吧？"

周意忍下要滚出的泪水，尽量让自己看起来没那么糟地说："不用啦，很晚了，一会儿下雨了，天也冷，你回家吧。"

"没关系啊，我陪你。"

陈佳琪见周意动摇了，便坚定地说："我陪你。"

周意好不容易平复一点的情绪因为陈佳琪的一句"我陪你"顿时又崩塌，她再难隐忍，哭着点头。

但在大庭广众之下哭，她心里又觉得很丢人，便拼命地擦着眼泪。

陈佳琪笑了出来，帮周意一起擦："别哭啦，你这样好像小孩哦。天啊，你还挺可爱的，怎么办？周意，我以后再也没办法拿风轻云淡的人设崇拜地看你了。"

周意被她说得也笑了出来，笑声混着哭腔，极其怪异又搞笑。

阴天的冬日傍晚，沉而混浊，哪儿哪儿都带着凛冽的肃穆气氛。

陈佳琪拉着周意去了隔壁街的肯德基，买了四个甜筒。

当她艰难地握着甜筒走过来时，周意愣了一下。

周意哭得眼睛隐隐作痛，靠着桌子在揉眼角，看到陈佳琪这大手笔的模样心里既感动又觉得好笑。

陈佳琪说："快拿着呀，好冰！"

周意接过，"你怎么买四个？我们吃得完吗？"

"肯定吃得完！我上周看的言情小说里写的，女主角不开心了，男主角就带女主角去吃冰激凌，吃爽了人就爽了。今天，我就是你的男主角！"陈佳琪舔了一口，挑眉道，"虽然我知道你心里希望是段焰，但是现实点吧，女人，他要是在，不反向坑你两个冰激凌就不错了。"

想到段焰，周意的心情稍稍好了些。

今天是周六，他这个点应该还在网吧吧，只和她现在隔了两条街的网吧。

周意抿了一口冰激凌，甜软的凉意顿时充斥口腔，她"嘶"了一声。

"好冷呀。"

陈佳琪哈哈大笑："冷就对啦！"

周意从没在冬天吃过冰激凌，她本身就怕冷，冬天吃冰的话她人会有点吃不消，但今天世界好像颠倒了，她有点无所谓这些了。

正如陈佳琪说的那样，冷冰冰的冰激凌下肚，全身的感知都被打开，冷意从心里发散出去。

好像，忽然觉得周兰的冷言冷语也不是那么让人在意了。

室内温度高，冰激凌融化得快，两个人到后面手忙脚乱地吃，弄了一手，四目相对，两人都止不住地笑。

闲聊时，陈佳琪问周意到底怎么回事，周意想了想，觉得到这种程度已经没什么不好说的了，便如实地说了。

听完这段冗长的故事，陈佳琪对周意的疑惑算是都没了。

怪不得刚开学那会儿周意状态那么差，怪不得她不太愿意和自己说，因为这真的是说一次会难过一次的事。


下午六点多，陈佳琪必须得回家了，周意陪陈佳琪去推自行车。

陈佳琪今天是骑车来的，她把自行车锁在了电影院边上的一条巷子里。

空气湿冷，天空已经下起雨，淅淅沥沥地延绵不绝，路边亮起一盏盏橙色的路灯，清冷孤寂的灯下细密的雨清晰可见。

陈佳琪解了锁，用袖子抹去车座上的水，眯着眼和周意说："你也快回去吧，等会儿下大了不好走。回去后你就做你的事情，你妈总不会把你赶出去，咱们还有一年半就毕业了，到时候天高任鸟飞，一切都他的！"

"你……"周意的脸已经被淋得湿漉漉，笑起来如清水芙蓉一样，"你怎么说粗话，还是第一次听你说。"

陈佳琪咽咽口水，脸红道："我也是第一次说，还怪紧张的呢。"

两个姑娘在细雨蒙蒙下再一次笑得停不下来。

送走陈佳琪后雨越来越大，周意无处可去，在公交车站台那边站了一会儿，单薄的衣裳让她瑟瑟发抖。

刚刚连吃两个冰激凌的热血这会儿也冷却了，一个人时总还是有些难过。

周意双手插在校服外套口袋里，胡思乱想之际，她摸到口袋里的手机，骤然想起她已经快有两天没开机了。

她虽然白天会把手机带去学校，但是除了要用的时候，其余时间都是关机状态，她怕有意外的来电和短信，或者哪天没调好静音被老师发现，而晚上充电也是，为了延长手机寿命，她都会关机充电。

前天晚上周意给段焰发完生日祝福之后，第二天早上六点多她醒来上线看过，他没回，然后直到现在她都没上线过。

她开了机，一开机看见的都是中午陈佳琪发来的短信。

跳过短信，她联网登号，冷风呼啸而来，雨水"噼里啪啦"倾斜落下，有几滴落在她屏幕上，水珠下小企鹅跳动个不停。

2009/11/20 06：31

%*#：谢啦，怎么那么晚还不睡？

周意手指轻轻抚摸着屏幕，抬头看向巷子的方向，现在他还在那边吗？

如果她去找他，他会不会愿意收留她一晚上？

但是她现在的样子好狼狈啊，他会怎么想她呢？

周意退了号，收了手机，伸手去接雨。铺天盖地的雨，从天而降，豆大的雨珠打在掌心上竟有些微疼。

一场坏天气让街上的人减少了一大半。

大家都有地方回，只有她没有吧。

周意翻出零钱包，数了数里面的钱，还剩二十块。

前两天给手机号充了五十块，之前期中考又买了一百块钱试卷，已经所剩无几。

二十块，回去的公交车钱两块，那么可用的就只剩十八块了。

网吧包夜吗？除非是段焰那边，不然她有点不敢。

去肯德基吧，那边是二十四小时营业的，其他的所有都等明天再说吧。

周意冷得发抖，但又买不起肯德基的热饮，踌躇之际，她忽然想到刚刚陈佳琪寄放自行车的小巷子口有家老旧的杂货店，那边有卖烤肠和热的奶茶。

她抬眼看了眼天，捂着额头，屏着一口气冲进雨里。

杂货店店面小，门口摆了一堆小孩子爱玩的小玩具，柜台上放着一台烤肠机，热奶茶的柜子挨着墙放，琳琅满目的货物之间坐着一个老奶奶，正在边看电视边织毛衣。

周意拿了杯奶茶，问道："奶奶，这个多少钱？"

老人家瞥一眼："两块。"

周意把身边仅有的一张二十纸币递给她，老人家弯腰在一边的零钱盒里拿找零。

周意站在杂货店的铁皮屋檐下，勉强不被淋雨，雨水打落在铁皮上的声音清脆犀利，遮盖了街边呼啸而过的汽车飞驰声。

但有一道声音就这么毫无预兆地插了进来，熟悉，锋利，放荡。

"是，我就是无可救药。段宏文，你那么会生，再生一个儿子不就好了？"

周意浑身一僵，顺着声音转头看去。

巷子的另一头停着一辆出租车，车门半开着，熟悉的声音就从里面传出。

司机问道："是这里吗？我对这片儿不熟。"

那人说："就在这儿停吧。"

下一秒，周意看见段焰握着手机推开车门走了出来。

巷子的那头靠近居民区，光线比这头还要昏暗，只有一盏立灯拉出他的影子。

他穿着黑色的羽绒外套，敞开着，里头是一件夏天的 T 恤，就这么无所顾忌地站在大雨中，神情讽刺。

没一会儿，他浑身已经湿透了。

周意心一紧，对着还在找零钱的老人家说："奶奶，有伞卖吗？"

"有啊，三十块一把。"

"有便宜点的吗？"

"有，二十块。"

周意回头看了眼段焰，他根本没有要动的意思，似乎和电话那头的人较劲上了，一声接一声叛逆的话脱口而出。

周意抿了抿唇："十八块，奶奶，十八块能卖吗？"

老人家看了她一会儿，道："这样亏本，卖不了。"

周意把奶茶放了回去："奶茶我不要了，那就二十块吧。"

老人家听了，从里头抽了把伞递给周意。

大雨如注，成片的雨滴砸在地上水花四溅，累积在狭小巷子里的滚滚雨水一齐朝下水道流去，昏暗的街灯静静伫立。

周意撑着伞一步步走向段焰。

冷风从巷子的一头见缝插针地涌来，吹起周意湿润的发尾，后脖颈微微发凉，但又有什么从心底窜起，让握伞的手发白发热。

他大概很生气，讲了几句话便侧了过去，仰头又低头，没一会儿又背过了身，声音中带着淡淡的嘲弄和失望。

那束暗淡的光从高处落下，打在他握着手机的手上，白皙的手背青筋凸起，雨水顺着血管滑下，彰显出少年独有的硬气和破碎感。

雨水倾泻的声音覆盖了周意的脚步声，她走到他身边，他还是没有一点察觉。

当段焰不再抱有一丝希望地按断电话，并想看清这是哪儿时，忽然发现头顶上方多了一把伞。

# 第五章
盛夏会再来，少年只一次

## 1. 江边看雨

这一天对段焰来说同样不怎么样。

这场雨浇熄了他对段宏文的最后一点希望。

周五回家，外婆早早地在路口等他，焦急万分的神情预示着什么。果然，外婆一见到他就告诉他："你爸爸下午心脏好像又不舒服了，你快去看看。"

他第一反应是得去看看，但神经紧张了一秒后，理智告诉他，总不会升天，不就那样。

他和外婆说了句"不去"，把老太太急得直叹气。

他不知道段宏文这心脏的毛病是从什么时候开始的，至少以前身体没出过什么问题，要说上了年纪，段宏文不过四十多岁，哪会有这么多疾病。

九月初那次去，就是因为段宏文身体不好，那会儿他和段宏文已经差不多有两年半没见面了，段宏文因为生病看起来瘦了一些，而他对段宏文来说也变得陌生了吧。

离开段家是初三的寒假，再见面是高三的开学，他从一米七长到了一米八多，从前喜欢的漫画现在也不看了，挂在段家的衣服早就穿不得了。

两个人四目相对，陌生又熟悉。

边上还站了许多让他们隔阂越来越深的人，段宏文的新妻子刘宣蕊，新妻子的哥哥刘宣平，哥哥的儿子刘舟。

饭桌上暗潮汹涌，哪有机会让他和段宏文好好说一句话。

而今天去了段家，也是如此。

段家的别墅是他在读幼儿园时买的，挑的南城最贵的地段，三个户型让当时只有六岁的他选，当时段宏文说："我儿子绝顶聪明，他说选哪个就哪个。"

很多小时候的话和事情现在都记不得了，他却把这句玩笑话记得很深，因为无数次回想起来他都会觉得爸爸无条件的信任和赞赏让人倍感幸福。

但现在他进段家要按门铃，新换的保姆甚至都不知道他是谁，要通报一声房子的新女主人才让他进屋。

刘宣蕊是个年过三十的女人，没结过婚没生过孩子，论皮囊他觉得俗不可耐，论身材也不过如此，不知道她到底戳中了段宏文哪个点。

嫁给段宏文后，她先生了个女儿，今年四月份她又生了一个女儿，他不是很明白，为什么非得觉得生儿子才能继承家产。

段宏文发病时请了私人医生来家里，所以他一踏进家门，刘宣蕊笑盈盈地告诉他："你爸爸在楼上睡觉呢，你等等，先坐一会儿，现在都五点了，留下来吃晚饭吧？"

话音刚落，他就看见旋转楼梯上有两个人一前一后不疾不徐地走下来，是刘宣平和刘舟。

刘宣平一向讥讽他惯了，开口第一句就是："你来干什么？嫌你爸心脏太好了？还是打算拿期中考的几张白卷哄你爸开心？"

他有时候还蛮喜欢和刘宣平打交道的，特别是私下时，因为刘宣平每次昂着头自以为是地说话都让人心情愉悦。

他对刘宣平说："瞧你这殷勤关切的样子，不知道的还以为楼上躺着的是你爸呢。下来干什么，还不赶紧上去孝顺着？"

"你！"

"你什么？讲不过我就少开口，自取其辱的次数还不够多吗？"

刘舟帮着他父亲开口说："对长辈尊敬点吧，你在这里这么吵被你爸听到不又是一顿骂？"

刘宣蕊圆场道："好了，都是自家人，别吵了。"

看着这三个人，段焰忍不住笑了。

是一家人，他们是真的一家人，相似的面孔，相似的脾性。

段宏文刚把刘宣蕊娶回来时他们关系还没那么差，他也还住在段家，顶多时不时有些小矛盾和不满，段宏文会冷声吼他，他一边觉得难过一边觉得也没那么糟糕。

因为段宏文以前不是这种冷冰冰的性格，也爱笑爱开些不着边际的玩笑，母亲去世后他才性格大变。

他固执地认为这是父亲还爱着母亲的证明，直到他看见段宏文对刘宣蕊轻声细语的模样，直到段宏文对他真的越来越不满，他才明白自己想错了。

他不和刘宣蕊说话，段宏文怪他不够礼貌；他晚上打电玩，段宏文怪他吵到刘宣蕊休息；他和同学出去打篮球，段宏文怪他不务正业。

他曾经合情合理的生活，在段宏文眼中忽然成了各种缺点。

他忽然明白这个女人是怀着孩子进来的，段宏文已经有了新家，什么爱不爱都变得不再重要。

那个寒假他毅然决然地搬出段家，是因为段宏文的不分是非让他再难忍受。

那个寒假，刘宣蕊把刘宣平和刘舟叫了过来，一起吃了顿看起来和睦的年夜饭，他们喝了酒便打算留宿一晚。

他不想管也懒得管，任凭在饭桌上刘宣平把他儿子夸得跟朵花似的，他看都没看他们一眼。

事情发生在半夜，他起来上厕所，卫生间是黑的，他以为没人，推门进去一看，却发现里面有个人。

灯打开的瞬间，他发现是刘舟。

但下一秒看清楚刘舟在做什么的时候，他就控制不住地将拳头挥向刘舟。

客房和段宏文的房间都在三楼，二楼是他的房间，书房里放着的都是母亲的遗物。

两人厮打在一起，巨大的动静很快引来其他人。

地上有被剪得七零八落的段焰母亲的照片，抽水马桶里还有未冲完的碎片，大人们很快明白了几分。

刘宣平一把拉起刘舟，护着说：“有什么事好好说，别打人，眼睛都被打青了，万一瞎了怎么办？”

刘宣蕊面露难色，挽着段宏文说：“对啊，有什么事情大家好好说。老公，这孩子真是……哎，哥哥，你好好说说他。”

段宏文沉着脸，没发声。

段焰忍不住呛段宏文：“你说话啊，你不是平常挺会教训我的吗？”

段宏文沉默了很久，才沉声道：“够了，就是几张照片。老刘，好好教育下你儿子。都回去睡觉，还有你，闭嘴！把人打出事才满意？谁教你的？”

只是几张照片吗？

这是在那个匮乏年代留下来的为数不多的关于母亲的记忆，是段宏文当初说给个书房用来放母亲的东西的。

刘舟也不小了，做这种幼稚的事情，指不定是大人在背后说了什么。

段宏文明明什么都猜得到，却不愿意多说什么。

而刘宣平则显然是要维护他的脸面，毕竟他有一个学习拔尖的儿子。

段焰看过一些心理书，分析过刘宣平的行为，他知道为什么刘宣平喜欢针对他。

刘宣平那样的人，骄傲自负，死要面子。

两三年过去，刘舟也快要让他认不出，长得一副正人君子的模样，说起话来句句在理。

这一家人，都是体面的人。

段宏文不知何时站在楼梯口，听到他们的对话，脸色铁青地问：“你期中考交白卷？”

“是啊。”他回答。

“你……你高三了知道吗？”

“知道啊，我比谁都清楚。”

段宏文气得捞起手边的花瓶砸了过去，砸在他脚边，碎片飞溅，伴随着刘宣蕊的一声尖叫，气氛突然静下来。

段宏文怒道：“你老师说得果然没错，你已经没救了，你这么不在乎还不如不要读了！”

“我学费现在不是你在交，我读不读和你没关系。”

“滚！你给我滚出去！”

他站在楼下静静看着段宏文，段宏文因为说话太用力咳嗽了起来，一群人围上去扶他。

半晌，他捞起挂在沙发上的外套，说：“看你的身体也不像有事的样子，走了。”

走到门口，他听见那些人你一句我一句地说道：“阿焰那孩子天资是好的，只可惜自己不走正道。妹夫，你别太在意了，小蕊还年轻，你们总能生个儿子的。”

“是啊，老公，咱们两个女儿都这么可爱，生的儿子一定也可爱听话聪明。”

“姑父，我明年高考也会争气的，让您脸上有光。”

段宏文许是知道他还没走出这道门，冷声道：“以后别让他再来了，我不想再看见他了！”

"咔嚓"一声，门合上，断绝了别墅里的声音，迎接他的是马上要倒下的灰暗天际。

　　走出段家，段焰在别墅外随手拦了辆出租车，起初报的是外婆家的地址，但开到一半，他看见车窗倒影里的自己，这副神情，这个时间点回去，外婆不用问也能知道发生了什么。

　　于是，他让司机拐去学校的方向，好歹亮叔那边还能收留他一晚。

　　他不想再向外婆说这些了。

　　像外婆那代人，思想再开放也有自己的一套有关幸福的说辞，即使他和段宏文有两三年不来往，但外婆还是希望他能和段宏文和解。

　　段宏文确实没错，丧妻再娶没什么不对，是他倔强着无法接受，也不想点聪明的办法扭转局面，继承了段宏文的臭脾气，只会来硬的不会来软的。

　　只是他又何尝没幻想过和段宏文和解呢。

　　初三离开段家是因为接受不了感情易变的残酷，接受不了曾经的父亲变得不再信任他，接受不了段宏文不知为了什么是非不分。

　　但那会儿他脾气确实比现在差很多。

　　两年多过去，负气过，硬扛过，也成长了许多，偶尔会想，段宏文会不会改变了？

　　九月初会去段家，是外婆给了台阶，他顺势而下，去看看生病的段宏文。他的初心很简单，想好好和段宏文说几句话，想看看如果他低一些头，他的父亲会不会也顺着这个台阶而下。

　　外婆说的未来，名利、依靠、社会的现实，他全然不在乎，要的只是想回到从前，哪怕是从前里的一丁点。

　　但结果是什么呢？是别人一丁点儿的挑拨段宏文就信，他做什么段宏文左右都看不顺眼。

　　这次，虽然已经预料到会这样，但心里仍然憋得慌。

　　到达学校街道附近时，段宏文来了电话，他挂一个段宏文就打一个，这种怪异的举动和气氛让司机都忍不住从后视镜里偷窥。

　　接了电话，段宏文声音比刚才平静很多，说："昨天是你生日，因为我生病就没给你办，家里的菜和蛋糕早就备下了，明天再过来一趟，我们一家人吃个饭。"

　　车子停在暗处，他的心也跟着暗了下来，酝酿了一路的情绪让他难以自控。

呛了几句段宏文，段宏文那语调又上来了，吼道："你真是无可救药，正事不做，你每天都在干什么？"

所以他说："是，我就是无可救药，段宏文，你那么会生，再生一个儿子不就好了？"

为什么今天非得要他回去，又为什么一句道歉都没有。

这一刻，他忽然知道，自己要的到底是什么。

要的不过是段宏文的一句对不起，或者是解释。

告诉他，他为什么这么快娶了新的妻子，真的把妈妈忘记了吗？为什么组建新的家庭后没有像以前一样花时间在他身上？为什么别人说什么他就信什么？为什么不能偏爱他一次？

他这样质问段宏文，站在大雨连连的巷子里，一点都不觉得冷。

而电话那头回应他的是无止境的沉默。

段焰按断电话，看着手机，雨水很快冲刷了手机屏幕，他这才发现下雨了，但下一秒雨又停了，上方多了一道阴影。


雨幕下，周意的身后车来车往，一闪而过的车灯光影变幻莫测，由远及近，地上波光粼粼，街道的颜色静静流淌着。

她高举着伞，五分之四的伞面都偏向他那侧，她穿的那件蓝色校服外套，沾上雨，很快变成一大片深色。

段焰看着近在咫尺的周意好半天说不出话，水珠顺着头发一滴接一滴从脸庞滑落，满脸的雨水让他呼吸微促，眼睛有十来秒看不清这世界。

等到看清时，率先映入瞳仁的就是周意的脸，然后是她的眼睛，清澈柔软，舔舐着他被这场雨割伤的伤口。

而他眼里的刀刃仿佛浸了水，失了锋利，一点点地沉沦在这个大雨滂沱的夜晚里。

"周意……"好半晌，他憋出一句轻声的不敢置信，接着缓缓补充道，"你怎么在这里？"

说罢，段焰再次左右看了一圈，看见周意身后那家小店时他明了了，这是学校公交车站台边上的一个小巷子。

可今天是周末，又是这个时间点，她怎么会在这儿？身上穿的还是校服。

但无论如何，这大概是今天唯一的好事了。

周意看得出他眼里的困惑，一时不知该如何解释。她张了张口，有点紧张地转移话题道："你淋湿了……没带伞吗？"

段焰闻言，低眸看了眼自己的狼狈模样，轻笑一声："没带。"笑声里有对自己的嘲讽。

周意沉默了一下，轻声细语道："那你要去哪儿？我送你吧。"

段焰抿了下唇，凝视着周意，指指前头："前面。"

周意说："走吧。"

周意仍高举着伞，没有想放低或者让手的意思。

她以为下一秒段焰就会往前走，伞先顺着自然反应移了过去，但段焰还站在原地，没有动。

她不解地看过去，只见段焰微微弯了下嘴角，对上她的视线后才起步动身。

他一把接过雨伞，往周意那边倾斜着，说："走吧……谢了啊。"

两个人并排走着，这把单人伞遮住了一些风雨，却还是让各自身上湿了一半。

脚踩过积水的路面，踩碎倒影里的霓虹灯，一起张望来往的车辆，互相提醒着小心过马路，踏过高低不平的砖石，走在最熟悉的街道上。

沿着长长的白色围墙，稀疏的灯光下，两个人的影子倒映在墙上，交织在一起，沿路新种的香樟树虽是秋冬仍枝繁叶茂，在风雨下簌簌响动。

周意大脑一片空白，却又记下了沿路的一点一滴，还有……她每一次靠近段焰时的心跳。

这段路又长又短，周意有几次想开口找到点话题，可又不知道说什么。

他在那边打电话，即使只听到了三言两语，但结合陈佳琪之前说的段焰家里的事，不难推断出他应该是和家里人起争执了，这种事情谁也帮不了谁，能否想清楚全靠自己。

这世界上的每一件事能靠的只有自己，别人只能锦上添花或者雪中送炭。

可是看到他心事重重的样子，她还是会忍不住想抚平他皱起的眉头。

段焰也试图想说点什么，这是他第一次正儿八经和周意单独相处，比在网上聊天时更让他局促。

他的大脑也是第一次这么混乱，关于周意的片段和段宏文与他争吵的片段杂乱地交错着。

因为周意，今天走这么一遭似乎不亏，也因为她，分散了他的注意力，此刻不会再去钻牛角尖地想段宏文。

周意站在他身旁，他有意把伞往周意那边倾斜，但是这么大的雨根本遮不住两个人，余光里，周意安安静静地走着。

他的心仿佛也跟着静了下来。

走到网吧的巷子口，周意知道没有时间再给她想一些话题和安慰话语了，她和段焰没有熟悉到这种地步，他的家事不能过问。

看他停在巷子口，周意眼神示意了一下里面的网吧入口："送你到门口吧，雨很大。"

段焰本来想说不用了，让她早点回去，但这个路口亮叔安装了一盏亮如白昼的墙灯，白色的明亮光线下，他发现了一些异常。

周意的眼睛很红很肿，像是哭过很久。

得到这个信息后，他呆在原地，纠结着要不要问她，可怎么开口问？会不会勾起她的不开心？他又站在什么立场问？

又是为了什么哭，因为考试？或是和他人闹矛盾了？还是家里有什么事？

他没回周意的话，旁敲侧击地问："你住哪儿？"

段焰平常说话的声音带着少年的嚣张意气和朗润，稍微压低点声，那种磁性温柔的酥麻感就会跑出来。

周意很难抵挡，耳根微红回答道："25 路公交车的七湖站那边附近……怎么了？"

"那边啊……我有个同学也住那边，还挺远的。"

"嗯，也还好。"

"最晚的公交车是八点，你八点走？"

"我……"

又绕回到去留的问题上，周意本可以随意用一些谎言填补，但看着段焰漆黑澄亮的双眸有些说不出口了。

段焰见周意犹豫不决的，声音又放低了一些，豁出去直接问道："你哭了吗？"

周意下意识地低下头，躲避他的视线。

她从小到大像这样哭的次数不多，平常看电影和小说也会流泪，第二天也是如此红肿，陈佳琪笑过她几次，说一看她的眼睛就知道她昨晚看的小说结局是好是坏。

太明显了，也太狼狈了。

段焰看着她这副样子，心里像有万千柔情要涌出来似的，拼命压才压住。

静默了会儿，他说："又不丢人，你躲什么？刚才要不是你出现，我大概也哭了呢。"

周意愣了一下，随即轻轻笑出来。

这好像是第一次听他说这么有趣的话。

她慢慢摇摇头，依旧没有抬眼，低声道："只是今天心情有点不好才哭，都过去了。"

周意满脸写着口是心非。

他没拆穿周意，安慰道："都会过去的。"

周意仍低着头，若有似无地"嗯"了声。

段焰看了眼这毫不停歇的大雨，浅浅呼吸了口冰凉的空气。

网吧里头传来若有似无的烟味，混着网瘾青年的游戏操作声，不远处街上车轮急速滚过柏油路面，世界在喧嚣，而他们好像被世界踩在了脚底下。

他脑海里忽然涌出个离谱的想法，也一股脑地问出了口。

他说："你要回家吗？不回去的话，要不要和我去逛逛？"

少年尾音上扬，带着这冰冷雨夜都散不去的热感。

这次，周意猛地抬头，换她不敢置信地轻轻问道："什么？"

段焰问出口后，后知后觉地想，他在干什么？是被大雨冲昏了头吧。

见到周意这反应，他心里也不觉得稀奇。

他笑着摇头，气焰顿时弱了下来，抬手蹭了下鼻子："没什么，我乱说的，很晚了，要不我给你叫辆车吧？"

"不用！"周意顿了下道，"我……今晚不打算回家。"

她哪有钱坐出租车。

段焰看周意如此坚决，好像有点猜到了，问道："不回家？和家里闹矛盾了？"

"嗯。"

他又笑，心里再次沸腾起来："倒是和我同病相怜，那……要不要去走走？"

周意被他的笑晃了眼，看着他坦荡不羁的样子，心里某处地方开始热起来，蔓延到她的四肢百骸。

她问："去哪儿？"

段焰说："去江边看雨，去不去？"

正仁中学往南两千多米便是江坝，也是这一片的总公交车站，平常甚少有人去，因为那里荒凉不美观。

但这一片儿的情侣爱去。

年少的他们对理想有一腔热血，对未来充盈幻想，一切可以放声呐喊感受自由的地方都会有他们的身影，不落世俗，不惧他人目光。

周意坐在电瓶车后座上，看着身前的段焰，她觉得他就是这样的少年，不惧任何，肆意妄为，大胆自由。

两个人身上的雨衣迎风飘扬，倾泻的雨打湿了他们的脸庞，眼前的霓虹街景变得模糊难辨。

周意的鼻子被风雨吹打得变红变冰，但和段焰贴得那么近，他身上的热量若有似无地传递给她，她的心跳、她雀跃的神经都在告诉她，这恶劣的天气是如此微不足道。

在段焰问她要不要去看雨的一刹那，她抬头看向他。

他身上湿哒哒的，去江边风一吹第二天肯定会感冒。

段焰却说就湿了外套，他不怎么怕冷，去那边就是想吹风看雨落在江面上的感觉。

少年热血，理想至上。

周意从小到大循规蹈矩地生活着，觉得最有趣的事情就是看看电视和小说，而今天的她突然想叛逆一次。

雨夜吹风是什么体验，雨水接踵而至砸在江面上是怎样的光景，和喜欢的人一起看雨又是什么样的感觉。

周意望着段焰跃跃欲试的澄亮黑眸，点头答应，沉在深海低谷的心终于活了过来。

靠近江边时，周意看到那边屹立的一座小灯塔，砖红色的底座，灰青色的头部，一束狭窄明亮的光慢慢划过江岸，雨水在光的照耀下在黑夜里有了轮廓，风推水浪，沉沉又粼粼。

周意迎着雨眨眼，屏气呼吸，目光深深地凝望着这座久远寂静的灯塔。

它像极了段焰，那束光像极了段焰的眼睛，而她终于离它越来越近了，有什么在这一晚悄悄改变，好似黑夜不再黑，风雨皆可忽略。

电瓶车驶过一道减速带，颠簸了一下，周意往前磕，双手下意识地扶住了段焰的腰。

隔着雨衣和羽绒服，肌肤上的触感被一层层减弱，但段焰还是感受到了，他背脊一僵，下一秒却忍不住扬了下嘴角。

周意很快松开双手，刻意往后仰，试图和段焰再拉开一些距离。

她双手轻轻握着，从掌心开始，一路烫到脸颊。

他应该没察觉吧？

虽然这样假意保持了距离，但心底还是控制不住地觉得如果能再有一次就好了，让她再靠近他一次。

恍惚间，周意想起赵嘉，这个他喜欢的女生。

她觉得自己已经失去了理智，自私地想，就这一次，让她多和他说会儿话，多认识一下他，多留下一些她自己在意的细节回忆。

她这么想着，再回神时，发觉已经到了目的地。

夜间的公交车总站人烟稀少，只有几辆公交车来来去去，侧边夹竹桃形成的绿化围栏处搭了一个非机动车停车处，盖在上面的弯定绿色遮棚像是经历了许久的风吹雨打，有一处已经破损。

段焰把车停在棚下，让周意先下车。

一下车，积累在雨衣上的雨水"哗啦啦"落下，两个人脱去雨衣，额前都湿了。

只不过他头发短，看起来还好，周意就不一样了，海藻似的头发弯弯曲曲贴着额前，纤长的睫毛上还挂着雨珠。

段焰接过周意的雨衣，将两件雨衣挂在电动车左右的后视镜上，周意站在一边整理自己。

段焰看着她笑，舔了下唇，忍下紧张开玩笑道："你这发型还挺像张曼玉和王祖贤演的《白蛇传》里的发型。"

周意呆了一下，抬手摸了摸头发。

段焰笑得更甚："走吧，我带你去买包纸擦一擦。"

他每次笑，周意的心都会被提起，一如初见般心动。

堤坝入口有一家书报亭和小卖部，这个点书报亭早关了，只有小卖部还开着。

和周意买伞的那家差不多，小卖部看着小，但应有尽有。

段焰本来想买抽纸，但想想，好像小姑娘都用小包的纸，抽纸看起来不太秀气。

然后，他问老板拿了四包纸巾，准备付钱的时候，又转头问周意："你吃饭了吗？"

周意想到陈佳琪请的两个冰激凌，也不知道这算不算吃，不过她不饿。

她点点头："吃过一点。"

"这样啊……"段焰握着皮夹子，手指磕着轻点了两下，咳了一声，试探地说，"我还没吃，不过气都被气饱了，要不……你陪我喝点？"

"啊？"

见周意反应不算抗拒，他解释道："我去给你买饮料，你喜欢喝什么？可乐还是牛奶？"

周意想了想，说："你喝什么？"

"嗯……啤酒吧。"

"那我也喝这个吧。"

段焰盯着周意看了三秒，觉得她真是可爱极了，笑着问道："你会喝酒吗？"

周意："没喝过，不过应该能行的。"

他恨不得摸摸周意的头，她一本正经地说这些真的太乖太可爱了。

段焰说："没喝过就不喝，等会儿还得靠你带我回去呢，你会骑车吧？"

"会，我会。"

"挑个饮料吧。"

周意"嗯"了声，随手指了指最显眼的可乐："就那个吧。"

段焰让老板把可乐和啤酒装袋后，撑起伞和周意朝江岸走去。

一进去，扑面的寒风让人呼吸都变得困难。他们顶风前进，过了风口，两个人不约而同松了一口气。

已是初冬，夜晚下沿路的夹竹桃枝叶如浓墨一样，偶然有几朵伶仃的残花，越往前走越黑，脚下参差不齐的岩石路磕磕绊绊。

二十来米开外就没路灯了，正当周意想问时，段焰忽然说："到了。"

他指了指一个台阶，低声道："这里可以下去，走慢点儿。"

周意走上台阶，到了一个小平台，两侧有下去的台阶，段焰示意她走左侧的。

映着远处淡薄的灯塔光芒，周意看清了这个地方。

上面的宽阔小平台两侧延长，成了底下遮风挡雨的一个屋檐，而屋檐下也有一长条平地，往外便是大大小小的圆形岩石铺成的倾斜堤面。

他们正前方还延展出一条直直伫立在江面上的短路，此刻被江水冲击着。

段焰见周意对这里很陌生，问道："你没来过吗？"

"我知道这里，但没来过。有同学来过，我听他们说起过，说是没什么好看的。"

段焰笑，收了伞，挑眉道："是没什么好看的，这里一般学生爱来，还有情侣，你看这里就知道了。"

周意顺着他指的方向看去，他们背靠的墙壁上写满了各种大大小小的字，有些是用粉笔，有些是用石头，还有用油漆的。

情话誓言、未来祝福、怨天尤人，什么都有。

段焰拿出饮料，拉开易拉罐，把可乐递给周意。见她看得认真，段焰问她："很好看吗？"

说完，他凑过去紧挨着周意，也去看她看的东西。

身边多了个人，而他的外套蹭到她的外套，发出细微的窸窣声。

在这样沉静无人的地方，又是充满黑色禁忌的夜晚，周意脸一热，慌张地接过可乐说了声谢谢。

她双手紧握着这罐可乐，里头"嗞嗞"冒着泡，她的心也在"嗞嗞"冒泡。

段焰也抬手灌了一口，周意听到他喉结滚动的声音，脸更热了。

接着，她听到他轻轻笑道："你刚刚是在看这个吗？愿我喜欢的人眼瞎喜欢上我……挺幽默的，是男孩子写的吧？"

周意："可能吧……"

"这个也好玩，希望家里的猪能生下十八只猪仔。"

本来周意没觉得多好笑，但是被他念出来突然变得好笑了，他轻松的模样，缓和了她不少的紧张。

周意抿了口可乐，饮料入口冰凉却甜得不像话。

干站着有点尴尬，周意说："你以前来过这里？"

"嗯。"段焰捏着瓶罐，中间被他捏凹了，他饶有兴致地看着墙上的各种话语，说，"之前和两个朋友来过，他们也往墙上写了东西的，不过我记不太清到底是哪面墙了。"

"朋友？是平常和你一起吃饭的那两个吗？"

"你知道？"

周意一噎："嗯……有几次吃饭好像看见你了，你好像总和他们两个在一起。"

看见了啊。

她都有看见的啊。

段焰侧过脸，低眸看周意。朦胧的光下，周意双眸清润，眼尾如扇，声音温软。

他要的从来都不多，只是希望能多见见她，多了解一下她，能被她看见记住。

她可能永远都不会知道，于她而言平平无奇的一句话让他在这个寒雨夜有了新的慰藉。

周意见段焰不回话，抬眸去看他，扭过头的一瞬，两人四目相对，一个低着头一个抬着头，相隔不过二三十厘米。

江岸上树影绰绰，岸底下光影斑驳，灯塔的微光打在两个人身上，照亮彼此瞳仁里的情绪。

周意浑身一怔，心跳骤然停止，那些暗自猜测不由自主地浮上心头。

因为段焰的眼神太过温柔，黑而亮的双眸里盛着夜晚的凉，涌着他的少年肆热，还有万丈柔情。

像极了那天他在操场看赵嘉的眼神。

可下一秒她骤然清醒了过来。

她深刻地明白，她不能再胡思乱想，不能再给自己无休止的希望，不能在知道他们可能互相喜欢的情况下再强行介入。

这个晚上已经是偷来的了，她应该满足。

就算是温柔，也可以是朋友知己的温柔。

周意快速转回头，猛灌了自己好几口可乐，企图让自己冷静下来，但心脏像着了火的原野，因为他的一个眼神火势滔天，"噼里啪啦"的燃烧声让每一个细胞都为之跳跃。

喝得太急，又心不在焉，周意被呛到，想忍咳嗽，但是忍不住，侧过身，咳了起来。

段焰嘴角挑起，心里笑她笨，又觉得笨得好可爱。

紧接着，他掏出买的纸巾递给周意，问她："还好吧？怎么喝个可乐还呛到？"

周意尽量让自己快速平静下来，乱七八糟地擦了一通，等平复好，她整张脸已经红得不能再红。

她实在不想在他面前出糗的，想着他会不会觉得她吃东西没吃相啊？

随后被他一问，更是无地自容了。

段焰不知道女生心里的弯弯绕绕，只是刚想拍拍周意的背给她顺气，但手举一半又放下去了。

他仰头一口气喝了半罐啤酒，轻轻长舒了一口气，庆幸自己没做什么逾越的举动。

他延续刚才的话题，道："那是我最好的两个朋友，胖点的那个叫孙毅坚，瘦点的那个叫赵纪，他们人挺不错的。我记得当时他们在墙上写了两个愿望，孙毅坚的是希望他能有个有钱后爸然后继承家产，赵纪的是希望孙毅坚把欠他的六块五赶紧还他，是不是很好笑？"

"嗯……"周意象征性地笑了一下，她还沉浸在自己出糗的懊恼里。

段焰感受到她的敷衍，转了话锋："那你呢，我好像经常看见你和一个女孩子一起走，那个是你的好朋友？"

周意回答道："你说陈佳琪吗？她是我在这个学校最好的朋友。"

"陈佳琪……这个名字好像有点耳熟。"

话题转到这儿，散去了周意一些后悔，因为她发现了一件事，段焰是真的不记得陈佳琪这个儿时好友了。

她要说吗？可是说了会不会暴露她喜欢他？不说的话她要接什么话？

思想争斗一番后，周意缓慢道："你应该认识她的……她说小时候经常和你一起玩，她姑姑家在你外婆家边上。"

段焰惊愕了一下："认识她？姑姑？哦，是不是后来她姑姑移民了？"

"对，就是那户。"

"是她啊。她和你说认识我？"

"是上次我想去网吧找你帮忙，我和她提了一下，她就和我说了一些你的事情。"

段焰脑海中模模糊糊有一些片段，陈佳琪应该是那个唯一看他不顺眼的姑娘吧？

他眉心莫名跳了一下，问周意："她和你说了什么啊？"

周意自然是拣好话说："说你从小成绩很好，市里前三的水平，说你们小时候玩过家家，小姑娘都争着要做你的新娘，说你外婆做的粽子很好吃，大概这些。"

段焰："所以……"

周意："所以什么？"

段焰摇摇头没回答，明知道不可能全然是好话，但心情却更愉悦了。

在他希望周意能够记住他的时候，恰好有一个人在她面前提起他，所以他至少在她心里从不是路人的位置。

而这千丝万缕的感觉真是神奇。

他自作多情地想，会不会是一种缘分？

段焰灌下这罐的最后一口，捏扁了易拉罐，扔回塑料袋里，开了一罐新的。

周意被他说一半的话弄得云里雾里，见他要喝第二瓶，轻声阻止道："喝太快会不会容易醉？"

段焰笑着再次摇头，他就地坐下，喝了几口放下易拉罐，双手撑在身后，双目凝视着前头的雨景。

周意捧着可乐，压着心跳，走到他身边，也坐下。

他说："地上有点儿脏，要不你用这个塑料袋垫一下？"

周意拒绝了："不脏。"

段焰想说点什么，思来想去发现陈佳琪是个不错的话题开端，于是他说："我真的没认出她，不过她应该蛮不喜欢我的。因为小时候一起玩的几个女孩子里，有个女孩子总是喜欢和我唱反调、和大人告状，我被我外婆揍的时候她最开心。我记得很清楚的是，她隔壁移民那家亲戚的小孩。"

和陈佳琪说的倒是差不多。

周意低着头笑，她很想亲口听他说说他小时候的事情，便问道："你小时候很顽皮吗？"

"嗯，什么冒险就干什么，因为小时候……"他顿了下，眼里的光彩暗了一瞬，随即又无所谓地笑了一下，"小时候家里条件还行，以前我和我爸妈住西城区那块，那边是南城的市中心，从小就各种补习兴趣班，只有每年寒暑假去外婆家是最开心的。我第一次看见田里长着西瓜觉得特别不可思议，那么多西瓜，当时特别想全部摘下来。后来摘是摘了，但也得到了一顿毒打。"

前半段不知道，后半段周意一清二楚。

她问："你以前成绩真的那么好吗？"

提起以前，少年脸上仍有得意神色，他扬着嘴角说："有啊，真全市前三的水准，谁让我补习班上那么多。"

从前周意对他的过去装不知，也不问，可今天好像是个不错的开场。

她希望她的少年永远眼含星河，春风得意。

希望他浪子回头。

周意酝酿着，小心翼翼地问："那明年你有想好去哪个学校吗？"

段焰侧眸看了眼周意，反问道："你呢，听说你成绩很好，你想去哪儿？"

"我还没想好，大概不会留在南城，想去一个远点的城市。"

"为什么？我好多同学都想留在南城，离家近。南城有两所大学也正好十分优秀。"

周意双膝屈起，一手搭在膝盖上一手握着可乐，她注视着此起彼伏的浪潮，想起中午和周兰的争吵，但心被其他情绪覆盖了，有许多从未有过的感觉让她释放了自己，即使想起那些也不会再觉得难过。

她不知道段焰会不会想听她沉闷琐碎的心事，但如果他想，她就愿意说。

周意轻轻放下可乐，可乐落地的瞬间，她抬眸看向段焰："和家里有关，你想听吗？"

段焰猜，这大概也是她今天哭到眼睛肿的原因。

他直了点身，眼底带着柔软笑意，低声道："你说，今天你说什么都行，我做你的情绪垃圾桶。"

周意心弦一动，晚风吹得人眼睛发涩，她收回目光，让自己笑起来，温和轻松地向段焰说一些往事。

其实说来说去，无非是重男轻女，家里人对她不够重视，又过多插手她的事情。

这些周意觉得都不值得让段焰费心去认真聆听，往事都已过去，未来才是关键，所以她说到自己以后的打算时，她会问段焰，她是对的吗？

段焰听完，问她："这次物理考试没考好，原因你找到了吗？"

周意迟疑道："我学得不够扎实？其实……我也不知道原因。"

段焰扬扬眉毛，直言道："其实吧……你不应该选理科，你不擅长物理，也不用非得让自己去擅长。"

"可我已经选了。"

"只要高考还没考，你就有机会去重新选择的。而且就算我们已经过了高考，人生的选择还是在我们自己手里，如果你想要绝对完美优越的生活，那这个世界上是不存在的，人能做的永远都只有尽力变好。谁规定了哪样是绝对的好，哪样是绝对的差？就像你，你班里同学肯定羡慕你次次第一吧，但是你羡慕你们上重点高中的同学。"

周意愣了一秒，随即笑了出来。

是这么个道理。

她说："你的意思是让我现在重新选科？"

段焰看着周意难得的明媚笑容，喉咙微干，滚了一下喉结，艰难地"嗯"了声。

周意手撑着下巴，在权衡，但仔细一想，这并不是什么难事啊。

她望着漫天的雨，笑容越来越深。

周意还在为这个决定感到不可思议时就听他轻轻接了一句话，他说："你笑了啊，你笑起来更好看。"

她又一愣，所有感知都被瞬间封锁，屏着呼吸用询问的目光看向段焰。

他摸了摸鼻子，说："夸你呢，你也不夸夸我，我笑起来好看吗？"

"啊……嗯……好、好看。"周意反应迟缓，同时结巴了。

段焰哼笑一声，胸腔震动，笑声带着气息，酥酥麻麻的。

他在让她开心，周意都知道。

她看着这个桀骜却温柔的少年，心软得一塌糊涂，千言万语到嘴边却只能化为一句谢谢。

段焰说："谢什么。"

傻瓜，谢什么。


风雨飘摇，两个人各自看着前方的雨景，风拂过发梢，撩起难以形容的柔软氛围。

两个人几乎是同时，端起易拉罐喝了几口，啤酒的麦香香气和可乐清淡的甜味混合在一起，冰凉的空气灌入耳鼻，心头的热涌始终难以冷却。

周意轻抿着唇，眼帘上抬又下垂，心跳怦怦作响，像极了落在江面的雨珠，快、密、难以忽视，最后归于平静。

她用余光看段焰。

幽暗光下，段焰棱角分明，挺鼻薄唇，双眸黑亮，带着些许少年的稚气，又融了些男人清隽不羁的气质。

虽然段焰的一举一动都会让她猝不及防地心跳加速，但人与人之间的变化太奇妙了，短短几句交心话让她少了许多紧张和不安，靠近他似乎也比想象中要容易很多。

而且这样的眼神、这样的容颜和这样的温柔，往后多少年回想起来，都会心动吧。

周意微微笑着，眼尾上扬着，她又喝了一口可乐，思绪从他的温柔回到物理这个事情上。

当初是周兰希望她选理科，而正仁中学理科里最擅长就是物理，周兰让她选理科的理由很简单，因为过去和她成绩差不多的同学都在重点中学选了理科。

不知道是什么时候留下的印象，男孩子擅长理科，女孩子擅长文科，慢慢地又变成了如果选文科就是不够灵活聪明的意思。

周兰想让她做那个听话且让她有脸面的孩子，她心里抗拒却在开学初还是按照周兰的意思选了理科。即使当时已经对周兰失望了，但她偶尔还是会对周兰抱有一丝希望，希望有一天能够对她好一点，有一点点改变。

这样希望着，又清楚地明白，希望多渺茫。

渐渐地，她忽然明白了另外一件事，她要的自由就在不久的未来，并且在抵达自由的路途中她谁也不能仰仗，高考是她唯一改变自己命运的机会。

可现在想想，周意觉得自己也难逃"俗套"二字，因为她认定了自己需要去克服物理，而不是趁早改变，及时止损。

她缺了那么一份重新来过的勇气。

夜色浓郁，风雨不止，浪潮轻快地拍着岩石，上涨的江水很快将他们眼前的那条岩石小路吞没，但周意心里的路却在一寸寸变开阔。

越发放松的心情让周意无意间想到陈佳琪。

她想，也许，友情是平息伤痕，爱情是滋生勇气。

周意捧着可乐，嗓音低柔且坚定地说："我想好了，下周一我就去和老师说换科，我想选文科。"

静默着，她突然的开口让段焰呛了一下，倒不是因为她说的话，而是他自己还沉浸在周意的笑容中。

这是周意第一次对他笑吧，还笑得这样开心，之前见她，她总是淡淡地有所保留地笑。

他被这笑容晃了眼，弄得昏了头，心里的话就这么不假思索地说了出来。

说完，他看到周意发蒙的眼神，整个背烧了起来。还好反应快，段焰巧妙地用一句玩笑话化解了尴尬。

周意还傻乎乎地顺着他的话真夸他了。

明知道也是玩笑话，但被这么一夸段焰的心更热了，得意完之后便是无止境的悸动燥热和刻意的回避。

听到周意这么说，他咳了两声，清了清喉咙，说道："文科好像就历史政治这些吧？我觉得历史比政治有趣点，事件好背好记，就是出的题目千变万化，可以自己研究一套答题说辞，再套上恒久不变的历史因果就差不多了。"

周意看着他侃侃而谈的样子，问道："你选的是文科吗？"

段焰说："不是，我和你一样，选的理科。"

她知道不是，因为刘宣平是他的老师，很好猜，他肯定选的是理科。只是她好奇，他好像对什么都很了解。

而他明明是一个放荡叛逆的少年郎，但周意也不知道自己为什么在学习困境上如此信任他，总有预感他会给她一个答案，总觉得他比自己目前所了解的要更成熟，还有她不清楚的一面。

或许当她知道段焰曾有过优异的成绩时，他就在她心里有了不可比拟的分量，毕竟他过往的勋章是她一直难以企及的仰望。

只是她不明白为什么心高气傲的他现在会甘心做一个末尾者。

会不会他现在也有一个自己发现不了的误区，闯不过去？

而且话题的最开始是她想引导他，他一个反问抛过来，最后他却变成了她的解语花。

周意笑着低声说："你刚才还没回答我的问题呢。"

段焰："嗯？"

"明年，你想去哪个学校？"

"你要不猜一猜？"

段焰看周意一脸不知所措，耸肩笑了一声，说："其实我也还没决定好，但是大概率不会留在南城。我现在和外婆一起住，会选个离南城近点的城市，方便照顾老人，但不会留在这儿。"

"那……"

"消防指挥。"段焰打断她说，"想考消防指挥学校来着，隔壁海城的指挥学校就挺不错的。"

周意再次愣住，印象里，说起大学，同学们都有各自的畅想，要直接去考军校或者段焰说的指挥学院的还是少数，段焰的回答是在自己意料之外的。

段焰说："你也很惊讶？"

周意点头。

惊讶他的决定，也惊讶他原来是有目标的。

她不知道消防学校需要多少分才能考上，又或者需要其他什么附加条件，但是以他现在的成绩肯定是上不了的吧。

周意说："那个好考吗？"

段焰知道自己在学校里风评不好，也知道周意为什么这么问。

他说："不好考，在努力。"

周意如释重负，任何一刻浪子回头都不晚，只要对得起自己。

她问："怎么想考那儿？"

他喝完最后一口啤酒，舔了下湿润的唇，慢悠悠道："我没有什么英雄梦，也不是为了什么热血理想，纯粹是为了逃避，有时候也会想，那样的地方是不是能更好磨炼自己的心性。"

"逃避……什么？"

"和你一样。"

话落时，他低眸侧看过来，勾着唇，眼里有看不见尽头的远方。

周意握紧可乐罐，柔声问道："在家里很不开心吗？"

"是啊，很不开心。今天我们又吵了一架，就下车遇见你那会儿。"段焰扬了下眉毛，又说，"不过现在还行，和你说话挺开心的。"

"这些你不和朋友说吗？"

"你什么都和陈佳琪说？"

"也不是，以前家里的事我很少和她说，最近和她倾诉得比较多，我发现，有些事情还是不要憋心里为好，说出来以后人会轻松很多。"

段焰轻笑："道理我知道，但是我那两个朋友我不敢说。"

周意："为什么？"

"他们大嘴巴，他们一旦知道了，回头整个学校就都知道了。"

周意也笑："感觉……他们看上去是蛮有意思的人。"

"你哪里感觉到的？"

最直观的一次感受应该是第一次见到他那天，在食堂，两个男生缠着他叫"老公"。

但周意不能说，因为一旦说了，她的秘密会无所遁形。

周意装作想了想的样子，答道："有时候经常看见你们说笑，那个神情让人看着就觉得开心，你刚刚也说了他们在墙上的留言，我也觉得很有意思。"

段焰想到孙毅坚和赵纪的插科打诨，调侃他喜欢周意的样子，翘了翘嘴角。

他说："所以他们靠不住啊，好不容易想说点知心话，他们只会骂人和哈哈哈。"

"扑哧——"周意抬手抵住嘴巴笑了出来。

段焰见她笑这么开心，莫名想起上回亮叔说的话，得多笑笑，女孩子都喜欢爱笑的，难道她喜欢幽默的男生？

但是这样问会不会很突兀？

挣扎一番，段焰放弃了，说："笑这么开心啊？心情有变好吗？"

"嗯，我觉得很开心，特别开心。今天和你说话很开心，你让我……"

段焰的心被提起来："让你什么？"

周意不敢看他的眼睛，但极其认真地说："我不知道该怎么形容，嗯……你让我……觉得明天会是个新的开始。"

"这样啊……那你以后有什么想不通就和我说说呗，我晚上一般都在线的。"

"可以吗？"

"当然啊，因为你是我难得觉得说话比较投机的……朋友。"

周意的心一瞬间被拎起，又瞬间从云端轻飘飘地落下。

朋友……似乎也不错，做一个能够为彼此解忧的朋友。

但是换位思考，如果赵嘉知道她的存在会不开心的吧，会和他有矛盾的吧。

都是女生，她太能理解了。

就好比，她因为他和赵嘉的靠近而难过了许久，而男生总是把控不好朋友的尺度。

爱情，又是多么自私的一件事。

这个"朋友"，周意想，就做到他和赵嘉在一起时吧，等他们真的在一起了，她会远离段焰的。

周意抬手撑脸颊，凝视着远方说道："那……以后你有什么也都可以和我说，我会为你保密的。"

段焰吊儿郎当地笑道："那我有很多想说的，你这个月的流量大概都不够用。"


## 2. 糖很甜

后来，周意不知道段焰到底喝了几罐。

他一条腿直伸着，一条腿屈膝，一手撑在身侧，一手握着易拉罐，身子微微往后仰，就这样敞着外套，对着江风，里头的T恤领子松松垮垮歪在一侧，露出凹凸的锁骨和流畅的脖颈线条。

少年握着瓶罐的手在夜色下骨节分明，白皙如月色，举手投足之间满是诱惑的味道，特别是在黑夜里格外明显的喉结轮廓。

周意每每侧眸看去，都能看到他凹凸的喉结轻微滚动，嘴唇闪着润泽的光彩。

喝得多了，他的嗓音也变得越来越哑。

他有一搭没一搭说了很多，真像把她当作一个认识多年的老朋友。

说他跟外婆住的原因，说怀念小时候的日子，说他爸爸现在的家庭，说他温柔多才的妈妈。

说到一半还问她，会不会听得有点烦，如果觉得听起来很无聊他就不说了。

她用他的话还给他，今晚，他说什么都行，她做他的情绪垃圾桶。

然后，他陆陆续续又说了很多对他来说开心的事情。

他说他小时候最喜欢迪迦奥特曼，不过那会儿有线电视还没普及，在那几个固定的频道上等《奥特曼》等得他心力交瘁，于是他开始想办法攒钱买DVD（数字视频光盘）。那时候他爸妈对他管得很严，读书期间禁止一切娱乐活动，但一到寒暑假就随便他疯玩的那种。

但小孩子哪真的能这么克制自己的欲望，他就在同学之间变卖"家产"，他妈放在柜子里忘了的口红，他爸各地淘来的小酒杯，还有一些稀奇古怪的小玩意，通通卖一块钱。

终于，他一个月之内集齐了五套光碟。

周末在家偷偷看，奥特曼说他需要光才能站起来，他就把家里所有的灯都打开，把所有的手电筒都对着电视机。

奥特曼变成光了，父母也发现他掏光了他们的宝贝。

他妈气得连他爸一起打。

他说他唱歌挺好听的，六年级时得过校园歌唱小将的头衔，他妈知道了，连续两年逢年过节都让他表演唱歌，给大人们唱刀郎的《情人》，给小朋友们唱《虫儿飞》。

大人说他未来可期，小朋友们则用一种他是傻子的眼神看着他。

后来他唱烦了，找借口不走亲戚了。

现在长大了，虽然妈妈不在了，但是跟着外婆避不开一些亲戚走动，但他也有了应对的法子，比如让大人表演一段广场舞，让小朋友来段笛子或者口琴独奏。

别的不说，看别人表演确实挺享受的。

周意问他："那你现在唱歌还好听吗？"

他问她："想听吗？"

他声音低磁，带着若有似无的笑意，说："有机会唱给你听。"

周意看了他很久很久。

有机会唱给你听。

不是情话却胜似情话。

他一定是喝醉了。

或者醉的其实是她。

这样寒冷的夜晚，明明是她最讨厌的，但今晚任由江风掠过身体，她的心却始终滚烫。

易拉罐横七竖八地倒在那儿时，夜更深了，寒意更甚，段焰双手都撑在身后，双眼闭着，似乎在缓和酒精带来的冲击。

周意安安静静地等待着。

半晌，他低哑道："你晚上不回家的话打算去哪儿？"

"肯德基。"

"安全吗？"

"有服务员呀，我找个离他们近点的位置就好了。"

"万一呢？"

"应该没什么吧。"

段焰豁然睁开眼，瞳仁里漾着几分醉意："要不……你在我那边待一晚？"

周意："你那边？"

"我是说亮叔的网吧，我打工的那里。"

"我……"

周意现在身无分文，她到时候该怎么和段焰说她没有钱，她不想陷入这样的窘迫境地。

正要拒绝之时，段焰解释道："不是让你去上网，是让你去休息的。亮叔在网吧搞个小房间，平常我们有需要就会在里面休息。"

周意心动了一下，但心里有道坎过不去，这样子的过夜跨越了她的心理防线，就像刚才如果再往江岸更深更暗的地方走她可能就不会愿意了。

段焰仿佛看穿了她的想法，诚恳道："亮叔一般下午到傍晚在那边，晚上他就回自己家了，值班的员工没事不会进去，或者我给你开一台机子，你待在外面也行，都有监控的。等天亮了，我再送你去车站，行吗？你一个女孩子出事了怎么办？"

周意最终点点头。

段焰看她松口后，看了眼腕表时间，不看不知道，一看吓一跳，都快晚上九点了。

他捂着后脖颈动了动脖子，起身，对周意说："走吧，冷吗？你饿不饿？"

"还好。"

周意跟着起身，把地上的垃圾收拾了一下。

段焰朝她伸手："我来拿吧，岸边有垃圾桶。"

周意递给他时，他的手指短暂地碰到她的，冰冰凉凉的。

段焰这才仔细打量周意的脸色和衣着，嘴唇没有什么红润的血色，校服外套里头似乎是一件白衬衫。

没穿毛衣吗？

往岸上走时，他又问了一遍："你冷不冷？"

周意低低地"嗯"了声。

穿梭在理想和他的温情里时周意热血沸腾，这会儿随着夜逐渐深冷，就如一场电影终于迎来结尾，热血退去，空荡荡的岸上没有遮挡物时，风一吹，周意浑身克制不住地一颤。

雨和来时一样大，打在伞上如珠落玉盘，段焰声音还是那般哑："没多穿点吗？怎么不早点和我说冷。"

"中午走得急，没想那么多。刚才不冷，现在出来了才觉得有点冷。"

"那我们快点回去。"

"嗯。"

这晚的错觉太多，一句"我们快点回去"竟让周意觉得他们回去的地方不是网吧，而是他们的家。

就像寻常的男女朋友，因为下雨冷了湿了，走在湿漉漉的街道上，撑着一把伞，男生温柔低语说那我们快点回去。

周意低着头，目光交错在地面淡薄的晚灯倒影里，这错觉带来的片刻美好扰乱了她的心弦。

往后有一天，会有这样的片刻吧。

他会对他的女朋友说，冷不冷，冷的话我们快点回家吧。

也许说完还会亲昵地揉揉她的脑袋。

这样的幻想，在这样的情景中，经过这一晚上的发酵，即使周意明白这些道理，却仍会心头发酸。

　　周意的脚步慢了下来，留恋地回头看了一眼漆黑无垠的浪潮江岸，回首，她摇摇头，试着甩开心里的酸涩与羡慕。

　　她至少也有值得铭记的夜晚，不是吗？

　　段焰见她嘴巴上应着，但又摇头，不解地问："还不想回去吗？"

　　"啊？"

　　"要回去吗？"

　　"回去的……"

　　"那你刚刚摇什么头？"他笑。

　　"脸上有水，不想伸手擦……"

　　段焰轻笑一声，没再说话了。

　　到了车棚，两个人都愣在了原地。

　　不知道是谁把他们挂在后视镜上的两件雨衣拿了。

　　段焰摁了下太阳穴："一件都不给我们留啊。"

　　周意："雨衣是你同事的对吧？"

　　"嗯。"

　　"他会不开心吗？"

　　"会吧……但我可以安慰他，总比被人撬了车好吧？"

　　周意被他的冷幽默逗得笑了出来，她看了眼下个不停的大雨说："下次我把钱给你，我们买新的给他吧。现在……要不我们就这样回去吧？这个时间路上没什么人，我开快点。"

　　段焰也笑："就这码数能开多快。"

　　他把外套脱了下来递给周意："穿上吧，我不怎么怕冷，你别回头因为陪着我发疯发烧了。"

　　看着段焰身上单薄的 T 恤，周意打心底觉得冷。她没接段焰的外套，问他要钥匙。

　　拿到钥匙，周意发动车子，轻声催他："快上来，我们……快点回去。"

　　这一瞬间也让段焰产生了错觉。他问自己，会不会有这样一天，有这样一个夜晚，周意眼里涌着对他的爱意，欢快又温柔地对他说："我们快点回家吧。"

　　他把外套披在了周意身上，跨上车，周意想把外套还给他，他按住了，沙哑磁性的嗓音里满是醉酒残留的混沌，偏偏还夹杂着十八岁男生永远热烈蚀人心骨的笑意。

他说："我那边有外套换的，走吧，听话。"

一路上，周意不由得怀疑，都说他没有谈过恋爱，这是真的吗？可为什么他这么擅长，这么轻而易举地就能用一句话攻略下她。

而他外套上传来的热感让她几乎要融化在这个冬天里。

周意的长发扬到段焰脸上，他没拨开，湿的、香的，一缕缕滑过他的脸颊，风吹得喉咙干涸，他觉得这一秒才是真喝醉了。

车子路过来时的减速带，两个人还是没有防备地颠簸了一下。

段焰撑住了，但他觉得自己应该撑不住才对。

他迟了两秒，缓慢地伸出左手，轻搭在周意腰侧，身子往前倾了一下，然后装作自然反应似的往后仰。

看着搭在周意腰上的手，他挑了挑眉，莫名想起一句台词——男人不坏，女人不爱。

他坏一下下应该没事吧？

风雨的猛烈和许久未开车的感觉让周意没有察觉到腰侧的一点异样。到达网吧，她依旧不知道段焰的手在她身上搭了一路。

只不过她觉得段焰有点奇怪，两个人淋得像落汤鸡一样，他却笑得很开心。

停车时，周意咽下吹了一路的冷风，拭着脸颊两侧滚滚而下的雨水，不解地问段焰："你在笑什么呀？"

段焰在给车轮上锁，T恤尽湿，白色半透明的布料贴着他的背，清晰地勾勒出少年劲瘦的腰背，也为凹陷的脊柱沟添了几分欲盖弥彰的性感诱惑。

周意看得有些挪不开眼，直到段焰上好锁起身，笑盈盈地回答她说："笑还能是因为什么，肯定是因为开心啊。"

他拔下车钥匙，串在食指上转了两圈后攥在手心，指指网吧门口："进去吧，我给你找条干净的毛巾擦一擦。"

"真的很开心吗？"周意问。

两个人站在网吧逼仄简陋的车棚里，雨水如瀑布一般顺着屋檐流淌而下。

段焰心虚地上下看了一圈，说："长大后第一次这么疯，好像淋场雨也是痛快的。"

其实不是，他只是像个小孩子得到了一颗喜欢的糖果，忍不住偷笑罢了。

周意身上披着他的衣服，他的手小心翼翼轻轻搭着周意的腰，两个人倒映在水淋淋的柏油路上的影子看起来十分亲密。

他保持了这个动作一路，中途还艰难地从裤袋里掏出手机，拍下一张模糊的双人影子。

手机调的不是静音，当时"咔嚓"一声在他听来特别响，匆忙之下收了手机，从后视镜里看周意神色如常后他才松了一口气。

然后，他扬起的嘴角再也压不下来了。

周意信了他的说辞，她今晚的情绪太容易被段焰影响。他说去看雨，她点头；他说陪他喝一点，她点头；他说在网吧待一晚，她也点头。

他说长大后第一次这么疯，淋雨也痛快。

周意打着冷战，看着自己湿得滴水的衣服裤子，忽然觉得是这样。

今晚，淋雨都是痛快的。

进了网吧，暖风扑面而来，周意滚着喉咙吸取着温暖，还没站一会儿，身上滴下来的水就浸湿了一小块地板。

周六夜晚的网吧人不少，几排机子几乎都坐满了，各色头发的青年都有，有的怀里还搂着女朋友，有的叼着个烟，轻狂得不可一世。

和她第一次来的时候很不一样，倒真有几分大人口中的混乱感觉了。

不过还好，多数青年都只顾着在游戏里厮杀；还好，段焰会陪着她。

段焰径直走到柜台那儿，敲了敲台面，对坐在里面的黄毛同事说："小房间没人在用吧？"

沉浸在炫舞里的黄毛听到动静拨了拨耳机，掀起眼皮瞥他，一瞥愣住了，摘下耳机道："阿焰？你这个点怎么来了？"

黄毛见他这副样子又说："你出门没带伞啊？"

段焰："三两句和你解释不清，我让我朋友进去休息一晚，里面没人吧？对了，有没有干净的毛巾？我上次放在这儿的外套还在吧？"

"你朋友？"黄毛看过去，眼珠子快瞪出来，"我……去……女朋友？你们干什么去了，搞成这样？"

"你闭嘴别乱说。"

段焰拿过台上的一包抽纸走到周意身边，说："走吧，我进去给你找找有没有什么可以换的衣服。"

周意被黄毛看得有点不自在，她垂下双眸，不声不响地跟着段焰进去。

一定被误会了吧，他会解释的吧，可这误会却让她无比珍惜。

小房间在前台左手边，一扇简单的浴室风格门，上面是不透明的磨砂玻璃，下面是纯色的白，拧开，狭小的房间一览无余。

七八平方米的样子，一张挨着墙的单人床，床脚是毛糙的木制衣柜，床边放着一张深木色的书桌，还有扇窗户，没有窗帘。

周意朝窗外看了一眼，这个角度正对着商铺的后院，看起来没什么人，地上中间有一个圆形花坛，里头银杏树主干很粗，年头应该很久了，只不过这个月份，树叶早就掉光了，只剩光秃秃的枝干，让这瓢泼大雨显得更为寂冷萧瑟。

而这张书桌上，什么都有，一台台式机，快堆满烟头的烟灰缸，喝了一半的茶水，横七竖八的充电线。

段焰率先开了空调，想问问周意还撑得住吧，但是低头就看见周意默不作声地观察着这个小房间，他顺着她的视线也看了一圈。

段焰扶了扶额头，在找借口的同时开始自动收拾起屋子。

床上扭得乱七八糟的被子、散了一地的报纸、抽完也不扔的烟盒，还有收集了不知道多少年的啤酒瓶盖儿……

段焰说："这里我平常不太用，你知道的，我一般就周末白天在这里，亮叔和外面那个男生用的比较多，有点乱，你别介意。你等一下……我收拾一下，很快！你先擦一擦，给，用这个纸。"

周意接过他手里的抽纸，先把脸擦干，她看着拧成一团的纸巾问他："垃圾扔哪里？"

"你先放桌上吧，等会儿我给你拿个垃圾桶过来。"

周意看他忙前忙后的样子，有点心疼，他只穿了一件短袖，也淋了雨，不必这样的。

她说："我没关系的，你别整理了，你先把身上的衣服换了吧。"

"没事。对了，我之前在这里放了一件外套，我给你找找。"

很快，段焰从衣柜的最上层翻到那件春秋穿的运动外套，他怕外套上有气味，还特意闻了闻。

周意脱了身上的校服外套，里面的棉吸足了水，轻轻一拧都能拧出水。

段焰拿着外套想递给周意，但一回头就看见这样一幅光景，周意背对着他，把校服外套挂在椅背上，拨了拨湿漉漉的长发，她抬手时身上那件契合的白衬衫也会上扬，牛仔裤贴着纤细的腰，露出中间一截白皙的皮肤。

而白衬衫有些地方沾了雨，一湿就变得有点透明，有一块透明的地方下是水蓝色的。

她慢慢朝他转过来时，身材曲线更是一览无余，衬衫的纽扣空隙像熟了胀开的果实外壳，能隐隐约约地看见，里头是水蓝色的。

段焰头一回发现，简单的牛仔裤和白衬衫组合在一起能穿出这样独特的美感和撩人的性感。

空调制热迅速，一会儿工夫，小房间已经暖和了起来，段焰觉得热得有点难以呼吸，血液在沸腾，皮肤在发烫。

他下意识地添了下唇，快速挪开视线，僵硬地把外套递给周意，说："后面是卫生间，可以洗热水脸的，你要是觉得身上不舒服，可以稍微擦一擦，也有吹风机，可以把头发吹一下。你弄吧，我先出去了。"

周意浑然不觉，接过外套，担心地问他："你呢？你有可以换洗的衣服吗？"

"我？有、有，我穿我同事的就可以了。"

说罢，段焰随手从衣柜里扯了一件T恤出来，他滚了滚喉结，局促地离开房间。

周意捧着他的外套轻轻弯了下嘴角，打心底感谢他的绅士。

她把段焰的外套舒展开，前后看了一下，是件黑白色的运动风外套，她凑近闻了闻，是上次她来网吧，段焰靠近她时身上的味道，干净阳光的洗衣粉味道。

她换上，卷起宽大的袖口，又忍不住闻了一遍。

逃离房间，关上门，段焰贴着门站了十来秒，刚刚的景象让他脑袋有点混沌了，让他清醒过来的是倚靠在边上看戏的黄毛。

黄毛靠着柜台外侧，一边往嘴里倒妙脆角一边用玩味的眼神看他。

段焰敛了思绪，余光瞥了眼房门，走到黄毛身旁，再次叮嘱他："真的别乱说啊，也别进去。"

黄毛鼓着一侧的腮帮子嚼，吹了个满是番茄味的口哨："你女朋友啊？"

"不是。"

"还不是呢，你衣服都在人家身上了。"

"下雨，你没看见？"

"那你把人送回家去啊，带过来干什么？"

"有事回不了家。"

"那你刚拿抽纸干什么？"

"擦脸。"

"这么纯洁？"

段焰冷声哼笑，推开黄毛，进了前台。他三两下脱了身上的湿T恤，换上刚从柜子里拿的衣服。

黄毛："欸，这是我的衣服，你穿了我下次怎么好意思穿，有了对比你不会自卑吗？"

段焰用一种一言难尽的眼神看黄毛，黄毛笑得乐不可支。

段焰从货架上拿了两桶泡面，说："记我账上。"

黄毛："行啊，不过就请你女朋友吃泡面啊？"

"不然呢？"

话音刚落，段焰忽然想起上次给周意买的糖和饮料，那次周意没来，那些东西他也不喜欢吃，就都给收起来了。

他对黄毛说："让让，我拿个东西。"

段焰拉开最底层的抽屉，翻出软糖和饮料。黄毛大吃一惊："你什么时候在里面藏了吃的？"

"为了防你们才放在这里的。"拿到东西，段焰用手肘碰了碰黄毛的胳膊，"这个是我之前自己买的，别乱记账啊。"

段焰一手端着热气腾腾的泡面，一手握着软糖和饮料，站在房间门口敲了敲门。听到周意说进来吧，他才费力地拧动把手走进去。

周意已经换上了他的外套，宽大的运动外套直遮周意的大腿，领口翻出一侧衬衫衣领，干净的白、肆意的黑，莫名在周意身上融合得很好。

周意身材高挑纤细，皮肤白皙，五官秀气，清澈的瞳仁总是让她看起来有几分超脱俗尘的淡然明媚。

她上次穿碎花裙，清新文静又带着点小女生的可爱，她今天穿白衬衫和牛仔裤，明净简单又不失几分干练的独立，而外套一穿，风格又变了，看上去多了几分休闲和放松。

特别是她把袖口挽了起来，露出的一截白净骨感的手腕，顺着视觉的延长，不可忽略的还有她细长柔美的手指，实在耀眼。

周意在给他擦羽绒外套，如果不是他把身上的外套给她披，她估计连衬衫都要湿掉。

她见段焰愣在那儿不动，解释道："我想用纸巾吸一下水，这样在空调底下挂一夜明天早上也许能干。"

其实周意也不知道这样行不行，她家里冬天从不开空调，但是她想为他做点什么。

段焰听到她说的，才注意到她在干什么，忍不住缓缓扬起一个笑容，说："没事的，还没到最冷的时候呢，我明天随便再找个衣服套一下，回家就好了。"

"那……我还是给你挂起来吧，万一明天早上就干了呢？我刚看到衣柜里有空衣架，拿了两个出来，没关系吧？"

周意指指她放在床上的两个衣架。

段焰走过去，放下泡面、糖果和饮料，说："都行，你不用这么拘谨，这里的东西你随便用。快十点了，你饿不饿？我给你泡了泡面，这边只有红烧牛肉味的，你吃吗？"

周意心中一暖，点点头："那你呢？你不是晚上也没吃吗？"

"我在外面吃，你一个人在这里休息吧。"段焰又把桌上的糖果和饮料朝她推了一下，"你吃这些吗？"

一条水蜜桃口味的软糖，一瓶橘子汽水，一盒核桃牛奶。

都是些看上去女孩子可能喜欢吃的东西。

她捧着段焰的羽绒服，藏在衣服底下的手紧了紧，心跳骤然漏了一拍。

他的一些细微举动依旧能让她心跳加快，虽然知道他只是把她当朋友看待，但是这份体贴细心很难让人不为之动容。

以后他恋爱的话，想必会比现在更细致入微吧。

周意拿起糖果，晃了晃："我吃的，谢谢，今天……破费了。"

"没，都是些小玩意，还担心你不吃糖。"

"吃糖的，我挺喜欢的，吃甜的心情会变好。"

"嗯，你喜欢就好。要是晚点还想吃什么，你告诉我，我就在外面。"

"好……"

段焰摸了下鼻尖，环顾了下四周，从一个犄角旮旯里抽出个塑料袋，说："等会儿垃圾扔这里就行，要是困了，你不介意可以在床上睡，但是我建议今晚将就一下……亮叔他头油得厉害。"

周意回头看了眼枕头，果然，上面好大一摊黄色的油渍。

她笑了下："我今晚不睡，睡不着，我……可以用这个电脑看电影吗？"

"行啊，当然行，密码是123456。"说着，段焰靠过来握住鼠标，点了两下，输入锁屏密码。

周意往后仰靠给段焰让空间，他一靠近身上清爽的味道就萦绕了她，他短硬的头发发间仍湿漉漉一片。

周意借看屏幕的方向，目光一寸寸滑过他的耳朵、侧脸、凸起的喉结。

她要多记住一些他的样子，只有她见过的样子。

但下一秒，两个人都傻了。

屏幕解锁的一刹那，一个尺度稍大的视频占满了电脑屏幕。

尴尬瞬间充斥了这个拥挤温热的房间。

段焰连忙关掉，点开一个网页，对周意说："用这个，你想看什么直接搜就行了……"

周意的手快把羽绒服抓烂了，她轻轻地"嗯"了声。

夜渐深，雨不知道何时小了，只剩下狂风作祟，像要吃人一般拍打着玻璃，每震一下空气中的尴尬就多一分，把不说话的两个人衬得更为局促。

段焰慢慢起身，不敢看周意，想说些什么，但喉咙干得似乎把喉管都糊住了，他一手叉腰一手食指有意无意地勾着脖颈，绞尽脑汁地在想话题。

良久，他像找到了一个救星，说："面应该泡好了。你吃吧，我出去了……"

周意说："好。"

走到门口，段焰停住了脚步，深吸了一口气，侧过脸解释道："你……不生气吧？那个应该是我同事刚刚在看的，对不起啊，我不知道。"

他的道歉让周意始料未及。

她看向他，少年略显懊恼的模样满是大男孩的可爱。

周意弯了弯嘴角，说："没生气，没关系，我……能理解的。"

能理解，理解什么？

这下轮到段焰笑了，他听着周意一本正经的话回头看她，漆黑的眸仁里盛满了若有似无的笑意。

她是真傻，也是真可爱。

他低笑道："嗯，你休息吧，有事喊我。"

"咔嚓"一声，门关上，周意大舒一口气。

她伸手贴在自己滚烫的脸颊上，目光瞥向电脑屏幕，薄唇抿了又抿。

这种老套尴尬的桥段为什么能让她和段焰遇上，明明心底应该抗拒的，却莫名其妙脸红心跳起来，甚至内心还有一点小雀跃。

周意站起来，把段焰和自己湿掉的外套挂好，空调底下正好有根绳，可能是平常他们挂衣服的。

两件外套因为重力，不管挂多远都会慢慢挨到一起。

周意看着它们，忽然觉得这可能是她和段焰靠得最近最久的一次，以后再也不会有了。

她摸了摸羽绒服的袖口，脑海里一个想法一闪而过。

她想拍一张照片。

周意往校服口袋里找手机时无意摸到一个四四方方的小盒子，拿出来一看，是她给段焰准备的生日礼物，礼物包装纸是防水的，所以一点都没湿。

要现在送他吗？意图会不会太明显？

周意拨了拨礼物的装饰花带，然后撕下了花带和礼物包装，里面是最简单的白色方形纸盒，没了包装看起来仿佛只是哪个饰品店里随意买的一个小玩偶。

她看了眼段焰的外套，把东西塞进了他口袋里，转而又找了支笔和纸，写下一段话：今天逛街买的，突然发现还挺像你的，送给你。感谢你今天陪我聊天收留我，我从来没有这么放松过。从明天开始，我们……都朝一个正确的、好的方向走吧，不回头看，不为过往伤神。生活本就沉闷，但跑起来就会有风。

周意小心翼翼地把字条叠好放进他的口袋。

希望段焰不会察觉到这是她给他准备的生日礼物。

周意顺了顺因为放了礼物而凸起的口袋，也正了正衣服，然后给它们拍了一张照。

手机屏幕里，简单的小屋子里白炽灯明亮，两件衣服看起来莫名带着她和段焰的气质，一个是校服乖巧正经，一个是黑色羽绒不羁倨傲。


房间外的段焰一出去就敛了笑，没好气地捞起前台桌上的报纸卷起来狠狠拍黄毛的背。

黄毛正在嗦泡面，被他一打，咳嗽了半天："你干吗啊？有病啊？"

"你是不是又用里面的电脑看那些东西了？"

这是亮叔说了好几次不允许的，黄毛自知理亏，"哎呀"几声，解释道："这不是今天替你上班很累嘛，闲着的时候就看了一会儿。怎么了？你女朋友看见了？说你对她色胆包天？图谋不轨？早有预谋？啊？啊？啊？"

黄毛的语气和表情越来越贱。

段焰莫名想到周意穿衬衫的饱满模样，喉咙一紧，然后看向黄毛的眼神逐渐冷起来，没好气地让他让座。

黄毛："你坐这儿干什么？进去陪女朋友啊。"

段焰冷笑："吃你的面吧。"

后来一晚上，段焰再也没有进入那个小房间。

那扇门不隔音，网吧里吵吵闹闹的声音络绎不绝。他们为一局游戏的胜利而呼喊尖叫；为意外碰到的朋友而惊讶，然后吹嘘聊天；为这糟糕的天气、生活的琐事、未来的迷茫而破口大骂。

笑的，哭的，闹的，乐的，在这里一幕接一幕地上演。

周意偶尔能看见磨砂玻璃后流动的人影，不管是谁靠近她都会有点紧张，庆幸的是没人进来。

段焰在外面，所以没人进来。

周意把桌子擦干净，在网上选了部电影看，那桶泡面就这么吃了半个小时。

时间一分一秒地过去，上网的时间总是过得特别快，凌晨时周意有些无聊了，她看完一部电影，第二部已经没有精力去看了，纯浏览网页又很无趣，玩了一会儿小游戏后，她在想要不要找陈佳琪聊聊天。

但凌晨一点多了，陈佳琪肯定睡着了。

那段焰呢？他在外头干什么？

周意用电脑上线后发现段焰在线，但显示是忙碌状态，她在对话框犹豫了会儿，然后发过去一句话。

小意：你困吗？

段焰很快回复。

%*#：不困，怎么了？

小意：怕你困又不好意思进来睡觉。

%*#：没，我在打游戏。

小意：什么游戏啊？

他说了一个游戏名。

周意不知道这个游戏，她只知道一些QQ游戏，还有刚刚玩的网页小游戏。

小意：那你玩吧。

%*#：你在干什么？

小意：刚玩了一些小游戏。

%*#：什么小游戏？

小意：《黄金矿工》《连连看》。

%*#：是不是无聊了？

小意：有一点点。

%*#：你登 QQ 游戏大厅，我和你《斗地主》？或者玩《连连看》《五子棋》？

周意在这头轻轻笑。

小意：那你另外那个游戏呢？

%*#：正好结束了。

小意：那……你陪我玩一会儿吧，《斗地主》吧！

%*#：行啊。一区 118 桌，进。

%*#：等会儿输惨了别在里面偷偷哭啊。

周意被他激起了胜负欲。

小意：那你输惨了别在外面光明正大地哭啊。

段焰看到这句话笑得不行，直接将现在玩的游戏挂机，打开了 QQ 游戏大厅。

孙毅坚：你人呢？断网了？兵线运一波就赢了啊？

孙毅坚：你人呢！！！！你在玩《斗地主》？行，真有你的！老子今天信了你的邪，是你说无聊让我陪你打通宵的，现在一小时都不到，可去你大爷的！

段焰忙里偷闲回复了他。

%*#：在陪周意玩。

孙毅坚：……可拉倒吧，不要拿学妹做借口。

段焰截图过去。

孙毅坚：所以你在炫耀？

%*#：我在向你解释。

孙毅坚：我很感动，我谢谢你。

和周意打了个把钟头，她把他攒的欢乐豆都掏空了。

段焰着实被惊了一把，和周意说他认输了，问周意怎么那么厉害，她说她们那边流行打牌，从小耳濡目染。

欢乐豆没了，两个人转战《连连看》。

大约是凌晨三点多，周意没动静了。段焰发她消息不回，游戏人物也没反应。

段焰走到小房间门口，轻轻敲了两下门，推开一条缝看，果不其然，周意趴在桌上睡着了。

他没进去，也没关灯，只是再轻轻合上了门。

陌生的环境关了灯，她要是醒来可能会害怕，他想。


不舒服的睡姿、酸痛的脖子、生物钟，种种加持之下，周意六点半左右就醒来了。

她揉着脖子，眼神蒙眬迷茫，直到看向窗外，明亮的光一下子让她回想起来昨晚发生了什么。

外面雨停了，风也停了，参天的枝干上滴滴答答落着水珠，深秋里残存的黄叶昨晚都被打了下来，稀稀散散铺了一地。

初冬的雨后早晨，湿、雾、寒，云层里透着几丝勉强的光。

周意清醒后，打开电脑，看到昨晚段焰发她消息问她是不是睡着了。

她看了眼段焰此刻的 QQ 状态，是在线的。

周意问他：你在吗？

段焰没有立刻回复，但没一会儿，有人敲门。

周意说："请进。"

段焰推门，站在门口说："醒了啊，快七点了，要不要吃点东西？"

"嗯？吃东西？"

"我买了一点早饭，要不我给你拿进来？"

周意愣在那儿，还没来得及说什么，段焰似乎默认了她要在里面吃，转身去拿了。

他还拿了一次性洗漱工具，说："去刷牙洗脸吧，你吃肉包、豆沙包还是菜包，都不喜欢的话还有粉丝馅的。"

周意看着桌上一袋包子和豆浆，心头忽然酸涩起来。

清晨明明是人头脑最清醒理智的时候，但她根本控制不住自己对段焰这份温柔的贪恋和占有欲，多希望……多希望自己以后能和他有无数个这样的早晨。

段焰眉眼上扬，笑着说："发什么呆，还没睡醒？"

"没……醒了，我先去洗脸刷牙。"

"好啊。欸，你到底吃哪个啊？你不吃的我拿去分人，外面一群狼在等呢。"

周意朝他笑了下，说："我吃一个豆沙包就好了。"

"这么少？我给你留两个吧。"

"不用，一个就够了，谢谢你啊……这么照顾我。"

段焰干咳了两声："谈不上照顾，你快去洗脸吧。"

说完，他就拎着其余的包子出去了。他一出去，周意就听到有人说："快快快，饿死老子了！"

周意在卫生间里挤牙膏，听到外头的动静她浅浅笑着，再抬头看到镜子里的自己时，她的笑就一点点淡了下去。

镜子里的她眼睛恢复得差不多了，但因为没睡好，眼睛有点红，头发乱糟糟的，像是宿醉了一般。

站了许久，周意开始刷牙洗脸。

热水拍在脸上的一刻，她知道，这一晚的幻梦正式结束了。

吃完早餐，周意收拾了一通，换上被空调风吹得干得差不多的校服外套，整理好留下的垃圾，出去找段焰。

周日早晨网吧人也不少，都是昨晚还没回去的。

那位黄毛同事已经不在了，只有段焰一个人坐在前台。

周意问段焰："你不会今天还要上班吧？"

段焰说："嗯，既然来了就上一天。"

周意不太理解他，他看上去不怎么缺钱，昨天的打车费、饮料钱，还有一些小零食，加起来花了不少了吧，网吧做兼职一个周末又能赚多少？

后来周意和他聊多了才知道他不仅仅是为了钱，他不太想一个人待着，即使家里有外婆和表妹，但和在这边很不一样，他想让自己忙起来，只要忙起来他就不会觉得自己那么可怜，也没有那么孤独。

但此时周意没有问这些，只说："不累吗？周一还要上课。"

段焰的双眸依旧亮而黑，水汽蒙蒙的早晨也遮不住他眼里的透亮。他说："今晚早点睡就好了。"

他这么说，周意不好再说什么了。

她说："你的外套还挂在那边，还没干，换下来的运动外套我放里面了。"

"好，你现在要回去？"

"嗯。"

"那我送你去车站吧。"

周意摸着空空如也的口袋摇摇头："不用啦，我自己回去吧。"

段焰说："那我送你到路口。"

"真的不用啦——"

"走吧。"

他不给她拒绝的机会。

走出网吧，天光已大亮，阳光也比之前多了几缕，地面积水严重，哪儿哪儿都渗着水，风雨摧残过后的街道萧瑟感很重，呼吸一口，鼻腔里都是冷冽的空气。

相比于昨晚，这个早晨两个人都没什么话说，好似回到了昨晚刚刚遇到的时候，相顾无言，有的只是一致的步伐和并肩的身影。

但两个人都在感受，感受这最后在一起的时间，感受微风拂过眼睫的微凉感，感受清晨行人匆匆留下的喧嚣，感受路过的一草一木。

到达红绿灯前，周意停了脚步。她面向段焰，看着他在寒风中短袖林立的样子不由得心疼。

她说："就送到这里吧，你……要是不介意的话，回去可以把我昨晚穿的外套穿上，那边空调开得再高，坐在门口总是会冷的。"

周意的吴侬软语听得段焰心花怒放，他像只狗狗一样点头道："嗯，听你的，等会儿回去就穿。"

周意笑着也点头："那我走了，你快回去吧。"

"那你到家了给我消息。"

"好。"

两个人道别，各自背过身，朝前方走。

几缕明媚阳光洒下，寒风平地而起，街头熙熙攘攘，店铺一家接着一家开张，卷帘门的声音哐哐作响。

周意回头望了一眼段焰，鬼使神差地叫他的名字："段焰。"

他回头，周意朝他露出一个充满朝气的笑容，指了指手中的手机。

看到他明白她的意思后，她继续往前走，边走边给段焰发了一句话。

小意：我给你留了个礼物，在你羽绒服的口袋里。糖很甜，天气很好，真的很谢谢你。

%*#：礼物？

周意没有再回复他了，她收了手机拐弯，彻底消失在了段焰的视野里。

路上一辆又一辆的 25 路开过周意身旁，她数不清多少辆了。

从学校站台到七湖站，坐公交车四十分钟，十多公里，步行需要两三个小时。

周意第一次如此缓慢地路过习以为常的街道马路，但一点都不疲倦，她回忆着昨晚和段焰的相遇，那些令人心动的细节，他们说过的话、喝过的饮料、暧昧的尴尬，时间就像抓不住的沙，一晃就过。

走到家里路口时，周意掏出手机给段焰发了条消息，说自己到了。

而段焰早就翻到了那个礼物，他说：真的和我好像，我很喜欢。

周意对着屏幕轻声道："你喜欢就好。"

随后，她关了手机，敛了神色，踏入家里。


### 3. 前程

周家经过风雨一夜的洗礼仍然没什么变化，周意看着熟悉的小路、院子、楼房、阳台上周兰每个早晨都会晾晒的衣服，忽然觉得她是多么渺小，即使一晚未归，也不值得这个家有一丝的变化。

她走到家门口，门敞开着，四方桌边上坐着两个人，爷爷和林淮。

看到他们，周意停了脚步，她没有进去，只是站在门口看着他们。

她想，也不完全是那样，在这里还是有人在意她的。

林老爷子见到周意，一夜未合的眼睛顿时红了，沧桑深凹的双眸里透露着无数欲言又止和担心，百般情绪交织，最后颤颤巍巍扶着桌角起身，扯出一个笑，对周意说："回来了啊，快进来，饿不饿啊？"

周意好不容易翻过去的酸楚，在这一刻卷土重来。

她深吸了一口气，轻轻笑了一下，摇头说："我不饿，也没事……"

林淮傻了好一会儿，清醒过来后坐不住了，朝周意飞奔而来，一把拉住周意的手，五指紧紧抠着，生怕她飞走了。

他前言不搭后语道："昨晚好冷，下了好大的雨，我们都没睡。我吃了八个鸡蛋，我不想吃鸡蛋了。姐，你也不要看电影了，我给爸爸打过电话了，我们不上学了好不好？"

周意摸了摸他脑袋，看着他可怜巴巴的样子，心里百感交集。

她看向爷爷，眼神示意问他林淮在说什么，这是怎么了。

林老爷子沉默着，半晌才开口道："昨晚我和小淮在这里等了你一晚上，这孩子，等得肚子饿了，家里没什么吃的，我就给他煮了几个鸡蛋。他怕你不回来了，担心你。"

周意说："我昨晚在同学那边。"

"嗯，回来了就好，没事了。爷爷给你也煮两个鸡蛋？"

"不用了，我早上吃过了。爷爷，你快去睡觉吧，让你们担心了，我应该打个电话回来的。"

老爷子吸了吸鼻子，路过周意，轻轻拍拍她的肩膀，低声道："好孩子，不要给自己太大压力。父母都望子成龙、望女成凤，你妈那人性格就是那样，有时候说话不经大脑。不管她，你管你自己，爷爷还在这里。"

周意"嗯"了声，千言万语，面对关心自己的人，只能说："我没事，都过去了。"

说完，周意有意朝隔壁的房间看了一眼，那是家里停车的房间，周兰的电瓶车不在，说明她今天去上班了。

说没有失望是假的，但这感觉很快就被平静代替，也更加坚定了她的想法。

她是有幻想过的，幻想周兰会如此刻的爷爷、林淮一样，在家里等她回来。她不求周兰能真的拉下脸反思，只希望两人能心平气和地谈一谈。

只是她对周兰来说是真的没有那么重要吧。

不过不管周兰怎样对她，她要说的、预备做的，在心里已经一条条罗列了出来。

她想告诉周兰，她要改科目，要去自己想去的城市上大学，以后工作可能也不会如他们规划的那样留在南城，还有她以后的婚姻、人生喜好都由她自己做主。

家里的所有她都不要，但目前他们需要对她履行作为父母的责任义务，而这些她以后会悉数还尽。

只是周意没想到会因这个再和周兰爆发一场争吵。

晚上周兰到点回来，电瓶车滚过门槛，推入大门的声音吵醒了在楼上补觉的周意，迷迷糊糊中她听到林淮兴奋冲下楼的脚步声，还有他大声说的话。

他说："妈妈，姐姐回来了，你快去看看啊！"

周兰说："回来就回来了，这么大的人了难道还真会不回来啊。"

"那你有没有买姐姐喜欢吃的蘑菇啊？"

"晚上去哪儿买？"

初冬的傍晚天黑得很快，五六点的光景外面的天已经完全黑了下来，周意如梦初醒般望着天花板，灰色沉闷的色调提醒着她这就是现实，昨晚的际遇今后不会再有了。

而楼下周兰的几句话更是让她彻底清醒。

是啊，她生在这里，长在这里，是个翅膀还没长硬的小孩，不管撒气去哪里，最后都会如大人所愿地，狼狈地回到这里。

所以周兰昨天确实是有资本和自信趾高气扬地对待她的。

周意盯着天花板思绪飘忽，迟迟没有下楼，直到林淮上来叫她下去吃饭。

到底才八岁，看这个世界总带着天真，林淮没有了上午那会儿的难过和担忧，此刻满眼都是亮晶晶的光，催促周意下楼吃饭。

他说："妈妈做了好多菜。你中午都没吃饭，快点啊，起来吃饭，别睡了，起来嘛！"边说边拽着周意起来。

周意一眼就看穿了林淮的心思，他希望她和周兰和解，也觉得吃个饭就能回到从前，他的姐姐还是姐姐，他的妈妈还是妈妈，他还可以生活在和谐的氛围里。

周意穿好衣服时，突然问林淮："你会希望我开心的对不对？"

林淮如小鸡啄米似的，点点头："嗯，我当然希望姐姐开心。"

周意摸摸他的头："那……姐姐也发誓，我会永远对你好的。"

下了楼，饭桌上确实放着好几道热气腾腾的菜，周兰背着他们在盛饭。

周意和往常一样，过去帮忙拿筷子端饭，林淮早早坐在桌前，兴奋地拍桌子，大喊："开饭啦！"

吃饭时，她和周兰依旧没有说一句话，这可能不符合林淮的期待，他为了活跃气氛，一会儿发誓今年会努力学习给姐姐妈妈争气，一会儿说以后挣大钱让家里人享福，一会儿又说妈妈烧菜真好吃，姐姐教的功课比老师好。

她们都感受到了林淮的用意，于是配合地说了几句话。


吃完饭，整理桌子，林淮觉得大功告成了，欢天喜地上楼看动画片。

周兰洗碗，周意擦桌子倒垃圾。

周意觉得这是个不错的谈话机会，边干着手上的活，边心平气和地说了自己的想法。

周兰起初没有在意，觉得不过是小孩子的叛逆期罢了，况且人都回来了，什么换科目，要去哪里读大学，要由自己做主她都当耳旁风。这些过一段时间就会过去，一切会回到从前。

直到周意认真地说要他们履行父母义务，以后她会把他们在她身上花的钱、投入的精力都还给他们，也会履行子女义务，但是她不会这辈子都耗在这个家上，所以家里任何财产她以后都不会要。

周兰洗碗的动作一顿，随后把抹布狠狠扔水池里，转身看向周意，冷笑道："还要和我说这个是吧？还要惹我生气是吧？我累死累活一天要操心这个家里老的，还要操心小的，还要和你纠缠这些。"

周意把垃圾袋打了个结，她没有回身看周兰，只说道："我不是一时冲动，也不是在和你叫嚣叛逆，我只是想告诉你，这是我的决定，也是我和你以后的相处方式。"

"长本事了，跑出去一晚上觉得自己厉害了是吧？你要是真这么有骨气，现在就滚出去自己生活！"

周意心中毫无波澜，淡淡道："我说了，养育我是你们目前的义务，你不用这么生气。就这样吧，我上楼去了。家里的家务我还是会和以前一样做的。"

周意把垃圾扔到院子里的垃圾桶里，折回时看也没看周兰一眼，径直上楼。

周兰气得摔了个碗，尖锐的破碎声响彻整个街道，瓷片飞弹，留下一些回音。

这一声响吓住了在楼上看电视的林淮，他愣愣地看着周意从他身边路过，进房间关门，"咔嚓"一声，周意还给自己的房间上了锁。

八岁的林淮第一次明白什么叫预感，他预感这个家再也回不到从前了。

因为他从来没见过周意这样的眼神，坚决淡然，还有无尽的冷漠，仿佛她不是这个家的一分子，只是暂居这里的租客。

周意没让自己再去想周兰，她换了件厚一点的大衣，把自己裹得结结实实，有条不紊地拿出周末的作业，还有那张被周兰揉皱的物理试卷。

凌晨一点，她终于做完所有作业，掏出手机想上线看看段焰在不在。

她突然变得格外想他，有了深一点的接触后总是忍不住想，此刻他在干什么。

一上线，她就收到许多段焰的消息。

中午的时候他说羽绒服干了，下午的时候他说已经买了雨衣赔给同事了，傍晚的时候说你还好吗？

晚上十点左右，他说他要先睡了，明天有缘再见，晚安。

周意在对话框里删删减减，最后发给他：我很好，晚安。

下了线，周意打开相册，她买了手机后没拍过照片，所以只有这一张照片。

她看了很久，然后打开日记本，写下日期天气，用黑色水笔照着照片简单地画了两件挂在绳子上的衣服。

想记录那不平凡的一晚，但一时无从下手，因为那天他们产生了太多美好的回忆。

周意睡不着，后来在漫长的黑夜和电台舒缓的情歌中周意写下许多关于回忆的细节。

而今夜，日记最后的一句话是：祝我们前程似锦，我和我的少年。


周意要重新选科的决定震惊了陈佳琪和她所有的任课老师。

周一早晨，周意早早去了学校，看见班主任开车进学校后，她就去办公室等班主任，一整个早自习她都没上。

班里的同学疑惑，陈佳琪更是疑惑。

等周意回来，陈佳琪拉着她盯半天，随后问道："你没事吧，你去哪儿了？"

周六那天后，陈佳琪给周意发过很多消息，周意一直说没事了，她还以为真没事了，但这一早上的不对劲告诉她，有事，而且很严重。

周意平静地告诉了陈佳琪她的决定，她说的时候窗外冬日暖阳明媚，晨光清晰，照得她瞳仁光彩四溢。

陈佳琪一时看呆了，好半天结巴问道："啊……这……那你妈妈，不又要说你吗？"

"不会了，她说也好，不说也罢，都和我没关系。"

"啊？那班主任刚刚同意了？"

周意："他说让我再考虑两天。"

陈佳琪："你怎么突然要换科目啊，那你换了的话，岂不是要换班级？"

"好像是吧。"

"你……"

陈佳琪依旧想不明白。

午休时，周意把所有的一切都告诉了她，也告诉她自己后来遇见段焰了。

周意很乐意和陈佳琪讲述那晚的种种，陈佳琪再一次听得一愣一愣的，手里的鸡蛋仔一口吞下差点把她噎死。

周意说："他和我说了很多他从前的事情。"

陈佳琪："是不是吹牛居多？"

周意笑着摇摇头，继续道："他说我不适合理科，任何时刻都是可以重来的。他说得对，高考不是人生的终点，但至少是我们这个年纪目前需要抓住的一个节点。"

"他还能说出这么有道理的话？"

周意眉眼弯起："你对他偏见还是这么大啊？"

陈佳琪："也不是啦！算了，我调整一下自己，他还是有很多优点的。就冲他帮你解决了一个难题，又保护了你一晚上，我勉为其难地觉得他帅一下下好了。"

陈佳琪喝了一大口牛奶，把堵在食道的鸡蛋仔咽下去，问道："那你们那一晚上有没有发生什么那种情节？比如你不小心滑倒摔入他怀里啊，你换衣服的时候他意外进来看到你曼妙的身姿啊，或者突然停电了，黑暗中牵错了手。"

"你小说看太多了，哪有这些，不过……"

"不过什么？"

两个人正好走到校门口，周意一抬头就能从层层梧桐树的枝干中望见高三一班。

周意说："他说他唱歌很好听，有机会唱给我听。"

那天他们说过很多话，发生过很多值得铭记的小事，但周意不知道自己为什么唯独对这个承诺格外在意，可能都算不上是承诺，只是他聊天时醉意上头无意的一句话罢了。

两天后，周意成功换了历史，从高二一班搬去了四班。

新的班级环境让她一时难以适应，但心底并不排斥，因为新的开始总是令人心潮澎湃。

午休时，陈佳琪会在楼道口等她，两个人依旧一起吃午餐，说着各自班里的大小事。

陈佳琪担心周意中途插班，班里同学孤立周意，又担心周意内敛没办法快速融入到新班级中去。

可能这世界上不是每个校园班级都是和谐而美好的，但至少周意没遇上，四班的同学也很好，她的同桌、前后桌都是温柔可爱的姑娘。

陈佳琪听了，吃醋道："那你以后不要和我一起吃饭了。"

周意发现自己和段焰一样，不太擅长哄女生，笨拙地说请陈佳琪喝酸奶，陈佳琪笑得不行，问她："你该不会在段焰面前也是这种小白兔模样吧？"

说到段焰，周意似乎有个把星期没在学校里见到他了，晚上上线倒是能和他聊几句。

她告诉他，她换了班级，一切都在朝好的方向发展。

他说他也努力跑一跑，想感受下风。

后来，周意才知道没见到他的日子是因为他那天淋了雨发烧了，一烧烧了八九天，每天都在医院里输液。

再后来，寒冬渐深，昼短夜长，迎来了 2009 年最后的一个月。这一年，华语乐坛"神仙打架"，大街小巷播放着无数热歌。

班里同学的手机铃声是陈旭的《哥只是个传说》；校园周歌是许嵩的《城府》；KTV 里让大家声嘶力竭的是丁当的《我爱他》；军训才艺表演是 By2 的《我知道》；街边饰品店循环播放着张芸京的《偏爱》；某卫视的跨年晚会，张杰改词，说我们要在一起不管流言蜚语。

而他们在这个冬季夜晚三言两语地聊着，在每一个大小节日相互祝福。

周意知道了他喜欢的颜色是黄色，干净明亮的黄；他最喜欢的电影是《霸王别姬》，最喜欢的动画是《狮子王》；他最近迷上了粤语老歌，反复在听 Beyond 的《光辉岁月》；他的网名是当时乱取的，毫无缘由；他每天也是坐公交车往返学校，坐的是 22 路公交车；他有个表妹，正在上高一，两周回家一次，而每个周日晚上他会送表妹去学校；他对吃的不太挑，但不喜欢吃菠萝、凤梨；他高三下学期不会再去网吧打工了。

他说，我们一起努力。

2010 年的零点，周意倚在窗边，听着跨年演唱会中张杰深情的演唱，心中很是动容，她一直喜欢的两个人终于在一起了，有情人终成眷侣，她作为一个看客竟然也觉得如此美好，在满城烟火中给段焰发了一条新年祝福。

小意：新年快乐，说好一起努力，不可以食言。

%*#：新年快乐，决不食言。


一月底出期末成绩，周意晚两个月进文科班，但成绩却很出彩，市里排名一百四十九，远超一些重点中学的学生。

周兰没有问她成绩，仿佛家里没她这个人，亲戚来拜年问起，周兰也只说考得不错。

林厚中试图缓解母女间的矛盾，但一个如母老虎说不得，一个安静听着却不给什么反应，他实在无能为力，问林淮："爸爸实在是没办法啊，你有什么办法吗？"

林淮比往常沉默，在一边玩着林厚中买的新年礼物，是可变形的汽车人，玩了会儿他把玩具一摔，气冲冲地走了。

林淮跑上楼，推开周意的门。

周意正听着电台做作业，听到动静，她回身看去。

林淮憋着，最后红着眼睛说："姐，陪我玩一会儿鞭炮吧，行吗？"

周意没看出他的反常，笑着说："我还有两套卷子没做完，晚上陪你玩，好吗？"

林淮给她关上门，又飞奔下楼，冲出院子，捡起河边的石头疯狂扔飞镖，大声喊道："大人只会说谎！只会说谎！"

他这次的预感比之前更强烈了。他的直觉告诉他，周意马上要离开这个家了，再也不会回来了。

她说什么会永远对他好，都只是哄小孩子的伎俩罢了。

很多年后，周意回望这段日子，才明白自己对林淮有多疏忽。

这时候的她满眼只有即将能握住的未来，也在拼尽全力地爱自己。

而段焰这次的考试终于不再交白卷，他告诉周意，平均一门30分，按照4门功课，总分120分，学习了三个月来算，他平均一个月进步了40分，就这个速度，六月高考指不定能拿大满贯。

周意被他的歪理折服，时常笑得不能自己。

开春三月，陈佳琪收到一个快递，拆开一看是《彩虹》杂志寄来的2月份的期刊，天蓝色的封面右下角印着几个大字：夏日焰火。

她很快明白过来，周意的那篇故事杂志社放在了2月刊上，现在出刊了，给周意寄了样书。

两个姑娘躲在无人的老教学楼里一起翻杂志看，纸张的墨味扑面而来，周意细细抚摸着上面的文字，实体的触感让她觉得十分微妙。

她的喜欢被永远地正式地留存了下来。

草长莺飞，四月份周意看见高三的拍毕业照，蓝天、白云、操场、林荫道，时间被定格。她看见段焰站在最后一排最边上，模样倨傲，眼神不羁，而站在他前面的赵嘉微微侧着脑袋，可爱清灵。

她羡慕他们有一张靠得那么近的照片，而她的爱意就如她留下的照片那样，模糊隐晦。

五月上旬，学校安排了大巴车让高三的轮番去体检，下旬他们已经开始填志愿。段焰告诉她，他填了海城的指挥学校，没有第二志愿，只填了这一个。

周意觉得他在胡闹，说了他好一通，他却说："考不上我就重读呗，到时候选历史你正好教教我。"

这一瞬间，周意萌生出个卑劣的想法，如果他能重读的话就好了，能和她在一个班级就好了。

六月高考，正仁中学作为考试点，高考那两天全校放假。

那两天是雨天，周意在家里无心做作业，看了几本外国文学，听着雨声，心思难以安静。

楼下冬季凋零的黄楝树如今郁郁葱葱，紫色的小花簇挂满枝头，花香四溢，路过的少年早就脱了外套，单件 T 恤，彰显着独属于他们的清爽朝气，周意从空气中闻到了夏天的味道。

这是一个拥有无数故事开端和无数故事结局的季节。

她有预感，她和段焰的故事要结束了。


高考之后学校里少了三分之一的学生，新教学楼整个三层人去楼空，教室门紧闭，只剩没关紧的窗户那儿，有几缕蓝色窗帘顺着初夏的风扬起。

到学期正式结束，周意都没在学校里见过段焰，偶尔篮球场那边会有一些高三的男生回来打球，但是段焰没有回来过。

他在这个学校是没有什么愉快回忆的，是没有理由留恋的。

有几个周五晚上，周意放学路过亮亮网吧，在巷子口停驻。里面各种沸腾的声音混在一起，一如既往的热闹和烟味呛鼻，只是段焰似乎再没去过了。

她也给段焰发过一些消息，他都没有回她，上次回复她还是高考正式结束的那个晚上。

她问他考得怎么样，他说拭目以待吧。

周意期末成绩出来那天返校拿成绩单和期末手册。已经快接近七月，盛夏热烈，绿叶成荫，白云在微风中缓慢地浮动，大大小小的清凉阴影团子落拓在校园。

每个人眉眼都漾着明亮澄光，脱去校服，身着便服的少年少女更是如盛放的夏花般绚烂夺目。

周意对高三没有概念，以为高三也会回来拿手册。

所以她穿上了第一次去找段焰的碎花裙，她心底期盼着能再见他一次，哪怕是和平常一样，遥遥一望也好。

周意这次的成绩比上学期更优秀，市里排名前进了七名，再往前周意知道大概很难了，所以她想，如果能保持住这名次也不错。

四班班主任乐不可支，把周意一学期的作文印成册子发给同学暑期回去学习，周意十分不好意思。但经由班主任这么一整理，她才发现她的文字风格和从前不太一样了，字里行间不免透露着段焰的气息。

比如她也尝试着从一些古诗词、《论语》等作品中找论点进行写作，又或者是加入了一些这一年她忽然明白的道理。

班主任在台上慷慨激昂地讲着关于高三的打算和畅想，教室上方电扇呼哧呼哧转动，底下的人儿热得汗流浃背，从小听到大的学期结束语左耳进右耳出，周意听多了也有点麻木，可这次不一样，班主任讲的每一句话都戳到她心坎里。

这一刻开始她其实已经进入高考倒计时，还有十一个月，她的人生就要进入新的阶段了。

领完册子正式解散，周意收拾好东西背上帆布单肩包去一班那边等陈佳琪，班主任却有意走在她身旁，和她唠嗑，周意不好拒绝。

班主任说："看来你选文科是正确的，当时还想你这孩子别一时冲动，为了一次考试失利就弃理从文，现在看来挺好的。你调来我班，你原来的班主任可是气得好几天没睡着，就昨儿个整理分数时还跑来找我算账呢，硬是摸走了我一包中华。"

周意笑笑："你们都教得很好，我都很感激，我会努力的，给你们争光。"

这样乖巧听话上进的学生往往最受老师喜爱，班主任很是欣慰，和周意说："自己有没有想去的大学？"

除了南城本地的，和几所知名一流大学外，周意对其他城市的大学一无所知，她不知道自己的成绩能够考上什么样的学校，也没抉择好到底去哪个城市。

班主任看出了她的迷茫，说："老师就随便问问。现在还好，等高三两次模拟考后，你自己心里就会有数，到时候也会发《志愿填报指南》，对着找就行，你要是想提前知道可以问认识的高年级的学生借来看看。"

周意第一反应是可以问段焰借，但是她目前有一个月没和他聊过了。

等在一班门口的陈佳琪看到周意和老师走在一起，给周意打手势说她在楼下林荫道等。周意见班主任正在兴头上，朝陈佳琪点了点头。

说到高年级，班主任聊起过往他带的学生，也有两个特别争气，上了名牌大学，他希望周意明年能是第三个。

班主任说："正仁的学生水平都是全市的中等水平，但是世界之大，条条大路通罗马，只要不走歪路，功成名就也好，平凡惬意也好，都是生活的一种方式。但是若有机会去见识广阔天地，结识各色优秀的人，千万不要错过。"

周意这时候还不太明白，似懂非懂地点头。

走到教学楼底下，周意回头朝高三的楼层望去，那边仍是寂静一片。

她问班主任："高考的分数大约什么时候能出来？"

"快了吧，应该就这几天。"

"那……高三的还会回学校吗？"

"回来干什么？都不回来了，考试前最后那堂课他们都收拾干净走了。"

周意点点头和班主任道别，走向等在一旁的陈佳琪。

每个学期，陈佳琪最喜欢的就是开学报名和学期结束拿成绩的两天，上午把一切事物整顿好，下午能和周意美滋滋地逛逛街。

她兴奋地给周意讲自己进步的分数，挽着周意的胳膊又诚心诚意地恭喜周意得偿所愿。

周意心不在焉，走出校园时周意回头凝望，风和日丽下的青葱校园，停留过他无数身影的小道走廊。

而往前看，是中午频频能遇到他的小吃摊，再往前走一些，是无数个清晨他伫立过的车站。

未来一年这些地方他都不会再出现了。

他也不会再回来了。

陈佳琪看出了周意的失落，问道："你在想段焰？"

周意淡淡一笑："嗯，以后见不到他了。想着，如果早知道上次是最后一次见他，应该多看几眼的。"

那是高三的最后一天，放学后男生们都跑去操场上打篮球，周意放学一眼就在人群中看见了他，少年意气风发，眼里有光，浑身散发着自由万岁的气息，那篮球仿若是他能抓住的人生机遇，没有一个与他失之交臂，隔着大半个操场，稳稳落进篮筐。

她当时站在走廊上，失神了好一会儿，恍惚中冒出一种感觉，段焰和她已经不在一个频道了，她无法体会毕业季的快乐。

只是早知道那是最后一次，应该多看几眼，好好记住他的样子。

陈佳琪挠着下巴，想了半天说："万一他没考上呢，重读的话不就又见到了？"

说到这个，周意始终不理解段焰的一意孤行，填志愿怎么能只填一个。


大约是七月中上旬，那天晚上周意刚洗完澡，想去阳台上吹吹风，但习惯性地拿手机看了一下。

段焰已经很长时间没上线了，头像总是灰的，她给他发的消息也没回。

有几个瞬间，她以为是她打扰到他了，或者他刚完成人生一个大事，有自己的事情要去做，旅行、走亲访友、打工等都有可能。

后来周意没再试探地给他发消息，只是耐心地静静等待。

可那晚，她拿起手机一看，段焰的头像跳动个不停，她握着毛巾的手就这么僵住了，慌忙点进去看。

段焰说他查完分数了，考上了。

他说高考完外婆摔了一跤，住院了，他一直在医院照顾她，没怎么碰手机。

他问她期末考得怎么样。

周意那些自我揣测顿时烟消云散，一字一句地回复段焰。

可她文字还没打完，段焰又发了一句话过来。

他说：打字有点说不清，我打电话和你说吧？

这些日子，他们只在 QQ 上聊过天，从没有交换过手机号。

"打电话"三个字让周意心慌意乱。

长时间的网络聊天让她几乎忘记了雨夜和段焰相处的自如，那天之后她也依旧能在清晨的公交车站台边上见到他，中午吃饭也时常偶遇，但是他们都心照不宣的没有搭讪，偶尔眼神交汇，她会大着胆子朝他点头示意，他会朝她笑一笑。

他的朋友圈子和她的朋友圈子总在无形中将他们分割成两个世界的人。

周意的头发湿漉漉地贴着皮肤，水珠在发梢凝结，一滴两滴落在屏幕上，模糊了屏幕上的字，周意抿着唇，颤颤巍巍地把自己的手机号发了过去。

没一会儿，手机振动，弹出一串来电号码。

陈佳琪都没给她打过电话，除了打错的和营业厅的号，这是周意接到的第一个电话，电话那头还是她喜欢的人。

奇妙的感觉让周意浑身紧绷绷。

她藏好手机，飞快奔下楼，跑到一处没人的湖边，等到了那儿，段焰电话已经挂断了。

她调整呼吸，给段焰打了过去，三声"嘟嘟嘟"后电话被接通。

那头，是久违的声音。

他说："是周意吗？"

少年嗓音清润痞性，还带着点夜色的疲惫。

周意扶着小湖栏杆，清凉的晚风一阵接一阵吹过她的身体，她艰涩地"嗯"了声，问道："你还好吗？"

段焰声音软了下去，回答她："我很好，你呢？"

"我也是。"

两个人同时笑起来，隔着遥远距离，呼吸声缠绕在一起。

"你分数……"

"你期末……"

两个人又同时开口。

段焰说："你先说。"

周意的声音难掩意外欣喜："你说你考上了是真的吗？多少分？"

"你猜。"

"400分？"

"不对。"

"350分左右？再往下……能考上吗？那边分数不低的吧，不是还参加了面试吗？"

段焰轻轻笑着："582分。"

南城满分是600分。

周意说："别开玩笑了，到底多少呀？"

段焰："没开玩笑，不信我把我身份证号给你，你去打电话查。"

周意大脑一片空白，但下一刻开始高速运转，许多猜测掠过脑海，最后她试探地问："不是在这几个月里拼出来的对吗？"

段焰"嗯"了声，实话实说了。

周意听完久久缓不过来，她不敢相信还能有这样的人。

她没日没夜地学习，一秒钟不敢放松，却比不过段焰的"自救"。

段焰见她沉默，以为她是怪他之前没告诉她，他解释道："我之前不是故意瞒着你，这事儿我谁都没说，有那么一段时间我不知道自己要什么，也不是那么一段时间，是很长一段时间。其实这个分数多少对我来说都不重要，重要的是，我从来不是大家口中那样的人，我证明了我。我曾经也意气用事过，是真不想学了，但是那些人都不值得我这么做。我想说的是，你也是，谁都不值得你改变和放弃。明年这个时候……我等你。"

这是他难得的正经，一字一句都温柔至极。

周意也笑得很温柔，明月皎洁，倒映在湖面上，蜻蜓驻足，水波荡漾。

周意说："我没有怪你，只是有点吃惊。但是我刚刚在想，这样的你才是你，你其实……也一直很努力不是吗？我很开心，段焰，祝贺你。"

多开心，多庆幸。

她的少年永远意气风发，永远热烈璀璨。

很多年后，段焰怪她这晚没听懂他的告白，没听懂一个少男尴尬的措辞和欲言又止。


后来周意还见过段焰一次。

她永远记得，那是 2010 年的 8 月 15 日，是个高温天，骄阳似火，整座城市焦躁难耐，路面冒着热气，闷热到难以呼吸。

但她还是遵守了和段焰的约定，只身赴约。

是她私心想见他一次，便用了借《志愿填报指南》的借口。段焰在电话里答应了，说等外婆出院了，有空了就找机会给她。

八月上旬，他发消息告诉她，他最近得空了，大家也都收到了录取通知书，他打算和几个朋友聚一下，让周意也去。

周意觉得不妥，说她拿了书就走。

她和段焰约的下午三点，在电影院边上的 KTV 门口。

午后最炎热的时间段，周意到那边时汗流了不少，白皙的脸庞红扑扑的。

她没去过 KTV，光是看着富丽堂皇的大厅就让她有些不自在，所以她宁愿站在炎热的门口等段焰。

段焰说她到了的话给他打电话。

这是她第二次给段焰打电话，仍然紧张。

电话一接通，周意就听到那头震耳欲聋的音乐声，没一会儿，声音小了，段焰清晰磁性的嗓音传来，他说："你到了吗，在哪儿？我来接你。"

也许是对这一天太太过珍惜，一句我来接你都让周意心动不已，仿佛她笔下的情节，暧昧呼之欲出。

她轻声回答说："在门口。"

挂了电话，不到一分钟，幽暗的走廊门口出来个人。

段焰穿着纯白的宽松 T 恤，手上那块黑色的电子手表仍在，浅蓝色的牛仔裤衬得腿修长结实。少年如风，眉眼清隽，周意看到他的一瞬间想起了去年的夏天，她初见他时的样子。

他似乎变了，轮廓变得更加立体，举手投足少了几分混不吝的傲气，但又似乎没变，他的眼神，他的笑容，还是那个如盛夏般热烈不羁的少年。

周意朝他笑了笑，算是打招呼，见他两手空空，柔声问道："书呢？你没带吗？"

段焰双眸躲闪，笑道："带了，在里面。外面这么热要不要进去喝点汽水，吹会儿空调再走？"

周意不想和一群不认识的人在一起，拒绝道："不用啦，我拿完书还要去书店买一些卷子。"

"不急，你稍微休息一下吧，脸都红了。"段焰抬手想蹭走她脸颊的汗，但想到这样不妥，改成指指周意的脸庞，他说，"没事儿的，没别人在，就孙毅坚他们几个，你不用觉得尴尬。"

"可我……也不认识他们。"

"你认识我就够了，不用管他们。"

周意垂着的双眸骤然抬起。

他总是轻而易举地让人心动。

段焰见她松动，半询问半哄骗道："那进去？"

周意最终点头。

一踏进灯光绚烂的走廊，充足的凉气就迎面而来，携走身上每一丝热气，周意单肩背着帆布包，手握着带子，默默跟在段焰身后。

路过一个又一个包厢，里面的人或是深情演唱，或是竭力咆哮，各有各的特色，让周意觉得与众不同的是一道接近于嘶吼的男性嗓音。

他在唱刘欢的《好汉歌》。

> 天上的星星参北斗啊
> 说走咱就走啊
> 你有我有全都有啊……

歌声止于段焰推开一个包厢的门。段焰带着周意站在他们面前，周意终于发现在唱《好汉歌》的男生原来是孙毅坚。

因为她的到来，其余人都停了手上的活，齐刷刷地看过来。周意低下眼往段焰身后微移了一点。

孙毅坚握着麦克风，对段焰说："这就是你说的朋友？我还以为是男的呢，想着是谁啊，你怎么……你怎么不早说啊？"

段焰没理他，对周意说："坐吧，你想喝哪个汽水？"

周意说："可乐吧。"

段焰凑过去："什么，你大声点，我听不清。"

周意下意识往后仰，心跳漏一拍，又缓缓贴上去，在他耳边说："可乐。"

"嗯。"

段焰从冰块中捞出可乐，用纸巾擦了擦给她递过去。

周意拉开拉环，仰头喝时视线一寸寸扫过包厢。

是没几个人，只有孙毅坚、赵纪，还有坐在她对面的赵嘉。

挂在墙上的硕大电视屏幕里的 MV 光影变幻莫测，或冷或暖，赵嘉藏在这片阴影里，周意看不清她的样子和眼神。

赵嘉在这里周意毫不意外，只是她不知道段焰为什么偏要把她拉进来。

可乐在舌尖打滚，周意吞下后，把可乐放回茶几，对段焰说："书呢？"

段焰从一个抱枕后头捞出书，递给周意，说："你不会现在就要走吧？"

"我不会唱歌，嗯……还是早点回去比较好。"

段焰说："我会唱啊，我唱给你听？"

余音靡靡，上方的灯球旋转照出一个令人神志不清的声色世界，周意看着段焰，很难分辨他说这句话的意思。

段焰侧过身，在两人后方的点歌屏上找歌，又问周意："你想听什么歌？"

周意若有似无地瞟着赵嘉，在她要开口时，赵嘉忽然起身，走出了包厢。

这次，周意看清了赵嘉的脸色，冷到极致，吃醋到极致。

她一走出去，赵纪和孙毅坚不唱了，两个人对视了一眼，最后对段焰说："这怎么办啊？让你……啧。"

段焰眼中的笑意一点点冷却，回身直接切歌到 Beyond 的《真的爱你》。

颇有节奏感的前奏也没能消融 KTV 里怪异的氛围，而段焰的声音意外地契合粤语歌，比平常讲话的声音要低一点，但带着年轻男孩的干净气息。

周意安静地听着，麻痹自己，想着，就当这首歌是段焰履行那晚的承诺，真的是唱给她听的吧。

一曲结束，段焰放下麦克风时调整了下自己的情绪，笑着对周意说："你再待一会儿吧，我出去一下就回来。"

说完，他掠过周意，出去了。

周意捧紧他借给她的书，也起身，对孙毅坚和赵纪说："我还有事，要先走一步，麻烦你们等会儿帮我和段焰说一声。"

"啊？"孙毅坚瞪大眼睛，阻止道，"别啊，他一会儿就回来了。"

周意微微皱眉："我真的有事。"

周意走出去后，孙毅坚后知后觉地看向赵纪："阿焰回来会不会掐死我？不过也怪他嘛，谁让他不打招呼就把周意带过来，就他会秀恩爱，一点都不考虑赵嘉的感受，我们嘉嘉可是刚和喜欢的男生告白被拒啊，能受这种刺激？不过话说，赵嘉到底喜欢谁啊？"

赵纪吃了块西瓜："不知道她，从来没听她说过，突然就冒出来这么一个人，我怀疑她是追星吧。"

"你这哥哥当的……"

走出包厢，周意松了一口气，但紧接着鼻腔被细微的酸涩侵袭。

她望着这昏沉的走廊，听着四面八方传来的嘈杂歌声，心中情绪涌动。

不难猜到，段焰应该是和赵嘉发生了矛盾，而她今天充当了一个专门气赵嘉的女配角。

如果早知道是这样，她是不是不应该问段焰借这本书，是不是她对段焰的回忆能停留在那一晚的相互祝福上，给他们留一个看似圆满的结局？

可是又哪有这么多早知道。

走出 KTV，之前燠热的风变得令人更窒息，呼吸过畅快清爽的空气，再面对这样的空气，变得格外难以接受。

她在学校里见到很多很多次段焰和赵嘉在一起的场景，有时候他靠在栏杆上晒太阳闲聊，赵嘉多数也在他边上，他们说说笑笑，很是般配。

有时候他们五六个人一起吃午饭，他们两个吃的总是一样的，一样的汉堡、一样的炒冰、一样的橘子汽水。

她曾因为帮老师给别的老师带东西去过高三那层，路过他班级，正好听到赵嘉叫他的名字要和他玩小游戏，段焰是那么宠溺地说别闹。

他们有着许多她没看到、想不到的日常。

而她偶尔晚上和段焰的几句聊天，获得的关于他的讯息，都是她从赵嘉那边偷来的。

所以她再也不敢自作多情。

三两少年从周意眼前路过，笑着谈论哪家店在做高考学生的优惠活动，又说晚上要去哪儿通宵，现在谁也管不着他们。

周意慢慢走向车站，怀中的书封面印着几个大字：2010高考大学志愿填报指南。

和那些少年沸腾的夏天格格不入。

不在一个年级段，到了毕业季的分水岭时，他们就无法共情了，而段焰和赵嘉，他们可以一起享受毕业的自由、一起展望新的生活、一起见识开阔的世界。

他们未来无量，步伐一致，正拥有适合陷入热恋的季节。

周意最后一次和段焰聊天是 2010 年 9 月 8 日，星期三，白露。

她不知道这是凑巧还是命运有意安排。

一年，正正好好一年。

她问陈佳琪借手机登号，告诉段焰，她开始了高三生活，到高考为止都不会再用手机了。

消息发出去后，段焰没有像以前一样很快回复。

周意没有等，也没有期盼他回复。

八月下旬段焰去了海城，他说南城到海城坐火车四小时，很近很近，以后有机会可以来海城找他玩。

但那边的生活不是想象中那般惬意，指挥学校校风严谨，极其讲究规矩和服从，他们虽然是学生，可是过的是半个军人的日子。白天摸不到手机，晚上娱乐时间有时间限制，没有周末，出校要打报告走流程，假期除了法定节假日就剩寒暑假。

所以一到那儿段焰就跟消失了一样。

周意知道，这是符合他预期设想的，一个不得不和外界保持距离，又被安排得满满当当的校园生活，人世间的纷纷扰扰被最简单化，群体生活也不会让他有孤独感。也许在国家正义和军人热血中，他还能找到属于他自己的一方志向。

而她不再用手机不是因为高考，真正原因她不想和段焰说，家里的琐事她自己都应付得疲倦了，她不想再把这种负面情绪传递给身边人。

就连面对陈佳琪，她也是三言两语带过。

不是像之前那样自己憋着不愿意说，而是不值得为这些事情太过费精力。

事情也确实很简单。前几天是周日，周兰在家，她因为被裁员已经有一个多月一直待在家里了。

周意早晨起床，忘记拔正在充电的手机。周兰要算家里的开支，去她房间拿支笔，正好看到了周意的手机。

青春期家长最见不得的三件事，交狐朋狗友、沉迷电玩、偷藏手机。

她和周兰沉寂了将近一年的关系因为这部手机突然又有了新的裂缝。

周兰捏着手机高举，连连质问周意。周意有一秒的心虚，仿佛是刻在骨子里的习惯，但她很快冷静下来。

周兰多日的压抑心情，再加上失业的烦恼，情绪在这一刻爆发，直接摔了手机，质问道："这就是你和我犟着的理由？你背地里就在搞这些东西？你哪儿来的钱？"

周意看着被摔得四分五裂的手机久久说不出话，好似有一瞬间回到了去年这个时候，她面对周兰感到无力、委屈。

周意没回答周兰的问题，静静地收拾着地上的碎片。

她庆幸她拍的那张照片传到了空间的私密相册里，也庆幸周兰不管不顾地摔了手机而不是要翻看手机。

四百块的手机质量确实不好，耳机戴了没几次就坏了，外壳有了裂缝，一摔机身便彻底粉身碎骨。

周兰站在一边看着周意如此冷静冷淡的样子，垂在身侧的双手微微发颤，喉咙被哽住，难听的话，好听的话，什么都说不出口了。

这是她四十年左右的糊涂人生里，第一次觉得害怕，眼前的周意陌生得让她心里发虚。

林淮在隔壁房间看电视，听到动静，他没有关电视机，径直走到门口。看到眼前的一幕，他垂下眼，不声不响地回到电视机前，任凭动画片多搞笑，他再也笑不出来了。

他多希望他姐姐能开心，可是不是变开心的同时有些别的东西也会跟着改变？

时间回不去，人也回不去了。


高三刚开学的一段时间，周意无法做到心无旁骛，总是会在一些瞬间时不时想起段焰。

空气中是去年夏天熟悉的雨后味道，教学楼旁的梧桐树不减分毫繁密，她在一场夏天大雨后，故意走了西楼梯去交作业，一步一个阶梯，来到二楼的楼梯口，背着光，停驻许久，看着底下空荡荡的位置，脑海中陡然浮现四个字——恍然如梦。

食堂也不再创新食谱，让人哭笑不得的鸡排饭不会再有。食堂顶上吊扇徐徐转动，周意择了个周一去食堂吃过一次，同样的位置，但她们隔壁桌坐的是高一的学弟，高谈阔论，神采飞扬，靠着食堂后窗的夹竹桃年年绿意盎然年年花开花落。

那天中午的校园歌曲是胡夏的《那些年》，那部电影暑期在中国台湾上映，口碑极佳，大陆电影未播歌曲先火，因为让许多人想起了曾属于他们的那些风华正茂的时光。

周意最喜欢的一句歌词是：曾经想征服全世界，到最后回首才发现，这世界点点滴滴全部都是你。

也是很久以后她才明白，原来她想要的不是征服全世界。

她也曾去高三一班找陈佳琪借东西，故意从后门口进去，然后停步在靠后门的最后一张座位边。

她的眼神扫过高三一班教室的黑板、窗帘、讲台，还有这张段焰曾坐过的桌子。她细细地凝视，试图从课桌面或者课桌抽屉内部找到一丝属于段焰留下的东西，比如他无聊时随手写下的公式，或者他恶作剧贴在那边的卡通纸。

想着，原来这就是他去年过的生活。

如果她不换科，这时候也许坐在他位置上的是她。

可没有如果，她不后悔自己的决定。

周意想起的不止段焰，还有赵嘉，或者说是，他们。

她不知道他们有没有在一起，是异地恋吗？多久见一次，今年寒假会不会约着一起旅行？

后来周意想起段焰的次数渐渐减少，也没有借陈佳琪的手机上过号，她不知道他回复了她什么，她想，顶多是一句加油吧。

2011年元旦，因为《那些年，我们一起追过的女孩》太火爆，盗版光碟层出不穷，陈佳琪购买了，邀请周意去她家里看。

周意不用再在乎周兰同不同意她出门，想着高三节奏紧张，很久没和陈佳琪好好聊天了，于是答应了元旦见面。

可能是正身处于和主角一样的年龄，周意体会不到电影里夸张的放肆，也不明白为什么明明他们有无数次表白心意的机会，却没有一个人开口，作为旁观者不禁替他们着急。

周意和陈佳琪说："误会真是烂俗的情节，明明他们……只要勇敢一点点就好了。"

陈佳琪笑着问她："那你勇敢了吗？"

冬日温和，手里的热茶雾气袅袅，周意哑口无言，只好低头抿茶。

过完年，时间就像被加了速，二月三月开始复习，四月开始模拟考，五月填志愿。

段焰借给她的志愿书早被她翻过无数遍，学校新发给他们的志愿书和去年的一样。

周意的第一志愿是距离南城一千三百多千米的江城大学。

高三最后一堂课，每个老师都在做最后的演讲，为人师表，重情重义，每一届学生都是他们带过最差的学生，每一届学生也是他们最舍不得的学生。

班主任说："祝你们马到成功！解散！"

下课铃响起的那一刻，有人沉默有人欢呼，有人在回首凝望校园，有人在大胆地留下自己的印记。

周意记得，去年这会儿，段焰他们年级集体撕书，白花花的纸片扔满了校园，老师直呼都疯了。

碎片落下，周意伸手接过，她想在上万份碎片中握到段焰的。

可后来段焰告诉她，他没撕书也没扔，因为他没书，他早就卖给收废纸的了。

现在想来，周意还是会笑。

就在这个时候，隔壁突然有人大喊："尤佳婧，我喜欢你！老子喜欢你！"

起哄声瞬间叠起，震得栏杆上的鸟儿齐刷刷飞上天空。

班里的同学一股脑地跑出去看热闹，渐渐地，教室里只有周意一个人了。

她慢吞吞地收拾着重要的复习资料，听见隔壁有个女生大声喊道："我也喜欢你！喜欢你……"

那个女生的声音里有了哭腔。

周意缓缓笑了，把最后一份英语重点句型收入书包，抬眼看向窗外湛蓝的天际。

盛夏会再来，少年却只有一次。

这一年，高考那两天也是大雨，周意坐在考场里下笔的一瞬，觉得自己应该勇敢一回。

最后一场考试结束时，整个校园爆发出热烈的欢呼声，少年们奔跑起来，似乎能将楼板踩穿，瓢泼大雨滚在地上，水花四溅，仿若他们沸腾的血液。

周意撑着伞走在人群里，心里没来由地空虚，人生的下个阶段是什么？人生的路没有人可以给你指明方向。

"周意。"

身后有人叫她。

周意回头，远远看见萧宇拿文具袋挡着雨飞速跑了过来，躲在了她伞下。

他们学校有一部分人分在这个校园里考试，不过周意的考场没有认识的人，她不知道萧宇竟然也在这里。

周意惊讶地问："你没带伞吗？"

"带了，放在门口，不知道谁给我拿走了，还好看见了你，别人的伞我还不好意思蹭呢。"

"那……走吧，你去哪儿，我送你过去。"

萧宇甩着身上的水花，试探道："我打算去江边走走，要不要一起？"

对话，天气，似曾相识。

周意猛地一怔，静下来，她摇头："雨太大了，我不去那边。"

萧宇神色不变，还轻轻笑了一下，仿佛这个回答早已在意料之中。

两个人路过这个学校的荷花池边，萧宇指了指那边的亭子："那去那边？我有话想说。"

当萧宇说这句话的时候，周意几乎猜到他要说什么了。

到了亭子底下，周意收起伞，雨水洒了一地，萧宇还未开口，她已经在心底组织好了婉拒的措辞。

只是没想到，萧宇的第一句话是："你还喜欢他吗？"

周意再次愣住。

萧宇说："你想问我怎么知道？"

大雨茫茫，池中荷花开得正盛，雨打荷叶，蛙声不断，亭子两侧细微的风与他们擦肩而过，周意看着萧宇，心中的感受难以言说。

她的这个秘密，原来还有第三个人知道。

萧宇笑笑，低声道："因为我一直在注视着你啊。"

他第一次发现周意可能喜欢段焰是段焰来送伞那次，虽然周意表现得很平常，但是他看见了，看见周意偷偷从课桌里拿出那把伞，细细地抚摸，眼神温柔，满是少女的悸动。

后来他还看见周意和段焰站在邮政局门口说话，银杏树下的两个人仿佛天生一对，那是他从未见过的周意，可爱、局促、小心翼翼。

他一遍遍反驳着自己的猜想，却在运动会那天输得一败涂地。

他本来想赢了篮球比赛就去找周意告白，生怕被人捷足先登，结果在楼下听到周意坚定热烈的喜欢，她满心欢喜地和陈佳琪说着段焰的种种。

班主任请他们看电影的那天，周意一进电影院他就察觉了，银幕光影流转下，周意的眼泪一行接一行地流淌。

他远远跟着她和陈佳琪，看她们吃冰激凌，看她们聊天，也看周意特意买伞去接段焰，看他们去了江岸。

他们没有在一起，是萧宇唯一庆幸的地方。

而原因，他大概猜到了。

萧宇说的这些，似乎还历历在目，让周意忍不住恍惚，可明明是从他角度讲述的，周意想到的却只有段焰一个人。

周意一时不知道该说什么，她觉得自己是能理解萧宇的，因为他和她是同一类人。

可感情是不可控的，她没办法让段焰喜欢她，也没办法去喜欢萧宇。

萧宇又问了一遍："你还喜欢他吗？"

雨水汩汩，周意的声音干净清晰，她说："嗯，喜欢。"

"那你要去找他吗？"

"应该会吧。"

萧宇低下头，拿出手机开机，一顿点按，然后把一条说说给周意看。

是赵嘉的号发的，时间是一个月前。

文字写的是：还好有你一直陪在我身边。

图片背景似乎是在车上，她靠着一个男生的肩膀，她的笑容灵动，姿势亲昵，而男生没有露脸，只有一截锁骨、T恤衣领，还有小半个侧脸。

底下有评论问她，什么时候在一起的？她说一直在一起。

也有人问是和段焰吗？她说不然还能是谁。

周意看完后把手机还给萧宇，笑着说："他们终于在一起了。"

"周意……"

周意浅浅吸了一口气，低下头："我没事。"

意料之中的事情，早就知道的事情而已。

萧宇："我也很好，你看看我，行不行？"

周意又笑了一下，再抬头已是泪流满面，风吹过她的眼尾，纤长的睫毛敛成羽毛状。

萧宇知道，他没机会了。

2011 年 6 月，周意的日记到这里为止，那一页上面只有一句话。

——有没有一种可能，有一天我不会再喜欢你。

## 4. 十年

七月下旬，周意如愿收到江城大学的录取通知书，林老爷子特别开心，偷偷塞给周意一万块说是考上大学的奖励。

周意悉数退还，只留了去江城的火车票钱和九百的手机钱。

林老爷子知道周意和周兰两个人还犟着，他不好说什么，能做的只有多塞一些钱给周意，毕竟路途遥远，出门在外，钱是必需品。

但周意性格其实很执拗，有点说一不二，她拒绝了爷爷的好意，心底也隐隐有了计划。

她要试着靠自己养活自己。

周意人生拿到的第一笔大额奖金是正仁中学给的，因为她的高考成绩远超一些重点中学的学生。连续两年，学校里有学生大放异彩，教育局给予了学校鼓励，校长给能进重点高校的学生都发了奖金，按照成绩依次递减。

那一天，校长、刘宣平、两任班主任、各路老师都来周意家家访，周兰不得不笑脸相迎，看着老师们赞不绝口，周兰的笑容却越来越不自然。

老师们走后，周意拆开奖金信封，厚实的一包，足足有两万块。

周意说："我一年学费是五千，这里正好够我四年学费。我的生活费你不用给我，就从今年开始吧，你们从前在我身上付出的，我会努力还给你们，等还清的那一天，你们就当没有过我这个女儿。"

周兰好半天说不出话，在周意要上楼前，她苦笑一声："还得清吗？"

周意回身看向她，说："你们不爱我，所以还得清。"

周意回到房间后开始收拾去江城的行李，明明火车票都没买，她却迫不及待地想做点什么。

可收拾了一通，她发现除了四季衣物，其他能装的没几样。

简单的行李里格格不入的是和段焰有关的几样，一枚特意封存的硬币、一把折叠整齐的蓝色格子伞、一支不特殊的黑色水笔、一个日记本、一本他借给她的志愿书。

支撑她走过这六百多天的是这些，是他；远走异乡，能让她无所畏惧的，还是这些和他有关的回忆。

两人已经一年没联系了，他现在身边有赵嘉，一切都得偿所愿了吧。

他拿下好名次，老师们会纷纷来祝贺，那去年他家的门槛应该快被踏破了吧，刘宣平的反应也一定如他所愿吧。

少年那点傲骨和捉弄人的心思得到满足了吧。

夏风闷热，蝉鸣起伏，周意蹲在行李箱前再一次想他想得失神。

周意择个凉爽的天去街上买手机。

回望起来，2011 年仿佛是时代的分割线，智能机开始打入市场，各路服务开始变得便捷，网络购物兴起，社交软件迭代更新。

信息开始碎片化。

周意在陈佳琪的建议下买了个 888 块的智能机，陈佳琪早已摸清这新系统的玩法，用惯老式手机的周意觉得这确实是时代的一个进步。

长达一年未登录过 QQ，周意期待看到段焰给的回复，但试了好几次都没能登上号。

试了一个多月后，周意放弃了，被盗号了，找不回来了。

而她曾经用的手机号码是私人营业厅随意买的，那会儿还不用实名注册，长时间不用，自动扣费到一个程度后号码自动注销。当她想去营业厅把那个号码注册回来时，工作人员告诉她那个号码已经被注册了。

周意想，或许是上天在提醒她，这段感情到这里为止吧，这里就是结局。

她记得段焰的 QQ 号，也记得他的电话号码，倒背如流，她把段焰的手机号码存在了新的卡号里，在注册的新的 QQ 号添加联系人里输入了好几次，最终还是没有去加段焰。

她曾在赵嘉的世界里出现过，她对他们来说是个敏感的存在，所以她不能再去打扰他们，也当作放过自己。

八月下旬周意动身去江城，爷爷年纪大不方便送她去遥远的火车站，林淮还小，也不方便，周兰那天没在家。

周意在家里和爷爷、林淮告别。

林淮看着越发陌生的周意，许多话到嘴边，却只有一句："路上小心。"

这一年，林淮成绩上升了不少，但是姐姐走后就没人辅导他了。

周意蹲下，轻柔地抚摸林淮的头，叮嘱道："姐姐不在也好好听课，我的手机号码你记住了吗？如果有事可以给我打电话。"

林淮手里紧紧攥着写着周意手机号的字条，他拼命点头，现在的周意像是回到了从前，熟悉的感觉让林淮的眼睛都亮了起来。

可当周意站起身，拖着行李箱头也不回地走时，她身上的陌生和疏离感又跑了回来，林淮望着她的背影眼神逐渐暗了下去。

这是他的预感最强烈的一次。

周意正在和这个家分道扬镳。

周意买的是十五小时的硬座票，最便宜的票。火车里人满为患，一节节小小的车厢里都是人生百态，像她这样涉世未深的女孩仿佛是杂乱生活里的一株娇贵铃兰花。

　　不过第一次坐火车的周意不在乎别人的眼光，她望着窗外的风景，想的是，去年段焰坐火车去海城时，是不是和她现在是一样的心情，期待，向往，又有着无端的落寞。

　　火车匀速穿过一个又一个山洞，路过苍翠群山，广阔湖泊。随着时间的流逝，周意的落寞加深，她从书包里掏出那本《志愿填报指南》，找到段焰学校的地址，在网上搜了一通。

　　一千多千米，十二小时火车。

　　隔壁有人在用小电扇吹风，细微的风偶尔蹭到放在小桌板上那本《志愿填报指南》，书页浮动，始终没有被翻过去。

　　周意自始至终没看到这本书的最后一页。

　　上面有用修正带涂掉的一句话。

　　——周意，我喜欢你。做我女朋友吧。


　　2011 年的夏天，段焰发现在这个通信变得越来越便捷的时代里他找不到周意了。

　　2010 年 9 月周意说她一年不会再上线不会再用手机，这条消息他晚上训练完才看到，那会儿他坐在寝室里笑，觉得他喜欢的姑娘真是个说一不二的人，对自己还挺狠。

　　笑完，他想起认识周意以来的种种，一个认知忽地在他脑海里蹦出来——周意可能真对他没什么想法。

　　她清楚地知道自己要什么、在做什么，对他始终保持着一种距离，一种他说不出来的疏远距离。有时候明明感觉自己已经离她很近了，但是接下来她总是会三两句话把他推开。

　　就比如那天在 KTV，他想遵守自己的承诺，唱一首歌给周意听。

　　他反复邀请周意进去，有点连哄带骗的意味，才让她点头。

　　他故意没提前和孙毅坚他们说周意会来，一是周意在网上明确地说想拿书就走，二是孙毅坚他们知道了难免会准备一些话，怕到时候开玩笑没把控好度把周意吓到。

　　只不过那天周意确实没想多停留，孙毅坚说她走得很坚决。

孙毅坚说这样的姑娘最难追了，矜持和善，对谁都一个态度，估计眼光特别特别高。

他和周意有一次谈论过关于情感的话题，说到未来喜欢的人，他问她喜欢什么样的男生。她说读书的时候可能会更倾向于笑容开朗、意气风发的男孩子，等长大了审美也许会变，她也不知道。

她说喜欢哪有那么具体的模样，如果有，一定是因为那个人已经出现了。

当时他觉得自己有机会，也觉得萧宇有机会。

他记得萧宇曾在篮球场上对周意说要给她投十个三分球，也曾载过受伤的周意，萧宇喜欢周意，很明显。

还好，周意说高中不准备恋爱。

那天晚上，他给周意回复的消息是：我说过，明年夏天我等你，所以你可不可以也等我一下，等我回来让我见你一面。

第二年夏天，他从海城回来，一路上给周意发了 QQ 消息和短信，都石沉大海。到南城的火车站，他打了周意电话，接电话的是个男人，说他找错人了。

第二次打过去，还是那个男人，说他真的找错人了。

第三次，他知道周意大概不用那个号码了。

他回了一趟正仁，暑期学校里早没了人，想找个老师问也找不到人，可他明明知道没有人在，却还是去了一趟。

门卫认得他，给他放行，他进了正仁的教学楼晃了一圈。

他去了周意曾在的高二一班，站在窗边低头凝视靠窗的这张座位，她曾坐在这里然后走出来拿伞。

他又去了后来周意转去的高二四班，他不知道周意坐在哪个位置，但是她至少在这个班级待过一段时光，应该是她最开心的一段时光。

兜兜转转一圈，他从西楼梯上高三的楼层，盛夏炽热，风吹梧桐，飞鸟展翅划过天际，他随意低头看了眼二楼的楼梯口，有一瞬间他觉得这里缺了点什么，好像有一个画面跃跃欲试地要出现在他记忆里。

上了三楼，他来到高三四班，教室门都被锁着，窗户也锁得严严实实的，里面的桌椅排列整齐，一丁点垃圾都没留下，干净得仿佛没有人待过。

只不过黑板右上角的倒计时没有被擦，"01"二字像是被人刻意留下来了一般。

最后那堂课周意他们一定也和去年的他们一样吧。

离开学校，他给刘宣平打了个电话，言语之间难免又一次夹枪带棒，可最后他听到了想听的消息。

这一年高考，学校排名第一的是周意，据说她第一志愿是江城大学。

她终于如愿以偿。

八月上旬的一个夜晚，段焰打算回学校，在家里收拾行李，于烟敲门而入。

上大学后，兄妹二人的见面间隔加长，且又处于青春成长期。段焰这几回见到于烟她次次变化都很大，最大的变化是脸上的笑容越来越多，话也变多了。

于烟要上高三了，问他借一些相关书籍，段焰说早卖了。

段焰和于烟说："读书记住三点就好了，不要违背自己的本心，尽量把自己的优势发挥到最大，多想多做。"

于烟乖巧应着，却忍不住笑着说："哥哥，可是我不是你，我考不成那样。"

他说："我也考不成，都是小时候被我妈逼的。"

"哥哥，那你那本填志愿的书也卖了吗？"

段焰收拾行李的手一顿，说："借别人了。"

于烟点点头："那好吧，哥哥，你等会儿能不能帮我个忙，我收拾了一些我看的书，想堆在柜子上。"

"行啊，等我一会儿。"

"好。"

于烟的房间就在他隔壁，不过小姑娘天生有想法，就算不常回来也布置得温馨可爱，段焰问她是哪些书。

于烟收拾了有两箱，她指着地上的箱子说："这些，放在那个柜子上头就可以了，我想高三好好学习，就不看小说了。"

箱子还没封口，段焰蹲下，好奇地随手翻了翻："又是这个杂志，《彩虹》，你买了这么多本？"

于烟走了过来，也蹲下看，解释道："这个杂志是我看过的青春杂志里质量最好的，故事也最合我心意，所以每期我都会买。"

"挺好的，那以后你也去吧。"

"我试着写过，但是写和看不一样，我写不出来。欸，哥哥，你手上这本给我。"

段焰挑挑眉："这本？这本怎么了？"

于烟："我找了好久，原来在这里啊，我刚刚还在找呢。"

"这不都是你自己收拾的，怎么还找不到。"

于烟轻轻抚摸着杂志封面，指了指封页上的一个故事名字说："我最喜欢这个故事，真实细腻，而且里面的城市描写得很像南城。里面我最喜欢的一句话是，在人潮汹涌的街头，我看着你，隐晦的爱意便已说尽。"

段焰失神了片刻，回过神后笑着说："谈恋爱了？"

于烟摇头："只是觉得可惜，女主角喜欢了男主角很久，很久很久以后他才回头看到她。也是作者写得太好了吧，这本我不打算放起来，这是我的精神支柱。"

段焰不理解女孩子这种奇怪的点，不过都随了于烟。

他搬好纸箱子，出了点汗，扯着领子散热时，于烟开了电扇，徐徐凉风吹来，将杂志翻到于烟常看的那一页。

上头有几个大字：

《夏日焰火》

作者：林意

他走出于烟房间，想着世界上巧合真多，连个小说故事，名字也与他和周意有关。

后来这个夏天，段焰最终没等到周意的回复。

他注册了现下流行的各种社交软件，找了一大圈都没找到周意，后来辗转一圈终于找到了萧宇的联系方式，得到的回复是他也没周意的联系方式。

他问萧宇要陈佳琪的联系方式，萧宇说陈佳琪出国了，上回发她消息她都没回过。

仿佛冥冥之中，注定了他没有向周意告白的机会。

又或是周意其实那晚听懂了那句明年夏天我等你，也看到了他写在指南手册最后一页隐晦的告白。

只是她不喜欢他罢了，所以就算在茫茫人海中失去了联系，也没关系。

时间一天天地过去，他有时候会想，去了广阔天地的周意一定在发光发热吧，有没有遇到一个让她心动的男生……

2012 年，这一年周意大二，他仍心有不甘，元旦去了一趟江城大学。

偌大的校园人来人往，寒冬萧瑟，校园里却仍热闹非凡，男男女女洋溢着笑脸，牵手散步于暖阳下，草坪上的猫懒倦惬意。

段焰走遍了这个学校的每一个角落，还问别人借了磁卡进图书馆，站在图书馆的九楼遥望校园，想着周意此刻在干什么，在哪里，他能不能遇上她？

如果能，他一定会牢牢抓住她不放手。

如果能有一个机会，他一定会牢牢抓住她不放手。


2011 年 9 月，周意正式开始大学生活，只是根本不像老师口中说的那样无忧无虑肆意潇洒。相反，课业要求、上课时长，比高中更让人头疼。

寝室是四人间，周意和其余三个女孩相处得不错，也没有从前听闻的那种钩心斗角，只不过她们总不如陈佳琪那样能让她什么都愿意说。

远在地球另一边的陈佳琪和周意打过几次国际长途，聊着彼此新鲜有趣的大学生活。

别人都羡慕陈佳琪能去国外读书，可陈佳琪告诉周意，她不喜欢国外的生活，哪儿哪儿都不习惯，语言不通、同学看不透、文化差异等，都让她怀念高中的生活。

周意觉得很神奇，也不知道高中生活到底有什么魔力，竟然让刚毕业没多久的她们都不约而同地开始怀念。

也许是因为那间小小教室里不断地上演着各种欢声笑语，而不是像现在每上一节课就要换一间教室，没有归属感。

也许是因为身处同一个频率的他们无论出发点和思想都出奇地一致，而不是像现在的同学来自五湖四海，经历各不相同，做事说话都时不时充满了冲突。

也许是因为那是他们人生中最单纯热血的时光。

有几个夜晚，周意洗完澡在阳台上梳头吹风，楼底下路灯明亮，小道上情侣恩爱，远处操场上男生们在热血厮杀。在陌生的城市，崭新的生活中，她还是会频繁地想起段焰和赵嘉。

他们感情顺利吗？未来久远，他们会从校园到婚纱吗？他们会不会因为异地、日常琐事、生活的现实渐行渐远？

他们亲吻过吗？会在一个怎样的场景下亲吻？

是赵嘉那张照片的背景下？是在火车或者大巴里？是藏在人群中偷偷的蜻蜓点水一吻？还是在这样的校园氛围里，像楼下的情侣无所顾忌地拥吻？

他开心吗？在学校里训练辛苦吗？毕业以后大概会分配回南城的吧，等毕业他们会结婚吗？

无数的以后如潮水一般涌来，周意忍不住幻想他们的种种。

第一年想起他的时候心中依旧酸涩难消，第二年、第三年、第四年，渐渐地，周意想起他的次数越来越少，而她也在努力让自己忙起来。

除去课业之外，周意和《彩虹》杂志的编辑天空约定了写稿，一是赚钱，二是需要一个抒发地。

2012年周意大二，申请了去澳大利亚做一年的交换生，费用一年十万，对周家来说是巨款，但周意这一年多里奖金连连，写稿、翻译书籍等，能做的文职、兼职都在做，她攒了一笔钱，再加上成绩优异，可以向学校申请一定额度的贷款。

她决定去澳大利亚一年的原因很简单，她想见识广阔的世界，体验不同的人生，寻找更多关于生活的可能。

她去了英文课本中常出现的悉尼歌剧院，去看了海鸥飞翔，在墨尔本的圣保罗教堂虔诚祈祷，漫步在海港大桥上从日出到日落，站在悉尼塔上看漫天烟花。

这些愉悦的瞬间，她都会想到段焰。

2013年，她回到国内，开始为大四毕业做准备，这是她很久没体验的感觉了，好似终于又有一个目标了。

2014年，大四开始，周围的同学开始准备答辩和工作。

2015年6月，大学毕业，拍毕业照那天其他同学都有家人或者男友女友前来祝贺，周意只身一人。

又是一年盛夏，周意望着晴朗的天空，陷入了短暂的迷茫。

这是她曾奋力追求的生活吗？到底什么样的生活才是她想要的呢？

按部就班地读书高考，大学毕业，工作结婚，这就是人的一生吗？

她这些年快乐吗？无疑是快乐的，因为她享受了从未有过的自由，见识了世界的一个小小角落，认识了各式的人，听过许多与众不同的冒险事迹。

可她真的快乐吗？随着年龄的增长，周围朋友生活方式的统一化，周意踌躇了，找一份安定的工作，交际于各色人员就是余生吗？

带着种种疑问，毕业后周意没有回南城，去了《彩虹》杂志所在的桐城面试。

那是她第一次见到编辑天空，这是一位三十五岁的典型职场女强人，端庄大气，不苟言笑。

周意心生敬畏，初次求职还是紧张得不像话。

天空问她："为什么想做故事？"

周意忽然想到遥远的那一年，她说："写故事是为了记录一个人，做故事应该是想保留住自己曾经拥有的热血。"

这大概是天空第一次听到如此理想主义的回答，不由得笑了一下，说："认识这么多年了，我一直很欣赏你，如果你愿意加入我们团队我当然欢迎，只不过做故事和写故事还是不一样的，下周一过来上班吧，然后回去好好想想，怎么从作者转变成编辑。"

　　一切都很顺利，周意上手很快，团队也有时不时的培训，但工作之后周意再也没有写过故事，所谓的技巧和方法让她没办法再肆意去写一个故事，写出的东西也没有了当年的纯粹。

　　天空说："这是正常的，其实不光是工作的性质影响了你，还有你自身的想法。也许再过两年你会明白得更彻底。人一旦到了一个年纪会有着自己都难以察觉的心态变化，这些变化驱使你改变自身的行为，比如我曾经是个连拿片卫生巾都不好意思的小女孩，但现在我不在乎其他人的目光，也不觉得这是一件多羞涩的事情。"

　　听这番话时周意二十三岁，还是个脸皮有些薄的年轻姑娘。

　　2019年初夏，时代变迁，网络大兴，纸媒难做，公司总部决定拓展业务，做一个线上阅读App，周意作为公司里资历最老的编辑，被安排去了南城的分部。

　　这一年周意二十七岁。

　　距离白衣飘飘的年纪已经有十年之久。

　　而她没想到会有一天再遇到段焰。

　　虽然她从未忘记他。

（上册完）